Diogenes Taschenbuch 21592

de
te
be

Jonathan Latimer

Leiche auf Abwegen

Roman

Aus dem Amerikanischen von Ulrike Wasel und Klaus Timmermann

Diogenes

Titel der Originalausgabe:
›The Lady in the Morgue‹

Umschlagillustration:
Hans Traxler

Neuübersetzung

100/88/36/1
ISBN 3 257 21592 4

1

Der Leichenwärter riß den Hörer vom Telefon, würgte das Läuten mitten im schrillen Klingeln ab. »Hallo«, sagte er. Dann ungeduldig: »Hallo! Hallo! Hallo!« Der Schweiß auf seinem zitronengelben Gesicht glänzte im bleichen, cremefarbenen elektrischen Licht einer Schülerschreibtischlampe mit grünem Schirm. Seine Lippen an der Sprechmuschel zuckten. »Sie woll'n Daisy sprechen? Daisy! Daisy wer?«

Die Ellbogen hart auf das Eichengeländer gestützt, das das Büro des Leichenschauhauses vom Warteraum trennte, starrten zwei Zeitungsreporter träge auf den weißen Kittel des Wärters. Ihre Hemden waren am Kragen offen; ihre Arme waren nackt; ihre Krawatten, mit gelockerten Knoten, hingen ihnen schlaff um den Hals; ihre Gesichter waren feucht von der Hitze. An der Wand neben ihnen zeigte eine Uhr mit gesprungenem Glas, daß es siebzehn Minuten vor drei war.

»Oh, Sie woll'n Miss Daisy Stiff sprechen«, sagte der Leichenwärter. »Sie hat Ihnen gesagt, Sie soll'n sie hier anrufen, oder?« Er zwinkerte den andern zu. »Tja, sie kann nicht ans Telefon kommen. Sie ist unten bei den andern Mädchen.«

Durch die Fenster auf der Westseite strömte in Wellen heiße Nachtluft herein, blähte die schäbigen Vorhänge, schabte über die Gesichter der Reporter und ließ ihre Lungen schmerzen.

Der Leichenwärter sagte: »Ist mir egal, ob Sie tatsächlich mit ihr verabredet waren; sie kann nicht ans Telefon kommen.« Er lachte rauh in sich hinein. »Sie liegt flach.«

Der Reporter vom *Herald and Examiner* hieß Herbert Greening, er war zweiundzwanzig Jahre alt und hielt die Arbeit bei einer Zeitung immer noch für spannend. Er war klein und dick, und wenn er lachte, bebten seine bläulich-roten Wangen.

Der Leichenwärter hielt eine Hand über die Sprechmuschel. »Er sagt, er macht sich Sorgen, weil irgend so ein Weibsbild, das er seit gestern abend kennt, nicht zum Rendezvous um Mitternacht erschienen ist.« Sein Gelächter endete in einem Hustenanfall. Er legte seine Lippen an den Apparat. »Weißte eigentlich, mit wem du sprichst, mein Freund?« Er hustete wieder, spuckte blutdurchzogenen Schleim auf den Marmorfußboden. »Hier ist das *Cook County* Leichenschauhaus, und wenn deine Daisy hier ist, mußte schon herkommen und sie abholen.« Er warf den Hörer auf die Gabel.

Der dicke Reporter Greening bebte inzwischen am ganzen Körper vor Vergnügen. »Das Gesicht von dem Kerl würd' ich gern sehen«, keuchte er. »O Mann, würd' ich das gern sehen.« Seine Hand plumpste auf das Eichengeländer.

Der Leichenwärter lehnte sich mit Schwung in seinen Drehstuhl zurück, lächelte mürrisch. »Ich krieg' bestimmt zwanzig solcher Anrufe am Tag.« Vom Husten war sein Gesicht schweißnaß. »Die Mädels legen irgendeinen Trottel rein, dann geben sie ihm diese Nummer, damit er sie anruft. Erzählen ihm, er soll nach Joan Stiff oder Daisy Still fragen, oder sowas in der Art. Wir ändern andauernd die Nummer, aber es scheint nicht viel zu nützen.«

Der Reporter von der *City Press* hieß Jerry Johnson. Sein Gesicht war ungesund blaß; seine schwarzen Augen lagen tief in bleichen Höhlen. Er war dabei, sich mit seinem Gehalt von sechsundzwanzig Dollar pro Woche so schnell er konnte zu Tode zu trinken. Er sagte: »Ach komm, du willst doch die ganzen Puppen da unten nur für dich behalten.« Er hob seine Ellbogen vom Eichengeländer, richtete seinen Oberkörper auf und hatte Mühe, sein Gleichgewicht zu finden, als ob sich der Boden unter seinen Füßen neigte.

»Ich bin ein verheirateter Mann, und ich mag Ihre Beschuldigungen nicht, Mister Johnson«, sagte der Leichenwärter mit gespielter Empörung. »Sie wissen doch, ich würde keine von denen anders anfassen, als es meine Arbeit verlangt.«

Johnson sagte: »Wohl kaum.« Er sah Greening an. »Das sagt der Leichenbeschauer auch. Aber mir fällt auf, daß er immer dann hier unten zu tun hat, wenn sie den Körper eines hübschen Mädchens in die Hände bekommen.«

Der Wärter kicherte. Mister Johnson hatte recht. Mister Johnson kannte den Chef ganz zweifellos. »Sie muß noch nich' mal besonders hübsch sein«, fügte er hinzu.

Greening beobachtete sie mit runden blauen Augen. Er atmete durch den offenen Mund.

»Ein Wunder, daß er noch nicht unten war, um sich die süße Kleine anzusehen, die sie heute nachmittag gebracht haben«, sagte Johnson. »Sie soll nicht ohne gewesen sein.«

»Und ob!« Der Wärter rieb sich mit dem Handrücken übers Gesicht. »Sie ist das Beste, was ich gesehen habe, seit diese Nachtclubsängerin von ihrem mexikanischen Freund aufgeschlitzt wurde.« Er wischte den Handschweiß an seinem weißen Kittel ab. »Ich begreife nicht, warum sie bisher niemand identifizieren konnte.«

Die Vorhänge blähten sich wieder in der heißen Luft. In einiger Entfernung begann eine Frau ein klares, hohes, freudloses Lachen auszustoßen, nicht hysterisch und nicht hastig, wie einer von diesen Lachapparaten, nur daß in ihrem Fall noch nicht einmal die Absicht bestand, komisch zu wirken. Sie lachte, hielt keuchend den Atem an, lachte erneut.

Der Leichenwärter schenkte dem Geräusch keine Beachtung. »Jede Zeitung der Stadt hat ihre Geschichte auf der ersten Seite gebracht. Man sollte doch meinen, daß jemand, der sie gekannt hat, darauf gestoßen wäre.«

»In vielen Fällen, wenn sie Selbstmord begehen wollen, fahren sie so weit wie möglich von zu Hause weg«, sagte Johnson. »Sie wollen ihrer Familie keine Schande machen.«

Greening spitzte seine dicken Lippen. »So hat sie's wahrscheinlich gemacht. Mein Chefredakteur sagt, Alice Ross sei ein Deckname. Zu kurz. Deshalb will er, daß ich von jedem, der sie sehen will, den Namen rauskriege. Vielleicht kommen wir ihr so auf die Spur, sagte er. Selbst wenn jemand, der sie kennt, sich dazu entschließt, sie nicht zu identifizieren.«

»Das erzählen einem Chefredakteure immer«, sagte Johnson.

Der Wärter sagte: »Es ist jedenfalls verflucht merkwürdig. Das Mädchen hatte Klasse, trotzdem hat sie in dieser Absteige gewohnt.«

»Vielleicht hat sie versucht, sich zu verstecken«, sagte Johnson. Er zog aus seiner Gesäßtasche eine Halbliterflasche Whiskey ohne Etikett, die zur Hälfte mit einer blaß-trüben Flüssigkeit gefüllt war. »Vielleicht war sie schwanger oder so.«

Die Augen auf die Flasche gerichtet sagte der Wärter: »Als sie den Körper untersucht haben, stellten sie fest, daß sie nicht schwanger war.«

Johnson entkorkte die Flasche, wischte den Flaschenhals am blauen Serge-Stoff seines Hosenbodens ab und trank, ohne den Wärter zu beachten.

»Sie war pleite und fand keinen Job«, sagte Greening. »Man hat nur vier Dollar in ihrem Zimmer gefunden.«

Die Frau lachte erneut, lauter dieses Mal, höher und schrill, so, als würde sie gequält, indem man ihre Füße kitzelte. Der Klang war unangenehm und so durchdringend wie Kreide auf einer Tafel.

Der Kopf eines Mannes tauchte über der Rückenlehne einer Bank auf, die im hinteren Teil des Büros stand. »Mei-iin Gott!« sagte er. »Was zum Teufel ist das?« Sein Name war William Crane, und er war Privatdetektiv; er hatte drei Stunden auf der Bank geschlafen, mit seinem grauen Flanelljackett unter dem Kopf.

Der Leichenwärter sagte über die Schulter: »Das ist so 'n verrücktes Weib in der psychiatrischen Klinik. Sie ist seit drei Tagen da und lacht die ganze Zeit. Sie müssen ihr irgendwas spritzen, um sie ruhig zu halten.«

Johnson fügte hinzu: »Sie haben sie aus einem Bordell an der Wilson Avenue rausgeholt.«

Crane richtete sich auf der Bank auf. »Ich wünschte, sie würden ihr 'ne Spritze verpassen«, sagte er. Sein Hemd klebte da, wo er draufgelegen hatte, an seiner Brust, und seine militärisch gestreifte Krawatte war so verdreht, daß sie ihm über den Rükken hing. »Ich krieg' davon 'ne Gänsehaut.« Sein glattes Gesicht war jung und gebräunt; er rieb sich kräftig die Augen. Er sah aus wie um die Dreißig und war vierunddreißig.

Johnson schwang sich über das Geländer, das das Büro vom Warteraum trennte, und bot Crane die Flasche an. Crane nahm sie mit Interesse, hob sie gegen das Licht, roch daran und gab sie dann schnell zurück. »Trinke nie während der Arbeit«, log er und fragte: »Was ist überhaupt drin?«

»Fusel mit Wasser. Ich geb' mich nicht mit so Kindereien wie Whiskey und Gin ab.«

Crane spitzte den Mund, blies die Luft leise hindurch.

Greening gesellte sich zu ihm: »Sind Sie der Detektiv, der den Westland-Fall geklärt hat?« fragte er. Sein starrer Blick war neugierig, nicht unangenehm.

Johnson sagte: »Das ist Greening vom *Herald and Examiner*. Er hat den Typ abgelöst, der hier war, als Sie gekommen sind.« Er schob die Flasche zurück in seine Gesäßtasche. »Sein Onkel ist einer von Hearsts Anwälten.«

»Einer von Hearsts Anwälten«, wiederholte Crane beeindruckt. »Das klingt ganz schön wichtig.«

»Mein Onkel hatte nichts damit zu tun, daß ich diesen Job bekommen habe«, sagte Greening zu Johnson, »und überhaupt, was wäre wenn?«

»Nichts. Gar nichts.«

Die Uhr mit dem gesprungenen Glas schlug dreimal.

Crane sagte: »Ich hab' von zwölf Uhr an geschlafen.«

Der Leichenwärter sagte: »Und wie! Ich war drauf und dran, Sie nach unten in den Kühlraum zu schaffen.«

»Ich habe alles über den rätselhaften Westland-Fall in den Zeitungen gelesen«, sagte Greening. »Worauf führen Sie es zurück, daß Sie den Fall gelöst haben?«

Crane sagte: »Ich hab' jeden Morgen zwei Teller Cornflakes zum Frühstück gegessen.«

Johnson sagte: »Ich wäre verdammt viel lieber unten in diesem Kühlraum als hier oben. Es müssen dreißig Grad sein.«

Der Wärter blickte auf ein Tischthermometer, das in elfenbeinfarbenes Zelluloid eingefaßt war. »Es sind einunddreißig.«

»Warum wird nur der Keller gekühlt und nicht das ganze Gebäude?« fragte Crane.

»Die Leichen stinken«, sagte Johnson, »während wir nur leiden, ohne etwas Anrüchiges zu tun.«

»Hier oben stinkt's«, sagte der Wärter, »wenn der Wind direkt über die Viehhöfe kommt.«

Die Verrückte lachte wieder.

»Ich hab' 'ne Idee«, sagte Johnson. »Und zwar habe ich, als ich hier im West-Bezirk eingesetzt wurde, oft ein Spiel gespielt.«

Crane sagte: »Egal was, Hauptsache, ich höre diese Frau nicht mehr.«

»Aber wie haben Sie die Pistole im Westland-Fall gefunden?« hakte Greening nach. Er schob sich vor Crane, sah ihm ins Gesicht. »In den Zeitungen stand, Sie hätten dazu eine Stoppuhr benutzt.«

»Ein kleiner Vogel hat es mir gezwitschert.«

»Die Sache ist die«, sagte Johnson. »Wir gehen runter in die Kellerräume, wo sie die Leichen aufbewahren und fangen an einem Ende an. Einer von uns nimmt die weißen Männer, einer die Nigger, und der letzte kriegt sowohl die weißen als auch die schwarzen Frauen. Auf jedes Schubfach wird ein Zehner gesetzt. Also, wenn Crane zum Beispiel die weißen Männer hat, und es ist ein weißer Mann, schulden ihm die beiden anderen zehn Cent. So ähnlich wie der Einsatz oder Pott beim Knobeln.«

»Ich nehm' die Frauen«, sagte Crane. »Ich mag Frauen.«

Der Wärter schnippte sich den Schweiß von der gelben Stirn.

»Ich erinnere mich an das Spiel. Ich hab' 'ne Menge Zehner dabei verloren.«

»Ja, ja«, sagte Johnson ungehalten. »Hast du, und zwar so lange, bis du eines Nachts alle Leichen umgeräumt hast, und jeden Pott gewonnen hast.«

Der Wärter kicherte, als er daran zurückdachte.

»Er bleibt draußen«, sagte Johnson zu den anderen. »Er ist Profi.« Er begann, die Whiskeyflasche hervorzuziehen, unterdrückte den Impuls. »Nur wir drei spielen.«

»Ich weiß nicht«, sagte Greening. »Ich ...«

»Ach, komm schon.« Johnson schwang sich über das Geländer. »Augie hier sagt uns schon Bescheid, wenn irgendwas passiert.«

Crane und Greening folgten seinem schmalen Rücken über den Marmorfußboden des Warteraumes, vorbei an mahagonifarbenen Bänken, einem Schild mit der Aufschrift HERREN, einem Trinkbrunnen und eine enge Metalltreppe hinab. Die drückende Luft wurde feucht, als sie sich dem Fuß der Treppe näherten, und es herrschte ein moderiger Verwesungsgeruch, wie im Keller eines verlassenen Hauses. Johnson drückte eine Reihe Lichtschalter an der Wand, entriegelte und öffnete schwungvoll eine schwere Stahltür und winkte sie hinein.

Grelles, weißes Licht von einer langen Reihe Glühlampen an der Decke des Raumes ließ ihre Augen blinzeln. In ihre Nasen drang der süße, beißende, ekelhaft antiseptische Geruch von Formaldehyd. Von der eisigen Luft klebten ihnen ihre Hemden klamm am Körper. Die Stahltür fiel dumpf ins Schloß, und alle drei erlebten für einen Moment das Gefühl, eingeschlossen zu sein.

»Unheimlich hier, was?« bemerkte Johnson.

Die verputzten Wände des Raumes waren perlweiß gestrichen, und vor ihnen lag ein Gang zwischen zwei langen Reihen schwarzer Metallschränke, so ähnlich wie die im Umkleideraum eines Golfclubs.

»In der Regel liegen vierzig oder fünfzig Tote hier unten«,

sagte Johnson. »Man behält sie einen Monat hier, bevor sie vom Kreis beerdigt werden dürfen.«

»Das heißt, daß einer vier bis fünf Dollar verlieren kann«, sagte Crane.

»Meistens ist es ziemlich ausgeglichen«, sagte Johnson. »Es werden zwar mehr Weiße als Nigger umgebracht, aber es kommen auch mehr Leute, um die Weißen zu identifizieren.«

Der Klang ihrer Stimmen schien im Raum zu kreisen, hallte aus mehreren Ecken wider, so als suchte er eine Möglichkeit zu entkommen.

»Wie isses, Greenie?« fragte Johnson. »Losen wir aus, wer was kriegt?«

Greening mußte zweimal schlucken, bevor er sprechen konnte. »Klar«, brachte er mit Fistelstimme heraus.

Das Los fiel auf Crane, und er entschied sich für die Frauen. Greening nahm die weißen Männer, und so blieben für Johnson die Nigger übrig.

»Fangen wir hier an«, sagte er, »und arbeiten uns dann auf dieser Seite vor. Das entspricht auch der Numerierung.« Er begann, das obere Schubfach im ersten Schrank rechts, das mit einer 1 aus Messing gekennzeichnet war, herauszuziehen.

»Augenblick noch«, sagte Crane. »Was ist mit Mexikanern? Zählen sie als weiß oder schwarz?«

»Ich zieh' mir selbst das Geld aus der Tasche«, sagte Johnson und zerrte an dem Schubfach, »aber sie zählen als weiß.«

In dem Schubfach, das ziemlich leicht auf Rollen herausglitt, war ein weißer Mann mittleren Alters. Sie konnten erkennen, daß er weiß war, obwohl seine Haut schmutzig-blau und sein Gesicht von einem anderthalb Zentimeter langen Stoppelbart bedeckt war. Seine Wangen waren eingefallen, seine Unterlippe hing herab und legte schwärzliche Zähne bloß. Er war auf einem Auge blind gewesen.

»Ein Penner«, sagte Johnson und schloß das Schubfach. »Hat wahrscheinlich Methylalkohol in die Finger gekriegt. Der geht auf Greenies Konto.«

Schubfach Nummer zwei im unteren Teil desselben Schrankes war leer, und Johnson beeilte sich, Nummer drei zu schließen, als das aufgedunsene Gesicht eines Mannes zum Vorschein kam. »Ertrunken«, sagte er. »Damit sind's zwei für Greenie.«

Nummer vier war interessant. Es war ein großer weißer Mann, dem man ins linke Auge entweder gestochen oder geschossen hatte. Er mußte Seemann gewesen sein, denn er hatte die ganze Brust voller Tätowierungen. Johnson zog das Tuch herunter, damit sie besser sehen konnten. Dicht am Hals war in Rosa und Blau eine Meerjungfrau; darunter stand in schwarzen Buchstaben: *Jeanne*, während quer über die Brust nacheinander eine amerikanische Flagge, zwei nackte, tanzende Frauen, eine Kewpie-Puppe und eine untergehende Sonne zu sehen waren. Aber das Glanzstück befand sich auf dem Bauch: das Schlachtschiff Maine, wie es unterhalb von Morro Castle im Hafen von Havanna in die Luft gesprengt wird. Die Flammen der Explosion waren zinnoberrot, und sie stiegen prachtvoll auf bis zur Brust des Mannes, wobei sie fast die Füße der tanzenden Frauen versengten. Es konnte kein Zweifel daran bestehen, daß das Werk die Maine-Katastrophe darstellen sollte, denn darunter stand in Druckschrift: »Gedenkt der Maine.«

Crane sagte bewundernd: »Man sollte ihn ausstopfen und in der Kunstakademie ausstellen.«

Johnson sagte: »Damit sind's drei für Greenie.«

Danach kam mehr Farbe ins Spiel. Schwarze Männer wechselten mit weißen Männern, und schließlich glich Crane seine Verluste durch eine glänzende Serie von vier Frauen größtenteils wieder aus: zwei Schwarze mittleren Alters, eine sehr alte und sehr vertrocknete Weiße und eine junge Mexikanerin oder Italienerin. Dann glückte Johnson ein Treffer mit dem größten Schwarzen, den Crane je gesehen hatte; er mußte dreihundertfünfzig Pfund gewogen haben, was Crane bei einem Schwarzen für ungewöhnlich hielt; dann kamen sie zu Nummer 27.

»Ich schätze, ein Punkt für mich, ohne nachzusehen«, sagte Crane.

Johnson sagte: »Miss Alice Ross.«

Greening drängte nach vorn. »Oh, das ist also die Dame, auf deren Identifizierung wir warten.« Er hatte sich wieder etwas erholt. »Ich würd' sie gern sehen.«

»Dann mach' es auf«, sagte Johnson.

Alice Ross' Haar hatte die Farbe einer Landstraße nach einer langen Hitzeperiode. Es war zu bleich, um als golden bezeichnet, und zu kräftig, um mit Honig verglichen zu werden. Ihre Augenlider waren zart violett, und sie hatte das tragische Aussehen, das einige Frauen haben, wenn sie die Augen schließen. Ihre Lippen waren sanft geschwungen, und eine dunkle Linie lief um ihren Hals, wo das Seil ihre Haut gequetscht hatte.

Johnson riß mit einem Ruck das Tuch von ihrem Körper. »Hübsch, was?«

Sie war schlank, nicht sehnig schlank wie ein Junge, sondern sie hatte feste Rundungen, und ihre Haut war wie blaß-rosa getöntes Cellophan, schimmernd und unergründlich, und war von zarter Struktur.

Greening berührte ihre Schulter mit den Fingerspitzen, zog sie wieder zurück. »Kalt!« sagte er. »Kalt.« Seine Stimme klang überrascht.

Sie betrachteten sie schweigend, bis der Leichenwärter herunterkam und rief: »Oben im Büro ist einer, der dich sprechen will, Johnson.«

»Mich?«

»Er sagte: die Reporter.«

»Ich nehme an, damit bist du auch gemeint, Greenie.« Johnson zwinkerte Crane zu. »Paß auf, daß ich dir die Story nicht vor der Nase wegschnappe.« Er ging voran den Gang hinunter, zur Tür hinaus, Greening folgte ihm auf den Fersen.

Der Wärter betrachtete den Körper der jungen Frau. »Ich würde gern wissen, wie alt jemand wird, wenn er so eine Klassefrau hat.« Er fuhr ihr mit der gelben Hand über die Hüfte.

»Nach 'ner gewissen Zeit hättest du dich an sie gewöhnt«, sagte Crane.

»Ich würd's gern mal ausprobieren.« Das scharf geschnittene, gelbe Gesicht des Wärters war nachdenklich. »Ich wäre bereit, meine Frau für so ein Prachtexemplar einzutauschen. Allerdings würd' es wohl 'ne Menge Geld kosten, sie auszustaffieren.«

»Jede Menge.«

»Ja, ja, ich kann's mir vorstellen.«

Crane sagte: »Ich glaub', ich geh' mal hoch und seh' nach, was der Typ von den Reportern will. Er hat nichts gesagt, oder?«

Das Gesicht des Wärters wirkte unaufmerksam. Das helle Licht ließ sein schütteres, graues Kopfhaar noch dünner erscheinen, zeigte eine leuchtend rote Narbe, die quer über die Schädeldecke verlief. Er achtete nicht darauf, als Crane sich entfernte.

Das Treppenhaus war, für sich genommen, eine düstere Falle, durch die Luft strömte, drückend und heiß wie der Atem eines Tieres. Etwas schien sich in einer Türöffnung unterhalb der Treppe zu bewegen, und Crane's Herz machte poch-poch, poch-poch, poch-poch. Er ging die Treppe hinauf in den Raum mit der Aufschrift HERREN. Dann trank er einen Schluck vom Wasserhahn, und schließlich ging er zu den beiden Reportern hinüber, die sich mit einem untersetzten Italiener unterhielten.

»Ich will mit euch zusammenarbeiten«, sagte der Italiener gerade, »wenn ihr mit mir zusammenarbeitet. Es ist nur so, daß der große ... der Mann, für den ich arrbeite, will nicht, daß die Dame, von der ich spreche, weiß, daß er sich um sie Sorrgen macht.« Er trug ein violettes Hemd, das vom Schweiß purpurrot geworden war. »Wenn sie das da unten ist, o. k. Die Zeitungen können die ganze Story haben. Aber wenn sie es nicht ist, will er keine Story, weil sonst die Dame, von der ich spreche, erfährt, daß er sich Sorrgen um sie macht. Kapiert?«

Greening sagte: »Aber wie sollen wir wissen, ob sie die Richtige ist? Nichts hindert den Mann, für den Sie arbeiten, daran hereinzukommen, einen Blick auf das Mädchen zu werfen, es zu erkennen und zu sagen, ›Nein, das ist nicht die Richtige‹.«

»Wenn sie's ist, wird er sie schon identifizieren.« Der Italiener erblickte Crane, musterte ihn grimmig. »Wer iss'n der Schnüffler?«

»Er ist in Ordnung«, sagte Johnson. »Er ist der Mann von *Associated Press*.« Er warf Greening einen warnenden Blick zu.

»Also, wie ist es nun damit?« fragte der Italiener, ohne Crane aus den Augen zu lassen.

»Ich hab' dich schon mal irgendwo gesehen«, sagte Johnson zu dem Italiener.

»Nee, stimmt nich'.« Kleine Schweißbäche wanden sich durch den Wald schwarzer Haare auf seinen Armen. »Du hast mich noch nie gesehen.«

»Na schön, ich hab' dich noch nie gesehen.«

Der Italiener nickte Johnson zu und sagte: »Du hast kapiert.« Er wiederholte: »Wie ist es nun damit?«

»Abgemacht. Hol den Typ, für den du arbeitest.«

Der Italiener ging durch den breiten Korridor hinaus zur Vordertür. »Was soll das heißen?« fragte Greening. »Wir können seinen Boß nicht decken, oder?«

»Werden wir auch nicht.« Johnson lehnte sich gegen das Eichengeländer, stützte seine Ellbogen darauf. »Wir können nichts verlieren, wenn wir den Kerl reinkommen lassen, damit er sich die Leiche ansieht. Wenn er sie identifiziert, dann haben wir 'ne Story. Wenn nicht, stehen wir nicht schlechter da als vorher.«

»Er muß dem Wärter sowieso seinen Namen angeben«, sagte Crane. »Damit könnt ihr schon mal was anfangen.«

Johnson grinste, zeigte starke, unregelmäßige Zähne. »Er muß ja nicht seinen richtigen Namen angeben.«

Der Italiener kam zurück. Er machte ein verwirrtes Gesicht: »Ich weiß nicht, wass loss iss«, sagte er. »Er ist weg. Er muß um den Block gefahren sein.« Er sah Johnson an. »Ich glaub', ich seh' sie mir selbst an.«

»Ich hab' dich schon mal irgendwo gesehen«, sagte Johnson.

»Nee«, sagte der Italiener. »Mich bestimmt nicht.« Er wandte sich an Crane. »Wo geht's lang?«

Crane führte sie die Treppe hinunter. Die große Stahltür stand offen, und ein kalter Luftstrom drang aus dem Kühlraum. Das Licht war noch an, aber der Wärter war nicht da. Keines der Schubfächer war auf. Sie blieben stehen, und Johnson rief: »Hallo, Augie.«

Die Worte hallten ihnen in den Ohren wider.

»Sie haben sie wo?« fragte der Italiener.

»Da hinten«, sagte Johnson. Er rief noch mal: »Augie... He, Augie-ee.«

Niemand antwortete.

»Das ist merkwürdig«, sagte Johnson. »Wo zum Teufel kann er hingegangen sein?« Er rief lauter: »Augie!«

Sie blieben vor Schubfach Nummer 27 stehen. Durch die Stille drang schwach das schrille Lachen der geistesgestörten Frau in der Psychiatrischen Klinik, fieberhaft und aufgeregt und spöttisch.

»Also, hier ist sie«, sagte Johnson. Er packte den Griff des Schubfachs, schwang seine Schulter mit einem gekonnten Sternschritt nach rechts.

Aus der Tiefe des Stahlkastens starrte ein Mann zu ihnen hoch. Er hatte einen weißen Kittel an, und ein verkrusteter Blutfleck war auf seiner gelben Stirn. Es war Augie, der Wärter des Leichenschauhauses, und man mußte ihn nicht erst berühren, um zu erkennen, daß er tot war.

»Was zum Teufel...?!« Johnson trat zwei Schritte zurück.

Der Italiener fragte: »Wass iss loss? Wo ist die Frau?«

Johnson zog das obere Schubfach auf, aber es war leer. Der riesige Schwarze lag immer noch in jenem rechts daneben, und links davon war eine alte Frau. »Sie ist weg!« Außer sich fing er an, andere Schubfächer zu öffnen. »Jemand hat sie geklaut.«

Der Italiener schrie: »Dieser Dreckskerl Frankie French!« Er drehte sich um und rannte schwerfällig den Gang hinunter und die Treppe hoch.

»He!« brüllte Johnson. »Moment mal!«

Die Schritte des Italieners hallten über ihren Köpfen. Er rannte immer noch. »Um Himmels willen, holen wir die Polizei«, sagte Johnson.

2

Mit heulenden Sirenen kam zuerst der Dienstwagen, der für Patrouillen in der Nachbarschaft des Leichenschauhauses eingesetzt war, und spuckte Männer mit Revolvern, abgesägten Schrotflinten aus. Dann kamen die Mordkommission vom Polizeihauptquartier, der offizielle Polizeifotograf, zwei Sonderbeauftragte vom Büro des Leichenbeschauers, ein stellvertretender Staatsanwalt, Fotografen von allen Zeitungen und vier Reporter der *Tribune*. Jeder war damit beschäftigt, jedem anderen in die Quere zu kommen, bis Captain Grady, Leiter der Nachtschicht der Kripo, in einer Lincoln-Limousine mit uniformiertem Chauffeur eintraf.

»Also, zu allererst, wer hat die Leiche gefunden?« fragte er.

Crane sagte, er und die beiden Reporter hätten sie gefunden. Er erklärte, sie hätten gerade die Leiche der Frau angeguckt, als der Leichenwärter ihnen mitteilte, daß ein Mann sie sehen wolle, und er berichtete, wie sie den Italiener nach unten geführt hatten, damit er sich die Leiche ansieht. Von dem Spiel, das sie gespielt hatten, sagte er nichts.

»Ich glaube, ich hab' diesen Itaker schon mal irgendwo gesehen«, fügte Johnson hinzu.

Captain Grady starrte ihn mit blassen Augen an. »Wir werden mal einen Blick auf die Leiche werfen«, sagte er. Er hatte noch zwei Jahre bis zur Pensionierung, und sein Haar war weiß wie Baumwolle, aber er erreichte dreiundneunzig Punkte bei der jährlichen polizeiärztlichen Untersuchung. Sein Gesicht war durch die Jahre mit John Jameson's Irish Whiskey und dem Wind vom Michigan-See hochrot geworden, und seine Wangen waren mit winzigen blauen Adern fein gemasert.

Der Polizist, der den Kühlraum bewachte, war froh, sie zu sehen. Er sagte: »Verdammt ungemütlich hier, Captain.«

»Halten Sie die anderen Reporter und Fotografen 'ne Weile draußen, Officer«, sagte Captain Grady. »Ich spreche in einer Minute mit ihnen.« Er ging hinüber und blickte in das offene Schubfach. »Es war entgegenkommend von dem Mörder, ihn gleich hier abzulegen.«

Der Polizeifotograf packte seine Tasche. »Sieht so aus, als ob jemand ihn an den Handgelenken gepackt hat, Captain.« Er deutete mit seinem Stativ auf den Körper.

An beiden Handgelenken des Leichenwärters waren braune Quetschungen zu sehen. Als er sich näher herabbeugte, sah Crane, daß Haare zwischen Daumen und Zeigefinger der linken Hand waren. Er wies den Captain darauf hin.

»Sie sind rot«, sagte Johnson. »Der Mörder muß rothaarig gewesen sein.«

Captain Grady grunzte, zog einen Umschlag aus seiner Jakkett-Innentasche und tat die Haare vorsichtig hinein.

Crane sagte: »Einer der Angreifer muß versucht haben, ihn an den Handgelenken festzuhalten. So sind die Quetschungen entstanden.«

Captain Grady sah ihn an: »Die Angreifer?«

»Es müssen zwei gewesen sein. Sie können jemandem nicht die Handgelenke mit beiden Händen festhalten und ihm auch noch 'nen Schlag über den Schädel verpassen.«

»Und noch dazu was für 'nen Schlag, Captain«, sagte der Polizeifotograf. »Die ganze Schädeldecke ist eingeschlagen.«

Der Captain sah nach und stellte fest, daß dem so war.

»Der sprichwörtliche stumpfe Gegenstand«, sagte Johnson.

»Ich glaube nicht, daß sie vorhatten, ihn zu töten«, sagte Crane. »Er hat eine böse Narbe am Kopf, wodurch vielleicht seine Schädeldecke dünner war. Vielleicht haben sie versucht, ihn k. o. zu schlagen.«

»Sie scheinen ja verteufelt viel über diese Sache zu wissen«, sagte Captain Grady.

»Ich hab' die Narbe früher am Abend bemerkt.«

Der Polizist an der Tür sagte: »Der stellvertretende Staatsanwalt ist hier, Captain.«

»Hallo Burman«, sagte der Captain. »Irgendwas rausgefunden?«

Der stellvertretende Staatsanwalt war ein kleiner, dunkler, wacher Mann mit Brille. »Rein gar nichts«, sagte er. Er war Absolvent der Juristischen Fakultät der Universität Chicago, und seine Familie hätte aus ihm gerne einen Rabbi gemacht. Er litt an Verdauungsstörungen.

Der Captain wiederholte, was Crane ihm erzählt hatte, und fügte hinzu: »Der Knabe scheint ziemlich schlau zu sein. Vielleicht kann er uns sagen, wer das Mädchen war.«

»Ich weiß nicht mehr über sie als Sie, Captain«, sagte Crane. »Nicht, daß ich sie nicht gerne vorher gekannt hätte –.«

»Schlauer Junge, was?« sagte Burman. »Vielleicht können Sie uns verraten, wie es eigentlich kommt, daß Sie hier sind?« Seine Stimme klang so, als ob er der Erklärung nicht glauben würde, wie immer sie lautete.

William Crane betrachtete ihn mit stiller Überraschung, dann sah er auf die Leiche hinunter. »Natürlich erzähl' ich's Ihnen. Ich bin gerne hier, weil es kühl ist.«

Greening hatte sich dicht am offenen Schubfach herumgedrückt. »Er sagt, er ist Privatdetektiv.«

Captain Grady sagte: »Wo ist Ihre Lizenz?« Crane zeigte sie ihm. »In Ordnung«, sagte der Captain. »Aber das heißt nicht, daß Sie nicht eine höfliche Frage beantworten können.«

»Ich würde mich freuen, eine *höfliche* Frage zu beantworten.«

»Gut, wie kommt es, daß Sie hier sind?«

»Ich arbeite für Colonel Black in New York. Ich war gestern

abend zufällig in Chicago und habe dieses Telegramm von ihm bekommen.«

Crane zog ein Telegramm der Western Union aus seiner Jakkettasche, faltete es auf und reichte es Captain Grady. Es lautete:

William Crane... Sherman Hotel... Chicago... 18:34 Identität feststellen von Frau – Selbstmord – Princess Hotel – jetzt Leichenschauhaus. Black.

Crane fuhr fort: »Es schien mir vernünftig, zum Leichenschauhaus zu kommen und zu warten, bis jemand auftaucht und sie identifiziert, und das tat ich. Das ist alles, was ich über die Dame weiß.«

»Und sie sind unverzüglich hierher gekommen, als Sie das Telegramm erhielten?« fragte der Captain.

»Er ist kurz vor acht angekommen«, sagte Johnson. »Ich war hier zu der Zeit.«

»Ich hab' erst noch einen Happen gegessen«, erklärte Crane.

Burman strich sich mit der Hand über die Wange. »Woher sollen wir wissen, daß Sie nicht noch ein Telegramm bekommen haben, worin stand, daß Sie die Leiche wegschaffen sollen, um zu verhindern, daß sie identifiziert wird?« Die Worte sprudelten ihm aus dem Mund. »Dieses zweite Telegramm könnte dazu da gewesen sein, Sie zu decken.« Auf seiner Wange machte seine Hand ein Geräusch wie Sandpapier.

Greening sagte: »Er war hier unten eine Zeitlang mit dem Wärter allein, während wir mit dem Italiener sprachen.«

»Du fetter Dreckskerl«, sagte Johnson.

»Klar, ich hab' den Wärter ermordet«, sagte Crane, »und das Mädchen hab' ich in meiner Gesäßtasche weggetragen.« Er schlug sich auf die Hüfte. »Ich hab' sie jetzt da drin.«

Burman drehte sich herum und sah den Captain an. »Er könnte es mit einem Komplizen getan haben.« Seine Augen waren wie Hustenbonbons. »Sie könnten diesen armen Kerl hier ermordet haben, und der Komplize könnte das Mädchen weggetragen haben, während Crane sich oben zu den anderen gesellte.«

»Wer nicht wagt, gewinnt nicht, mit oder ohne Komplizen«, sagte Crane.

»Er könnte«, sagte der Captain, »aber es scheint nicht wahrscheinlich.«

Burman rieb sich das Kinn. »Warum nicht?«

»Nun, er hätte sich nicht mehr so lange hier herumgetrieben.«

»Genau das hätte er getan, um den Verdacht von sich abzulenken.« Der stellvertretende Staatsanwalt ballte eine Hand, schlug sie in die Handfläche der anderen. »Ich sage ja nicht, daß er den Mann wirklich getötet hat –«

»Das tun Sie ganz und gar nicht«, sagte Crane.

»Ich sage nicht, daß er's war, aber er war am Tatort; er hatte die Gelegenheit, es zu tun, und ich sage Ihnen, Captain, ich denke, Sie sollten ihn einsperren.«

Crane sagte: »Klar. Sorgen Sie dafür, daß der Captain mich einsperrt. Sie sind's ja nicht, der die Sache ausbaden muß.«

Captain Grady funkelte den Polizeifotografen an. »Warum zum Teufel lungern Sie hier rum, Mann? Sind Sie mit Ihrer Arbeit nicht fertig?« Der Fotograf machte einen übereilten Abgang, die Arme beladen mit halb verpackten Platten, Blitzlichtpatronen und einer Kamera.

Captain Grady fuhr fort: »Ich werde diesen Kerl einsperren, wenn mir danach ist, und ich werd's nicht tun, wenn mir nicht danach ist. Ist das klar genug?«

»Das ist Ihr Vorrecht, Captain«, sagte Burman. »Ich habe lediglich Empfehlungen ausgesprochen.«

»Empfehlungen?« fragte Crane.

»Machen wir weiter.« Captain Grady zupfte an der buschigen, graumelierten Braue über seinem rechten Auge. »Mister Crane, haben Sie eine Ahnung, wer das Mädchen war?«

»Nicht die geringste.«

Burman sagte: »Ihr Chef muß eine Ahnung gehabt haben, sonst hätte er Ihnen nicht telegrafiert, Sie zu beobachten.«

»Warum fragen Sie ihn dann nicht?«

»Ich stell' für 'ne Weile die Fragen, Mister Burman.« Captain Gradys Stimme war gereizt. »Ihre Gelegenheit kommt im Gerichtssaal.«

Crane sagte: »Es wird Ihnen nicht viel nützen, mich zu verhören. Ich habe Ihnen alles erzählt, was ich weiß.«

»Haben Sie eine Ahnung, wer der Klient ist, für den Ihr Büro arbeitet?«

»Nicht die geringste.« Crane entschied, daß er es allmählich satt hatte. »Aber selbst wenn, ich würd' es Ihnen nicht erzählen.«

Captain Grady sagte: »Das ist also Ihre Einstellung, was?«

»Natürlich ist das meine Einstellung.« Crane hob die Stimme. »Sie sollten wissen, Captain, daß Informationen über Klienten von Privatdetektiven vertraulich sind.« Er konnte sehen, daß die Reporter draußen vor der Metalltür lauschten. Er hob die Stimme noch mehr. »Wenn Sie mich verhaften wollen, tun Sie's, und ich besorge mir einen Anwalt. Wenn nicht, machen wir dem hier ein Ende.«

»Sie scheinen wild entschlossen zu sein, eingesperrt zu werden«, sagte der Captain, »aber ich sehe nicht ein, warum ich Ihnen den Gefallen tun soll.« Er wandte sich zur Tür, brüllte: »O'Connor!« Der dicke Sergeant von der Mordkommission drängte sich durch die Menge der Reporter und Zeitungsfotografen an die Tür des Kühlraumes, sagte: »Ja, Sir.«

»Lassen Sie sich den Namen von diesem Mann geben, dann rufen Sie das Hotel Sherman an und stellen Sie fest, ob er dort registriert ist. Wenn ja, lassen Sie ihn laufen.« An Crane gewandt fügte er hinzu: »Sie werden zur gerichtlichen Untersuchung kommen müssen.«

Der Sergeant winkte Crane mit dem Finger zu sich: »Gehen wir.« Ein Knopf am Jackett seines grauen Anzuges fehlte, und die Hose reflektierte glänzend das Licht, als ob sie poliert wäre.

Crane verabschiedete sich von Johnson. Der Captain dröhnte: »Wo bleiben die Reporter?« Mit zusammengekniffenen Augen beobachtete Burman, wie Crane ging.

Sergeant O'Connor rief das Sherman Hotel von einer Zelle im oberen Warteraum aus an, fand heraus, daß Crane dort registriert war, sagte zögernd: »Ich denke, Sie können gehen.«

»Danke.« Crane schickte sich an zu gehen, dann hielt er inne. »Sagen Sie, sind Sie nicht ein Freund von Lieutenant Strom?«

»Ich hab' in derselben Abteilung mit ihm gearbeitet.«

»Ich habe im Westland-Fall auch mit ihm zusammengearbeitet. Wenn Sie ihn das nächste Mal sehen, fragen Sie ihn, ob er sich an mich erinnert oder an Doc Williams.«

»Ich hab' mich schon gefragt, ob ich ihn nicht schon mal von Ihnen hab' sprechen hören. Er denkt noch immer, daß Sie die Pistole in dem Fall selber versteckt haben.«

Der Sergeant streckte eine riesige Hand aus, grinste freundlich. »Freut mich trotzdem, Sie kennenzulernen.«

Crane wand sich unter seinem Händedruck. »Ich wüßte gern, ob Sie mir einen Gefallen tun könnten.«

»Weiß nich'. Was für einen?«

»Ich würd' gern die Stelle sehen, wo sie die Leichen rein und raus tragen, und ich würd' gern jemanden von den Leuten, die als erste hier ankamen fragen, ob er irgendwelche unbekannten Wagen um die Zeit gesehen hat, als der Wärter getötet wurde.«

Sergeant O'Connors rundes Gesicht legte sich in Falten, während er nachdachte. »Ich glaube, es kann nichts schaden, wenn ich Sie ein bißchen herumschnüffeln lasse.« Er fügte mit Vorbehalt hinzu: »Nicht, wenn ich mit Ihnen gehe.«

Sie gingen zur Vordertür hinaus und um das Gebäude herum bis zu der Einfahrt, die zur Seitentür des Leichenschauhauses führte. Crane kniete sich hin und entzündete ein Streichholz, aber er blies es wieder aus, als er feststellte, daß die Oberfläche aus dunklem Asphalt war. »Keine Reifenabdrücke«, sagte er.

Weiter hinten brannte ein rotes Licht schwach über einer

Doppeltür. Statt einer Treppe führte eine Zementauffahrt zu der Tür hinauf.

»Hier schaffen sie sie hoch«, sagte der Sergeant. Er öffnete die Doppeltür. »Drinnen ist der Raum für die Aufnahme.« Mit einem Klicken ging das Licht an.

Crane blieb am Eingang stehen, seine Hand ruhte auf dem Innengriff der rechten Tür. Der Raum war kalt und sehr sauber, und am anderen Ende waren fünf weiß emaillierte Krankenhaustische, auf denen mit Tüchern bedeckte Körper lagen. Außerdem waren ein halbes Dutzend leere Tische im Raum.

»Die warten darauf, daß sie heute morgen untersucht werden«, erklärte der Sergeant. »Die Ärzte von der Gerichtsmedizin arbeiten nachts nicht, außer es ist was Besonderes.«

»Wo führen sie die Autopsien durch?« fragte Crane. »Hier drin?«

»Nee, sie haben hier hinten einen Raum.« Sergeant O'Connor öffnete eine Tür und zeigte ihm einen Raum mit einem festmontierten Operationstisch unter einer Batterie von Deckenlampen und zwei Kästen mit rostfreien Stahlinstrumenten. Er schloß die Tür, öffnete eine andere und sagte: »Die führt zum Kühlraum, wo die Mumien in die Ablage kommen.«

Ein Mann stand im Durchgang. Sein Arm ruhte auf dem Geländer einer Metalltreppe, die hinauf zum Warteraum führte, wie Crane sich erinnerte. »Hallo, Tom«, sagte der Mann.

»Hallo, Prystalski«, antwortete Sergeant O'Connor, während er die Tür zur Aufnahme schloß. »Sehen uns nur ein bißchen um.«

»Ihr werdet nichts finden. Meine Leute waren zuerst hier, und wir haben den ganzen Laden auf den Kopf gestellt. Wir haben in jedes Schubfach geguckt und sogar die Tücher von den Leichen in der Aufnahme weggezogen. Es gibt keinen Zweifel, daß irgendwer mit der Leiche von dem Mädchen abgehauen ist.«

Crane fragte: »Bevor ihr die Durchsage bekommen habt,

hierher zu kommen, habt ihr da irgendwelche Autos vor dem Leichenschauhaus parken sehen?«

Prystalskis schwarzes Haar war ölig. Er kratzte sich am Kopf, dann wischte er sich die Finger an seinem Hemd ab. »Wir haben tatsächlich eine große Limousine draußen parken sehen. Wir sind um den Block gefahren, um sie uns nochmal anzusehen, aber sie war weg, als wir zurückkamen.«

Die Metalltür zum Kühlraum öffnete sich, und einige Leute kamen heraus.

»Sie sind sicher, daß es eine Limousine war und nicht ein Leichenwagen?« fragte Crane.

»Ich sollte doch wohl den Unterschied zwischen einer Limousine und einem Leichenwagen kennen, oder?«

»Zum Teufel!« Es war Captain Grady. »O'Connor, ich dachte, ich hätte Ihnen gesagt, Sie sollten den Kerl loswerden.« Sein Gesicht war puterrot. »Was denken Sie sich dabei, ihm zu erlauben, meine Leute auszufragen?«

O'Connors Gesicht sah dümmlich aus vor Verlegenheit. Crane sagte schnell: »Der Sergeant und ich haben gewartet, bis Sie mit den ganzen Reportern fertig sind, um zu sehen, ob Sie mich noch brauchen.«

»Und deshalb haben Sie sich die Zeit damit vertrieben, ein paar Fragen zu stellen?«

Ein Reporter von der *Tribune* fragte:

»Ist das der Mann, von dem Sie uns erzählt haben, Captain?«

Der Reporter hieß Shadow Jones, und von ihm hieß es allgemein, daß er seinen Anzug seit sieben Jahren trug, ohne ihn auch nur einmal bügeln zu lassen. Einige behaupteten sogar, er hätte ihn seit sieben Jahren nicht ausgezogen.

»Derselbe.« Captain Grady wollte gerade noch etwas sagen, als einer der Männer von der Mordkommission oben an der Treppe erschien und herunterrief: »Captain.«

Mürrisch fragte der Captain: »Ja, was ist?«

Der Mann von der Mordkommission sagte: »Hier ist ein Mann, der behauptet, er könne die Leiche identifizieren.«

»Die Leiche identifizieren? Die Leiche identifizieren?« Die Stimme des Captains schraubte sich hoch. »Wozu sollten wir jemanden brauchen, um die Leiche zu identifizieren? Wir wissen doch alle, daß es der arme Augie ist.«

Geduldig sagte der Mann von der Mordkommission: »Die Leiche des Mädchens.«

»Warum hast Du das nicht gleich gesagt, Mann? Schick ihn runter.«

Zuerst kamen die Füße des Mannes in Sicht, und man konnte feststellen, daß er handgefertigte Schuhe für zweiundzwanzig Dollar besaß, die eine Farbe hatten wie goldbrauner Toast; dann gelbbraune Gabardinehosen und ein Jackett von der Art, wie William Crane es sich immer hatte kaufen wollen, sich aber nie dazu entschließen konnte, weil die Palm-Beach-Anzüge im Vergleich dazu so preiswert waren; ein weißes Hemd, eine Krawatte im Farbton einer hellen Havanna-Zigarre und keinen Hut. Der Gabardine-Anzug war sehr elegant geschnitten, besonders der plissierte und mit einem Halbgürtel besetzte Rücken, und bis er sah, daß das Jackett um die Taille weit geschnitten war, dachte Crane, der Mann wäre möglicherweise ein Gangster oder zumindest jemand, der mit Rennpferden zu tun hat.

Der Mann zögerte unsicher auf der untersten Stufe und blinzelte in den Lichtkegel, der aus dem Kühlraum fiel. »Ist Captain Grady hier?« Er war jung, ungefähr siebenundzwanzig Jahre alt, und seine blonden Haare waren vom Wind zerzaust. Er war nicht hübsch, aber die Sorte Mann, die Frauen, besonders ältere, als »nett« bezeichnen würden.

Die Augenbrauen zu einer offiziellen, finsteren Miene gesenkt, sagte der Captain: »Ich bin Grady.«

»Mein Name ist Brown – A. N. Brown aus San Diego – und ich würde gern die junge Dame sehen, die gestern nachmittag hier eingeliefert worden ist.« Er machte einen Schritt von der untersten Stufe auf den Boden. »Alice Ross ist, glaube ich, ihr Name.«

»Kennen Sie eine Alice Ross?«

»Nein. Aber ich befürchte, diese Frau könnte meine Cousine sein, außer natürlich, sie ist schon identifiziert worden...?«

»Sie ist noch nicht identifiziert worden.« Der Captain steckte die Hände in die Jackentaschen. »Was läßt Sie vermuten, es könnte Ihre Cousine sein?«

»Meine Mutter und ich – ich wohne mit ihr in San Diego, Mission Hills – sind seit dem letzten Monat besorgt wegen Edna – das ist meine Cousine. Wir haben kein Wort von ihr gehört, und wir befürchten...«

Der Captain hatte eine Pfeife in der rechten Tasche. Er nahm sie heraus, klemmte sie zwischen die Zähne. »Nun?«

»Wir befürchten, daß sie sich umgebracht haben könnte.« Brown sprach stockend. »Es ging ihr nicht gut... Herzbeschwerden... konnte nicht tanzen oder Sport treiben... das machte sie ganz verzweifelt.«

»Hatte sie keine Familie?«

»Das ist genau das Problem. Wir waren, sind, die einzigen Verwandten, die sie hat. Vater und Mutter beide tot. Sie wohnte bei uns... natürlich hatte sie ein kleines Einkommen, genug, um davon zu reisen... und ich fürchte, sie litt unter dem Gedanken, uns eine Last zu sein.« Er sah den Captain an. »Kann ich sie nicht sehen?«

Shadow Jones von der *Tribune* sagte: »Wie hieß Ihre Cousine mit Nachnamen, Mister...« Er sah in seinen Notizen auf der Rückseite eines Briefumschlages nach – »Brown?«

Besorgnis verdunkelte Browns Gesicht. »Wir werden damit doch nicht in die Schlagzeilen der Zeitungen kommen, nicht wahr?« fragte er Captain Grady.

»Keine Sorge, Mister«, sagte einer der anderen Männer von der *Tribune*. »Wir würden nicht im Traum daran denken, das in die Zeitungen zu bringen.«

Captain Grady packte Cranes Arm, sprach mit Brown. »Kennen Sie diesen Mann? Schon mal gesehen?«

Browns Augen waren eine Sekunde lang aufmerksam auf Crane gerichtet, dann schüttelte er den Kopf. »Ich hab' ihn noch nie in meinem Leben gesehen.«

Cranes Arm wurde losgelassen und fiel herab. Der Captain sagte zu ihm: »Sie können abhauen. Man könnte glauben, Sie wären ein Sonderbeobachter vom Amt für Verbrechensbekämpfung, so, wie Sie hier herumlungern.« Dann fügte er an die Reporter gewandt hinzu: »Ihr auch. Ich möchte mit Mr. Brown allein sprechen.«

Johnson und Shadow Jones gingen mit Crane die Treppe hinauf. »Dieser Dreckskerl Greening«, sagte Johnson. »Er hat Ihnen den ganzen Schlamassel eingebrockt. Warum hat er seinen Mund nicht halten können?«

»Ist mir egal«, sagte Crane. »Es ist nicht das erste Mal, daß ich im Schlamassel stecke.«

Shadow Jones bemerkte: »Burman scheint es auf Sie abgesehen zu haben.« Er zog sich die Hose etwas höher. »Er glaubt, Sie hätten beim Diebstahl der Leiche Ihre Hand im Spiel gehabt. Glaubt, man hätte Sie dazu beauftragt, und Sie hätten dabei den armen, alten Augie unabsichtlich getötet.«

»Wozu, glaubt er, wollte ich die Leiche haben?«

»Ich hab' keinen Schimmer.«

Shadow Jones zog wieder an seiner Hose. »Ich glaub' auch nicht, daß er es weiß.« Die Hose sah aus, als sei sie für jemanden gemacht worden, der vier Nummern größer war als er. »Ich nehme an, es ist nur die Intuition eines Polizisten.«

»Sie wären jetzt in einer Zelle, wenn ich ihm nicht erzählt hätte, daß Sie einige einflußreiche Beziehungen in der Stadt haben«, sagte Johnson.

»Was macht Sie so sicher, daß ich nicht in eine Zelle gehöre?«

»Schließlich war ich es, der das Spiel vorgeschlagen hat, durch das Sie nach unten gekommen sind. Sie wären nie nach unten gegangen, wenn ich das nicht gemacht hätte.«

»Das stimmt«, sagte Crane.

Shadow Jones fragte: »Was für ein Spiel?«

Johnson blinzelte Crane zu: »Das ist ein Geheimnis unter uns Pastorentöchtern.«

Crane ging in die Telefonzelle und rief ein Taxi. »Ich verschwinde besser, bevor der Captain seine Meinung ändert«, sagte er, als er herauskam. Er ging hinaus und wartete am Bordstein auf das Taxi.

3

Die Nacht war jetzt windstill und klar, und die Lichtstrahlen von den Scheinwerfern des Taxis hatten die Farbe von Zitronensaft auf dem Pflaster. Selbst eine so leichte Bewegung wie das Einsteigen ließ Crane schwitzen. Er rieb sich die Stirn mit einem zerknüllten Taschentuch und sagte: »Zum Prinzess Hotel.«

Sie fuhren sacht an. Als sie sich der ersten Straßenecke näherten, sah Crane, daß das Gras zwischen der Straße und dem Bürgersteig mit schlafenden Menschen bedeckt war. Auch oben auf Feuerleitern und Veranden schliefen noch Leute.

Der Fahrer sagte im Plauderton: »Na, ist es dir heiß genug, Kumpel?«

Crane antwortete müde: »Reichlich heiß.« Er beschloß, das Wetterkapitel besser gleich hinter sich zu bringen. »Aber es ist nicht die Hitze, die einen fertig macht, es ist die Feuchtigkeit«, fügte er hinzu.

»Genau das sag' ich auch immer«, sagte der Fahrer. Er sagte es. »Es is' nich' die Hitze, es ist die Feuchtigkeit.«

Ein anderes Auto überholte sie plötzlich mit dröhnendem Motor, zwang sie an den Bordstein. Einer der vier Männer in dem Auto stieg aus und öffnete die Tür des Taxis. Das automatische Deckenlicht fiel auf den Italiener aus dem Leichenschauhaus.

»Hören Sie, ich hab' mit dem Typ nichts zu tun«, begann der

Fahrer eifrig. »Er ist nur ein Fahrgast, verstehen Sie? Ich hab' ...«

»Halt's Maul.« Der Italiener beugte sich so weit vor, bis er mit dem Gesicht vor Cranes war, und sagte: »Was haste den Bullen erzählt?«

»Nichts. Ich hatte ihnen nichts zu erzählen.«

Die drei Männer in der Limousine hielten ihre Gesichter vom Taxi abgewandt. Sie alle hatten Panamahüte auf.

»Du hast ihnen erzählt von mir?«

»Natürlich, aber keiner von uns wußte, wer du warst.«

»Du kennst mich jetzt?«

»Nur als den Mann, der zum Leichenschauhaus gekommen ist.«

»Du kennst mich nächstes Mal?«

»Aber klar.«

»Nein.« Der Italiener klopfte sich unter den linken Arm. »Du kennst mich nicht.«

»Vielleicht hast du recht.« Crane konnte eine Beule sehen, wo das Pistolenhalfter festgeschnallt war. »Ich konnte noch nie Gesichter behalten.«

Der Italiener sah ihn ernst an. »Ich hab' recht.« Er trat zurück, knallte die Tür, sagte zum Fahrer: »Fahr los, Glückspilz.«

Cranes Kopf schlug gegen das Heckfenster des Taxis. Drei Blocks weiter die Straße hinunter sagte der Fahrer: »Nette Spielkameraden hast du.« Crane rieb sich den Kopf, fragte: »Kennen Sie den Typ?«

»So wie der geredet hat«, sagte der Fahrer mit Nachdruck, »würd' ich ihn nicht kennen, wenn er mein Bruder wär'.«

Sie bogen rechts auf die Michigan Avenue, und neun Blocks weiter südlich hielten sie vor dem Prinzess Hotel. Crane gab dem Fahrer einen Dollar. »Wenn irgendeiner es wissen will, Sie haben mich am Sherman rausgelassen.«

»O. k., Kumpel.«

Das Prinzess Hotel war auch bekannt als die Reitschule der

South Side. Es war zwölf Stockwerke hoch, und es sah so aus, als wären unter seiner äußeren Schicht aus Ruß und Schmutz rote Ziegel. In der Eingangshalle war ein grüner Teppich, und für Beleuchtung sorgten Lampen mit rosa Schirm, wie sie zu Wohnzimmergarnituren für dreiundneunzig Dollar für Frischverheiratete passen. In einer Ecke der Eingangshalle war der Teppich zurückgeschlagen, und zwei junge Männer mit pomadigen Haaren steppten auf dem Fliesenboden. Einer von ihnen klatschte in die Hände und rief:

»Du bist besser als Fred Astaire, Angie.«

»Fred Upstairs«, sagte der andere mit schriller Stimme.

Sie lachten beide entzückt.

Eine dickbusige Blonde in einem gelben Seidenkleid sprach mit dem Nachtportier. »Ich hab' zu ihm gesagt, wenn meine Stripnummer für Minsky gut genug ist«, erzählte sie gerade, »ist sie auch gut genug für das Star and Garter.« Eine Zigarette baumelte von ihren Lippen.

Ohne seine Ellbogen von der Theke zu nehmen, sagte der Nachtportier zu Crane: »Ja, Sir?« Er war groß und dünn, und einer seiner Schneidezähne war braun.

Zu Füßen der Frau lag ein brauner Spitz, seine Zunge hing heraus, er hechelte im Viertelsekundenrhythmus. Crane umging ihn, ließ sich als Edwin Johnson aus Galesburg, Illinois, eintragen, bezahlte ein Zwei-Dollar-Zimmer im voraus. Er fühlte, daß die Frau ihm nachstarrte, als er mit dem Hoteljungen, der schläfrige Augen hatte, in den Fahrstuhl einstieg.

Nachdem er die Fenster im Zimmer geöffnet hatte, blieb der Hoteljunge im Türrahmen stehen. »Sonst noch was, Sir?« Sein blasses Gesicht war düster.

Crane zog einen Zwanzig-Dollar-Schein aus seinem schweinsledernen Portemonnaie. »Womit würdest du dir den verdienen wollen?«

Der Hoteljunge sagte: »Mit allem, außer Mord, Mister«,

und sogleich verständigte man sich darauf, daß Crane Nummer 409 untersuchen durfte, das Zimmer, das Miss Alice Ross bewohnt hatte.

Der Hoteljunge ging hinunter in die Eingangshalle, erzählte dem Portier, daß er etwas essen gehe, und kam dann über die Hintertreppe hoch zu Cranes Zimmer.

»Das kostet mich meinen Job, wenn's rauskommt«, sagte er, während er Crane zwei Treppen hinunter zum vierten Stock führte. Er fügte hinzu: »Nicht, daß ich was drum gebe.«

Leise öffnete er die Tür von 409 mit dem dünnen Nachschlüssel. Der Hoteljunge drehte das Licht an. »Nichts ist verändert worden, seit sie sie gefunden haben«, sagte er. »Das Büro des Leichenbeschauers hat uns angewiesen, alles so zu lassen bis nach der gerichtlichen Untersuchung.« Er schwang die Tür hinter ihnen zu. »Dort hat sie gehangen.« Er deutete auf die lackierte Badezimmertür, die halb geöffnet in den Raum stand. »Sie war splitternackt.« Die Tür war auf der Badezimmerseite weiß, auf der anderen mahagonibraun.

»Nackt!« sagte Crane, überrascht.

»Splitternackt.«

Der schwere Teppich auf dem Boden war einmal karmesinrot gewesen, jetzt war er fuchsfarben. Die Fenstervorhänge waren purpur; eine violette Decke lag auf dem Bett; an den Fenstern standen zwei Sessel mit nachgemachter Petit-point-Stickerei. Ein sperriger Stuhl mit gerader Rückenlehne stand an einem Schreibtisch.

Drei Fuß von der Badezimmertür entfernt blieb Crane stehen. »Komisch, daß sie in den Raum geht«, sagte er, »und nicht ins Badezimmer.«

Der Hoteljunge sagte: »Das Klo ist im Weg. Sie muß sich nach außen öffnen.« Er zeigte auf eine schwere Stahlstange, vermutlich für Handtücher, auf der weißen Seite der Tür. »Das Seil war an diesem Stab festgebunden und dann über die Tür geführt. Sie hing auf der anderen Seite, sah sozusagen die Wand an.«

»Hast du sie gesehen?«

»Hören Sie mal, so was würd' ich mir nicht entgehen lassen. Nicht der kleine alte Edgar.« Mit vor Erinnerung glänzenden Augen fuhr der Hoteljunge fort. »Ich bin extra früh zur Arbeit gekommen, um einen Blick auf sie werfen zu können. Sie war die Art Dame, die man sonst nicht unter zwei Dollar zu sehen kriegt. Ihre Beine –«

Crane unterbrach ihn: »Hing sie da immer noch?«

Der Hoteljunge schüttelte den Kopf. »Nee, sie haben sie abgeschnitten, direkt nachdem sie sie gefunden hatten.« Er schwang die lackierte Tür herum, so daß der weiß emaillierte Toilettensitz nicht mehr zu sehen war. »Das einzige, was blieb, waren ihre Fußspuren auf der Tür.«

Hinter der Tür war eine kleine, grüne Badezimmerwaage. Crane schielte nach ihr, fragte dann: »Fußspuren? Auf der Tür? Was war sie, eine menschliche Fliege?« Die Waage war nicht neu, und der Pfeil zeigte auf 5, obwohl nichts auf der viereckigen Plattform lag.

Der Hoteljunge kniete auf dem fuchsfarbenen Teppich, sein Gesicht nahe an der Rückseite der Tür, und sagte: »Man kann die Spuren noch sehen ...«, während er mit dem Finger auf ein paar Flecke zwei Fuß über dem Boden zeigte, »wo sie mit ihren Fersen aufgeschlagen ist.«

Crane beugte sich herunter. »Das sind tatsächlich Fußspuren.« Sein Taschentuch war noch feucht. Er rieb an einem der Flecke; er verschwand. Er richtete seinen Oberkörper auf, schlug fest mit der Faust auf eine der oberen Platten. Er untersuchte die Stelle gründlich, sah, daß es keinen Abdruck gab, und schickte sich an, noch einmal gegen die Tür zu schlagen.

»Nicht, um Himmels willen«, sagte der Hotelboy. »Sie haben gleich die Bullen hier oben, die nach Gespenstern suchen, wenn Sie noch mehr Lärm machen.«

»Ich hab' versucht rauszukriegen, wie diese Spuren entstanden sind.«

»Durch Wasser.«

»Wasser?«

»Jaa, Wasser.« Wie ein Kosakentänzer schwang sich der Hoteljunge mit gebeugten Knien herum, so daß sich die Tür wieder öffnen ließ. »Sie hat ein Bad genommen, bevor sie sich aufgeknüpft hat. Seh'n Sie, das Wasser ist noch in der Wanne.«

Einen halben Fuß unterhalb des Wannenrandes, einen halben Zoll unterhalb des Überlaufs, war ruhiges blaß-grünes Wasser. Auf dem Porzellanabsatz zwischen der Wand und der hinteren Wannenseite waren eine Nagelbürste und ein orangefarbener Waschlappen. Auf dem Grunde der Wanne, neben dem Stöpsel, war ein rosa Klecks. Die weißen Ärmel über die Ellbogen geschoben, tauchte Crane seinen Arm ins Wasser, fischte ein weiches, dickliches Stück Seife heraus. Es duftete nach Nelke. Er warf es zurück ins Wasser, verursachte kleine Wellen, die in der Wanne kreisten.

»Die Seife muß da drin gewesen sein, seit sie das Bad genommen hat«, bemerkte er.

Auf dem Weg zurück ins Schlafzimmer untersuchte er noch einmal die Flecke an der Rückseite der Tür. »Ich nehme an, das Wasser ist an ihrem Körper herab bis zu ihren Fersen gelaufen, dann hat es die Spuren auf der Tür hinterlassen, wo sie das Holz berührten.«

Der Hoteljunge sagte: »Das haben sich die Bullen auch überlegt.«

Crane stand auf der fußhohen Waage, sah, daß sie 182 anzeigte, zog fünf Pfund wegen des Fehlers ab, drei Pfund für die Kleidung, sagte: »Ich hör' besser auf, Bier zu trinken.« Dann fragte er: »War die Dame eine Nutte?«

»Nein Sir, sie war hochklassig.« Die Stimme des Hoteljungen war bestimmt.

»Hat jemand sie besucht?«

»Ein Typ.«

»Hast du ihn gesehen?«

»Ja.«

Crane balancierte mit einem Fuß auf der Waage, wie die griechische Statue des Diskuswerfers. »Wie sah er aus?«

»Er war ein gut aussehender Typ, ungefähr ebenso –« Der Hoteljunge wich einen Schritt zurück. »Hören sie mal, passen Sie besser auf, sonst brechen Sie sich den Hals.« Dann fuhr er fort: »Ebenso alt wie Sie. Auch ungefähr Ihre Größe. Er war aber ziemlich dunkel und sah irgendwie aus wie ein Itaker, so ähnlich wie George Raft in seinen Filmen.«

»Weißt du seinen Namen, oder was er gemacht hat?«

»Es kam mir so vor, als ob er in irgend'ner Band war.« Er dachte einen Moment nach. »Ich glaube, ich hab' ihn mal so was wie 'nen Koffer für ein Musikinstrument tragen sehen.«

Crane trat von der Waage herunter. »Ein Instrument?« Er sah den Jungen an. »Bist du sicher, daß er ein Musikinstrument in dem Koffer hatte?«

»Hiiimmel!« Die Augen des Hoteljungen weiteten sich. »Sie glauben, er war vielleicht ein Gangster?«

»In einem Instrumentenkoffer läßt sich eine Maschinenpistole sehr gut transportieren.« Crane zog ein zerknittertes Päckchen Lucky Strike hervor. »Auch eine?« Er zündete die des Hoteljungen und seine eigene an, warf das Streichholz aus dem Fenster. »Kannst du dich an irgendwas Besonderes an dem Kerl erinnern? Eine Narbe oder ein lahmes Bein oder so was?«

Der Hoteljunge sagte finster: »Er trug einen schwarzen Filzhut.«

Das war alles, woran er sich erinnern konnte, aber er versprach Crane, es ihm zu sagen, wenn ihm noch etwas einfiele. Er sagte: »Ich geh' jetzt besser wieder runter. Mister Glaub wird sich schon fragen, was mit mir passiert ist.«

Crane hielt den Zwanziger zwischen Daumen und Zeigefinger. »Noch zwei, drei Fragen. Wer hat sie zuerst gefunden?«

»Annie. Sie ist das Zimmermädchen für diese und die zweite Etage.«

»Wie ist ihr Nachname?«

»Ich weiß nicht.« Die Augen des Hoteljungen ruhten hungrig auf dem Zwanziger. »Aber ich werd's für Sie rausfinden, Mister.«

»Wie lang war diese Miss Ross hier gewesen?«

»Nur eine Nacht, bevor sie mit sich Schluß machte. Sie kam gegen drei Uhr morgens an.«

»In Ordnung. Und jetzt, wo ist das Seil?« Während er die Augen kurz von dem Zwanzig-Dollar-Schein abwandte, um auf die Badezimmertür zu blicken, fragte der Hoteljunge: »Sie meinen das Seil, das sie benutzt hat?«

»Ja.«

»Der Vertreter des Leichenbeschauers hat es mitgenommen.« Die Zigarette des Jungen, die ihm am unteren rechten Mundwinkel klebte, zuckte, wenn er sprach. »Das und ihre Handtasche waren aber die einzigen Sachen, die die Bullen mitgenommen haben. Alles andere haben sie genauso gelassen, wie's war.«

»O. k.« Crane gab ihm den Schein. »Du hast doch einen Reserveschlüssel für dieses Zimmer, nicht wahr?«

»Einen Nachschlüssel.«

»Schön, laß ihn hier bei mir. Ich will mich noch etwas mehr umsehen. Ich schließ' die Tür ab, wenn ich fertig bin, und geb' ihn dir dann zurück.«

Unsicher und zögernd stimmte der Hoteljunge zu und sagte: »Sie warten besser und geben ihn mir morgen abend zurück.« Er nahm den Schlüssel aus der Tür, gab ihn Crane. Er zog sich in den Flur zurück. »Lassen Sie sich um Gottes willen von niemandem hier drin erwischen.«

Crane machte hinter ihm die Tür zu, verschloß sie und ließ den Schlüssel im Schloß. Er ging hinüber zum Bett und setzte sich auf die violette Decke.

Es war kurz vor Tagesanbruch. Der heller werdende Himmel, der von Marineblau zu Blaßgrün wechselte, ließ die Lichter im Zimmer bleich werden. Im Nebenblock stampfte ein Milchmann hölzerne Hintertreppen hinauf und hinunter, knallte seinen schweren Kasten auf die hinteren Veranden, schlug klirrend leere Glasflaschen aneinander. An der Vorderseite des Hotels begannen Autos, die Michigan Avenue entlang zu fahren.

Crane hätte sich sehr gerne auf das federnde Bett gelegt, aber statt dessen ging er ins Badezimmer und öffnete den Arzneischrank. Eine Batterie von Schönheitsmitteln, Toilettenartikeln stand auf den Glasregalen wie kitschiges deutsches Spielzeug in einer Vitrine. Hohe Töpfe mit silbernem Etikett standen neben flachen weißen Töpfen; drei Dr.-West-Zahnbürsten sprossen aus einem roten, blumentopfähnlichen Behälter; eine runde Pappschachtel war halb mit blaß orangefarbigem Körperpuder gefüllt; lose, platingetönte Haarnadeln lagen verstreut auf einer Glasplatte; auf einer anderen eine Tube Ipana-Zahnpaste und ein Lippenstift in einer Metallhülle. Die Töpfe waren mit einer Vielzahl von Gesichtscremes gefüllt. Es gab auch eine Flasche Fitch's Shampoo, eine kleinere mit Odorono und eine Arzneiflasche mit Augentropfen. Er schrieb davon die Nummer ab: 142366 und den Namen des Drugstores: Boyd's an der Kreuzung Wabash und Zweiundzwanzigste Straße.

Danach ging er in die Kleiderkammer, die geräumig war und die man in einen Ankleideraum verwandelt hatte. Zumindest befanden sich eine kleine, rosa gestrichene und mit blauen Lilien verzierte Kommode in der Kammer und ein runder Spiegel. Auf der Kommode waren eine Nagelschere, ein Maniküreståbchen, ein Nagelpolierer, Bürste und Kamm, eine Flasche Shalimar-Parfüm. Er drehte die Birne, die von der Decke hing, an und begann, eine nach der anderen, die drei Schubladen der Kommode herauszuziehen. Sie waren alle leer. Er befühlte die Kleidungsstücke auf den Drahtbügeln am anderen Ende der Kammer. Da waren zwei Seidenblusen, ein blaßrosa Seidennachthemd mit feiner Handarbeit um den Halsausschnitt und an den Ärmeln, ein himmelblauer Seidenunterrock, ein Kleid in dunklerem Blau und ein hellbrauner Polomantel aus Kamelhaar. Alle trugen Marshall-Field-Etiketten. Von einem Wandhaken hing ein fleischfarbener Hüfthalter, an dem Strumpfbänder befestigt waren. Von einem anderen hingen einige sehr zarte Seidenstrümpfe. Er sah sich nach einem Büstenhalter um, aber als er sich an die festen Brüste des Körpers im Leichenschauhaus erinnerte, war er nicht überrascht, keinen zu finden. Dann suchte er fast krampfhaft nach Schuhen. Er untersuchte den Boden der Kammer, spähte auf die Regale, tastete unter die Kommode, sah ins Badezimmer, unter das Bett, hinter Türen, sogar aus den Fenstern. Er überprüfte jeden Zentimeter des Badezimmers, der Kammer, des Schlafzimmers. Es half nichts. Es waren keine Schuhe da.

Verwirrt blieb er in der Mitte des Schlafzimmers stehen, wischte sein triefendes Gesicht ab und murmelte: »Zum Teufel!«

Sein Blick fiel auf einige dunkle Spuren auf dem Teppich, nahe der Verbindungstür zum rechten Nebenzimmer. Die Spuren waren lang und dünn und sauber, als ob jemand den Teppich mit einem Waschlappen abgerieben hätte. Er versuchte, die Verbindungstür zu öffnen. Sie war verschlossen.

Er ging zurück und inspizierte erneut die Kleider in der Kammer. Das Kleid fühlte sich ganz neu an, aber die Strümpfe waren getragen. Die Blusen waren zwar gewaschen worden, aber sie zeigten keine Anzeichen von Abnutzung. In keinem der Kleidungsstücke waren Schildchen aus einer Reinigung. Er untersuchte gerade den Hüfthalter, als jemand den Griff der Tür zum Flur bewegte.

Eine Stimme sagte: »Das ist das Zimmer.« Es gab das Geräusch eines Schlüssels, der in ein Schlüsselloch gesteckt wird.

Crane lief auf Zehenspitzen zum rechten Fenster, lehnte sich über den Sims. Zwei Stockwerke tiefer war ein Dach. Es sah nach einem gefährlichen Sprung aus.

Eine andere Stimme fragte nörgelnd: »Was ist los?« Es war die Stimme von Captain Grady.

Die erste Stimme sagte: »Ich krieg' den Schlüssel nicht rein.«

Man hörte das Klirren von Metall auf Metall.

Das graue Licht der Morgendämmerung ließ ein anderes Fenster erkennen, ungefähr drei Fuß weiter rechts an der Wand. Crane verdrückte sich durch sein Fenster und stand auf dem Sims, hielt sich mit den Händen an der Unterseite des weit geöffneten Rahmens fest. Er schob seine linke Hand die Wand entlang, bekam den ebenso geöffneten Rahmen des anderen Fensters zu fassen.

Die erste Stimme im Flur sagte: »Es scheint, als wäre noch ein zweiter Schlüssel in der Tür.«

»Ein Schlüssel!« Captain Gradys Stimme klang tief. »Sie meinen, jemand ist im Zimmer?«

»Sieht so aus.«

Den linken Fuß auf die äußere Zementfensterbank des anderen Fensters aufgesetzt, die linke Hand fest am Rahmen verankert, verlagerte Crane sein Gewicht, zog sich von Miss Ross' Fenster weg. Er hörte den Captain brüllen:

»Sergeant, brechen Sie die Tür auf.«

Er glitt in das andere Zimmer. Kleidungsstücke lagen unordentlich verstreut auf dem Boden, über Stühlen, einer Kommode, dem Doppelbett – Männer- und Frauenkleidung. Seidenstrümpfe, ein seidener Damenslip hingen von einem Stuhl neben dem Bett; eine zerknitterte Leinenhose und ein grünes Kleid lagen auf dem Teppich; ein Schuh mit einer braunen Socke darin ruhte auf der Frisierkommode; eine Männerunterhose war über eine Messinglampe an der Wand drapiert. Unter dem Bett, neben zwei grünen Schuhen mit Louis-XV-Absatz waren leere Gingeraleflaschen; auf dem kleinen Tisch am Kopfende des Bettes waren Gläser, eine Ein-Liter-Flasche Dewar's White Label Scotch Whiskey.

Eine Frau setzte sich plötzlich auf der Crane zugewandten Seite des Bettes auf, zog das Laken hoch bis zum Hals, schnappte nach Luft. Er sprang, bekam ein Bein über ihre Hüfte. Zähne quetschten seine Hand, aber er hielt sie in ihrem

Mund, bis er die Strümpfe, die über dem Stuhl hingen, zu fassen bekam. Sie kämpfte, schlug mit den Fersen auf die Matratze, wand sich, aber er hielt sie mit dem Ellbogen und den Knien; schließlich zwängte er die zusammengeknüllte Seide in ihren Mund, knebelte sie, indem er den zweiten Strumpf fest um ihren Kopf band.

Neben ihr, auf der anderen Betthälfte, atmete ein Mann schwer, mühsam, im Vollrausch.

Die Frau war nackt. Crane rollte sie herum, band ihre Handgelenke auf dem Rücken mit seiner Krawatte fest. Dann fesselte er ihre Füße mit dem grünen Kleid und bedeckte ihren Körper halb mit dem Laken. »Dir passiert nichts, wenn du brav bist«, sagte er. Sie drehte sich auf die Seite und funkelte ihn an. Sie war jung und dunkel, und ihre Haut war frisch. Sie arbeitete sich weiter unter das Laken.

Nebenan gab es ein Krachen, das Splittern von Holz, Getrampel von Füßen, lautes Reden.

Crane ging zur Tür und öffnete sie einen Spalt. Ein dicker Polizist stand im Flur und schwang seinen Knüppel. Er schloß schnell die Tür, dachte eine Sekunde nach, dann ging er hinüber zu den Fenstern. Er zog die grünen Rouleaus herunter, kam zurück zum Bett und packte den Mann unter den Armen. Die Beine und die Brust des Mannes waren schwarz behaart. »Auf geht's, Kumpel«, sagte er und schleifte den Mann ins Badezimmer, wo er ihn in die Wanne legte und den Duschvorhang zog. Einige Männer liefen auf dem Flur vorbei. Er kam zurück ins Schlafzimmer, zog sein Hemd und das Oberteil seiner zweiteiligen Sportunterwäsche aus und brachte sein Haar mit den Händen in Unordnung.

Die dunklen Augen der Frau leuchteten vor ohnmächtiger Wut.

Er sprang auf das Bett, schraubte schnell die 125-Watt-Birne in der Deckenfassung los, sprang wieder herunter. Als er in dem verdunkelten Raum um sich blickte, sah er die Whiskeyflasche, hob sie gegen das Licht, das seitlich von den heruntergelassenen Rouleaus eindrang, stellte fest, daß sie zu einem Fünftel voll war, und nahm einen langen Schluck. Er stellte die Flasche zurück auf das Gestell. »Rutsch rüber, Schätzchen«, sagte er. Er stieg zu der Frau ins Bett, zog das Laken zurecht, so daß es seine Schuhe und seine Hose bedeckte.

»Tut mir leid wegen der Schuhe«, sagte er. »Ich trag' sie normalerweise nicht im Bett, aber es könnte sein, daß ich gleich rennen muß.« Nach einem Moment fügte er hinzu: »Tut mir auch leid wegen der Hose.«

Hinter dem Hotel war das Geräusch von Männern zu hören, die rannten, sprachen, schrien. Schließlich rief jemand: »Hier unten ist keiner, Captain.«

Captain Grady mußte seinen Kopf aus Miss Ross' Fenster gesteckt haben. Er rief zurück: »Sehen Sie sich weiter um.«

Im selben Moment klopfte es an der Tür. Mit dumpfer Stimme fragte Crane: »Wer issn' da?«

Die Tür öffnete sich einen Spalt.

»Ich bin's, der Nachtportier.« Der Mann steckte seinen Kopf in das Zimmer, blinzelte angestrengt, um in der Dunkelheit etwas sehen zu können. Hinter ihm, in dem beleuchteten Flur, konnte Crane Captain Grady sehen. Der Portier fragte: »Haben Sie mit jemandem Ärger gehabt, der durch Ihr Zimmer gegangen ist, Mr. mhm?«

»Komm'se rein«, sagte Crane laut und belegt. »Geh'nse durch.« Er machte eine schwungvolle Bewegung mit seinem nackten Arm. »Iss' überhaupt kein Probl'm. Freut uns b'hilflich sein z'können, Sir.«

Der Portier sagte geduldig: »Wir wollen nicht durch Ihr Zimmer gehen.« Er drehte den Lichtschalter, aber nichts passierte. »Wir würden gerne wissen, ob Sie irgend jemand in ihrem Zimmer gesehen haben.«

Crane hatte eine Hand an der Kehle der Frau. Als sie versuchte, sich aufzusetzen, drückte er seine Finger warnend fester zusammen. »Wenn'se nich' durch dieses Ssimmer woll'n«, fragte er logischer, »warum klopf'nse dann an meine

Tür?« Er setzte sich im Bett auf, ließ seine nackte Brust sehen. »Wasch fällt Ihnen ein, die Priva'phäre von ehrbar'n Bürgern zu stör'n? Häh?« Er tat so, als ob er aus dem Bett steigen wollte.

Der Portier sah Captain Grady an. Der Captain schüttelte den Kopf. Der Portier sagte: »Entschuldigung«, und begann die Tür zu schließen.

Crane schwenkte einen Arm in seine Richtung. »War Bunka Hill etwa umsons'?« fragte er. »Was iss'n mit der Bostoner Teaparty?« Die Tür schloß sich, er sprach weiter: »Wer hat'n Garcia den Brief gebracht? Sie nich', wett'n?« Er murmelte noch zwei Minuten vor sich hin, dann seufzte er tief, sank auf das Bett zurück. Er ließ den Hals der Frau los.

Zehn Minuten später war die Polizei gegangen, und er hatte den Whiskey leergetrunken. Er fühlte sich viel besser und nicht mehr so schläfrig, und er stieg aus dem Bett und zog sein Unterhemd und Hemd an. Die Augen der Frau blickten mörderisch, während sie ihn beobachtete. Er ging ins Badezimmer, hob den behaarten Mann aus der Wanne und trug ihn zurück ins Bett. Er sagte zu der Frau: »Ich wette, Sie könnten ihn an den Zoo verkaufen.« Er brachte sein Haar mit den Fingern in Ordnung, sah mit Bedauern auf die Flasche auf dem Tisch, verbeugte sich galant vor der Frau. »Ich hoffe, das nächste Mal weniger von Ihnen zu sehen, gnädige Frau.«

Er ging hinaus auf den Flur, die Hintertreppe hinunter, durch die Eingangshalle und auf die Straße hinaus. Die Sonne war schon ein gutes Stück über dem See; Spatzen auf Fensterbänken und in den Dachrinnen zwitscherten. Ein Mann fegte den Bürgersteig. Er warf einen Blick auf Crane, sagte: »Sieht so aus, als würd's wieder ein heißer Tag werden, nich'?«

Crane sagte, das tue es in der Tat.

4

Fett, wütend, rücksichtslos kreiste eine Schmeißfliege im Raum, stieß gegen die geschlossenen Oberfenster, kitzelte den kahlen Schädel des Leichenbeschauers, ließ die vor sich hin dösenden Geschworenen in Armeschwenken und Kopfschütteln ausbrechen. Hoch am Himmel machte die kupferfarbene Sonne die gelegentliche Brise zu einer Qual für die Lungen. Die Luft im Raum fühlte sich an, als ob sie mit Cayennepfeffer eingestäubt worden wäre.

»Dann, Mr. Greening, ist Ihre Aussage also praktisch identisch mit der von Mr. Johnson?«

Greening sah aus wie ein feister Engel. »Ja, Sir.« Seine Wangen waren rosig, seine kleinen Augen blau.

»Und Sie würden die Zeit, die Mr. Crane unten im Kühlraum blieb, schätzen auf ...?«

»Mindestens zehn Minuten.«

»Erinnern Sie sich an irgendwelche früheren Unterhaltungen, die Mr. Crane mit dem Verstorbenen hatte? Irgendwelche Versuche, sich die Erlaubnis zu besorgen, die Leiche von Miss Ross fortzuschaffen?«

»Nein, Sir.«

Der Leichenbeschauer blätterte den unordentlichen Papierstapel auf dem Schreibtisch vor sich durch. »Nun, Captain Grady, Sie sagen, daß Sie nicht in der Lage sind, den Mann ausfindig zu machen, der unmittelbar vor dem Mor – äh – hm –, der Tragödie, darum bat, die Reporter zu sprechen?«

In der Mehrzahl füllten Frauen die hölzernen Bänke in dem schmalen Raum, wo im *County* Leichenschauhaus die Anhörungen abgehalten wurden. Durchweg sah man vornübergebeugte Oberkörper, sich reckende Hälse. Die Zeitungen hatten den geheimnisvollen italienischen Besucher hochgespielt.

Von seinem Platz aus, zwischen zwei Männern der Mordkommission, sprach der Captain mit gekränkter Stimme: »Meine Männer tun ihr Bestes, Sir, aber es ist eine schwier ...«

»Ich bin sicher, daß Sie alles tun, was man erwarten kann, Captain Grady. Jetzt möchte ich –«, Papiere raschelten auf dem Schreibtisch des Leichenbeschauers, »– Mrs. Liebman aufrufen.«

Captain Grady half ihr in den Zeugenstand, drückte ihren Arm. Sie war eine große, unförmige Frau mit roten Haaren und einem nagelneuen schwarzen Kleid. Sie schenkte Captain Grady einen Blick, in dem mehr Wärme lag, als man es von einer Frau, die seit acht Stunden Witwe war, erwartet hätte. Sie zog ihren Rock um die Knöchel.

Nachdem er zunächst einen gewichtigen Blick auf die Zeitungsleute am Tisch gegenüber den Geschworenen geworfen hatte, lehnte sich der Leichenbeschauer über seinen Schreibtisch und sagte ernst: »Mrs. Liebman, ich möchte Ihnen das tiefste, das allertiefste Mitgefühl von meiner Seite und im Namen dieser Geschworenen aussprechen, und ich werde mich bemühen, Ihre schmerzliche Anwesenheit hier so weit wie möglich zu verkürzen.« Er lehnte sich in seinen Sessel zurück, sah die Reporter beifallheischend an.

Drei der Zeitungsleute knobelten mit Pennies. Eine schmächtige Reporterin von der *Tribune* las eine Ausgabe der Modernen Bibliothek vom *Zauberberg*. Der Mann von der *City Press*, der alle Zeitungen mit Neuigkeiten versorgen sollte, schlief.

Leicht deprimiert fuhr der Leichenbeschauer fort: »Nun, Mrs. Liebman, würden Sie mir Ihren vollen Namen nennen?«

»Gertrude Finnegan Liebman.« Sie warf Captain Grady einen verstohlenen Blick zu. »Mein Vater war viele Jahre lang Sergeant auf dem Warren-Avenue-Polizeirevier.« Sie rollte die r in Warren.

»Ihre Privatadresse, Mrs. Liebman?«

»1311, North St. Louis Avenue.«

»Wie lange waren Sie mit Mr. Liebman verheiratet?«

»Siebenundzwanzig Jahre diesen September.«

»Haben Sie Kinder?«

»Nein, Sir. Er ... Augie ... war alles ... was ich hatte.«

»Aber, aber, Mrs. Liebman, versuchen Sie, tapfer zu sein.«

Mrs. Liebman versuchte es. Sie wischte sich die Augen mit einem Stück Tuch von der Größe einer Postkarte, putzte sich kräftig die Nase. Sie lächelte durch ihre Tränen Captain Grady an. Sie glättete ihren Rock.

Der Leichenbeschauer sah auf ein Blatt Papier, fragte: »War Ihr Gatte Rechts- oder Linkshänder, Mrs. Liebman?«

»Wieso, Rechtshänder.«

Der Leichenbeschauer warf Crane einen Blick zu, der ihm für die Nachfrage dankend zunickte.

Durch weiteres Fragen konnte festgestellt werden, daß Mr. Liebman sechs Jahre lang für das Büro des Leichenbeschauers in der Nachtschicht als Leichenwärter gearbeitet hatte, daß er nicht in finanziellen Schwierigkeiten war, daß er keine Feinde hatte, daß er in der Tat der gutherzigste Mensch der Welt gewesen war, ohne Ausnahme.

Der Leichenbeschauer fragte: »Ihr Gatte war nicht in Schwierigkeiten irgendwelcher Art?«

»Nein, Sir!« Mrs. Liebman funkelte die mit Münzen knobelnden Reporter an. »Jeder, der das sagt, ist ein dreckiger Lügner.«

»Dann haben Sie keine Ahnung, wer für seinen Tod verantwortlich ist?«

»Doch Sir; hab' ich.«

Das Mädchen von der *Tribune* blickte von ihrem Buch auf.

»Haben Sie! Wer, Mrs. Liebman?« fragte der Leichenbeschauer.

»Der junge Kerl, der da vorne sitzt ... der sich William Crane nennt.«

Gerede, wie eine brechende Sturzwelle des Atlantischen Ozeans, überschwemmte den Raum. Eine Frau im Publikum sagte: »Für mich sieht er nicht wie ein Killer aus.« Einer der Geschworenen wachte mit einem Ruck auf, sah seine fünf Genossen verwirrt an, fragte: »Ist es Zeit zum Mittagessen?«

Die Reporter drehten sich von ihrem Tisch um, starrten Crane an. Captain Grady sah zufrieden aus. Der Leichenbeschauer rief: »Ruhe! Ruhe! Bitte. Ruhe! Wenn es nicht ruhig wird, muß ich den Saal räumen lassen.«

Die Schmeißfliege versuchte, sich durch eine der Scheiben durchzuzwängen. Ihr Brummen war laut in der plötzlichen Stille.

»Mrs. Liebman, Sie machen eine sehr schwerwiegende Aussage«, stellte der Leichenbeschauer fest. »Stützen Sie diese auf Ihr persönliches Wissen?«

Mrs. Liebman warf ihren Kopf hin und her, wie ein feuriges Pferd. »Nun, der Captain hat gesagt, er ist der einzige, der es getan haben könnte.«

»Der Captain?«

»Captain Grady hier, natürlich.«

»Und die Überlegung des Captains ist die einzige Grundlage für Ihre Aussage?«

»Nun, der Captain hat gesagt...«

»Ich fürchte, Mrs. Liebman, ich werde die Geschworenen bitten müssen, Ihre Aussage nicht zu beachten.«

Von Captain Grady sanft geführt, ging die Witwe auf dem Weg zu ihrem Platz im hinteren Teil des Raumes an William Crane vorbei. »Mörder«, zischte sie, wie die empörte Mutter in einem Mitleid-mit-dem-armen-Arbeitertöchterchen-Melodram. Crane, dessen Nerven durch fehlenden Schlaf angespannt waren, wünschte für einen Moment, er *hätte* ihren Gatten getötet.

Der Arzt des Leichenbeschauers, Dr. Bloomingston, machte seine Aussage fachmännisch, schnell. Der Tod wurde durch Gehirnerschütterung verursacht, die Folge eines Schlages auf den Schädel. Seiner Meinung nach war der Schlag von ungewöhnlich heftiger Art. Nein, er konnte nicht mit Sicherheit sagen, welcher Gegenstand benutzt worden war. Eine Vermutung, eine reine und schlichte Vermutung, wäre der Knauf einer schweren automatischen Pistole.

Während er mit den Fingern seine Papiere zum Rascheln brachte, fragte der Leichenbeschauer Captain Grady: »Wo ist Mr. A. N. Brown aus San Diego?«

Das zufriedene Lächeln verschwand aus Captain Gradys Gesicht. Er preßte die Lippen zusammen, sagte: »Der Mann ist verschwunden.«

»Das ist höchst ungebührlich.« Die Finger des Leichenbeschauers schlugen einen schnellen Trommelwirbel auf dem Schreibtisch. »Können Sie Ihre Zeugen nicht im Auge behalten, Captain?«

Captain Grady war aufgesprungen, hatte eine Hand auf der Lehne seines Stuhles: »Der Mann war sowieso kein unentbehrlicher Zeuge, Herr Leichenbeschauer.« Er sprach an die Reporter gewandt, mit dem Rücken zu den Geschworenen, mit der Seite zum Leichenbeschauer. »Wir haben den Mann heute am frühen Morgen zum Hotel von Miss Ross gebracht und ihm ihre Kleider gezeigt, die er nicht identifizieren konnte.«

Die Reporter glitten hinter dem Leichenbeschauer, um die Geschworenen herum, durchs Publikum zu den Telefonen. In einer halben Stunde würden stämmige Männer in Lastwagen den Besitzern von Zeitungskiosken in der City Zeitungsbündel zuwerfen; Schlagzeilen wie »Hitzewelle: Sieben Tote« würden ersetzt werden durch: »Zeuge im Leichenschauhausfall verschwindet.«

Während er nochmal seine Papiere mit nervösen Händen durchwühlte, sagte der Leichenbeschauer: »Da dieser Fall offensichtlich mit dem der jungen Dame in Zusammenhang steht, deren Leiche aus dem Leichenschauhaus entfernt wurde, Captain Grady, werde ich Sie bitten, den Geschworenen die Umstände dieses Selbstmordes zu berichten.« Er wandte sich an die Geschworenen. »Wie Sie wissen, meine Herren, hat eine andere Jury, die den Fall von Miss Ross untersuchte, bereits festgestellt, daß sie Selbstmord beging, während sie vorübergehend geistig umnachtet war.« Er wies mit dem Finger auf den leeren Zeugenstuhl. »Berichten Sie ihnen in Ihren eigenen Worten, Captain.«

Mit steifen Rücken legten die Geschworenen Interesse an den Tag. Die sechs sahen merkwürdig ähnlich aus – abgetragene Kleidung, schütteres Haar, unstete Augen, schmieriges Kinn mit der Wasserlinie genau am Adamsapfel. Sie teilten auch die Unfähigkeit, wach zu bleiben.

Der Captain sagte: »Die Leiche der Frau wurde von Miss Annie Jackson, dem schwarzen Zimmermädchen für jenen Flur des Hotels, entdeckt. Sie war vollkommen nackt – die Frau, meine ich«, der Captain lächelte mild, während die Geschworenen laut lachten, »und sie hing an einem Seil, das über die Badezimmertür geworfen worden war. Unter ihren Füßen war eine Badezimmerwaage, die sie offensichtlich benutzt hatte, um darauf zu stehen, während sie das Seil anbrachte. Bevor sie sich tötete, hatte sie ein Bad genommen, und man konnte die Stellen sehen, wo ihre nassen Fersen gegen die Tür geschlagen waren.«

Durch sein Hemd hindurch verbrannten heiße Sonnenstrahlen William Crane den Rücken. Er schob seinen Stuhl in den Schatten.

»Die Leiche wurde gegen ein Uhr mittags entdeckt, und der Arzt des Leichenbeschauers ließ verlauten, daß die Frau ungefähr seit zwölf Stunden tot war, daher muß sie sich gegen Mitternacht getötet haben.«

Captain Grady zog ein seidenes Taschentuch hervor, wischte sich über das Gesicht, den Nacken.

»Bis jetzt waren wir noch nicht in der Lage, jemanden zu finden, der sie gekannt hat, aber wir werden jemanden haben. Es ist bekannt, daß sie Besuch von einem«, er räusperte sich, »Kavalier hatte.«

Es gab ein Flüstern, ein Kopfnicken unter den Damen im Publikum. Kavalier, natürlich!

»Wir sollten ihn bald ausfindig gemacht haben, außer, was wahrscheinlich ist, er hat von ihrem Tod in den Zeitungen gelesen und sich rar gemacht.« Der Captain nickte mit dem Kopf, als ob das wahrscheinlich der Fall wäre. Die Geschworenen, die an seinen Lippen klebten, nickten auch. »Es ist fast sicher, daß die arme Dame finanzielle Sorgen hatte«, fuhr Captain Grady fort. »Sie hatte nur vier Dollar in ihrer Handtasche.«

Der Leichenbeschauer lehnte sich über seinen Schreibtisch. »Captain Grady, haben Sie eine Meinung dazu, warum ihre Leiche aus dem Leichenschauhaus entwendet wurde?«

Der Captain sagte, indem er seine aluminiumfarbenen Augenbrauen zu einem V über der Nase zusammenzog: »Ich habe eine sehr gute Idee.« Er sah Crane an. »Ich glaube, das Mädchen kam aus einer prominenten Familie irgendwo und daß ihre Angehörigen hörten, sie ist tot, und nicht wünschten, daß sie identifiziert würde.« Er lockerte seinen Kragen, fuhr mit dem Zeigefinger zwischen ihn und den Hals. »Ich denke, die Diebe hatten nicht die Absicht, den armen Augie – Mr. Liebman – zu töten, sondern haben bei dem Versuch, ihn kampfunfähig zu machen, zu hart zugeschlagen, wie Mr. Crane meinte.«

Jeder sah William Crane an, während der Captain, mit der zufriedenen Miene eines Mannes, dem es gelungen ist, einen Autofahrer auf den richtigen Weg zu bringen, vom Zeugenstand hinabstieg.

Der Leichenbeschauer sagte: »Nun, Mr. Crane, Sie sind der letzte Zeuge.«

Der Zeugenstuhl hatte tiefe und ziemlich bequeme Armlehnen, auf die er die Ellbogen aufstützen konnte. Er gab seinen Namen mit William Crane an, seinen Wohnsitz mit New York, seinen Beruf mit Privatdetektiv, und dann machte er es sich bequem, während der Leichenbeschauer mit seinen Papieren raschelte und versuchte, sich auf seine erste Frage zu besinnen.

Endlich fragte er: »Sie waren die letzte Person, die den Verstorbenen lebend gesehen hat, Mr. Crane?«

»Nein, Sir.«

»Nein, Sir?«

»Nein, Sir.«

»Ja, wer hat ihn denn zuletzt gesehen?«

Cranes Schulter juckte. Er kratzte sich. »Der Mann oder die Männer«, sagte er, »die ihn getötet haben.«

Der Leichenbeschauer grunzte. Crane sagte: »Verzeihung?« Der Leichenbeschauer sagte: »Ich habe nichts gesagt.« Crane sagte: »Oh.«

Es war atemberaubend heiß im Raum. Hüte, Taschentücher, Handtaschen wurden von den Frauen im Publikum als Fächer benutzt. Die Luft roch nach menschlichem Schweiß, schwer und salzigsauer.

Als Antwort auf eine weitere Frage sagte Crane: »Ich habe keine Ahnung, wer die Dame war, außer daß sie von den Zeitungen Alice Ross genannt wurde.« Er berichtete, wie er den Auftrag bekommen hatte zu versuchen, ihre Identität festzustellen.

Der Leichenbeschauer kehrte zu seiner Untersuchung der letzten paar Minuten von Mr. Liebman zurück. »Wie lang waren Sie da unten mit ihm allein?« fragte er.

Crane wußte, daß Mrs. Liebmans Augen auf ihn gerichtet waren. Er sagte zum Leichenbeschauer: »Nicht mehr als zwei oder drei Minuten.«

Mrs. Liebman zeigte Haß.

»Sie sagen, Sie wären dabei gewesen, sich mit den beiden Reportern die Leiche von Miss Ross anzusehen, als Mr. Liebman herunterkam?« fragte der Leichenbeschauer.

»Das ist richtig.«

»Was tat Mr. Liebman, nachdem er den beiden Reportern gesagt hatte, daß jemand sie sehen wolle?«

»Er betrachtete auch die Leiche von Miss Ross.«

Einer der Fotografen machte ein Foto von Mrs. Liebman. Sie zeigte immer noch Haß. Sie gab mehr als das zu verstehen. Sie ballte und öffnete die Hände. Sie drückte aus: Ich würde mit diesem Mörder fertig werden, wenn ich ein Mann statt einer wehrlosen Witwe wäre.

»Mr. Liebman betrachtete die Leiche von Miss Ross«, wiederholte der Leichenbeschauer. »Hat er irgendwas gesagt?«

»Ja, das hat er.« William Crane zögerte. Er senkte die Augenlider, täuschte ein Gähnen vor. »Er sagte: ›Ich wünschte, ich könnte meine Frau gegen so ein Prachtexemplar eintauschen.‹« Er beobachtete die Witwe aus den Augenwinkeln.

Mrs. Liebman nahm es so gut auf, wie man es erwarten konnte. Sie sprang auf die Füße, kreischte: »Was, der gemeine Penner!« Niemand konnte sicher sein, ob sie sich auf William Crane oder ihren Gatten bezog, denn sie fiel sofort vor Captain Grady in Ohnmacht. Sie wurde von zwei Kusinen in die Damentoilette geschafft.

Damit, so schien der Leichenbeschauer zu entscheiden, sei die Zeugenaussage beendet. Er sagte »Vielen Dank« zu Crane, entließ die Geschworenen durch eine Tür im hinteren Teil des Raumes. Crane folgte der schlurfenden, schwitzenden Menge durch den Gang in den großen Warteraum. Er trank etwas warmes Wasser vom Hahn. Die Uhr mit dem gesprungenen Glas stand auf 12:20; die rote Quecksilbersäule in dem Thermometer auf dem Schreibtisch des Leichenschauhauswärters war ein Stückchen unter dem Strich, an dem 35 stand. Sein Kopf schmerzte, seine Augen brannten, sein Gesicht war heiß; er ging in den Raum mit der Aufschrift HERREN, um sich zu waschen. Er zog gerade ein Papierhandtuch aus einem Behälter mit der Aufschrift: »Warum zwei benutzen, wenn eins genauso gut ausreicht?«, als jemand in den Raum kam. Er blickte in den mit Fliegendreck besprenkelten Spiegel und sah, daß es der Italiener vom Vorabend war. Er sagte: »Du hast Nerven, hierher zu kommen.«

Der Italiener stand in der Mitte des Raumes. Er war nicht

sehr groß, und er war über vierzig, aber er war dick, und er sah aus, als sei er zäh. Er sagte: »Der große Boß will wass wissen.«

Er sah nicht freundlich aus.

»Was will er wissen?«

»Er will wissen, wass du mit dem Mädchen gemacht?«

Das Papierhandtuch zerriß in Cranes Händen. Er warf es in den Papierkorb, zog ein zweites aus dem Behälter. »Wieso glaubt er, daß ich das Mädchen geklaut habe?« fragte er.

»Er und ich waren bei der Untersuchung.« Die Beine des Italieners waren gespreizt, sein Körper in der Taille vorgebeugt. »Wir haben gehört, wass Sie gesagt haben. Wir haben Ohren.«

»Ja, ihr habt Ohren, ganz richtig.« Crane sah den Italiener mißbilligend an. »Wenn ihr nicht so viele Haare drauf hättet, hättet ihr vielleicht hören können, wie ich gesagt habe, daß ich nicht weiß, wer die Leiche geklaut hat.«

»Wir haben gehört, wass du *gesagt* hast.« Schwarzes Haar wuchs in einem umgekehrten Wirbel auf der Brust des Italieners genau unter seinem Hals. »Aber uns brauchst du den alten Mist nicht zu erzählen. Wir wollen wissen, wass du mit dem Mädchen gemacht hast.«

»Ich hab' sie nicht geklaut.«

»O. k., du Schlauberger.« Der Italiener bewegte sich auf Crane zu. »Dann will dich der große Boß sehen.« Er packte Cranes Arm, begann, ihn in Richtung Tür zu schieben, stoppte plötzlich.

Ein ganz in Grün gekleideter Mann beobachtete sie. Sein Gesicht war dunkel und, abgesehen von einer gezackten Narbe über dem rechten Wangenknochen, hübsch. Er trug einen oliv-grünen Anzug, der in den Schultern breit, in der Taille eng anliegend geschnitten war. Er hatte einen schwarzen Hut auf, eine dunkelgrüne Krawatte mit kleinen roten Punkten darin, ein gelbbraunes Hemd und braune Wildlederschuhe.

»Hallo, Pete«, sagte er.

Der Italiener ließ Cranes Arm los, trat zurück. »Frankie!« rief er. Er hielt die Arme steif, weg vom Körper, weg von der Hüfte.

Durch die automatische Spülung freigesetzt, gurgelte Wasser durch die Urinbecken.

»Du gehst besser –«, der Mann in Grün sprach mit dem Italiener, »– solange du kannst.« Er lächelte mit dem Mund. »Ich möchte mit Mr. Crane sprechen.« Seine Lippen waren voll, grausam.

Langsam bewegte sich der Italiener mit Seitenschritten zur Tür, beschrieb einen Bogen, immer im gleichen Abstand zu dem Mann in Grün, als ob eine Pistole auf seine Magengrube gerichtet wäre. Er ging rückwärts zur Tür hinaus.

Sein ausdrucksloses Gesicht Crane zugewandt, hatte der Mann in Grün den Abgang des Italieners mit den Augen verfolgt, bis seine Augenhöhlen fast völlig mit Weiß gefüllt waren. Jetzt glitten seine goldenen Pupillen zurück in ihre normale Position.

»Ich bin Frankie French«, sagte er. Er schüttelte Crane die Hand, fügte hinzu: »Vielleicht können wir uns gegenseitig in dieser Angelegenheit behilflich sein.«

Crane war überrascht festzustellen, daß er immer noch das Papierhandtuch in der Hand hatte. Er warf es weg, nahm noch eins, wischte sich damit übers Gesicht, sagte: »Warum eins benutzen, wenn zwei genauso gut ausreichen?« Er knüllte das Papier zu einem Ball, schnippte es mit dem Daumen in den Korb. »Womit kann ich dienen?«

Frankie French sprach, ohne die Lippen zu bewegen. »Sie können mir eine kleine Auskunft geben.«

»Ja, ich weiß. Ich soll erzählen, was ich mit der Leiche des Mädchens gemacht habe.«

»Ich sehe, wir verstehen uns.« Die sorgfältig gezupften Augenbrauen des Mannes und die langen Wimpern seiner zusammengekniffenen Augen bildeten exakt parallele Linien. »Wieviel wird es mich kosten, es herauszukriegen?«

»Es wird mir wohl nichts nützen zu sagen, daß ich nicht die geringste Ahnung habe, wo die Leiche der Dame ist?«

»Nein, Mr. Crane, das wird es nicht.«

Gegen eines der Waschbecken gelehnt, sagte Crane: »Nehmen wir für eine Minute an, daß ich tatsächlich weiß, wo die Leiche des Mädchens ist, wieviel wäre es Ihnen wert, das zu wissen?«

Frankie Frenchs spitz zulaufende Hände waren schön manikürt. Licht spiegelte sich in seinen polierten Fingernägeln. Er zog fünf Tausend-Dollar-Scheine aus seiner kalbsledernen Brieftasche, hielt sie Crane hin.

Crane bewegte seinen Kopf ablehnend, sagte: »Es ist zu schade, daß ich nicht weiß, wo die Leiche ist.«

»Ich werde nicht mit Ihnen feilschen«, sagte Frankie French, ihm immer noch die Scheine hinhaltend. »Mein Höchstpreis ist fünf Riesen.« Seine Stimme war leise, drohend. »Es wäre klug, ihn zu akzeptieren.« Er sprach exakt, fast so wie ein Ausländer, der Englisch in einer guten Schule gelernt hat.

Crane stieß sich vom Waschbecken ab, balancierte auf den Fußballen, wiederholte: »Ich weiß nicht, wo die Leiche ist.«

In Frankie Frenchs Augen waren goldene Punkte. Er bewegte sich von Crane weg – geschmeidig, gefährlich, wie eine Kobra, kurz bevor sie zuschlägt. »Du gottverdammter, schäbiger Schnüffler«, sagte er, fast flüsternd; »ich gebe dir fünf Sekunden, um mit der Sprache rauszurücken.« Die Finger seiner rechten Hand bewegten sich unruhig hin und her.

Einige Männer kamen in den Waschraum. Einer von ihnen sagte gerade: »– und bei dem Ein-Dollar-Menü gibts ein Glas Rotwein dazu.« Er war ein schwerer Mann, mit pockennarbigem Gesicht und krausen schwarzen Haaren.

Crane ging zu ihm hinüber. »Nanu, du meine Güte, was tun Sie denn hier?« fragte er den Mann. »Wie geht's Ihrer Frau?« Er ergriff die Hand des Mannes, schüttelte sie herzlich.

Frankie French zögerte einen Moment, dann sagte er zu Crane: »Überlegen Sie es sich.« Sein Ton war unpersönlich, höflich. »Ich werde Sie wiedersehen.« Er verließ den Waschraum.

Der Mann mit den Pockennarben sagte: »Sie sind mir voraus, Mister.« Sein Gesichtsausdruck war verwirrt. »Ich kann mich nicht erinnern, Sie irgendwann schon mal gesehen zu haben.«

Crane ließ seine Hand los. »Haben Sie auch nie«, sagte er. »Aber egal, vielen, vielen Dank.« Er verließ die Männer, die ihn erstaunt anstarrten, ging zurück in den Raum, wo die Untersuchung abgehalten worden war.

Es dauerte nur noch ein paar Minuten, bis die Geschworenen zurückkamen. Der Vorsitzende händigte dem Leichenbeschauer ein Blatt Papier aus, bevor er seinen Platz bei den anderen fünf Männern einnahm. Der Raum war wieder gefüllt, und das Publikum, sogar die Reporter, wartete aufmerksam. Crane sah sich nach Frankie French und dem Italiener um, aber er konnte sie nicht entdecken. Sein Blick traf den von Mrs. Liebman; sie schaute finster, sah weg. Zwischen den beiden Männern von der Mordkommission saß unbeteiligt Captain Grady, als ob er an dem Urteilsspruch nicht interessiert wäre. Seine Augen, im Unterschied zu seinem ziegelroten Gesicht, waren von einem überraschenden Blau.

Der Leichenbeschauer räusperte sich. »Die Geschworenen stellen fest«, sagte er, »daß der Verstorbene, August Liebman, von einer oder mehreren unbekannten Personen ermordet wurde, während er in Ausübung seiner Pflicht versuchte, die gesetzeswidrige Entfernung der Leiche von Miss Alice Ross aus dem *Cook County* Leichenschauhaus in der Stadt Chicago zu verhindern.« Er räusperte sich erneut. »Die Geschworenen empfehlen weiterhin, daß die Polizei sogleich die notwendigen Schritte einleitet, um den oder die Mörder zu ergreifen.«

Der Leichenbeschauer stand auf, fegte die Papiere von seinem Schreibtisch in eine schwarze Aktentasche, schritt schnell aus dem Raum. Die Geschworenen folgten hastig, gierig auf ihr kostenloses Mittagessen. Crane ging hinüber zu Captain Grady und sagte: »Diesmal war's wohl nichts, was?«

Captain Grady schnaubte verächtlich, gab keine Antwort. Aber der stämmigere der beiden Männer von der Mordkommission sagte: »Hör mal, du Schlauberger, wir werden dicht an dir dran bleiben.«

Crane blickte sich wieder schnell nach Frankie French um, aber er konnte ihn nicht sehen. Er sagte leidenschaftlich zu dem Mann von der Mordkommission: »Hoffentlich tun Sie das.«

5

William Crane fühlte sich nicht mehr schläfrig, aber das kam wahrscheinlich eher daher, daß er sich fürchtete, als von dem zweistündigen Schläfchen, das er gerade beendet hatte. Er fühlte sich nicht schläfrig, aber er fühlte sich auch nicht besonders gut. Er saß auf dem Bettrand und brütete über seine Verbindung zu dem Mädchen nach, das aus dem Leichenschauhaus gestohlen worden war. Er wünschte, er wäre nie in die Sache hineingezogen worden – zumindest nicht in dem Maße, daß die Polizei, eine Bande bewaffneter Gangster und der finstere Frankie French davon überzeugt waren, daß er das Mädchen irgendwo hätte. Eigentlich wünschte er sich nach reiflicher Überlegung, überhaupt nie in die Affäre hineingezogen worden zu sein. Überhaupt nicht.

Es klopfte an der Tür. Ein erschreckter Satz brachte ihn durch den halben Raum, auf seine nackten Füße. »Wer ist da?« fragte er.

»Der Kellner. Ihre Getränke, Sir.«

Der Kellner war ein Grieche. Er hatte ein Tablett, auf dem eine Flasche Dewar's White Label, eine Schüssel mit klein gehacktem Eis, zwei hohe Gläser und ein Siphon standen. Er stellte das Tablett auf den Tisch, fing geschickt einen Vierteldollar auf, sagte »Danke« und ging.

Crane goß sich zuerst einen pur ein. Dann füllte er das Glas halb mit Whiskey, ließ einen Klumpen Eis hinein fallen, spritzte Selterswasser dazu, bis die Mischung den Rand erreichte. Er trank langsam, ließ die kalte Flüssigkeit manchmal eine Minute im Mund, bevor er schluckte.

Dreißig Stockwerke über der Straße war der Raum immer noch ungemütlich warm. Es gab eine ständige Brise, die erfüllt war vom entfernten Klang von dröhnenden Omnibussen, von Straßenbahnrädern, die in Biegungen gegen die Stahlschienen quietschten, an Weichen auf den Stahlschienen klapperten; von Autohupen und, schwach, menschlichen Stimmen; aber es war keine kühle Brise. Keine Wolke war am Himmel.

Mit seinem dritten Drink schon weit fortgeschritten, überlegte Crane, ob er eine kalte Dusche nehmen sollte oder nicht, als es wieder an die Tür klopfte. Er war überrascht festzustellen, daß er immer noch nervös war. Er rief: »Herein.«

Ein eleganter Mann, mit einem gewichsten schwarzen Schnurrbart, leuchtenden Knopfaugen und schwarzem Haar mit einer weißen Strähne über der linken Schläfe stand in der Tür. »Hi«, sagte er. Sein Name war Doc Williams, und er arbeitete für dieselbe Detektei wie Crane.

»Ach, mein Gott! bin ich froh, dich zu sehen!« Crane zerrte ihn ins Zimmer, trat die Tür hinter ihm zu, schüttelte ihm die Hand, klopfte ihm auf den Rücken. »Die Marinesoldaten kommen zu Hilfe. Trink was, Kamerad, trink was.« Er schüttete Whiskey in das andere Glas, mißachtete Williams' zweimal wiederholtes »Wann«. Er reichte ihm das Glas. »Mein Gott, bin ich froh, dich zu sehen.«

»Krieg ich kein Selters?« fragte Williams.

»Selters? Ach mein Gott, ja, Selters.« Er spritzte Selters in das Glas. »Sag mal, hab' ich dir schon erzählt, daß ich froh bin, dich zu sehen?«

»Ich glaube, du hast es erwähnt.« Williams kostete den Whiskey. »Was ist los, Kumpel? 'ne Puppe hinter dir her?« Er nahm einen zweiten, längeren Schluck.

Crane füllte sein eigenes Glas. »Ich wünschte nur, so wär's.« Er gab kein Selters dazu, füllte es einfach bis zum Rand mit Whiskey. »Es ist viel schlimmer als das.« Er begann, Williams von der jungen Frau im Leichenschauhaus zu erzählen.

»Ich weiß von ihr«, sagte Williams. »Sie ist der Grund, warum ich und Tom O'Malley hier sind. Der Colonel hat uns hergeschickt, um den Bruder des Mädchens zu treffen.«

»Den Bruder des Mädchens!« Crane hielt sein Glas mitten in der Luft, starrte Williams an. »Du weißt, wer das Mädchen ist ... war?«

»Wenn es die Schwester von dem Typ ist, wissen wir's. Tom ist drüben, um ihn zu holen. Wird ihn hier rauf bringen. Er ist ein Gesellschaftssnob aus New York. Die Familie hat ein Heidengeld.« Williams nahm einen langen Schluck. »Der Name ist Courtland, Chauncey Courtland der Dritte.«

Crane pfiff. »Ich kenne die Familie. Seine alte Dame hat was mit der Oper zu tun.«

»Was mit der Oper zu tun?« Williams' Stimme hob sich. »Sag mal! Diese alte Dame *ist* die Oper. Ohne sie wäre die Met jetzt ein Varieté.«

Crane blickte finster. »Tja, wenn sie soviel Kies haben, was macht die Tochter – wie heißt sie überhaupt – in so 'ner billigen Absteige wie dem Princess Hotel?«

»Die Dame heißt Kathryn, und ich weiß nichts über sie.« Williams nahm seinen Hut ab, kratzte sich am Hinterkopf, setzte den Hut wieder auf. »Wir werden Brüderchen nach ihr fragen, wenn er herkommt. Alles, was ich weiß, ist, daß der Bruder der alten Mrs. Courtland – das heißt, der Onkel des Mädchens – unser Klient ist. Er verhandelt direkt mit dem Colonel.« Er rieb die Feuchtigkeit von seinem Glas, ließ die Tropfen von seinen Fingern auf den grünen Teppich fallen. »Und, nebenbei bemerkt, der Colonel ist ziemlich sauer auf dich.«

»Sauer auf mich? Der Colonel? Der Colonel is' sauer auf mich? Mein Gott, warum?«

»Er hält dich für einen Dummkopf, weil du zugelassen hast, daß die Leiche des Mädchens aus dem Leichenschauhaus gestohlen wurde.«

»Ach nee, tut er das?« Crane kam auf die Füße, stützte sich ab, indem er sich am Fußende des Bettes festhielt. »Warum hat er mir nicht gesagt, daß er wollte, daß die Leiche bewacht wird? Wer hat überhaupt je davon gehört, daß eine Leiche aus dem Leichenschauhaus gestohlen wird? Häh? Wenn er wollte, daß die Leiche bewacht wird, hätte er es mir nur sagen müssen, vergehste – ich mein verstehste, verstehste? Ich wäre direkt zu dem Baby reingeklettert, rein in diese alte Stahlkiste.«

»Das ist nicht alles. Er glaubt, daß du den Indianapolis-Fall verpatzt hast.«

»Das glaubt er?« Cranes Ton war gequält. »Warum denn, ich bin unter groß'n persönlich'n Opern ... Ofern ... Risiken da geblieben, bis alle abgemurkst worden waren, bis auf die widerliche alte Lady ... hab' sie dann verhaften lassen.«

»Das ist 'ne schöne Art, die Interessen deiner Klienten zu wahren – sie umlegen zu lassen.«

»Quatsch«, sagte Crane; »die alte Lady war meine Klientin.« Er ließ das Bett los.

»Wo gehst du hin?«

»Ich bin tief, tief verletzt. Sehr tief, wirklich.« Crane stellte sein Glas auf die Fensterbank. »Ich werde duschen.«

Unter dem ernüchternden Einfluß von abwechselnd heißem und kaltem Wasser erzählte Crane die Geschichte von dem Diebstahl der Leiche und seiner knappen Flucht im Princess Hotel.

»Aaah!« rief Doc Williams, als Crane zur Beschreibung seiner Flucht vor der Polizei durch das andere Zimmer kam. »Du bist richtig zu dem Mäuschen ins Bett gestiegen?«

»Klar. Warum nicht?« Crane seifte sich unter den Armen ein. »Ich bin ein verzweifelter Mann.«

»Ich wär' gern dabei gewesen.« Williams, der auf dem Toilettendeckel saß, nippte traurig an seinem Drink, dann heiterte sich seine Miene auf: »Du kommst aber in Teufels Küche, wenn sie der Polizei deine Beschreibung gibt.«

»Ich wette, daß sie nichts davon erzählt.« Die Seife glitt ihm aus der Hand, hüpfte aus der Duschkabine ins Badezimmer. Williams warf sie ihm zurück. Crane fing sie, sagte: »Keine Frau gibt gerne zu, daß ein Mann mit ihr im Bett war, ohne irgendwelche Annäherungsversuche zu machen.«

»Keine Annäherungsversuche, das behauptest *du*«, sagte Williams.

»Mein Gott!« Crane steckte den Kopf aus der Kabine. »Du glaubst doch nicht etwa, daß ich über eine Frau herfalle, die an Händen und Füßen gefesselt ist?«

»Aber sicher«, sagte Williams.

Crane beendete die Dusche mit dem Griff deutlich auf KALT gestellt. Er trocknete sich mit zwei Handtüchern ab, zog einen frischen Satz Unterwäsche an. Er erzählte Williams von der Untersuchung und von den Unterhaltungen, die er auf der Toilette des Leichenschauhauses gehabt hatte. Er tat so, als ob er verletzt sei, als Williams es lustig fand, daß alle glaubten, er hätte die Leiche gestohlen.

»Frankie French ist ein berüchtigter Spieler«, sagte Williams schließlich. »Man nimmt an, daß er einige Spielhöllen drüben an der North Side, um die Oak Street herum, besitzt.«

Crane fragte: »Aber was könnten er oder dieser übrige Haufen von Gangstern mit der Leiche wollen, besonders wenn sie ein Mädchen aus der New Yorker Gesellschaft ist?«

»Warum hast du Frankie French nicht gefragt, als ihr eure kleine Plauderei hattet?«

»Er hat die Fragen gestellt.« Crane schauderte bei der Erinnerung daran. »Er hat aber gesagt, wir würden uns wiedersehen.« Er zog sich den rechten Socken an. »Ich würd' genau so gern einer Klapperschlange begegnen.«

»Wir werden schon mit ihm fertig werden.« Williams drehte seinen Schnurrbart zwischen Daumen und Zeigefinger. »Vielleicht finden wir einen Weg, wie wir ihn von seinen fünf Riesen trennen können, mit denen er so sorglos herumwedelt.«

»Ich würd' eher versuchen, eigenhändig die Chase National Bank auszurauben.« Das Telefon klingelte. Crane knöpfte einen Knopf zu, um seine Hose oben zu halten und ging an den Apparat. »Klar, schicken Sie sie rauf.« Er legte den Hörer auf, sagte: »Es sind Tom und der junge Courtland.«

»Wir verstecken den Whiskey besser«, sagte Williams. »Courtland ist sowas wie ein Klient.« Er trug das beladene Tablett in den Wandschrank, verschloß die Tür.

Crane hatte ein sauberes Wollhemd an, als sie ankamen. Er rief: »Nur herein.« Williams saß steif auf der Bettkante.

Tom O'Malley kam als erster herein. Er war ein gut aussehender, schlacksiger Ire; groß und muskulös, mit tiefliegenden blauen Augen. Er sagte: »Mr. Courtland, das ist Mr. Crane.« Seine Stimme war tief, förmlich. Er wog 190 Pfund, war ein Meter neunzig groß.

William Crane sagte: »Ja, ist denn das die Möglichkeit.« Er durchkreiste den Raum, bis er zwischen der Tür und dem zweiten Mann war, fügte hinzu: »Wie geht es Ihnen, Mister A. N. Brown aus San Diego? Und wie geht's Kusine Edna?«

Sie saßen herum, während der junge Courtland Erklärungen abgab. Er war ein nett aussehender Mann mit blauen Augen, die in den Winkeln kleine Fältchen bekamen, wenn er lächelte. Seine Gesichtszüge waren unregelmäßig, aber er hatte schöne Zähne und eine glatte gebräunte Haut. Er sagte: »Ich habe gestern um Mitternacht die Nachtmaschine von New York genommen (mußte ich, weil sie die einzige war, die ich nehmen konnte, nachdem ich das 9-Uhr-Flugzeug verpaßt hatte) und bin in Chicago um 3:30 gelandet. Ich habe direkt ein Taxi zum Leichenschauhaus genommen, um zu sehen, ob es meine Schwester ist.«

»Als ich hierher kam, fand ich einen höllischen Aufruhr vor. Die Leiche war entwendet worden, aber ich erfuhr es zu spät, um mich zurückzuziehen. Ich wollte natürlich nicht, daß der Name unserer Familie mit hineingezogen wird, zumal wir überhaupt nicht sicher waren, daß es wirklich Kit war. Deshalb habe ich den Namen eines Passagiers in der Nachtmaschine benutzt, Mr. A. N. Brown, und das Zeug über Kusine Edna erfunden. Es schien das einzige zu sein, was ich tun konnte.«

»Das war eine gute Idee«, sagte O'Malley, »aber Sie stecken selbst in der Klemme, wenn die Polizei Ihnen auf die Schliche kommt, Mr. Courtland.«

»Quatsch«, sagte Doc Williams, »wenn es nicht seine Schwester ist, wird die Polizei ihn nie wiedersehen, und wenn sie es ist, kann er erklären, daß er nicht in die Sache verwickelt werden wollte, bis er sicher war.«

Crane fragte: »Wie willst du herausfinden, ob es seine Schwester ist oder nicht?«

»Das liegt bei dir.« Das Lid fiel über eins von Williams hellen Augen. »Superhirn!«

Courtland sagte: »Eigentlich bin ich mir fast sicher, daß es nicht Kathryn ist. Sehen Sie, ich war auf einen Sprung im Hotel, in dem die Frau gewohnt hat, um mir ihre Sachen anzusehen. Dieser Captain –«

»Grady«, sagte Crane.

»Ja, Grady. Er hat mich hingebracht, um festzustellen, ob ich irgendwas identifizieren könne. Wir hatten einige Probleme, in das Zimmer zu kommen – ich glaube, es wurde angenommen, daß ein Dieb drin gewesen und aus dem Fenster gesprungen sei, als wir das Schloß ausprobierten –, und die Polizei mußte die Tür aufbrechen, aber ich habe alle Kleidungsstücke geprüft, und ich bin ziemlich sicher, daß sie nicht von der Art waren, die Kit tragen würde. Sie hatten alle Marshall Field's Etiketten, und sie hat sich, solang ich mich erinnern kann, immer Sachen von Best's und Saks' gekauft.« Courtland dachte eine Weile nach, dann schüttelte er den Kopf. »Außerdem, ich bin sicher, daß Kit nicht so wenige

Kleidungsstücke gehabt hätte. Sie wäre nie ohne Schrankkoffer gereist.«

»Sehen Sie«, sagte Crane; »wir können das sofort klären, wenn Sie irgendwelche Aufnahmen von Ihrer Schwester haben.«

Courtland holte eine Brieftasche hervor. »Ich habe ein Paßfoto von ihr, das vor einiger Zeit aufgenommen wurde.« Er zog eine kleine Fotografie heraus und gab sie Crane. »Trage sie immer bei mir. Natürlich haben wir einige Atelieraufnahmen von ihr zu Hause.«

Crane ging mit dem Foto zum Fenster. Es zeigte den Kopf eines jungen Mädchens von ungefähr neunzehn – ein eher molliges junges Mädchen mit blonden Haaren und einem aufgeregten, erwartungsvollen Zug um die Lippen und Augen. Das Bild hatte einen weißen Hintergrund, und der Fotograf hatte starkes Licht benutzt. Dies, und die Tatsache, daß das Gesicht des Mädchens der Kamera zugewandt war, machte es unmöglich festzustellen, was für eine Nase und was für ein Kinn es hatte. Ein Kamm steckte in seinen langen Haaren.

Courtland sagte: »Es ist vor fast vier Jahren aufgenommen worden, und Sie wissen ja, wie Paßfotos sind, jedenfalls ...«

Crane gab ihm die Fotografie zurück. »Ich weiß«, sagte er. »Es ist ihr nicht sehr ähnlich. Ihre Schwester ist dicker. ... Ich meine voller im Gesicht, zum Beispiel.«

»Kit war damals dicker.« Courtland hielt die Fotografie, betrachtete Cranes Gesicht. »Sie war als kleines Kind dick, noch bis zu der Zeit, als sie zwanzig wurde. Dann verlor sie plötzlich an Gewicht. Es zeigte sich besonders in ihrem Gesicht. Ich habe sie immer damit aufgezogen, daß sie heimlich Diät hielt. Glauben Sie, sie könnte es sein, wenn Sie den Gewichtsunterschied berücksichtigen?«

»Es könnte sein.« Crane saß zurückgelehnt auf dem Bett neben Williams, so daß seine Ellbogen auf der grünen Decke ruhten. »Es könnte sein, aber sie müßte sich sehr verändert haben. Verflucht sehr. Ich glaube nicht, daß dieses Foto uns irgendwie nützen wird.« Er blickte hinauf zur Decke. »Ich wette, man könnte das Foto von fast jeder hübschen Blonden nehmen, und sie würde irgendwie aussehen wie das Mädchen im Leichenschauhaus, besonders wenn man den Gewichts- und einen Altersunterschied von vier Jahren berücksichtigen muß.«

O'Malley hatte mit blauen, aufmerksamen Augen auf dem Stuhl mit der geraden Lehne am Schreibtisch gesessen. Er sagte: »Vielleicht könnten Sie sich eine der Portraitaufnahmen nach Chicago schicken lassen, Mr. Courtland?« Er drehte sich nach Crane um. »Es wäre wahrscheinlich besser, Bill, wenn wir sie ein paar von den Leuten im Hotel zeigen würden. Sie haben sie lebend gesehen.«

»Natürlich.« Courtlands Gesicht hellte sich auf. »Ich werde Mutter telegrafieren, sie per Luftpost zu schicken.« Er fuhr sich mit der Hand rückwärts durch sein kurzes, blondes Haar, zerzauste es. »Wissen Sie, es ist schrecklich, wenn einem so etwas passiert. Die Ungewißheit. Die meiste Zeit bin ich sicher, daß es nicht Kit sein kann. Es sieht ihr nicht ähnlich, sich umzubringen..., und dann sind da die Kleidungsstücke und das Rätsel, warum jemand die Leiche stehlen würde, wenn sie es wäre.« Vor Erregung klang seine Stimme heiser. »Aber von Zeit zu Zeit habe ich die schreckliche Gewißheit, daß sie tot ist. Wissen Sie, sie hat seit zwei Jahren nicht mehr zu Hause gewohnt, weil sie und Mutter Streit hatten, und wir wußten nicht genau, was für ein Leben sie führte.«

Crane setzte sich auf dem Bett auf, benutzte Williams' Schulter als Armlehne. »Sie könnte nicht in Geldschwierigkeiten gesteckt haben, oder?« fragte er. »Ich meine, Ihre Mutter hat ihr nicht das Geld gestrichen...«

»Mein Gott, nein! Mutter konnte ihr nicht schaden.« Er lachte zutiefst belustigt. »Mutter bekommt eine finanzielle Zuwendung aus dem Nachlaß, genau wie wir übrigen.« Er lächelte jetzt. »Der Gedanke, was passieren würde, wenn Mutter das Familienvermögen verwalten würde, gefällt mir gar nicht. Das Geld würde rausgeschmissen für einen Chor, der aus berühmten Tenören besteht, oder für einen Theosophentempel so groß wie das Empire State Building.«

Crane fragte: »Macht es Ihnen was aus zu sagen, wieviel Ihre Schwester bekam?«

»Ganz und gar nicht, wenn es irgendwie nützt.« Courtland saß auf dem Rand seines Stuhls, die Hände in die Jackettaschen gesteckt. »Sie hat fünfzehnhundert im Monat bis zu ihrer Heirat.«

»Was dann?«

»Sie bekommt ein Drittel des Nachlasses.«

Doc Williams' Augen waren schwarz und glänzend. »Mit fünfzehnhundert nagt sie nicht gerade am Hungertuch.« Er benetzte sich die Lippen mit der Zunge.

Crane fragte: »Wer verwaltet den Nachlaß?«

»Vater hat in seinem Testament Onkel Sty zum Treuhänder ernannt, aber...«

Crane unterbrach: »Onkel Sty?«

»Ja«, sagte Doc Williams. »Er ist unser Klient.«

O'Malley sagte: »Stuyvesant Courtland.«

»Verzeihung«, sagte Crane. »Fahren Sie fort, Mr. Courtland.«

»Ich wollte nur sagen, daß ich die meisten Einzelheiten der Nachlaßverwaltung erledige.«

Crane rieb sich das Ohr. »Dann wissen Sie, daß Ihre Schwester ihre fünfzehnhundert Dollar regelmäßig jeden Monat bekam?«

Courtland nickte. »Ich überweise sie ihr nach wie vor auf ihr Konto bei der Hannover Bank, obwohl sie anscheinend vor sechs Monaten aufhörte, davon Gebrauch zu machen.«

»War das der Zeitpunkt, als sie den Streit mit ihrer Mutter hatte?« fragte Crane.

»Oh, nein. Das war vor zwei Jahren, wie ich Ihnen gesagt habe.«

»Ah!« Crane kniff seine Augen halb zu, als ob er versuchte,

sich zu erinnern, und sagte: »Ich glaube, es wäre einfacher, wenn Sie uns von Ihrer Schwester chronologisch erzählen würden, über den Streit, meine ich, und was sie von da an gemacht hat.«

Courtland lehnte sich auf seinem Stuhl zurück, streckte die Beine aus. Er bog den Hals, so daß er über Cranes und Williams' Köpfe sehen konnte. »Der Ärger mit Mutter begann um die Zeit, als Kit nach einem Jahr Frankreich zurückkam – irgendeine Schule in der Nähe von Tours. Mutter haßte die Leute, mit denen Kit sich einließ, war dagegen, daß sie immer mit einem Haufen von unreifen Künstlern und Schriftstellern nach Greenwich Village fuhr. Sie mißbilligte auch, daß Kit trank. Schließlich, eines Morgens, haute Kit ab, nachdem Mutter bis sechs Uhr auf sie gewartet hatte, um sie anzuschnauzen. Sie packte ihre Sachen, während Mutter schimpfte und tobte und ganz allgemein Krach schlug. Ich erinnere mich daran, daß ein kleiner Wichtigtuer dabei war –«, seine Stimme klang leicht amüsiert »– mit einer Baskenmütze und einer Samtjacke – ich dachte, solche Sachen wären nach Oscar Wilde aus der Mode gekommen –, und als Mutter ihm irgendwas entgegenschleuderte, hüpfte er hinter Kit und rief: ›Wagen Sie es nicht, mich zu schlagen‹, und brach in Tränen aus. Mutter sagte zu Kit, sie müsse sich nicht die Mühe machen, nach Hause zu kommen, und daß sie sie nie wiedersehen wolle. Kit sagte: ›Wirst du auch nie‹, und das *war* das letzte Mal, daß Mutter sie sah.«

Es gab eine vorübergehende Pause. Die schrille Stimme eines Zeitungsjungen trieb von der Randolph Street herauf. Wind, der durch die Hotelfenster um die Ecke blies, klang, als ob jemand einen schweren Teppich über einen gebohnerten Boden zog. Es war noch heiß.

Courtland fuhr fort: »Ich hatte bei einigen der früheren Tänze Mutters Partei ergriffen – ich sah überhaupt keinen Sinn darin, mit einem Haufen ungewaschener Kubisten und Joyceianer herumzuhängen, während Tom Bowers – er ist bei Dillon, Reed – und ein halbes Dutzend anderer anständiger Burschen verrückt nach ihr waren –, und Kit erklärte mir, daß sie mich auch nicht mehr sehen wolle. Ich ging sieben- oder achtmal zu ihrer Wohnung auf der fünfundfünfzigsten Straße, aber sie war gehässig, oder vielleicht war ich es, und so versuchte ich schließlich nicht mehr, sie zu sehen. Ich schätze, das letzte Mal, daß sie mir über den Weg lief, war im Cotton Club in Harlem. Das war vor ungefähr fünf Monaten. Das Merkwürdige war, daß es nach vier Uhr morgens war und daß sie ganz allein an einem Tisch saß, aber sie wollte sich unserer Gesellschaft nicht anschließen. Sie sagte, sie hätte später eine Verabredung!«

»Zum Teufel!« rief Crane. Als Courtland ihn anblickte, grinste er, fügte hinzu: »Mir ist nur gerade etwas eingefallen. Bitte fahren Sie fort.«

»Vor zwei Monaten begann ich, mir um sie Sorgen zu machen, und steckte meine Nase in einige ihrer alten Lieblingsplätze im Village, aber dort sagten sie, daß sie sie auch seit fünf oder sechs Monaten nicht gesehen hätten. Sie sagten, sie hätten sie einfach aus den Augen verloren. Ihre Wohnung war verschlossen – sie zahlte noch die Miete dafür, und ihre Sachen waren da – und der Hausmeister sagte, er glaube, sie wäre nach Europa gefahren. Bei der Hannover Bank zeigte ihr Konto an, daß sie im Februar sechstausend abgehoben hatte und seitdem keinen Cent mehr. Es sah tatsächlich so aus, als ob sie auf einen Trip nach Übersee gegangen wäre, bis Mutter den Brief von ihr bekam.«

»Was für einen Brief?« fragte Crane. »Ich weiß von keinem Brief.«

Courtland gab ihm einen Brief, den er in einem Umschlag aus Manilapapier in der Innentasche seines Jacketts bei sich getragen hatte. Der Brief trug den Poststempel: Chicago, Central Station, 24. Juli, 22 : 15. Er war mit blauer Tinte adressiert an Mrs. Chauncey Courtland, 835 Park Avenue, New York City. Crane nahm das Innenblatt heraus. Es war undatiert, und darauf stand:

Liebe Mutter:

Ich fürchte, ich war Dir keine sehr gute Tochter, aber ich möchte Dir sagen, daß mir der Ärger und der Kummer, den ich Dir und Chance bereitet habe, ehrlich und aufrichtig leid tun. Wir waren keine sehr glückliche Familie ... vielleicht war es mein Fehler ... und ich war sicher ein eigensinniges und dummes Mädchen.

Ich erzähle Dir dies, weil ich bald in eine andere, vielleicht eine bessere Welt gehe ... und dies ist vielleicht das letzte Mal, daß Du je von mir hören wirst. Es tut mir so leid, Mutter...

In Liebe,
Kit

Doc Williams runzelte die Stirn. »Wer ist Chance?« fragte er.

»Das ist mein Spitzname«, sagte Courtland.

Crane faltete den Brief, legte ihn auf die Kommode. »Aber Sie haben das vor mehr als einer Woche bekommen«, sagte er. »Wieso diese Verzögerung bei der Suche nach ihr?«

»Mutter.« Courtlands Gesichtsausdruck zeigte Ekel, durch Nachsicht gemildert. »Sie hat ihn Onkel Sty oder mir bis vor wenigen Tagen nicht gezeigt. Sie hatte erst ihren Yogi deswegen um Rat gefragt.«

»Ihren Yogi!« rief Williams. »Was zum Teufel ist ein Yogi?«

Crane sagte: »Halt den Mund.« Er stand vor Courtland. »Was haben Sie und Ihr Onkel getan, als sie Ihnen schließlich den Brief zeigte?«

Courtland lächelte Williams an. »Wir hatten beide die gleiche Idee – daß er möglicherweise Selbstmord bedeuten könnte, aber eher nicht.« Die Krähenfüße verschwanden aus seinen Augenwinkeln. »Kit war immer sehr dramatisch. Aber wir machten uns beide Sorgen – weit mehr als Mutter. Sie faßte den Brief so auf, daß er bedeutete, Kit würde in ein Nonnenkloster eintreten oder eine neue Sekte oder sowas.« Er bot Crane eine Zigarette aus einem Lederetui an, zündete sich selbst eine an, als Crane ablehnte. »Jedenfalls, wir sprachen darüber, Detektive zu engagieren, um Kit zu finden. Wir sprachen in der Tat gerade gestern nachmittag in Onkel Stys Büro darüber, als die Zeitungen mit den Geschichten über den Selbstmord des Mädchens in Chicago erschienen.« Er zog tief an der Zigarette, atmete langsam aus, wobei er den grauen Rauch von den Lippen rollen ließ. »Mutter entdeckte es. Sie kam in Onkel Stys Büro gestürmt mit der *News* in der Hand. ›Kit ist tot‹, sagte sie, dann fiel sie rückwärts in einen der großen Ledersessel.« Er füllte seine Lungen wieder mit Rauch, ließ ihn herausströmen, während er sprach. »Das war um fast sechs Uhr nachmittags. Onkel Sty erreichte Ihren Colonel Black, der vorschlug, daß ich hier herauskommen und versuchen sollte, Kit zu identifizieren, und sagte, in der Zwischenzeit würde er einen Mann in Chicago an die Arbeit schicken. Das ist so ungefähr alles, außer daß ich im Verkehr stecken blieb, der sich wegen eines Feuers an der Mündung des Holland-Tunnels staute, und das Neun-Uhr-Flugzeug am Flughafen verpaßte.«

Das war so ungefähr alles. Crane stellte ein paar Fragen, brachte aber nichts Neues heraus. Sie entschieden, daß es das Beste sei, auf die Atelieraufnahme von Courtlands Schwester zu warten, die ungefähr sechs Monate später als das Paßfoto aufgenommen worden war und am nächsten Morgen ankommen sollte, und sie dann zum Princess-Hotel zu bringen. Courtland lehnte Cranes Einladung, mit ihnen zu Abend zu essen, ab.

»Ich muß mit Freunden in Winnetka essen«, erklärte er, »den Bruces. Paul Bruce erledigt hier einige der Nachlaßangelegenheiten. Ich werde aber als erstes morgen früh hier sein, sobald ich das Bild habe.«

»Schön«, sagte Crane. »Ich glaube, damit kommen wir weiter.« Er ging mit Courtland zur Tür, schüttelte ihm die Hand. »Versuchen Sie besser, genug Schlaf zu bekommen; könnte morgen ein harter Tag werden.«

Er schloß die Tür und ging zu Williams zurück. O'Malley

kam aus seinem Sessel hoch und funkelte sie an. »Also, ihr Mistkerle«, sagte er, »wo habt ihr den Whiskey versteckt?«

6

Nachdem sie das Zwei-Dollar-Menü im College Inn beendet hatten, – tatsächlich belief es sich, mit Martinis und einem Liter 1929er Niersteiner, auf vier Dollar für jeden – bezogen sie eine Suite im achtundzwanzigsten Stock und bestellten eine Flasche Martell. Doc Williams zog seine Jacke und seine Schuhe aus und sagte: »Junge, das nenn' ich Leben.« In gewisser Weise war er für die Suite (zwei Schlafzimmer im Pionierstil mit Doppelbetten, ein sehr großes Badezimmer und ein Wohnzimmer, eine Kombination aus Pionierstil und Moderne) verantwortlich, denn als O'Malley ein solches Arrangement vorgeschlagen hatte, hatte er begeistert zugestimmt und darauf hingewiesen, daß der Preis nur fünf Dollar pro Tag höher war, als er es gewesen wäre, wenn alle drei ein Einzelzimmer genommen hätten; und hinzugefügt: »– und überhaupt, es ist ja nicht so, als ob es nur für uns wär'. Wir haben unsere Verpflichtungen Onkel Stuyvesant gegenüber. ER würde nicht wollen, daß SEINE Detektive nicht das Beste hätten ... nicht ein Mann in SEINER Position.«

Der Plan hatte Crane zunächst beunruhigt, aber zu dem Zeitpunkt, als sie die Flasche Dewar's geöffnet hatten, störte er ihn nicht mehr. Ihm fiel sogar noch ein zusätzlicher Grund dafür ein, die Suite zu nehmen. Sie habe Fenster auf beiden Seiten des Hotels, erklärte er, und das gäbe einem Abwechslung. Man könnte auf die City Hall sehen oder man könnte auf das Ashland Building sehen. Oder, wenn man Flaschen hinunterwerfen wollte, hätte man die Wahl. Man könnte sie auf die Köpfe von Fußgängern auf der Randolph Street werfen, oder man könnte sie auf die Köpfe von Fußgängern auf der Clark Street werfen.

Sobald der Brandy gekommen, in schlanke Gläser mit Eis darin geschüttet und leicht mit White Rock verdünnt worden war, lehnten sie sich in ihre weichen Sessel zurück. Das heißt, O'Malley und Williams lehnten sich zurück. Crane hatte die Chaiselongue, und er legte sich mit einem Kissen unter dem Nacken hin, die Beine über die Rückenlehne gehängt. Er stellte sich sein Glas auf die Brust.

Williams unterbrach schließlich die Stille. Er sagte: »Wißt ihr, ich denke, irgendwas am Verhalten des jungen Courtland ist komisch. Er benimmt sich nicht wie ein Mann, der gerade erleben mußte, daß seine Schwester sich umgebracht hat. Er wirkt nicht bekümmert oder am Boden zerstört ... oder sowas ...«

O'Malley sagte: »Vielleicht mochte er seine Schwester nicht.«

Das Glas fühlte sich auf Cranes Brust kühl und naß an, durch sein Hemd hindurch. »Das könnte eine Rolle spielen, aber ich glaube, er ist ziemlich durcheinander«, sagte er. »Habt ihr bemerkt, wie seine Hände zitterten und wie er eine Zigarette nach der anderen geraucht hat? Sein Gesicht und sein Benehmen waren nur Fassade – nur der Versuch, hart zu wirken, unberührt.« Er verschob sein Glas, damit es einen anderen Teil seiner Brust kühle. »Man erkennt Leute immer an ihren Händen; sie denken nicht daran, auf sie zu achten, wenn sie mit dem Gesicht schauspielern.«

Die Tropfen auf den Gläsern wirkten im indirekten Licht wie Quecksilberperlen.

»Vielleicht weiß er, daß die Puppe nicht seine Schwester ist«, gab O'Malley zu bedenken.

Crane fragte: »Warum würden er und sein Onkel uns dann an der Sache dranbleiben lassen?«

»Keine Ahnung.« Williams gab mehr Brandy in sein Glas. O'Malley sagte: »Vergiß mich nicht.« Williams reichte ihm die Flasche, fragte: »Konntest du irgendwas auf dem Paßfoto erkennen, Bill?«

»Gar nichts.« Crane schwang seine Füße herab auf das letzte

Kissen auf der Chaiselongue. »Zum Teufel! Ich hätte wahrscheinlich nichts erkennen können, wenn es erst vor ein paar Wochen aufgenommen worden wäre. Leute verändern sich, wenn sie sterben. Manchmal können Verwandte, die sie jeden Tag gesehen haben, sie nicht identifizieren.« Er kippte sein Glas, ließ etwas von der kalten Flüssigkeit in seinen Mund gleiten. »Es wird uns mehr nützen, wenn wir von Mama die Porträtaufnahme kriegen.«

»Sag mal!« Williams setzte sich auf, verschüttete etwas von dem Drink auf sein Hosenbein. Er rieb mit der flachen Hand über den Fleck. »Was meinte der Typ mit dem Yogi seiner Mutter?«

O'Malley schnaubte verächtlich. »Was! Du hast noch nichts von dem Lied gehört?« fragte er; »...dem Lied über den alten schwarzen Yogi?«

Crane fand das lustig. Er lachte mit O'Malley. Sie lachten sogar noch stärker über die Entrüstung in Williams' rosigem Gesicht. Sie lachten, bis sie klatschnaß waren, bis sie drei Männer bemerkten, die im Raum an der Tür zum Flur standen. An der Tür, aber im Raum!

Die Männer waren alle dunkel und blickten finster. Einer von ihnen war der Italiener. Ein anderer, im Hintergrund, war teilweise im Schatten, aber gelbes Licht erhellte das Gesicht des dritten. Er war nicht groß, aber er war dick. Seine Brust hatte Form und Größe eines Mehlfasses, und sein Hals sah aus wie der Sockel eines Hydranten. Er fragte den Italiener: »Wer von denen ist die Flasche?« Er hatte buschige Augenbrauen, und sein dickes schwarzes Haar, wie das Haar eines Pferdeschweifs, wuchs von einem Punkt seiner fliehenden Stirn aus, kaum mehr als drei Zentimeter über den Brauen.

Der Italiener zeigte mit seinem dicken Daumen auf Crane, sagte: »Das ist der Typ, Boß.«

Der dicke Mann watschelte hinüber zur Chaiselongue und sah auf Crane herab wie ein grantiger Bär. »Hat Pete dir nich' gesagt, daß ich dich seh'n wollte?« fragte er. Er verschluckte seine Worte, als ob er etwas im Mund hätte.

Crane wollte sich nicht aufsetzen, weil er Angst hatte, jemand könnte die Bewegung mißverstehen und auf ihn schießen. Es war dennoch lächerlich, mit dem Mann sprechen zu müssen, während er flach auf dem Rücken lag. Er schloß einen Kompromiß, indem er den Nacken gegen die Lehne der Chaiselongue schob, so daß zumindest sein Kopf senkrecht war. Er antwortete: »Er hat es erwähnt, ganz recht.«

Die Stimme des dicken Mannes war drohend. »Wenn ich ein'n seh'n will, seh' ich ihn.« Er beugte sich über Crane. »Na los. Wir geh'n wohin und unterhalt'n uns.«

»Hier kann man sich ganz nett unterhalten«, sagte Crane.

Der dicke Mann, immer noch über Crane gebeugt, sagte: »Ich denk', du kommst mit mir.« Als Crane den Kopf schüttelte, ging der Mann, der im Schatten gewesen war, hinüber zur Chaiselongue. Er war jung, und sein Gesicht war dunkel und glatt. Er blickte finster, aber sein jugendlich wirkendes Gesicht ließ ihn wie ein trotziges Mädchen aussehen. Er hatte eine automatische Pistole in der linken Hand. Er sagte:

»Komm auf die Füße, du gescheiter Junge, oder ich mach' dich fertig.«

In seiner monotonen metallischen Stimme war kein Ausdruck.

Crane rappelte sich mühsam hoch. O'Malley war schon auf den Füßen. Der Junge sagte: »Nein! Nein! Bleib da sitzen.« Er kam auf Crane zu, als ob er ihm noch etwas sagen wollte, aber als dieser Seite an Seite mit dem Jungen war, schwang er seinen Arm in einem Viertelkreis und schlug ihm scharf ins Gesicht. Der Junge taumelte rückwärts, warf die Hände vor die Augen. O'Malley entriß ihm die Pistole, schlug ihn nochmal auf den Mund. »Du willst doch nicht etwa mit 'nem Schießeisen rumspielen, du Flasche?« fragte er wütend. Er wirbelte herum, sah dem dicken Mann, der ihn dümmlich anblinzelte, ins Gesicht. »Hier«, sagte er, schob die Pistole in die Hand des dicken Mannes; »tu sie irgendwohin, wo der Kleine nicht drankommt.«

Der Junge stand jetzt in der Mitte des grünen Teppichs, die Hände an den Seiten. Sein Gesicht war bläulich weiß, wie verwässerte Milch, und aus dem linken Mundwinkel lief ihm ein kleines Blutrinnsal. »Dafür leg' ich dich um, du Dreckskerl«, sagte er zu O'Malley. Seine braunen Augen glühten vor Haß.

Crane wunderte sich, daß Pete, der Italiener, sich nicht in das Geschehen eingemischt hatte. Er stand bewegungslos im hinteren Teil des Zimmers, einen verneinenden Ausdruck im Gesicht, als ob er versuchte, jemandem zu versichern, daß er in keiner Weise für die Handlungen des Jungen verantwortlich sei. Gleichzeitig sah Crane den Grund für diese Haltung. Doc Williams hielt in seinem Schoß einen 45er Revolver, dessen Mündung auf die Magengrube des Italieners gerichtet war.

O'Malley schenkte dem Jungen keine Beachtung. Er sprach mit dem dicken Mann. »Wenn Sie mit Mr. Crane was zu besprechen haben, spucken Sie's aus.« Sein Gesicht, sein Ton, sein Benehmen zeigten mühsam unterdrückte Wut. »Sie sollten es besser wissen, als mit so einer Schwuchtel hier aufzutauchen. Zieht 'ne Kanone, als ob's ein Spielzeug wär. Ich wette, Sie sind blöd genug, ihn mit Streichhölzern spielen zu lassen.«

Der Junge sagte: »Du Dreckskerl.«

Im wulstigen Mund des Mannes tauchten plötzlich Goldzähne auf. »Mann!« rief er, »Sie werden aber leicht wütend.« Er wollte dem Jungen seine Pistole zurückgeben, entschied sich dann dagegen. »Tony, du und Pete geht raus auf den Flur. Ich komme gleich nach.« Er steckte die Pistole in seine Jackettasche. »Wenn ihr in zehn Minuten nix von mir hört, holt die Bullen.« Er grinste jetzt breit.

Williams wartete, bis die zwei hinausgegangen waren, bevor er seine Pistole wegsteckte. Er nahm einen Schluck Brandy und sagte: »Sie waren eben nah dran, ein paar von Ihren Jungs zu verlieren, Mr. Paletta. Sie sollten wirklich vorsichtiger sein.«

Überraschung und Vergnügen spiegelten sich in Palettas grobem Gesicht. »Sie kennen mich, häh?« Er trug einen schwarzen Anzug aus dicht gewebter Wolle und Baumwolle, und im Rücken des Jacketts, wo der Kragen gegen den Nacken stieß, waren Falten.

O'Malley sagte: »Na, ich nicht. Ich kann Sie noch nicht mal leiden.« Seine blauen Augen waren blaß. »Wenn Sie was zu sagen haben, sagen Sie's. Wenn nicht, hau'n Sie ab.« Neben dem massigen dunklen Mann sah er schlank aus.

Unter buschigen Augenbrauen, die fast seine blutunterlaufenen Pupillen verbargen, starrte Paletta den Iren an. Dann lachte er, wandte sich an die anderen: »Verdammt, ist er nicht temperamentvoll?« Sie sahen ihn mit ausdruckslosen Gesichtern an. O'Malley sagte: »Da hinten ist die Tür.«

Paletta wandte sich an Crane. Er sprach schnell, deutlicher. »Hör'n Sie, es tut mir leid, daß Tony die Kanone gezogen hat, Mister. Unser Bambino muß noch ein paar Sachen lernen.« Jedesmal, wenn er den Mund öffnete, reflektierten seine Goldzähne das Licht in schnellen Blitzen wie eine Funkstation, die das Morsealphabet sendet. »Mike Paletta tut niemandem weh, außer er muß, klar?«

Crane fragte: »Was wollen Sie?« Er ließ seine Stimme unfreundlich klingen.

»Es geht um die Puppe im Leichenschauhaus.« Sein dunkles Gesicht schien für einen Moment ungeschützt. »Ich will sie finden.«

»Sie glauben, ich hätte sie?«

Paletta rieb sich das rechte Ohr. »Hör'n Sie, Mister, ich sag' nicht, wer sie hat. Ich will sie nur finden.« Die Hand strich in melkenden Abwärtsbewegungen über das Ohr. »Hör'n Sie, Sie überlassen sie mir, und ich lass' Sie den Preis bestimmen. Der Zaster ist mir egal; ich hab' reichlich, klar?« Er beugte sich zu Crane herab, schob seine Unterlippe vor. »Wie wär's mit zehn Riesen, was sag'n Sie?«

Crane sagte eine Weile gar nichts. Williams hatte seine Lippen gespitzt, als ob er pfeifen würde, aber es kam kein Ton heraus. Erleuchtete Fenster am Ashland Building im Osten bildeten ein geometrisches Muster auf der Seite des Gebäudes. Die Brise war weder kühl noch heiß und jetzt zu einem Flüstern erstorben.

Schließlich fragte Crane: »Was wollen Sie überhaupt mit der Leiche des Mädchens?«

»Ich will sie draußen in Calvary bei Evanston beerdigen.«

»Sie beerdigen! Sie wollen zehntausend Dollar bezahlen, um das Mädchen zu beerdigen?« Crane war wirklich verblüfft. »Warum?«

Paletta schob seine Unterlippe vor, sagte traurig: »Sie is' meine Frau.«

Crane krümmte sich zweimal bei dem Versuch, sein Glas zu fangen, bevor es auf dem Teppich aufschlug. Es mißlang ihm, aber das Glas zerbrach nicht, vergoß nur Flüssigkeit in Form eines pfannkuchengroßen Fleckens auf die grüne Oberfläche. Er gab Williams das Glas, sagte: »Mach's voll, Doc, bevor ich in Ohnmacht falle.« Er drehte sich wieder zu Paletta. »Woher wissen Sie, daß es sich um Ihre Frau handelt?«

Der dicke Mann erzählte seine Geschichte mit einem merkwürdigen Eifer. Seine Frau hieß Verona Vincent, und sie war, bis er sie vor fünf Jahren geheiratet hatte, Sängerin bei Colisimo's gewesen. Damals war sie neunzehn. Sie hatten bis vor einem Jahr glücklich zusammengelebt, als seine Frau mit Frankie French, diesem Dreckskerl, weggelaufen war. Er hätte Frankie French umlegen lassen, jedoch liebte er Verona immer noch, und wenn Verona Frankie liebte, wollte er ihr Glück nicht zerstören. Aber dann, vor fünf Monaten etwa, erfuhr er, daß Verona Frankie, diesen Dreckskerl, verlassen hatte und nach New York gegangen war.

Er war seiner Frau dahin gefolgt – fand sie als Sängerin in einem »Jazzschuppen« auf der Dritten Avenue – und hatte ihr eine letzte Chance gegeben, zu ihm zurückzukommen. Verona hatte zugestimmt, und er hatte ihr fünftausend Dollar gegeben, um sich ein paar neue Sachen zu kaufen, und dann, fragte er Crane: »Was, glaub'n Sie, hat das verrückte Weib getan?«

Crane sagte, er habe keine Ahnung.

»Sie ist getürmt ... mit dem ganzen Zaster.«

Das habe ihn ziemlich sauer gemacht. Er würde nicht leicht wütend, klar? Aber das habe ihn ziemlich sauer gemacht. Er ließ verbreiten, daß er vorhätte, sie umzulegen, dachte aber nicht wirklich daran, sie zu töten, wollte ihr nur einen gehörigen Schrecken einjagen. Es müsse ihr auch einen Schrecken eingejagt haben, denn von da an habe er sie nicht mehr finden können. Das letzte, was er gehört habe, war, daß sie in billigen Hotels in Chicago wohnte, daß ihr gesamtes Geld weg war und daß sie ganz schön verzweifelt war, weil sowohl er als auch Frankie French, dieser Dreckskerl, nach ihr suchten.

Crane fragte: »Was wollte Frankie French von ihr?«

Paletta war nicht sicher, aber er hatte gehört, daß, nachdem sie und Frankie sich getrennt hatten, in ein paar von Frankies besten Spielhöllen von der Polizei Razzien durchgeführt worden seien und daß Frankie sie beschuldigt habe, der Polizei einen Wink gegeben zu haben. Es sah jedenfalls so aus, als ob die Polizei Insider-Informationen gehabt hätte.

Crane fragte: »Wieso glauben Sie, daß die tote Frau im Princess Hotel Ihre Frau war?« Er fügte hinzu: »Besonders, wo Sie doch die Leiche nie gesehen haben?«

Paletta rieb sich sein Ohr. »Ich bin nicht sicher, daß sie es ist, aber Sie müssen zugeben, es sieht sehr danach aus. Zunächst mal, in den Zeitungen steht, daß die Frau eine toll aussehende Blondine ist, und ich gebe nicht an, wenn ich Ihnen sage, daß Verona die erstklassigste Blondine überhaupt ist.« Er funkelte Williams und O'Malley an, als ob einer von ihnen das bestritten hätte, dann sprach er weiter mit Crane. »Und außerdem, warum sollte jemand irgendeine andere Frau so aus dem Leichenschauhaus klauen?«

Crane fragte: »Warum sollte jemand Ihre Frau stehlen?«

»Da ist Frankie French, dieser Drecks . . .«

Crane sagte: »Ich weiß, daß er die Leiche nicht hat.«

Paletta streckte Crane seine rechte Hand entgegen, die Innenfläche nach unten. »Kann sein, daß er sie nicht hat, aber ich will nix überseh'n, klar? Er könnte so tun als ob.« Seine Stimme war heiser. »Aber es gibt noch 'ne Menge anderer Leute, die sie auch gern haben würden.«

»Aber warum?«

»Hör'n Sie. Ich bin Gewerkschaftsvertreter der Vereinigten Transportgewerkschaft, klar? Und in ein paar Monaten sind Vorstandswahlen.« Er hatte jetzt beide Hände vor sich, die Innenflächen nach oben, wie eine schwarze Sängerin. »Was für 'ne Chance hätt' ich, wenn es sich herumsprechen würde, daß ich nicht Manns genug bin, meine eigene Frau zu beerdigen?« Er fügte finster hinzu: »Genau sowas würde dieser dreckige Monahan ausnutzen.«

»Ist Ihnen der Job als Gewerkschaftsvertreter so viel wert?« fragte Crane.

»Er ist einiges mehr wert als fünfzig Riesen im Jahr.«

Diesmal pfiff Doc Williams tatsächlich.

Crane sagte: »Nun sehen Sie mal, Sie werden es wahrscheinlich nicht glauben, aber ich habe die Leiche nicht aus dem Leichenschauhaus geholt. Aber es besteht die Möglichkeit, daß ich sie finde. Wenn ich es tue, und es Ihre Frau ist, mach' ich mit Ihnen ein Geschäft.« Er sprach schnell, eindringlich. »Ich habe einen anderen Klienten, der glaubt, das Mädchen könnte seine Schwester gewesen sein. Wenn sie es ist, kommen wir überhaupt nicht ins Geschäft. Aber Tatsache ist, daß ich die Leiche nicht habe.«

Palettas Gesicht wurde dunkel und häßlich, seine Stimme grollte wie Steine in einem Faß. »Hör mal, Freundchen, du hast die Leiche, sonst würdest du nicht versuchen, ein Geschäft zu machen.« Er ballte die rechte Faust. »Entweder . . .«

Jemand klopfte an die Tür. »Verflucht!« rief Williams. Er ging hinüber zur Tür und öffnete sie. O'Malley behielt Paletta im Auge. Ein kleiner, blasser, schwarzhaariger Mann mit einer goldenen Brille betrat den Raum. Es war der stellvertretende Staatsanwalt Samuel Burman. Einer der Männer von der Mordkommission war bei ihm. Burmans Augen weiteten sich, als er Paletta bemerkte.

»Hallo, Mike«, sagte er; »was tun Sie denn hier?«

»Hallo, Mister Burman.« Palettas Gesicht war freundlich, respektvoll. »Hab' nur 'ne kleine Unterhaltung mit mei'm alten Freund, Mister Crane.« Er wandte sich an Crane. »Ich geh' jetzt. Vielleicht kommen wir morgen ins Geschäft.« An der Tür zögerte er. »Auf Wiedersehen, Mister Burman.«

Als die Tür sich schloß, frage Burman argwöhnisch: »Was hat Mike Paletta hier gemacht?« Seine Augen musterten Williams und O'Malley neugierig. Er trug einen weißen, zweireihigen Leinenanzug.

Crane langte nach seinem Glas auf dem Tisch am Kopfende der Chaiselongue. Er trank mit sichtlichem Wohlbehagen. »Mike und ich planen, zum Varieté zu gehen, wir brauchen nur noch einen, der uns die Stichworte gibt«, sagte er schließlich. »Wie würde Ihnen der Job gefallen?«

»Sehen Sie, Crane«, sagte Burman. Er legte ziemlich viel Wut in seine Stimme. »Ich hab' mir allmählich genug von Ihnen gefallen lassen, hätte Sie verhaften können, aber ich hab' mich in Ihrem Fall für Sie krumm gelegt. Ich habe mir immer wieder gesagt, gib ihm eine Chance. Aber wenn Sie mit diesem vorlauten Getue weitermachen, lasse ich Sie so geschwind ins Kittchen werfen, daß Ihnen schwindelig wird.«

»Klar, Sie haben mir eine Chance gegeben«, sagte Crane. »Die Chance, mir selbst den Strick zu drehen.«

Das schwarze Jackett und die Hose des Mannes von der Mordkommission waren unordentlich, zerknittert. Er bewegte sich einen Schritt nach vorn, sagte: »Sie brauchen es nur zu sagen, Mister Burman, und ich stecke...«

Williams unterbrach ihn. »Ich würd' mich da raus halten, wenn ich du wäre, Bulle«, sagte er. Es lag etwas unvergleichlich

Düsteres in der Art, wie er seinen schwarzen Schnurrbart drehte.

»Oh, 'n paar Großstadtkiller«, sagte der Mann von der Mordkommission spöttisch. Dennoch bewegte er sich nicht weiter nach vorn.

»Also, was wollen Sie?« fragte Crane Burman.

»Ich will wissen, warum Sie die Leiche des Mädchens gestohlen haben und was Sie damit gemacht haben?«

»Ich habe die Leiche nicht gestohlen.«

»Ich bin es langsam satt, immer das Gleiche zu hören.«

»Ich bin es langsam satt, es sagen zu müssen.«

Am dritten Finger von Burmans linker Hand war ein kleiner Diamantring. Er glitzerte, wenn er den Arm bewegte. »Ich habe Ihnen gesagt, daß ich mich in Ihrem Fall krumm gelegt habe, Crane. Deshalb gebe ich Ihnen eine Chance, mir Ihre Geschichte zu erzählen, bevor ich einen Haftbefehl erlasse.«

Crane hielt mitten im Schluck inne, sprach mit dem Glas an den Lippen. »Einen Haftbefehl erlassen? Sie haben keine Beweise für einen Haftbefehl.«

»Ach, nein?« Burman richtete seine Krawatte, bürstete imaginären Staub von den Ärmeln seines weißen Leinenanzugs. »Wußten Sie, daß die Polizei Ihre Fingerabdrücke unten im Leichenschauhaus gefunden hat?«

»Wieso sollte sie nicht? Ich habe ihnen erzählt, daß ich unten war und mir die Leiche des Mädchens angesehen hab'.«

»Tja, aber sie haben diese Abdrücke auf der Tür gefunden, die vom Aufnahmeraum für die Leichen zur Auffahrt führt – mitten auf dem Türknopf.«

Der sanfte, warme Wind machte durch die Fenster ein Geräusch wie ein schlafender Mensch, der seufzt. Das Eis, das in dem Silberbehälter schmolz, rutschte mit einem klingelnden Geräusch ein paar Zentimeter tiefer.

Crane sagte: »Nun, wenn Sie mich in der Hand haben, warum erlassen Sie dann keinen Haftbefehl?«

»Ich habe gedacht, Sie würden uns vielleicht gern erzählen,

wer Sie engagiert hat.« Burmans braune Augen blitzten. »Wir wissen, daß jemand hinter Ihnen steht, jemand Wichtiges.«

Crane setzte sich auf der Chaiselongue auf, sein Glas auf dem Knie. »Sie meinen, ich soll als Kronzeuge auftreten?«

»Jetzt fangen wir an, einander zu verstehen.« Burman rieb seine Hände, als ob er sie waschen würde. »Verstehen Sie? Ich habe mich in Ihrem Fall krumm gelegt, wie ich Ihnen bereits sagte. Ich habe mit dem Staatsanwalt gesprochen, und er...«

»Ich bin müde«, unterbrach Crane an die anderen gewandt. »Ich bin müde, deshalb will ich diesen Kerl loswerden.« Burman hatte mitten im Satz gestockt, seinen Mund zu einem erstaunten O gerundet. Crane fuhr fort: »Ein Sergeant namens O'Connor ist mit mir herumgegangen, um einen Blick auf den hinteren Teil des Leichenschauhauses zu werfen, nachdem die Leiche gestohlen worden war. Er und ich haben beide die Tür angefaßt. Ich wette, Ihr dicker Freund hier kennt O'Connor?«

Der Mann von der Mordkommission sagte in einem feindlichen Ton: »Und wenn ja?«

Crane sagte zu Burman: »Trotten Sie nur ab und reden Sie mit O'Connor, und das wird all' Ihre schlimmen Verdächtigungen aus dem Weg räumen.«

Nach einer Schweigepause kam Burman zu einer Entscheidung. »In Ordnung, Crane«, sagte er. »Sie verdienen es zwar nicht, aber ich gebe Ihnen eine Chance. Ich werde O'Connor aufsuchen und mit ihm reden.« Er öffnete seine zweireihige Jacke und zog eine Weißgoldkette mit einem Phi Beta Kappa*-Schlüssel an ihrem Ende hervor. Er schwang den Schlüssel im Kreis. »Also, finden Sie nicht, Sie sollten uns dafür sagen, wer das Mädchen war?«

»Ich weiß nicht, wer sie war.«

»Aber Sie müssen irgendeine Ahnung haben.« Der Schlüssel hing jetzt gerade an der Kette herab. »Sie arbeiten doch für jemanden, nicht wahr? Sind diese Männer auch Detektive?«

* Amerikanische studentische Vereinigung hervorragender Akademiker, gegr. 1776

O'Malley sagte: »Nee, wir sind keine Schnüffler. Wir sind Mitglieder der Roten Bande aus Detroit.«

Williams sagte: »Ich bin das Maskottchen. Ich hab' bis jetzt erst neun Leute umgebracht.«

Crane sagte: »Ich sagte Ihnen schon, ich würde Ihnen den Namen des Klienten meiner Firma auch nicht sagen, wenn ich ihn wüßte.«

»Na gut. Na gut.« Das Blut strömte aus Burmans spitzem Gesicht, das eierschalengelb wurde. »Denkt daran, wie klever ihr Mistkerle wart, wenn ihr erst alle hinter Gittern sitzt.« Er steckte den goldenen Schlüssel zurück in seine weiße Westentasche, knöpfte sein Jackett zu, sah den Mann von der Mordkommission an, sagte: »Kommen Sie, sehen wir zu, daß wir hier wegkommen.«

Mit unverhüllter Belustigung sahen die drei zu, wie er dem Mann von der Mordkommission zur Tür folgte. Williams stand auf, stellte sein Glas auf den Tisch und ging durch den Raum, um die Tür zu schließen, falls sie es nicht taten. Halb im Flur zögerte Burman.

»Hören Sie, Crane, ich gebe Ihnen noch eine letzte Chance«, sagte er. »Ich gebe Ihnen Zeit bis morgen abend, um mir die Geschichte zu erzählen.« Er steckte sein spitzes Gesicht zurück ins Zimmer. »Sehen Sie? Ich lege mich *wirklich* krumm.«

Williams sagte: »Tja, passen Sie nur auf, daß Ihnen keiner einen Schubs gibt.« Er schloß die Tür sanft vor Burmans Gesicht.

7

Der Schweiß, der von seinem über den Augen liegenden Arm tropfte, kitzelte ihn im Nacken und weckte ihn schließlich. Heißes Sonnenlicht prallte auf sein Gesicht, seinen unbedeckten Oberkörper nieder. Er öffnete die Augen und war leicht beunruhigt, wie er es immer war, wenn er in einem ihm fremden Zimmer erwachte. Es schien jedoch ein hübsches Zimmer zu sein, und er bewunderte die Drucke mit Bildern von Pferderennen an den Wänden; leuchtendfarbene Rechtecke mit spindelbeinigen Pferden, die Jockeys über Wassergräben und türkisfarbene Rasenstücke trugen. Er sah auf seine Armbanduhr. Es war ein paar Minuten vor neun Uhr. Er entsann sich, daß er im Hotel Sherman in Chicago war, und setzte sich auf, wobei er eines der Kissen auf den Boden stieß. Er hatte nur einen leichten Kater.

Er ging in das andere Schlafzimmer, um O'Malley und Williams zu wecken, aber sie waren schon weg. Er duschte lange, drehte am Ende das Wasser völlig auf kalt, und dann zog er sich an, entschied sich für einen ungebleichten, naturfarbenen Leinenanzug. Er trank etwas Wasser, und bald begann er, sich ziemlich heiter und ein bißchen hungrig zu fühlen. Er bestellte eine halbe Grapefruit, weich gekochte Eier, Toast und Kaffee auf sein Zimmer, und während er wartete, nahm er das Branchenverzeichnis und rief alle größeren Fotostudios an. Beim sechsten stieß er auf ein Bild von Verona Vincent, und er veranlaßte, daß ein Bote von der Western Union ihm einen Abzug brachte.

Das Frühstück und Doc Williams und O'Malley kamen alle gleichzeitig. Williams und O'Malley machten einen unangenehm vergnügten Eindruck, und Crane betrachtete sie argwöhnisch.

»Ihr Kerle habt doch nicht etwa schon so früh am Tag getrunken?« wollte er wissen.

Sie versicherten ihm mit Bestimmtheit, auf ihre Ehre, das hätten sie nicht. Glaubte er etwa, daß sie zu den Leuten gehörten, die auch nur im Traum daran dächten, vor dem Mittagessen zu trinken? Glaubte er das etwa? Sie waren beide tief erschüttert.

»Schon gut, ihr Schnüffler«, sagte Crane angewidert; »daß ihr getrunken habt, macht mir nicht soviel aus, wie der

Umstand, daß ihr mir gegenüber euer Wort gebrochen habt.« Er nahm seine Grapefruit in Angriff. »Ich bin mit der schwierigen und gefährlichen - ja, ich kann ehrlich sagen, gefährlichen – Aufgabe betraut worden, dieses schreckliche Geheimnis zu lüften. In meiner Hingabe an die Pflicht bin ich mit den Hühnern aufgestanden und habe bereits die Portraitaufnahme der liebreizenden Verona Vincent ausfindig gemacht, als erster Schritt in einem arbeitsreichen Tag.« Er schwang drohend seinen Löffel in ihre Richtung. »Und was muß ich feststellen, als ich mich zu diesem kargen Mahl niederlasse? Was muß ich feststellen? Ich muß feststellen, daß meine Verbündeten, in die ich mein Vertrauen gesetzt habe, schon in Bacchus' Armen liegen.« Er sah sie verschmitzt an, zielte immer noch mit seinem Löffel. »Ich vermute, daß einer von euch selbst jetzt etwas von dieser tödlichen, Sucht erzeugenden Droge versteckt mit sich herumträgt.«

Sie sahen ihn ernst an, beteuerten ihre Unschuld. O'Malley, in aller Offenheit, sagte ja, er glaube tatsächlich, er habe irgendwo ein wenig Medizin bei sich. Man könne nie sagen, wann einen ein Schwächegefühl überkäme; es sei dumm, das Risiko einzugehen. Man solle ihm nur eine Sekunde Zeit lassen, und er würde versuchen, sich zu erinnern, wo er sie hingetan habe. Ach ja, da war sie, in seiner Gesäßtasche. Er zog eine Viertelliterflasche Seagram's V. O. Roggenwhiskey hervor. Er habe sich kaum daran erinnern können, wo er sie hatte.

Crane nahm ihm die Flasche ab. »Sehr interessant«, sagte er. Er hob sie an die Lippen.

Nach einer Weile sagte O'Malley: »Heh! Du Mistkerl, laß mir was übrig.« Er rettete die Flasche und leerte sie mit Williams' Hilfe.

Während Crane seine Eier aufaß, die zu lange gekocht worden waren, und seinen Kaffee trank, erörterten sie den Fall. Doc Williams bemerkte: »Meiner Meinung nach solltest du besser schnell arbeiten. Entweder wird dich die Polizei oder einer aus Palettas Bande verdammt schnell einholen.«

Crane strich eine dünne Schicht Orangenmarmelade auf seine letzte Scheibe Toast. »Hört mal. Neben Frankie French ist unser Freund Paletta ein Milchbubi.« Er brach ein Stück von seinem Toast ab. »Jedesmal, wenn ich an Mr. French denke, möchte ich am liebsten um Hilfe schreien.«

O'Malley fragte: »Was willst du seinetwegen unternehmen?«

Crane zuckte mit den Schultern. »Abwarten und sehen, was er unternimmt, denke ich.« Er warf seine Serviette auf den Tisch. »Wie dem auch sei, ich habe für dich und Doc etwas zu tun, während Courtland und ich den Leuten im Princess die Bilder von seiner Schwester und Verona zeigen.« Er grinste sie an. »Das sollte euch auch auf Trab halten. Ich will, daß ihr für mich einen Leichenbestatter findet.«

Williams fragte: »Nur irgendeinen Leichenbestatter?«

»Tja, er könnte auch der Gehilfe eines Leichenbestatters sein.« Crane ging hinüber zu einem Wandspiegel und bewunderte seine kupferfarbene Charvet-Krawatte. »Jedenfalls arbeitet er in einem Bestattungsunternehmen. Er hat rotes Haar, und er ist Linkshänder.«

Mit plötzlich nüchternem Gesichtsausdruck sagte Williams: »Der Typ, der den Leichenwärter kalt gemacht hat, häh?«

»Nicht direkt. Ich glaube, der Kumpane von diesem Kerl hat den Mord verübt. Unser Leichenbestatter hat nur die Handgelenke von Mr.... wie war sein Name?... Augie festgehalten, während sein Kumpane ihm mit der Pistole eins verpaßt hat.«

O'Malleys großes gebräuntes Gesicht sah verwirrt aus. »Ich verstehe, wie du darauf kommst, daß der Typ rothaarig ist, weil Augie ein paar rote Haare zwischen den Fingern hatte, aber wie kommst du auf den anderen Kram?« O'Malleys Haare hatten einen grauen Schimmer, einen Hauch von Weiß an den Schläfen.

»Ich mache nur ein wenig von meiner Phantasie Gebrauch«, sagte Crane und wandte sich vom Spiegel ab. »Ich bin mir noch nicht mal sicher, daß ich recht habe. Aber das ist so ungefähr alles, was wir haben, um weiterzumachen. Augie muß von wenigstens zwei Personen angegriffen worden sein – *ein* Mann hätte es in so kurzer Zeit nicht geschafft, ihn zu töten, das Mädchen wegzuschaffen, ihn in das Schubfach zu legen und abzuhauen.« Er setzte sich auf die Armlehne des größeren der beiden dick gepolsterten Sessel. »Außerdem, er wurde wahrscheinlich nicht von dem Mann getötet, der seine Handgelenke festgehalten hat. Dieser Kerl hätte nicht Augies Handgelenke festhalten können, wie die Abdrücke es zeigen, und gleichzeitig eine Pistole halten können. Nun, wir können außerdem ziemlich sicher sein, daß Augie mit dem Kerl gekämpft hat, seine linke Hand befreien konnte und ihm ein paar Haare ausgerissen hat.«

Crane machte eine Pause, hatte die Unterlippe zwischen die Zähne geklemmt, trommelte mit den Fingern auf den Sessel.

»Das Merkwürdige daran ist, daß Augie seine linke Hand hätte freibekommen müssen, denn Augie war Rechtshänder. Normalerweise, wenn ein Rechtshänder deine Handgelenke packt und du auch Rechtshänder bist, kriegst du den rechten Arm frei. Das liegt daran, daß er deinen rechten Arm, deinen stärksten Arm, mit der linken Hand hält. Seine stärkste Hand, umgekehrt, hält deinen schwächeren Arm.

Aber Augie hat seinen linken Arm freibekommen. Deshalb sieht es so aus, als ob der Angreifer in diesem Fall Augies rechten Arm mit seiner stärkeren Hand gehalten hat, der Angreifer also Linkshänder war.«

Die hellen Säulen aus Sonnenlicht auf dem grünen Teppich, unterhalb der beiden nach Osten gehenden Fenster, wurden allmählich gedrungen. Kein Wind bewegte die Vorhänge; keine Wolke trieb am Himmel. Es würde wieder heiß werden.

Crane fuhr fort: »Also, was für einen Mann würdet ihr euch suchen, um ein Leichenschauhaus zu berauben? Ihr würdet jemanden suchen, der sich in einem Leichenschauhaus auskennt, oder nicht? Nun, das würde entweder jemand sein, der im Leichenschauhaus arbeitet oder ein Leichenbestatter. Und der Versuch, jemanden im Leichenschauhaus zu bestechen, wäre zu gefährlich.«

Doc Williams wandte ein: »Aber woher weißt du, daß der rothaarige Typ der Leichenbestatter ist? Wieso könnte es nicht auch der Mann sein, der Augie eins auf die Birne gegeben hat?«

»Wenn du davon ausgehst, daß ein Leichenbestatter oder sein Gehilfe *angeheuert* wurde, um bei dem Diebstahl der Leiche zu helfen«, sagte Crane, »so macht ihn das als Mörder unwahrscheinlich. Er wurde angeheuert, um bei der Beseitigung der Leiche behilflich zu sein, das ist alles. Er würde nicht kaltblütig jemanden umbringen. Er hätte nicht mal 'ne Pistole. Er würde jemandem die Handgelenke festhalten, wenn er angegriffen würde, aber weiter würde er nicht gehen.« Er glitt von der Sessellehne, schlenderte hinüber zu einem der Ostfenster. »Die Gewalt geht völlig auf das Konto des Kumpanen, der von vornherein verzweifelt genug war, um die Leiche stehlen zu wollen.«

Während Crane über die Stadt hinweg auf das massige Palmer House starrte, dachten sie darüber nach. Schließlich sagte Williams: »Ich glaube, unser Wunderknabe hat mal wieder recht.« Er drehte seinen schwarzen, spitz zulaufenden Schnurrbart, lächelte Cranes Rücken an. »Wann fangen wir an?«

»Jetzt.« Crane ging vom Fenster weg. »Ich schlage vor, ihr versucht, einen Verkäufer von Beerdigungszubehör zu finden, der bei allen Bestattungsunternehmen die Runde macht. Vielleicht kann er sich an einen Kunden mit roten Haaren erinnern. Ich werde hier auf Courtland warten.«

Als er hinter O'Malley zur Tür hinausging, zögerte Doc Williams und fragte: »Hast du keine Angst, daß Frankie French dir 'nen Besuch abstattet, während wir weg sind?«

Crane sagte: »Ich werde die Tür verbarrikadieren.«

Er war gerade dabei, einen Bericht an Colonel Black zu beenden, als der Junge von der Western Union mit dem Bild von Verona Vincent kam. Crane gab ihm einen Dollar. Es war ein großes Bild, und er hatte Mühe, das kräftige, braune Papier aufzureißen. Als er schließlich das Bild herausbekam, pfiff er, dann fluchte er.

Das Bild war die Seitenansicht einer Frau, und soweit Crane sehen konnte, hatte sie nichts an, außer einem weißen Muff, den sie knapp unterhalb der Hüfte vor sich hielt. Sie hatte eine sehr hübsche Figur, groß und schlank, mit einer reizvollen Linie von der Hüfte zu den Schultern und kleinen, festen Brüsten. Ihr Gesicht war der Kamera zugewandt. Sie war blond, und ihre Gesichtszüge waren angenehm. Sie sah mehr wie das Mädchen im Leichenschauhaus aus, als Courtlands Schwester es tat, aber Crane war sich ganz und gar nicht sicher, daß sie das Mädchen war. Die Gesichter hatten ungefähr die gleiche Form, aber dieses Mädchen lächelte, und um seine Augen war nichts von dem tragischen Zug. Crane betrachtete ihre Brüste und versuchte sich zu erinnern, wie die Brüste des Mädchens im Leichenschauhaus ausgesehen hatten, aber er konnte es nicht.

Er hatte das Bild auf den Boden gelegt und betrachtete es von oben, als Courtland eintraf, der ein Paket unter dem Arm trug. Crane warf Courtland das Bild zu, der es bewundernd anstarrte, dann fragte: »Wer ist sie?«

»Sie sieht nicht aus wie Ihre Schwester, oder?« entgegnete Crane.

Courtland schüttelte den Kopf. »Nicht sehr.« Sein Gesicht sah müde aus, und obwohl kleine Falten um Augen und Mund ihn älter erscheinen ließen als gestern, wirkte er immer noch jungenhaft. »Sie ist fast so gebaut wie Kit, aber der Ausdruck auf ihrem Gesicht ist anders. Auch ihre Augen sind nicht so groß. Trotzdem ist sie süß. Wer ist sie?«

Crane erzählte es ihm. Er erzählte ihm von dem Plausch, den sie mit Mike Paletta gehabt hatten, und auch von seinem Erlebnis mit Frankie French im Waschraum des Leichenschauhauses. Er schloß: »Es scheint, daß beide überzeugt sind, daß es die Leiche von Verona Vincent war und daß ich sie habe.« Er erwähnte jedoch nicht die Suche nach dem rothaarigen Leichenbestatter.

Courtland war beeindruckt. »Donnerwetter!« rief er. »Eine gestohlene Leiche, Rivalen, die Anspruch darauf erheben, ein Bandenkrieg, Drohungen ... was kommt als nächstes?« Er gab Crane das Paket, das er bei sich hatte. Es war auch in braunes Papier eingepackt, und Briefmarken im Wert von sechsundfünfzig Cent waren darauf. »Das ist die Porträtaufnahme von Kit. Sie trägt mehr Kleider als das Varietémädchen, aber vielleicht können Sie sie erkennen.« Er setzte sich an den Schreibtisch und hob das Telefon ab. »Stört es Sie, wenn ich einen Drink bestelle?«

Crane versuchte, die Kordel um das Paket mit den Zähnen zu lösen. »Überhaupt nicht«, sagte er. »Man könnte mich sogar dazu bewegen, selber einen Whiskey-Soda zu trinken.«

Auch die Aufnahme von Miss Kathryn Courtland war eine Enttäuschung. Sie war dünner als auf dem Paßbild, aber ihre Wangen waren rundlicher als die des Mädchens im Leichenschauhaus. Das Foto zeigte nur ihren Kopf und Hals, und ihr Gesicht war im Halbprofil zur Kamera gewandt. Stirn, Nase, Mund und Kinn waren schön, fast aristokratisch, aber ihnen fehlte die Strenge des wahrhaft aristokratischen Gesichts.

Crane sagte: »Ihre Augenbrauen sind dicker als die von dem Mädchen im Leichenschauhaus.«

»Kit fing ungefähr ein Jahr, nachdem dieses Portrait gemacht wurde, an sie zu zupfen«, sagte Courtland.

Crane trug das Porträt und das von Verona Vincent hinüber zu den Südfenstern des Zimmers und hielt sie ins Licht. Courtland saß still am Schreibtisch, während Crane erst das eine, dann das andere betrachtete. Die zwei Frauen sahen sich überhaupt nicht ähnlich, trotzdem glichen sich ihre Gesichtszüge sehr. Die von Verona Vincent waren vielleicht eine Spur weniger ausgeprägt; ihre Nase war etwas schmaler, ihr Kinn weniger entschlossen, ihr Mund eher ein Schmollmund, aber man konnte sie kaum auseinanderhalten. Der Unterschied lag im Ausdruck. Courtlands Schwester war ernst, nachdenklich; das Gesicht als Ganzes hatte eine empfindsame Ausstrahlung. Das Gesicht von Verona Vincent zeugte von einem wesentlich lebhafteren Temperament; es war von einer natürlichen Heiterkeit, aber die Augen und der Mund ließen ein ungestümes Wesen ahnen. Ihr Gesicht hatte eine Vitalität, die dem anderen Mädchen fehlte. Crane hatte das Gefühl, daß es Spaß machen würde, mit Verona Vincent auf eine Party zu gehen. Er fragte sich, ob fünf Jahre sie sehr verändert hätten.

Er legte die Bilder hin, als der Whiskey kam. »Ich bin geschafft«, sagte er, als er das Glas von Courtland annahm. »Ich würde wahrscheinlich selbst in einem Bild von Evangeline Booth eine Ähnlichkeit entdecken.« Und fügte hinzu: »Vielleicht war das Mädchen im Leichenschauhaus Evangeline Booth.«

Courtland lächelte ihn an, wobei sich Krähenfüße in den Winkeln seiner blauen Augen zeigten. »Was steht auf dem Programm?« Seine Kinnlade war viereckig. Er trug einen weißen Leinenanzug mit einem marineblauen Hemd und einer kanariengelben Krawatte. Er schien seinen Drink zu genießen.

»Ich werde noch eine letzte Zeile in dem Brief an meinen Chef anfügen«, sagte Crane, »und dann marschieren wir mit den beiden Fotos rüber zum Princess Hotel.«

Während er vom Schreibtisch wegging, nahm Courtland Cranes Glas. Er fügte mehr Whiskey hinzu und einen Spritzer Soda aus dem Siphon, dann machte er dasselbe mit seinem Glas.

Crane sah beunruhigt von seinem Brief auf. »Heh! Ich hab' heute morgen schon was getrunken ... bevor Sie kamen.«

Courtland sagte: »Ich auch.«

Es war zwei Uhr nachmittags, als sie im Princess Hotel fertig waren. Sie waren beide erschöpft. Es war heiß gewesen, unglaublich heiß in dem Hotel. Sie hatten ihre Jacketts und Krawatten abgelegt, die Ärmel der Hemden aufgerollt, während sie Zimmermädchen, Portiers, Hoteljungen, Pförtnern die Bilder zeigten. Draußen machte die Sonne die Bürgersteige so heiß wie ein Backblech, der Teer floß aus Rissen in der Straße. Die Zeitungen brachten Meldungen über Mais, der auf Feldern in Mittel-Illinois aufplatzte, über Eier, die auf dem Pflaster gebraten wurden, über Hitzeschläge und Todesfälle. Die Gesichter der Fußgänger waren düster.

Drei der Unterhaltungen waren so bemerkenswert gewesen, daß Crane sich Notizen auf der Rückseite eines Umschlags gemacht hatte. Die erste war die mit seinem Freund Edgar, dem Hoteljungen. Crane fragte ihn, ob ihm noch mehr zum Besucher von Miss Ross eingefallen sei.

Edgar mußte zugeben, daß ihm nichts mehr eingefallen war und fügte hinzu: »Es hat wirklich 'nen Riesenaufstand gegeben, weil Sie in der Nacht in dem Zimmer waren. Wie sind Sie überhaupt rausgekommen, gesprungen?«

»Ja«, log Crane. »Ein Wunder, daß ich mir nicht den Hals gebrochen habe.« Er fragte Edgar, ob er je für Miss Ross Schuhe geputzt habe.

»Aber sicher. Sie hat mir 'nen Vierteldollar gegeben.«

»Hatte sie mehr als ein Paar?«

»Klar.« Edgar war herablassend. »Sie hatte 'nen Haufen Schuhe. Zwei oder drei Paar Sportschuhe, wissen Sie, mit Weiß drin, und einige normale.« Er sah Crane aufmerksam an. »Sie sind gar nicht dumm. Die Bullen versuchen auch rauszukriegen, warum keine Schuhe in dem Zimmer waren.«

Den Nachtportier störte es nicht, geweckt zu werden, besonders als Crane ihm einen Zehndollarschein gab. Er hieß Elmer Glaub, und er sagte: »Es is' einem sowieso fast unmöglich zu schlafen, wenn es so heiß ist.« Er war ein dünner Mann mit einem langen, scharfgeschnittenen Gesicht, fleckigen Zähnen und einem vorstehenden Adamsapfel. Er hatte einen schmutzigen, violetten Bademantel an. Er erkannte Crane nicht. Als Antwort auf eine Frage versuchte er, sich irgendetwas an Miss Ross' Freund in Erinnerung zu rufen. »Er trug einen schwarzen Hut«, entsann er sich.

»Das weiß ich«, sagte Crane ungeduldig, »aber fällt Ihnen nicht sonst noch etwas ein?«

Mr. Glaub erinnerte sich daran, daß der Kerl dunkel war, irgendwie geschniegelt aussah und daß er gut gekleidet war. Er hatte seinen Namen nie gehört, hatte ihn nie gesehen, außer als er in der Nacht, bevor sie sich umbrachte, durch die Empfangshalle ging. Nein, Sir, er wisse nicht, ob er eine Narbe hatte oder nicht.

Crane fragte: »Ist er die ganze Nacht bei Miss Ross geblieben?«

Der Adamsapfel des Portiers zitterte. Er kicherte, sagte: »Ich nehme nicht an, daß er draußen im Flur gesessen hat.«

Courtland, der still zugehört hatte, zuckte zusammen.

Crane fragte Mr. Glaub: »Haben Sie jemals Frankie French gesehen?«

»Den Spieler?«

»Ja.«

»Nein. Zumindest nicht, daß ich wüßte.«

Im Schlafzimmer des Portiers war ein muffiger Geruch. Crane schickte sich an zu gehen, fragte dann: »Können Sie sich erinnern, ob Sie Miss Ross' Freund in der Nacht, als sie sich umgebracht hat, gesehen haben?«

Mr. Glaub, den Ellbogen auf dem Knie, das Kinn auf die Hand gestützt, dachte nach.

Plötzlich schnellte er hoch, rief: »Mein Gott!« Er sprang von dem unordentlichen Bett auf, sagte aufgeregt: »Wissen Sie, ich hab' tatsächlich gesehen, wie der Kerl von ihrem Zimmer nach unten kam.« Sein Bademantel öffnete sich, entblößte dünne haarige Beine. »Er kommt rein und kommt wieder rausgerannt. Ich weiß noch, daß ich gedacht habe, daß die sich gestritten haben müssen.« Er blieb vor Crane stehen. »Ich weiß nicht, wie ich das vergessen konnte.«

»Wie spät war es etwa, als Sie ihn gesehen haben?« fragte Crane.

»Ungefähr zwölf Uhr.« Mr. Glaub war sicher. »Ich weiß es, weil ich gerade von einem Glas... einer Tasse Tee zurückkam.«

»Schien er verstört?« fragte Crane.

Mr. Glaub konnte sich nicht erinnern. »Ich weiß nur, daß er es eilig hatte, Sie verstehen, er ging richtig schnell.«

Als letzte kam das Zimmermädchen auf Miss Ross' Etage. Sie hieß Annie Jackson, und ihre Haut hatte die Farbe von Kakao mit einem Schuß Sahne darin. Auf ihren fetten Wangen waren Schweißperlen.

»Sie haben den Mann, der Miss Ross besuchte, nie gesehen?« fragte Crane sie.

Sie lehnte schwer auf dem Griff einer Teppichkehrmaschine. »Nee, Sir; er kam, wenn ich schon nach Hause war.«

»Haben Sie viel mit Miss Ross gesprochen? Ich meine, genug um herauszufinden, was für eine Frau sie war?«

Die Augen der Mulattin leuchteten auf. »Sie war furch'bar nett zu mir, Mister. Sie hat mir 'nen Dollar gegeben.« Sie fügte hinzu, daß Miss Ross über irgendwas bekümmert war.

»Sah so aus, als ob sie Angst hatte, daß jemand sie findet«, sagte sie. »Sie wollte nicht, daß Fremde sie sehen. Sie wollte noch nich' mal, daß ich die Tür zum Flur offen ließ, wenn ich ihr Zimmer aufgeräumt hab'.«

Courtland warf Crane einen Blick zu, der zuckte mit den Schultern und fragte Annie dann: »Hat Miss Ross Ihnen irgendwelche Kleider gegeben?«

»Nee, Sir.« Annie starrte mit einem zufriedenen Lächeln auf ihren ausgedehnten Busen. »Ich schätze, sie nahm nich' an, daß sie mir passen würden.«

»Hatte sie viele Kleider?«

»Ich nehm's an.«

»Sie nehmen an?«

»Tja, ich hab' sie nie alle gesehen.« Sie zog ein Herrentaschentuch aus ihrem Ausschnitt und wischte sich übers Gesicht. »Sie tat immer ihren Schrank abschließen, und alles was ich gesehen habe, war das, was im Zimmer herumlag.«

Crane versuchte, sich noch einige andere Fragen auszudenken. Er hatte im Gefühl, daß es noch etwas geben müsse, was man über Miss Ross erfahren konnte. Er fragte: »Hat sie irgendwelche Briefe bekommen?«

Annie sagte: »Ich hab' nie gesehen, daß sie welche gekriegt hat.«

»Hat sie mal irgendwelche Besucher gehabt? Tagsüber?«

»Nee, Sir.«

»Sie hatte also keine Freunde? Niemand hat sich für sie interessiert?«

»Nee, Sir.« Annie begann, die Kehrmaschine versuchsweise vor- und rückwärts zu bewegen. »Das heißt, niemand außer dieser Frau.«

»Dieser Frau?«

»Diese Miss Udoni.« Annies Stimme drückte Abneigung aus. »Ich glaub', sie hat versucht, Miss Ross nachzuspionieren. Einmal hab' ich sie im Flur erwischt, wie sie versuchte, durchs Schlüsselloch zu gucken.« Die Mulattin schnaubte verächtlich. »Sie hat so getan, als ob ihr was runtergefallen wär'.«

»Teufel!« Crane freute sich. »Wohnt diese Miss Udoni im Hotel?«

»Hat sie, aber sie is' ausgezogen. Am Tag, nachdem sie die arme Miss Ross gefunden haben.«

»Sie meinen gestern«, sagte Crane.

»Ja, Sir.« Die Mulattin gab der Maschine einen Ruck. »An mich hat' se auch nich' mehr gedacht.«

»Haben Sie eine Ahnung, wo sie jetzt wohnt?«

»Nee, Sir. Aber ich kann Ihnen sagen, wo sie arbeitet.«

»Wo?«

»Im Clark-Erie-Ballsaal. Sie ist da Empfangsdame.«

»Sie meinen, sie ist Taxigirl.«

»Ich schätze, so nennt ihr das.« Annies Gesicht war streng. »Drüben an der South Side haben wir 'nen andern Namen dafür.«

Wieder zurück im großen Wohnzimmer der Suite im Hotel Sherman war Crane sowohl erfreut als auch enttäuscht. Erfreut wegen der drei Unterhaltungen und enttäuscht, weil es keine Möglichkeit gegeben hatte, die Handschrift von Kathryn Courtland mit der von Miss Ross zu vergleichen. Er hatte herausgefunden, daß Miss Ross nichts geschrieben, noch nicht mal ihren Namen im Hotelverzeichnis eingetragen hatte.

Courtland hatte Eis bestellt und goß sich einen Drink, Scotch und Soda, in ein Glas. Er fragte: »Wie ist die letzte Auswertung der Fotorecherche, Mr. Detektiv?«

Crane ächzte, überprüfte die Rückseite seines jetzt völlig beschriebenen Umschlags. »Tja, das sind die endgültigen Ergebnisse: Drei der Leute vom Hotel, einschließlich Edgar, dem Hoteljungen, haben Miss Ross als Ihre Schwester identifiziert. Fünf glaubten, es müsse Verona Vincent gewesen sein. Vier wußten es nicht.« Er nahm sein Glas an. »Wir wissen jetzt mit Bestimmtheit, daß es Ihre Schwester entweder war oder nicht war, oder daß es Verona war oder nicht war.«

Courtland sagte: »Oder daß es keine von beiden war.« Crane hatte wie gewöhnlich die Chaiselongue als erster erreicht, und er streckte sich mit einem Ächzen aus. Courtland, mit dem fertig gemischten Drink, sank in einen der großen Sessel zurück. Der heiße Wind bewegte oben an seinem Hinterkopf ein widerspenstiges Büschel blonder Haare. Er fragte: »Und was weiter?«

Crane seufzte, sagte: »Ich werde ein Nickerchen machen.«

8

»Hallo, du Mörder.«

William Crane öffnete die Augen. Mildes, graues Licht erfüllte den Raum, ließ an den Wänden die Drucke vom Pferderennen undeutlich werden, gab dem Grün und Rot von Teppich und Möbeln eine zarte Tönung, wie auf einem Pastellbild von Whistler. Er hatte sechs Stunden geschlafen, und seine Beine waren verkrampft, weil er sie angezogen hatte, um auf die Chaiselongue zu passen. Williams und O'Malley sahen ihn an. Er ächzte.

»Willst du nichts essen, du Mörder?« fragte Williams. »Es ist acht Uhr.«

Er setzte sich auf, rieb sich die Augen. »Woher habt ihr diesen Mörder-Quatsch?« fragte er.

Williams gab ihm eine Ausgabe des *Evening American*. Er warf einen Blick darauf, rief: »Ja, um Himmels willen!« Auf der ersten Seite des zweiten Teils war ein Foto von Mrs. Gertrude Finnegan Liebman, die mit dem Finger auf William Crane zeigte. Darunter, in schwarzen Lettern, stand: »Dieser Mann hat meinen Gatten getötet!«

Crane sagte: »Oh, mein Gott!« Dann sagte er: »Dieses alte Miststück! Jetzt müssen Grady und seine Leute mich einlochen, wo die Zeitungen hinter mir her sind.« Beunruhigt starrte er Williams an. »Es ist ein Wunder, daß sie nicht schon hier sind.«

Williams sagte: »Wir werden uns schon um dich kümmern, Kumpel. Wir sorgen dafür, daß du genug Zigaretten hast, während du im Gefängnis bist.«

»Hört mal«, sagte Crane ernsthaft. »Ich will nicht ins Gefängnis. Ich will heut' abend tanzen gehen. Ich bin verrückt auf Jazz, klar? Ich muß jeden Samstag abend tanzen gehen, klar?« Er stand auf, tat so, als würde er steppen.

O'Malley und Williams tauschten Blicke aus. »Jetzt dreht er wieder durch«, bemerkte O'Malley.

Crane ging ins Badezimmer und tauchte seinen Kopf in kaltes Wasser. Er erschien mit einem Handtuch in den Händen. »Gentlemen«, sagte er, »wir müssen uns sputen. Das Schicksal einer Nation liegt in unserer Hand.« Er streckte eine Hand aus, um ihnen zu zeigen, wie er das Schicksal der Nation festhielt. Er fühlte sich gut nach seinem Nickerchen, und er hatte nicht wirklich Angst vor der Polizei.

»O'Malley, du rufst Courtland an. Sag ihm, er soll sich mit uns bei Hardings auf der Clark Street treffen, in der Schiffskajüte im ersten Stock.« Er hörte auf, sein Gesicht abzutrocknen. »Er hat sich auch ausgeruht für's Tanzen heute abend. Wir gehen zusammen hin.«

»Oh, ihr *schlechten* Mädchen«, sagte O'Malley.

Doch Williams war besorgt. »Willst du wieder so 'ne Sauftour machen wie im Westland Fall?« wollte er wissen.

O'Malley sagte: »Kann dir doch egal sein. Er hat diesen verdammten Fall gelöst, oder?«

Crane wischte seine braun-weißen Sportschuhe mit dem Handtuch sauber. »Ich löse sie alle, besoffen oder nüchtern«, sagte er. »Gentlemen, ich empfehle Ihnen William Crane. Möge er in internationalen Angelegenheiten immer nüchtern sein, aber, ob betrunken oder nüchtern, ich empfehle Ihnen William Crane.« Er warf ihnen das Handtuch zu. »Ein Zitat von Stephen Decatur.«

Sie fingen ihr Dinner bei Hardings mit Martinis an.

Der Raum war klein und gemütlich; in einer Nische waren Tänzerinnen aus der Revue im Apollo. Der Raum war so gestaltet, daß er das Innere eines Schiffs darstellte. Er hatte Bullaugen mit Messingrändern, Wände und Tische waren aus poliertem Eichenholz, und es gab nautische Instrumente – Uhren mit mechanischen Kalendern auf dem Zifferblatt, riesige Kompasse und ein Barometer –, die in Kopfhöhe aufgehängt worden waren. Die Mädchen waren ausgelassen und hübsch. Eine reizende Blondine blickte immer wieder zu ihrem Tisch herüber. Crane zwinkerte ihr zu; sie zwinkerte ihm zu.

Crane sagte: »Ich weiß nicht, ob ich heute überhaupt noch arbeite.«

O'Malley sagte: »Ich dachte, du wolltest tanzen gehen?«

Crane trank seinen Martini aus. Er sah die Blondine bedauernd an. »Das stimmt. Ich und Courtland gehen tanzen.«

Courtlands eckiges Gesicht war nüchtern. »Ich fürchte, ich kann nicht. Ich habe ein Telegramm von Mutter bekommen. Sie und Onkel Sty kommen um Mitternacht mit dem Flugzeug. Ich muß sie abholen.«

»Schade«, sagte Crane. »Ich hätte Sie gern dabei.« Er winkte einen Kellner heran, sagte: »Wir sind nicht zu einer Beerdigung hier, sondern zum Essen.«

Der Kellner sagte: »Ja, Sir.«

»Sonntag helfen Sie uns, oder?« fragte Crane Courtland.

»Oh, sicher.«

Sie bestellten Steaks, die unten auf dem Holzkohlenfeuer gegrillt wurden. Sie bestellten auch haschierte braune Kartoffeln in Sahne, gemischten Salat, geröstete Zwiebeln und eine Flasche ›Liebfrauenmilch‹. Crane sagte, er glaube, er probiere mal etwas Bass Ale.

Als das Essen kam, sagte O'Malley: »Willst du nicht wissen, was ich und Doc heute gemacht haben, Superhirn?«

Über seine Schüssel mit gemischtem Salat hinweg spähte Doc Williams triumphierend zu Crane hinüber. »Du bist nicht der einzige, der Ergebnisse erzielt«, fügte er hinzu. Im Salat waren frische grüne Paprikastreifen.

Crane saß ihnen gegenüber, neben Courtland in der Nische. Er tat so, als ob er sich an seinem Bier verschluckt hätte, ließ etwas davon auf sein Kinn laufen. Während er sein Gesicht mit der Serviette abwischte, ließ er den Zeigefinger senkrecht auf seinen Lippen ruhen. Er sagte: »Klar, erzählt mir, was ihr heute gemacht habt. Ich bin schon ganz zittrig.« Er machte horizontale, verneigende Bewegungen mit dem Kopf, rieb immer noch sein Gesicht mit der Serviette ab.

O'Malley bekundete eine plötzliche Schüchternheit. »Vielleicht sollten wir's ihm doch nicht erzählen, Doc. Er ist noch sooo jung.«

»Ach, kommt schon«, sagte Crane. »Kommt schon. Erzählt's mir.«

»Okay. Er hat es so gewollt.« Doc Williams schnitt eine großes Stück von seinem Steak ab, schob es sich in den Mund und sagte, während er kaute: »Wir beschatten den großen Gangster, wie du uns sagst. Wir hängen an ihm wie die Kletten. Wir lassen ihn den ganzen Tag nicht aus den Augen. Und was, glaubst du, finden wir?«

Crane sagte, er habe keine Ahnung.

O'Malley sagte: »Wir finden, es ist Zeit zum Abendessen.«

»Oooch, du hast die Geschichte verpatzt.« Williams gab vor, tief verletzt zu sein. »Ich krieg' nie eine Chance, irgendwas zu erzählen.« Zum Trost füllte er sein Glas mit dem blassen, grün-goldenen Wein.

Courtlands blaue Augen blickten ungläubig. Er starrte zuerst Williams an, dann O'Malley. Er hob an, etwas zu sagen, tat es aber nicht.

»Ich weiß«, sagte Crane. »Sie sind entrüstet.« Er trank sein Bier aus. »Ich nehm' es Ihnen nicht übel. Ich bin auch entrüstet. Zwei feine Detektive. Zwei verdammt feine Detektive.« Er wandte sich an Courtland. »Und wir bezahlen sie auch noch gut. Zwölf Dollar die Woche plus Fahrgeld.«

Courtland entschloß sich, es von der heiteren Seite zu nehmen. »Eine stattliche Summe«, pflichtete er bei.

Die blonde Revuetänzerin kam herüber an ihren Tisch. Sie hatte eine freche Nase, und ihre Lippen waren zinnoberrot. Crane dachte, sie würde ihn ansprechen. Sie sprach Courtland an: »Hallo, Chance.« Sie trug ein blaßrosa Seidenkleid.

Courtland stand auf. Seine Stimme klang herzlich. »Was, du bist es, Topsy! Meine Güte! Ich hab' dich überhaupt nicht erkannt. Wie geht's dir? Was in aller Welt machst du hier? Wo ist Eva?«

Ihr Lachen war ein entzücktes Klingeln. »Ich trete im

Apollo auf. Eva ist in New York bei Billy Rose. Komm doch abends mal nach der Show auf ein Pläuschchen vorbei.« Sie befreite ihre Hand. »Ich muß mich beeilen. Der Vorhang geht in fünfzehn Minuten auf.«

Crane sah hinter ihr her. Das Seidenkleid saß eng über ihren kleinen Hinterbacken. Courtland sagte: »Ich habe mich früher mit ihrer Freundin in New York amüsiert. Sie ist ein furchtbar nettes Mädchen.«

Williams' schwarze Augen glänzten, als er enthusiastisch zustimmte. »Ja, Sir, sie sieht wirklich wie ein nettes Mädchen aus. Ja, Sir, ein furchtbar nettes Mädchen.« Er hätte noch mehr gesagt, aber O'Malley sagte: »Halt die Klappe.«

Crane bestellte beim Kellner eine Runde Whiskey mit Soda.

Courtland sah auf eine der Uhren an der Wand. Sie zeigte 8:27 an. Er fragte: »Wie lange braucht man bis zum Flughafen?«

»Ungefähr eine dreiviertel Stunde«, antwortete Crane.

»Dann hab' ich Zeit bis circa elf. Gibt es nicht etwas, was wir in der Zwischenzeit tun könnten?«

Crane sagte: »Wir könnten ins Kino gehen.«

»Nein. Ich meinte, irgendwas arbeiten.«

»Oh!« Crane betrachtete ihn verblüfft. »Arbeiten? Oh, ja sicher. Arbeiten.« Er überlegte eine Sekunde. »Nein. Ich geh' lieber ins Kino.«

Williams sah ihn mißbilligend an. »Hör mal. Mach dich lieber an die Arbeit. Wenn der Colonel hört . . .«

O'Malley unterbrach ihn. »Wir jedenfalls werden arbeiten.« »Ich glaube, wir können mit diesem«, er fing Cranes warnenden Blick auf »– diesem Gangster heute abend fertig werden. Ich meine, wir können ihn noch weiter beschatten«, endete er kraftlos.

»Jaah«, sagte Williams vertraulich. »Wir müssen das Fahrgeld noch in die Höhe treiben. Damit machen wir unseren Kies. Die Straßenbahngesellschaft zahlt uns eine Provision.«

Der Kellner kam mit den Drinks. Crane half ihm, sie zu verteilen, dann sagte er: »Einer von euch zwei Schnüfflern kommt mit mir zu diesem Tanzschuppen. Ich glaube, ich werde Unterstützung brauchen.«

Er erklärte, wie er und Courtland durch das farbige Zimmermädchen im Hotel von Miss Udoni erfahren hatten.

O'Malley schüttelte seinen großen Kopf. »Du kannst doch nicht wollen, daß irgendjemand mit dir geht. Das wäre dumm. Zwei Personen würden sie mißtrauisch machen. Sie würden glauben, es wären die Bullen, und jeder wäre verschlossen wie eine Auster.«

»Nein, ich habe darüber nachgedacht.« Crane nahm einen langen, nachdenklichen Schluck Whiskey. »Sie werden nicht glauben, daß wir Bullen sind, wenn wir uns ausreichend betrinken, nicht, wenn wir uns sinnlos betrinken.« Er winkte Courtland mit dem Arm. »Daran können Sie sehen, daß nichts umsonst ist, nicht, wenn Sie schlau sind. Sie und ich, wir trinken schon den ganzen Tag. Wenn wir jetzt ins Bett gingen, wäre alles vergeudet. Jawohl, Sir, jeder Tropfen. Jeder süße, kleine Tropfen.« Er kostete seinen eigenen Drink, um zu zeigen, was er mit einem süßen, kleinen Tropfen meinte, und fuhr fort: »Aber ich bin schlau. Meinen Sie etwa, ich trinke nur zum Spaß? Oder weil ich mich vor Frankie French fürchte, diesem Dreckskerl? Nein. Tausendmal nein. Ich verfolge einen Zweck. Ich vergeude nichts. Ich verschaffe mir 'ne Basis, damit ich betrunken werde und zum Clark-Erie Tanzlokal gehen kann, ohne daß Leute mich, ihn, mich verdächtigen, ein Bulle zu sein.« Er zwinkerte ihnen zu. »Tatsache ist, ich bin kein Bulle.«

Doc Williams sagte: »Junge! Du hast dir wirklich 'ne Basis verschafft.«

»Nun, Gentlemen«, fragte Crane, »wer von euch ist gewillt, seine Integrität zu opfern und sich so zu betrinken, daß er mitkommen kann?«

Es stellte sich heraus, daß beide gewillt waren, das Opfer zu bringen. Dermaßen gewillt, in der Tat, daß sie eine Münze werfen mußten, um zu bestimmen, wer das Opfer sein würde. O'Malley gewann. Er schob Williams' Beileidsbekundungen beiseite, mißachtete dessen Angebot, seinen Platz einzunehmen. Er sagte: »Trinken wir noch eine Opferrunde.«

Crane fragte: »Soll's ein Scotch-Opfer, ein Bourbon-Opfer oder nur ein gutes, altes, einfaches Gin-Opfer sein?«

Sie entschieden sich für ein Scotch-Opfer.

Später verabschiedeten sie sich von Courtland und Williams. Courtland wollte in sein Hotel fahren, bevor er seine Mutter und seinen Onkel abholte, und Williams war entschlossen, die Arbeit zu beenden, die er und O'Malley angefangen hatten. Crane und O'Malley riefen ein Taxi. »Chicago Theater«, wies O'Malley den Fahrer an.

»Also, du Penner«, sagte Crane, nachdem sie losgefahren waren, »Was haben du und Doc herausgefunden?«

Das Taxi fuhr auf der Clark Street in südlicher Richtung und bog, unter Mißachtung eines Verkehrsschildes, nach links auf den Washington Boulevard. O'Malley sagte: »Ich glaube, wir haben deinen Leichenbestatter. Zumindest haben wir einen Rotschopf gefunden, der in einem Laden auf der South Side als Gehilfe arbeitet.«

Cranes Blick fiel auf die Lichter des Chicago Theaters auf der linken Seite, im Norden, als sie die State Street überquerten. Sie fuhren in rechten Winkeln zum Theater. »Was versuchen Sie da eigentlich«, fragte er den Fahrer, »sich an den Laden ranzuschleichen?«

»Bei diesen neuen Verkehrsregeln«, sagte der Fahrer, »muß man über Gary, Indiana, fahren, wenn man das Zentrum durchqueren will.«

Crane fragte O'Malley: »Was will Doc jetzt machen?«

»Er will herausfinden, ob der Typ Linkshänder ist.«

»Gut«, sagte Crane großmütig. »Hätte selbst keine bessere Idee haben können.«

O'Malley sah aus dem Rückfenster des Taxis. »Himmel!« rief er. »Ich glaub', jemand verfolgt uns.«

Sie fuhren mit Schwung vor dem Theater vor, und ein großer Portier öffnete die Tür des Taxis. Crane bezahlte den Fahrer, sagte zu O'Malley: »Ich hoffe, es ist die süße, kleine Blondine.«

9

Als sie wieder auf die Straße traten, ein paar Minuten vor Mitternacht, schlug ihnen Luft, die so heiß und verbraucht war wie der Wind aus einem elektrischen Haartrockner im Schönheitssalon, ins Gesicht. Unter hell erleuchteten Theaterreklamen auf der Randolph Street bahnten sie sich mit den Ellbogen einen Weg durch die Menge, drängelten sich ins Henrici's, wo sie jeder zwei Gläser Planter's Punch tranken. Dann nahmen sie ein Taxi.

»Entschuldigen Sie«, sagte der Fahrer, als Crane ihm die Adresse nannte, »aber das ist ein mieser Schuppen. Sie würden sich woanders besser amüsieren, Gentlemen.«

»Hören Sie«, sagte O'Malley, »wenn wir einen Fremdenführer gewollt hätten, hätten wir 'ne Stadtrundfahrt gebucht.«

»O. k., Boß«, sagte der Fahrer.

Als sie vom Bordstein losfuhren, lehnte sich Crane im Sitz zurück, schloß die Augen und sang leise: »Bring mir keine Blumen, wenn ich doch nur Schuhe brauch'.«

»Wie zum Teufel kommst du darauf?« fragte O'Malley. »Ich hab' das Lied seit zehn Jahren nicht mehr gehört, schätz' ich.«

»Diese Miss Ross. Ich muß dauernd an sie denken. Was macht eine Puppe wie sie ohne Schuhe?«

O'Malley sagte: »Vielleicht war sie Japanerin.«

Sie überquerten die Clark-Street-Brücke und fuhren mit ziemlichem Tempo am heruntergekommenen Teil der Stadt direkt am Fluß vorbei. Später wurden die Straßen heller, und es gab Varietés, Restaurants und Hotels für einen Dollar pro Nacht. Als das Taxi vor Ireland's, dessen Schaufenster mit riesigen Hummern, Seeschildkröten und majestätischen Meeresfischen gefüllt waren, langsamer fuhr, sagte O'Malley: »Ich glaub', wir haben die Typen abgeschüttelt.«

Crane fragte: »Welche Typen?«

O'Malley sagte: »Oh, mein Gott!«

Die aufblitzende Reklame über ihren Köpfen war grün und rot und weiß und sie lautete:

CLARK-ERIE – 50 SCHÖNE EMPFANGSDAMEN

Die Farbe war vor langer Zeit von der Oberfläche der Treppe abgetreten worden, und jede Stufe war gesplittert und gesprungen. Die Stufen knarrten unter ihren Füßen. Als sie sich dem oberen Ende der Treppe näherten, konnten sie den Klang einer Jazzband hören, die mit ziemlicher Lautstärke und unter Einsatz von sehr vielen Blechinstrumenten spielte. Im hinteren Teil des Treppenabsatzes in der ersten Etage war ein Verschlag mit einer Theke über zwei Drittel seiner Vorderfront und einem stählernen Kassenhäuschen mit einer dicken, schwarzhaarigen Frau darin. Über dem Häuschen war ein Schild, auf dem in roter Farbe stand:

HEUTE ABEND KOSTÜMBALL!!!

Zwei Filipinos, die hellgraue Hart, Schaffner und Marx Anzüge trugen, lehnten an der Theke, tranken gepreßten Orangensaft aus Flaschen und unterhielten sich mit einem unrasierten Mann, der einen Verband über einem Ohr hatte. Die Frau hatte gelbe Tickets auf einer Rolle. Sie fragte: »Wie viele?« Ihre Stimme hatte überhaupt keine Modulation, kein Anheben der Tonlage, um eine Frage auszudrücken.

Crane lehnte sich gegen das Stahlgitter. »Wie viele was?« erkundigte er sich.

Mit eiskalten Augen musterte ihn die Frau.

Crane wandte sich an O'Malley. »Sie will wissen, wie viele«, sagte er. »Was hältst du davon?«

O'Malley langte über Cranes Kopf, ergriff einen der Stäbe

und zog sich mit einer gewaltigen Anstrengung an die Theke, als ob er gegen einen Sturm ankämpfte. »Sag ihr, wir sind zu zweit«, sagte er. »Frag sie, ob sie mit uns kommen will.«

Das Gesicht der Frau war aufmerksam mürrisch.

»Mir ist es lieber, wenn sie nicht mitkommt«, sagte Crane. »Mir gefällt nicht, wie sie aussieht.« Er legte seinen Kopf schief, betrachtete sie prüfend. »Zu fett.«

Der Mann mit dem verbundenen Ohr verließ die zwei Filipinos, kam zu ihnen herüber. Sein Gesicht war wütend. »Ihr Hunde könnt machen, daß ihr hier rauskommt«, sagte er. »Wir wollen mit euch nix zu tun haben.«

O'Malley, mit dem Ausdruck erfreuter Überraschung, sagte: »Ach nee, sieh mal, wer da ist!«

Crane zog zehn Dollar aus seiner Brieftasche, schob sie durch die gebogene Öffnung des Häuschens. »Madam, es tut mir leid«, sagte er. »Geben Sie uns dafür Tickets.«

»Besser nicht, Mame«, warnte sie der Mann mit dem verbundenen Ohr. »Die Kerle sind voll bis zur Halskrause.«

Ohne eine Veränderung in ihrem feisten, undurchdringlichen Gesicht händigte die Frau Crane eine lange Schlange Tickets aus. Der Mann beobachtete sie mit gerunzelter Stirn. Crane gab O'Malley die Hälfte der Tickets und ging in Richtung des burgunderfarbenen Samtvorhangs, der quer durch den Flur, gegenüber der Treppe hing. O'Malley sagte zu dem Mann: »Es war mir ein großes Vergnügen«, und stieß sich von dem Häuschen ab und folgte Crane.

Crane ergriff den Vorhang genau unter dem Schild KAUGUMMI UND ALKOHOL VERBOTEN, öffnete ihn mit Schwung, trat ein, versuchte, in dem merkwürdigen, rötlich schimmernden Halbdunkel des Tanzsaales etwas zu erkennen. Trompetenklänge des Orchesters, das hitzig, dröhnend und heiser ›I'm a Ding-Dong Daddy from Duma‹ spielte, schlugen ihm aufs Trommelfell, überdeckten fast das Schlurfen von Leder auf dem gewachsten Boden. In der heißen, stickigen, feuchten Luft lag ein Übelkeit erregender Geruch; eine Mischung aus menschlichem Schweiß, billigem Parfüm und nach Gin riechendem Atem. Rotes und grünes und orangenes Kreppapier hing in Streifen geschnitten überall von der Decke wie Spanisches Moos.

»Mein Gott!« flüsterte O'Malley in Cranes Ohr. »Was ist 'n das für 'n Laden?« Seine Hand tat Crane auf der Schulter weh. »Was haben die Puppen bloß an?« Er schob sich neben Crane. »Um Himmels willen, sieh sie dir an!«

Crane sah sie sich an. Er schüttelte den Kopf, sah sie sich nochmal an. »Entweder, wir haben Röntgenaugen oder die Mädels da tanzen in ihrer Unterwäsche.«

Sie entschieden sich schließlich dafür, daß die Mädchen in ihrer Unterwäsche tanzten. Jede trug einen Büstenhalter, Seidenslip, Seidenstrümpfe und hochhackige Schuhe. Bei allen sah man nackte Haut von der Brust bis zu den Hüften und vom oberen Drittel des Oberschenkels bis zum Knie. Die Männer waren meistens Filipinos, und sie waren alle vollständig angezogen.

Crane fühlte sich ernüchtert und ein bißchen angewidert. Trotzdem bemerkte er, daß einige der Mädchen ziemlich hübsch waren. O'Malley sagte nicht, wie er sich fühlte. Er winkte eine große Blonde heran, die mit einem rothaarigen Mädchen tanzte, legte dreist den Arm um ihre nackte Taille und stürzte sich in die Menge auf der Tanzfläche. Crane bemerkte, daß die Blonde im Gesicht und auf dem Rücken Pikkel hatte. Allerdings hatte sie eine gute Figur.

Das rothaarige Mädchen kam zu ihm herüber, fragte: »Wie wär's, Süßer?« Sie war ein bißchen dicklich, und im Gesicht hatte sie eine dicke Schicht Puder und Rouge. Sie trug einen grünen Seidenslip.

Crane sagte: »Klar.« Seine rechte Hand ruhte auf einem warmen Fleischwulst genau über ihren Hüften; seine linke Hand, die ihre rechte hielt, wurde augenblicklich feucht. Er sagte: »Es ist heiß, nicht?« Sie bewegten sich auf die Tanzfläche, und sogleich fragte er: »Du mußt doch nicht so tanzen, oder?«

Sie sagte: »Was ist los? Magst du mich nicht?«

»Ich bin verrückt nach dir«, sagte er. »Ich will nur nicht so tanzen.«

Unter der dicken, blauschwarzen Mascaraschicht blickten ihre Augen überrascht und wütend. »Okay«, sagte sie. »Es ist dein Geld.«

Sie erwies sich als gute Tänzerin, und sie bewegten sich leicht über die Tanzfläche, sausten an anderen Paaren vorbei und wirbelten bei den Drehungen nur so herum. Als das Stück zu Ende war und sie von ihm weggehen wollte, hielt er sie an der Hand fest.

»Das war nicht schlecht«, sagte er. Er gab ihr fünf von den gelben Tickets. »Wie wär's mit noch einem?«

Sie sah ihn kalt an, aber sie ließ ihre Hand in seiner.

Das Orchester begann, ›My Disposition Depends on You‹ aus *Hit the Deck* zu spielen, und er legte seinen Arm wieder um ihre Taille. Er tanzte immer gut, wenn er betrunken war, und außerdem schien die Musik vorzüglich zu sein. Er fragte sich, ob er das auch nüchtern so empfunden hätte. Der Trompetenspieler hatte lange schwarze Haare, und sie fielen ihm über die Augen, wenn er sich nach vorn über sein Instrument beugte, und dann fielen sie ihm hinter die Ohren, wenn er es zur dunklen Decke hob. Er spielte mehrere wilde, schwungvolle Variationen, und als das Orchester zu dem Teil des Liedes kam, wo es heißt:

»Sometimes I'm happy,
Sometimes I'm blue,
My disposition
Depends on you . . .«,

improvisierte er beim ›you-uuu‹ mit so traurigen, melancholischen Tönen, daß William Crane ein Schauer über den Rücken lief.

Hingerissen verlangsamte er den Tanzrhythmus, beobachtete den Mann. »Der kann spielen!« sagte er.

»Er spielt 'ne fetzige Trompete«, stimmte das rothaarige Mädchen zu, »aber du solltest mal hören, wie der Junge am Saxophon swingt, wenn er in der richtigen Stimmung ist.« Ihre Stimme war freundlicher.

Während sie weitertanzten, beobachtete Crane die anderen Paare. Sie bewegten die Füße sehr wenig, schlurften auf einer Stelle herum, manchmal mit den Händen an der Seite wie in der üblichen Tanzsaal-Manier, aber häufiger lagen die Arme der Frau um den Nacken des Mannes, und seine um die bloße Taille der Frau, Freistil. Die Frauen starrten über die Schulter ihrer Partner, mit versunkenem Gesichtsausdruck, nachdenklich, selbstvergessen, während die Männer meistens hinunter auf die Gesichter der Frauen starrten. Es gab praktisch keine Gespräche, außer zwischen den Mädchen, die gerade frei waren und in kleinen, abgehackten Schritten miteinander tanzten.

Nach etlichen Tänzen sagte Crane: »Ich hab' einen Freund, der oft hierher kommt. Er hat mich gebeten, einem der Mädchen was auszurichten.«

Das rothaarige Mädchen warf ihm einen mißtrauischen Blick zu. »Wie heißt sie?«

»Das ist das Problem«, sagte er. »Ich hab's vergessen.«

»Na, wie sieht sie denn aus?«

Er dachte eine Weile nach. »Ich glaube, er hat was von dunkel gesagt.«

»Das ist 'ne große Hilfe.« Sie hielten an wegen einer der Dreißig-Sekunden-Pausen, und sie nahm weitere fünf Tickets in Empfang. »Hier gibt's auch nur ungefähr vierzig Frauen mit dunklem Teint.«

»Warte mal 'ne Sekunde. Ich glaube, mir fällt ihr Nachname ein.« Er zog mit den Zähnen an seiner Unterlippe. »Ich glaube, er klingt so ähnlich wie Alone oder Adone, oder so.«

»Meinst du etwa Angela Udoni?«

»Hört sich jedenfalls so ähnlich an.«

Sie zog ihn eine halbe Drehung nach links. »Das ist sie, da

hinten, mit dem Fettkloß in dem purpurroten Anzug. Das schwarzhaarige Mädchen.«

Miss Udoni tanzte mit einem Filipino, der tatsächlich einen purpurroten Anzug trug. Sie war schlank, und sie trug einen gelben Seidenslip und einen gelben Büstenhalter. In dem diffusen Licht konnte er ihr Gesicht nicht ausmachen. Hinter ihr bemerkte er auf einmal den Mann mit dem verbundenen Ohr und noch einen Mann, schlank und dunkel. Sie starrten ihn an. Er sah sich nach O'Malley um, entdeckte ihn genau in dem Moment, als er und die große Blondine mit den Pickeln abrupt auf der Tanzfläche anhielten. Die Blondine wand sich aus O'Malleys Armen, schlug ihn hart ins Gesicht, ging von ihm weg.

»Um Himmels willen!« rief Crane.

Er hörte auf zu tanzen. »Du mußt mich entschuldigen. Ich glaube, mein Freund da drüben hat Probleme.«

Er ging zu O'Malley hinüber, fragte: »Was ist passiert?«

Andere Paare betrachteten neugierig O'Malley, der sich grinsend das Gesicht rieb. »Ich habe sie beleidigt.«

»Himmel!« sagte Crane. »Wie konntest du?«

O'Malley sagte: »Wir haben über Titelsongs gesprochen, und da habe ich gesagt, der Refrain von ihrem müßte heißen: ›Du bist der Pickel meiner Träume‹.« Auf seiner Wange war ein leuchtend roter Abdruck. »Da hat sie mir eine geknallt.«

»Hör mal«, sagte Crane. »Wir müssen an die Arbeit. Ich hab' das Mädchen ausfindig gemacht, aber der Geschäftsleitung scheint unsere Nase nicht zu gefallen.« Er deutete dahin, wo der Mann mit dem Verband und der schlanke Mann standen. »Halt die Augen auf, und ich werde mal sehen, was ich aus Miss Udoni herausbekommen kann.«

Er fand sie anhand ihres gelben Büstenhalters und klopfte ihrem Partner auf die Schulter. »Draußen im Flur ist ein Typ, der dich sehen will, Kumpel«, sagte er, ließ seine Stimme barsch klingen. »Ich glaub', es könnte ein Bulle sein.« Er legte den Arm um Miss Udoni, schüttelte den Kopf über das verwirrte Gesicht des Filipinos. »Sei lieber vorsichtig.«

Die Haut über Miss Udonis Hüfte war weich und fest, und ihre Muskeln waren geschmeidig. Ihre Schultern waren rund, aber er konnte ihr Gesicht nicht sehr gut sehen. Sie tanzte wunderbar.

»Wie kommt es, daß Sie nicht wie die anderen tanzen?« fragte er. Sie sagte: »Ich tu's, wenn ich darum gebeten werde.« Ihre Stimme war frisch, ihre Ausdrucksweise kultiviert. »Wollen Sie, daß ich es tue?«

»Gott, nein!« Sie kamen am Orchester vorbei, und er stellte überrascht fest, daß der Trompeter ihn beobachtete. »Ich bin kein Ringkämpfer.« Er schnupperte anerkennend. »Feines Parfüm, dieses Shalimar. Ist auch teuer.«

»Woher wissen Sie das?« Sie hob den Kopf, bis ihre Augen seine trafen. Er sah, daß sie graugrün waren.

»Ich weiß alles. Ich weiß, daß Ihr Name Miss Udoni ist. Angela Udoni. Das ist hübsch.«

Er fühlte, wie sich ihre Rückenmuskeln unter seiner Hand spannten. »Wie haben Sie meinen Namen erfahren?« Ihre Stimme klang mißtrauisch, aber nicht unfreundlich. »Haben Sie die Geschichte über den Mann, der Pedro sehen wollte, nur erfunden?«

»Pedro?«

»Der Junge, der mit mir getanzt hat.«

»Ja. Die hab' ich erfunden.« Er tanzte gleichmäßig, fließend. »Ich habe Sie auf der Tanzfläche bemerkt – ich mag Gelb, müssen Sie wissen – und ich habe das Mädchen, mit dem ich getanzt habe, gefragt, wer Sie sind. Dann bin ich herübergekommen. Sie sehen sehr gut aus in Gelb.«

Sie wurde rot, drückte sich näher an ihn, so daß er ihren Büstenhalter nicht sehen konnte. »Sie müssen sich nicht über mich lustig machen. Ich verdiene nur meinen Lebensunterhalt.«

»Verzeihung. Aber ich finde, Sie sehen wirklich gut aus.«

Sie antwortete nicht, und sie tanzten eine Weile schweigend. Plötzlich sah er den schlanken Mann vom Eingangsvorhang her auf sich zukommen. Tony war bei ihm, der Junge, der im Hotelzimmer mit einer Pistole auf ihn hatte losgehen wollen. Sie kamen auf ihn zu, nicht gerade hastig, aber sie bewegten sich schnell. In einer Linie, die ihren Weg kreuzen mußte, bevor sie ihn erreichten, und sogar noch schneller, bewegte sich O'Malley. Das Orchester spielte gerade ›Lullaby of Broadway‹, und draußen lärmte eine Autohupe.

Crane schwang Miss Udoni herum und tanzte auf das Ende der Tanzfläche zu, das dem Eingang gegenüber lag, weg von den zwei Revolverhelden. Im Zentrum der Tanzfläche, inmitten sich wiegender Paare, traf O'Malley auf die beiden. Er pflanzte sich vor ihnen auf, sprach mit dem schlanken Mann. Sie stoppten, antworteten ihm wütend, forderten ihn durch einen Wink auf, ihnen aus dem Weg zu gehen. Vom fünfzehn Meter entfernten Eingang kamen Pedro, der Filipino, und der Mann mit dem verbundenen Ohr fast im Laufschritt heran. Pedro sah aus, als ob er gleich weinen würde.

Draußen hatte das Lärmen der Hupe aufgehört.

Der schlanke Mann versuchte, O'Malley aus dem Weg zu stoßen. O'Malley schlug ihn leicht mit der linken Hand auf die Brust, dann verpaßte er ihm eine harte Rechte auf das Kinn. Der schlanke Mann wirbelte in einer halben Drehung nach links, verlor das Gleichgewicht, landete ausgestreckt auf dem Boden. Der Junge hatte die automatische Pistole in der Hand. Er duckte sich, schlich um den Körper seines Kumpanen herum, sprach, als ob er spucken wollte. Crane konnte hören, wie er sagte: »Diesmal hält mich keiner auf, du Dreckskerl.«

Der Mann mit dem verbundenen Ohr und der Filipino liefen inzwischen, genau hinter dem Jungen. Ihre Füße hämmerten auf der Tanzfläche. O'Malleys Gesicht war freudig. Er rief: »Gute Arbeit, Jungs; jetzt habt ihr ihn.«

Der Junge schoß herum wie eine Korallenschlange, um sich den laufenden Füßen entgegenzustellen.

O'Malley sprang, warf seine Arme um den Jungen, langte nach dessen Pistole. Es gab einen dumpfen Knall, und der Filipino, der immer noch lief und dabei seine wütenden, fast weinenden Augen auf Crane und Miss Udoni gerichtet hatte, stürzte kopfüber auf die Tanzfläche, rutschte sechs Meter auf dem Gesicht über den polierten Boden, warf zwei Paare um wie ein gut trainierter Läufer beim Football und blieb fast vor Cranes Füßen liegen. Er war entweder tot oder bewußtlos.

Jemand am Eingangsvorhang rief: »Polizei!«

Mehr als ein Dutzend Männer, einige davon in Uniform, liefen in den Saal. O'Malley hatte die Pistole des Jungen, schlug ihm damit ins Gesicht. Der schlanke Mann versuchte vom Boden aufzustehen, was ulkig aussah, weil seine Füße auf dem Wachs keinen Halt fanden.

Crane ergriff Miss Udonis Hand. »Eine Razzia!« sagte er. »Wie können wir hier rauskommen?«

Sie sagte: »Durch den Umkleideraum der Mädchen. Da ist eine Feuerleiter.«

Sie liefen zum Umkleideraum, aber der Aufseher mit dem verbundenen Ohr stand ihnen plötzlich gegenüber, sagte: »Nein, das werdet ihr nicht.«

Crane schlug ihm mit einem mächtigen Schwinger auf den Verband, und er fiel in Ohnmacht.

Gas, das unter einer roten Kugel brannte, warf rote, flackernde Schatten in den Umkleideraum. Hinter einem großen, halbgeöffneten Fenster konnte Crane die Feuerleiter sehen. Er sagte: »Kommen Sie.« Seine Hand schmerzte.

Sie zögerte. »So kann ich nicht auf die Straße gehen. Ich muß mein Kleid finden.«

»Mein Gott!« Er entdeckte einen Haufen Kleider auf einem Tisch. »Hier!« Er schaufelte sich einen Arm voll. »Eins davon wird Ihnen passen.« Er zog sie aus dem Fenster, die Stahlstufen hinunter in eine pechschwarze Gasse. Sie liefen sie entlang, bis schwaches Licht von der Straße auf sie fiel, dann hielten sie an, und sie zog eines der Kleider an, ein schwarzes mit einer künstlichen Gardenie, die über der linken Hüfte festgesteckt war.

»Es ist viel zu groß«, sagte sie.

»Es muß reichen, bis wir irgendwohin kommen, wo Sie sich umziehen können. Wir müssen hier weg, bevor der Gentleman mit dem Verband der Polizei einen Wink gibt.« Er führte sie hinaus auf die Straße, während er immer noch die restlichen Kleider trug. »Besser, wir nehmen uns ein Taxi.«

Im Taxi sagte er: »Uff! Das war knapp.«

Sie sagte: »Wissen Sie was, Sie kommen mir bekannt vor.«

»Seltsam. Ich hab' gerade das gleiche gedacht.« Er versuchte, ihr Gesicht zu sehen, aber in der Dunkelheit des Taxis konnte er es nicht erkennen. »Ich heiße Crane, Bill Crane. Sagt Ihnen das was?«

Es sagte ihr nichts.

Als sie in ihrem Hotel ankamen – das Alexander an der Wilson-Avenue – wollte sie auf Wiedersehen sagen.

»Meine Güte«, widersprach er, »nach allem, was wir durchgemacht haben, meinen Sie nicht, wir sollten einen Happen essen?«

»Na schön, aber ich muß eins von meinen eigenen Kleidern anziehen.«

Crane bezahlte den Fahrer, kam mit ihr in die Eingangshalle des Hotels. Es war dunkel, und nur über dem automatischen Aufzug war ein Licht. »Was soll ich machen?« fragte er. »Mich hier hinsetzen?«

»Oh, Sie können genausogut mit hochkommen. Ich habe ein Ankleidezimmer.«

Sie holte ihren Schlüssel, und er folgte ihr in den Aufzug, und sie fuhren hinauf in den sechsten Stock. Im Aufzug und im Korridor war es halbdunkel. Sie schloß ihre Tür auf, drehte helles indirektes Licht an, forderte ihn durch einen Wink auf, einzutreten. Sie schloß die Tür, und sie wandten sich neugierig einander zu. Rasch war das halbe Lächeln von ihren Lippen verschwunden; ihre Augen, grüngrau, wurden so groß wie Spielmarken beim Pokern. Sie kreuzte die Arme über der Brust und schrie.

10

»Hören Sie«, sagte William Crane ernst, »es tut mir leid, daß ich Sie immer so verschnüren muß, aber Sie scheinen wirklich gern zu schreien.« Er saß in einem neumodischen Sessel aus weißem Leder, die Beine vor sich ausgestreckt. Er hatte etwas Whiskey gefunden und trank ihn mit kaltem Wasser gemischt. »Ich glaube, wir könnten eine sehr schöne Freundschaft haben, wenn Sie nur nicht schreien würden. Warum probieren Sie nicht mal, für 'ne Weile nicht zu schreien – nur versuchsweise?«

Sie schüttelte den Kopf. Ihre merkwürdigen, grünlichen Augen über dem Handtuch um ihren Mund waren wütend. Sie lag auf einer scharlachrot gepolsterten Chaiselongue, und ihre Hände und Füße waren mit beigen Seidenstrümpfen gefesselt.

»Es tut mir wirklich leid wegen neulich nacht«, fuhr Crane fort, »aber das war die einzige Möglichkeit, die ich hatte, um der Polizei aus dem Weg zu gehen, außer einem wahrscheinlich tödlichen Sprung auf ein Dach unterhalb von Miss Ross' Fenster. Sie hätten doch nicht gewollt, daß ich das tue, oder?«

Sie nickte, ja.

Er grinste. »Hören Sie, ich hab' Ihnen nichts getan, als ich zu Ihnen ins Bett gekommen bin. Ich hab' noch nicht einmal ihrem Freund was getan. Ich habe ihn genau dahin zurückgebracht, wo ich ihn gefunden habe. Sie können nicht sagen, daß ich nicht rücksichtsvoll bin ... oder nicht ordentlich.« Er nahm einen langen Schluck. »Wollen Sie immer noch schreien?«

Sie nickte, ja.

Er stand auf, streckte die Arme über den Kopf, gähnte. »Verzeihen Sie.« Er betrachtete den Raum mit prüfendem Interesse. »Nicht schlecht hier für ein Taxigirl.«

Miss Udonis Apartment bestand aus einem großen Raum, dessen Wände zwei verschiedene Weißtöne aufwiesen, einem Ankleideraum und einem Badezimmer. Scharlachrote Vorhänge hingen an den Fenstern des großen Raumes; ein Sessel war mit weißem Leder bezogen, ein anderer mit rotem Leder, und die kombinierte Schlafcouch war kirschfarben. Eine hohe schwarz-silberne Lampe auf einem bleistiftdünnen Metallfuß warf Licht an die weiße Decke, so daß die reflektierten Strahlen den Raum indirekt beleuchteten.

Ein Scheckbuch lag auf einem kleinen Tisch mit Chrombeinen und einer schwarzen Platte, und William Crane nahm es in die Hand. Es war von der First National Bank of Chicago, und der letzte Kontoauszug (Nummer 7) zeigte einen Saldo von 3251,68 Dollar. Er pfiff.

Sie beobachtete, wie er sich durch den Raum bewegte. Ihre Augen, jetzt dunkler, eher grünblau als grau, waren ängstlich. Das zu große schwarze Kleid war über die runde Schulter gerutscht, ließ weiße Haut und ein gelbes Seidendreieck sehen.

Im an den Ankleideraum grenzenden Wandschrank waren Kleider und Jacken. Er sah sich das Etikett in einem hellgrünen Abendmantel mit einem Sommerhermelinkragen an. Es war von Saks, Fifth Avenue. Ein schwarzes Seidenkleid hatte auch ein Saks-Etikett. Auf einem Frisiertisch, zwischen Kämmen und Maniküreutensilien war eine Flasche Shalimar-Parfüm von Guerlain. Er steckte den Kopf ins Badezimmer. Eine rote Duschhaube aus Gummi hing an einem Haken über der Wanne; hinter der Tür waren rosa Pantoffeln, ein rosa Nachthemd. Auf einem Hocker neben der Wanne war eine große runde Flasche, die zur Hälfte mit einer schwarzen Flüssigkeit gefüllt war. Auf einem weißen Etikett stand: »Armauds Theater-Haarfärbemittel – Schwarz.« In dem Medizinschränkchen waren Kosmetika, Mundwässerchen, zwei Zahnbürsten, ein blauer Metallbehälter mit Dr. Lyons Zahnpulver.

Crane ging zurück in den großen Raum und sagte: »Drei Riesen auf der Bank sind nicht schlecht für ein Mädchen, das nur versucht, seinen Lebensunterhalt zu verdienen.« Er beugte sich über Miss Udoni, sagte: »Hören Sie, wenn ich vorhätte, Sie auszurauben, zu vergewaltigen oder umzubringen, hätte ich es schon längst getan. Meine Absichten sind in der Tat sehr ehrenhaft. Ich will einfach mit Ihnen sprechen. Wollen Sie nicht mit mir sprechen?«

Sie nickte mit dem Kopf, ja.

»Sie werden nicht schreien?«

Sie schüttelte den Kopf, nein.

Er entfernte behutsam das Handtuch, bereit, es zurück in ihren Mund zu stopfen. Aber ihr Gesicht war ruhig, und er trat zurück, lächelte, sagte: »Na also, das verbessert Ihr Aussehen entschieden.«

Sie sagte ernst: »Wollen Sie mir nicht die Hände und Füße losbinden?«

Er holte den Ausschnitt aus dem *Evening American* hervor, auf dem Mrs. Liebman zu sehen war, wie sie mit dem Finger auf ihn zeigte und sagte: »Dieser Mann hat meinen Gatten getötet.«

»Sie sehen, ich bin ein verzweifelter Kerl. Ein verdammt verzweifelter Kerl. Ich will keinen Ärger haben.« Er fühlte, wie sie zitterte, als er die Strümpfe um ihre Füße, ihre Hände löste. Er blickte in ihr Gesicht. Sie lachte.

Er setzte sich auf die Chaiselongue in die Beuge, die durch ihre angewinkelten Beine entstanden war. »Wollen Sie was trinken?« Sie sagte: »Nein. Was haben Sie mit mir vor?« Er sagte: »Ich habe einige Fragen, die ich Ihnen stellen möchte.« Sie sagte: »Nun ...?«

»Erstens, ich möchte wissen, warum Sie so an Miss Ross im Princess Hotel interessiert waren?« Er machte einen Buckel, fügte hinzu: »Sagen Sie mal, wenn Sie nochmal so zusammenzucken, lieg' ich gleich auf dem Boden.«

Das Blut war aus ihrem Gesicht gewichen, hatte nur einen

himbeerfarbenen Fleck auf ihren Lippen zurückgelassen. »Setzen Sie sich in den runden weißen Sessel«, sagte sie. »Hier machen Sie mich nervös.« Ihre Augen waren von einem trüben Aquamarinblau. »Ich verspreche, daß ich nicht schreie.«

Er nahm seinen Drink, sank in den Sessel zurück. »Nun, was ist mit Miss Ross?«

Sie biß auf ihren schmalen, glänzend polierten, fleischfarbenen Zeigefingernagel. »Ich war neugierig, wollte sehen ...« begann sie. Weißes Licht, das von der Decke reflektiert wurde, fiel auf ihr Gesicht, machte ihre Augen zu dunklen Löchern, höhlte ihre Wangen aus. Plötzlich sah sie ihn direkt an. »Sie wußten, daß mein Mann mit ihr durchgebrannt war?«

Crane sagte: »Nun, ich hab's vermutet. Wann ist das passiert?«

»Vor ungefähr fünf Monaten ... in New York.«

»Ihr Mann war Musiker, nicht wahr?«

»Ja. Er hat bei Vallee gespielt.«

Er leerte das Glas. »Warum ist er nicht bei Rudy geblieben?«

»Er wollte eine eigene Band gründen – das heißt, eine, an der er beteiligt sein würde. Darüber haben wir uns hauptsächlich gestritten. Er hat zweihundert in der Woche bei Vallee für nichts in der Woche mit seiner neuen Band aufgegeben.«

»Das ist ein ziemlicher Einschnitt.« Er füllte sein Glas zu einem Drittel mit Whiskey. »Wollen Sie nicht doch was?«

Sie sagte: »Eigentlich sollte ich, wenn ich schon dafür bezahlt habe.« Sie nahm ein zweites Glas, ließ Crane ihr eine gleich große Menge Whiskey eingießen. Sie nahm beide Gläser. »Ich hole etwas Wasser im Badezimmer.«

Ihm war unbehaglich, solange sie weg war, aber sie kam fast sofort zurück. Sie sah sein besorgtes Gesicht, und ihre Lippen waren etwas verächtlich: »Ich habe Ihnen doch gesagt, daß ich nicht schreien würde.«

Er nahm das Glas an. »Danke.« Der Whiskey war kühl und schmeckte etwas rauchig. »Das tut gut.« Er stellte das Glas auf den schwarzen Tisch. »Also, wo hat Ihr Mann Miss Ross kennengelernt?«

»Irgendwo in New York. Während er im Savoy-Plaza spielte, glaub' ich. Sie hat ihn dazu gebracht, seinen Job bei Vallee aufzugeben.«

»Warum hat sie das getan?«

»Sie hat ihm erzählt, er könne sich mit einer heißen Jazzband selbst einen Namen machen, anstatt sein ganzes Leben mit den Jungs in den langen Unterhosen zu verbringen.« Sie trank den Whiskey, als ob sie ihn nicht mochte. Sie trank ihn in großen Schlucken. »Natürlich war der wirkliche Grund, daß sie ihn für sich haben wollte.«

Crane runzelte die Stirn. »Die Jungs in den langen Unterhosen?«

»Die großen kommerziellen Schmalzorchester.«

»Ich glaube, ich verstehe. Egal, wie sind sie überhaupt nach Chicago gekommen?«

»Die neue Band hatte einen Vertrag mit dem Kat-Club am Walton-Place. Sie haben ein paar Monate da gespielt, und dann ging der Laden pleite.« Ihr Glas war fast leer. »Ich wußte nicht, daß sie nach Chicago gekommen waren, bis ich einen Brief von ihm bekam, in dem er mich um die Scheidung bat, damit er sie heiraten könne. Natürlich konnte ich das nicht machen.«

Crane sagte: »Natürlich nicht.«

Etwas Farbe kam in ihre Wangen. »So kam ich selbst hierher. Ich nahm ein Zimmer neben ihrem im Princess Hotel, damit ich sie beobachten konnte.«

»Warum wollten Sie sie beobachten?«

»Ich wußte, früher oder später würde sie ihn hintergehen, und ich wollte es ihm erzählen können. Ich wollte nicht, daß man ihm weh tat.«

»Dann lieben Sie ihn immer noch?«

Sie zuckte die Schultern. »Sowas in der Art.« Ihre Stimme war trotzig. »Manche Frauen sind Dummköpfe.« Sie hielt ihm ihr Glas hin.

»Noch einen.«

Als er ihr Glas füllte, fragte er: »Verzeihen Sie, wenn ich persönlich werde, aber ich würde gern wissen, wer der Gentleman war, den ich in jener Nacht aus Ihrem Bett entfernen mußte.« Er hörte auf einzugießen, hielt die Whiskeyflasche über dem Glas. »Ihr Bruder?«

Sie setzte sich wütend auf. »Nein!« Für einen Moment glaubte Crane, sie würde den Whiskey nach ihm werfen, wollte sich schon ducken. »Das war Sam.«

»Oh! Nur der alte Sam, häh? Der gute, alte Sam.«

»Mein Mann.« Sie lehnte sich wieder auf der Chaiselongue zurück. »Er war betrunken ... er hatte sich betrunken, nachdem er die Leiche dieser Frau gefunden hatte, und ich mußte irgendwas mit ihm machen.«

»Deshalb haben Sie ihn mit zu sich ins Bett genommen.«

»Ich konnte ihn nicht dazu bringen, in sein Zimmer zu gehen ... er hatte Angst.«

»Vor wem?«

»Der Polizei.«

»Warum vor der Polizei?«

»Ich weiß es nicht.« Sie trank, aber ihre trüben Augen wichen nicht von seinem Gesicht. »Er hat es mir nicht erzählt.«

»Vielleicht wollte er nicht in den Selbstmord verwickelt werden, weil das Gerede ihm beruflich geschadet hätte?«

»Vielleicht.«

Mit seinem Glas am Mund, den Rand an den unteren Zähnen, dachte er nach. »Was hat er in der Nacht, als Miss Ross starb, gemacht?« fragte er schließlich.

»Ich weiß es nicht.«

»Nun, wie kam es, daß Sie ihn in der Nacht, als ich so rüde bei Ihnen hereingeplatzt bin, gefunden haben?«

»Oh, ich behalte ihn ständig im Auge.«

»Wo kann ich ihn finden?«

Sie nahm einen langen Schluck von der bernsteinfarbenen

Flüssigkeit, bevor sie antwortete. Dann sprach sie mit so leiser Stimme, daß er sie kaum hören konnte. »Ich weiß nicht.«

»Sie meinen, Sie wollen es mir nicht sagen?«

»Ja.«

Ihre Augen, ihr Mund, ihr Kinn waren entschlossen. Crane starrte sie bewundernd an, sagte: »Irgendwie flieg' ich auf Sie.« Er lehnte sich vor, so daß seine Ellbogen auf seinen Knien ruhten. »Sehen Sie. Ich will nur eine Sache herausfinden. Dann lass' ich Sie und Ihren Mann in Ruhe.«

Mit zurückhaltendem Gesichtsausdruck betrachtete sie ihn.

Er sagte: »Ich will wissen, wer Miss Ross wirklich war.«

Sie schüttelte den Kopf. »Das würde ich selbst gern wissen.«

»Glauben Sie, sie war ein Mädchen aus der besseren Gesellschaft?«

»Ich weiß es nicht.« Sie reichte ihm ihr leeres Glas. »Ich hatte nie eine Gelegenheit, mit ihr zu sprechen.« Ihre Stimme klang neidisch. »Aber sie war schön.«

Crane leerte sein Glas, gab Whiskey in beide Gläser und ging ins Badezimmer, um Wasser zu holen. Er bemerkte, als er das kalte Wasser ins Waschbecken laufen ließ, daß die Flasche Haarfärbemittel von dem Hocker weggenommen worden war. Er öffnete das Medizinschränkchen und sah, daß die Flasche jetzt auf der oberen Ablage stand. Er brachte die gefüllten Gläser zurück.

»Glauben Sie, Ihr Mann würde wissen, wer sie war?« fragte er, als er ihr das Glas gab.

»Ich glaube, er hatte keine Ahnung, daß sie jemand anderes als Miss Ross war.« Sie schaute zu ihm hoch. »Wieso glauben Sie, daß sie jemand anderes war?«

»Nun, erstens ist es merkwürdig, daß niemand auf sie Anspruch erhoben hat. Und zweitens ist es merkwürdig, daß jemand es für der Mühe wert hält, das Leichenschauhaus zu überfallen, um sich ihre Leiche zu verschaffen.«

Sie trank, stimmte zu. »Das ist merkwürdig.«

»Sie wissen nichts von irgendwelchen Freunden, die sie hatte, oder einer Familie?«

»Nein.«

»Glauben Sie, Ihr Mann wüßte etwas?«

»Ich weiß es nicht.«

»Wissen Sie, warum er nicht bei Miss Ross wohnte, anstatt sie nur zu besuchen?«

»Ich glaube, sie wollte ihn nicht bei sich wohnen lassen.« Er schlug mit den Fingern leicht gegen sein Glas. »Wir scheinen nicht viel weiterzukommen.« Er betrachtete sie stirnrunzelnd. »Wie kommt es, daß Sie in diesem Tanzschuppen arbeiten, wenn Sie dreitausend auf der Bank haben?«

»Oh, da kann ich nicht rangehen.«

»Warum nicht?«

»Sam hat sie mir gegeben, als er mich verließ.«

Ihre Augenbrauen rundeten sich wie die Bögen in einer romanischen Kathedrale.

»Ich rühre keinen Cent davon an, bis er zurückkommt.«

Crane sah sie mit Bewunderung an. »Du siehst gut aus und hast Charakter, Baby.« Er hob sein Glas und prostete ihr zu. »Wenn er nicht zurückkommt, kannst du mich rufen.«

»Er kommt schon.«

»Schön, hör zu, Baby. Ich bin so 'ne Art Detektiv. Alles, was ich will, ist herausfinden, wer Miss Ross war. Ich will deinem Sam nichts tun, aber ich würde gern mit ihm reden. Vielleicht kann er mir helfen.« Er warf einen Blick auf ihr gelassenes Gesicht. »Willst du mir nicht sagen, wo ich ihn finden kann?«

Sie schüttelte den Kopf.

»Schön, sag ihm folgendes. Wenn ihm danach ist, mich zu unterstützen und gleichzeitig Schwierigkeiten zu vermeiden, dann soll er mit mir im Sherman Hotel Verbindung aufnehmen.« Er leerte seinen Drink, stand auf. Er stellte fest, daß er ganz schön betrunken war. »Ich heiße William Crane für ihn, aber für dich Bill, Baby.«

Ihre dunklen Augen waren fragend. »Was für Schwierigkeiten vermeiden?«

»Die Untersuchung des Todes von Miss Ross steht noch offen, und die Polizei würde sich freuen, ihn als Zeugen zu haben, wenn ich ihr einen Wink gäbe.« Er schwankte leicht.

Sie sah nicht sonderlich eingeschüchtert aus. »Wenn ich ihn sehe, werde ich's ihm sagen.« Sie folgte ihm zur Tür, blieb dort neben ihm stehen. Ihr Haar duftete. Sie sagte: »Danke, daß Sie mich nach Hause begleitet haben.«

»Das ist schon in Ordnung.« Er fragte sich, ob er es wagen sollte, sie zu küssen. Er kam zu dem Schluß, daß sie ihm wahrscheinlich einen Tritt geben würde. »Du hast doch keine Angst, allein zu sein, oder? Ich meine, wenn du möchtest, daß ich bleibe, würde ich...«

»Ich habe keine Angst.«

Er nickte traurig. »Hab' ich auch nicht angenommen.«

Sie sagte: »Na dann, auf Wiedersehen.«

»Auf Wiedersehen.«

Er sagte: »Es schadet doch nichts zu fragen, oder?«

»Nein. Auf Wiedersehen.«

Er streckte den Arm aus und kniff ihre Wangen leicht zwischen Daumen und Zeigefinger. »Ich mag dich, Baby.« Er ging den Flur hinunter, benutzte seine linke Hand als zusätzliches Fortbewegungsmittel, indem er sich jedesmal von der Wand abstieß, wenn er dagegen schwankte. Am Ende des Korridors drehte er sich um, um ihr zuzuwinken.

Sie hatte die Tür schon geschlossen.

11

Nachdem er den Taxifahrer an dem an der Randolph Street gelegenen Eingang zum Hotel Sherman bezahlt hatte, hielt Crane an, um den Sonnenaufgang zu würdigen. Er hatte das Gefühl, daß er allmählich ein Kenner von Sonnenaufgängen wurde, und, wie von Fachmann zu Fachmann, sprach er den Milchmann an.

»Ganz hübsch«, sagte er.

Der Milchmann lud gerade Kästen mit leeren Flaschen auf seinen weißen Lastwagen. Er hielt einen Moment inne, sah nach Osten die Randolph Street hinab. »Jaah«, stimmte er zu, »ganz schön rot. Ich wünschte nur, sie würde hin und wieder mal im Westen aufgehen, nur zur Abwechslung.«

Crane sagte: »Ich werd' für Sie tun, was ich kann«, und betrat das Hotel.

Williams und O'Malley warteten in zwei der mit Gobelin bespannten Sessel, schlafend. Williams hatte die Beine ausgestreckt, so daß nur seine Fersen den Boden berührten; sein Kopf war zurückgelegt, und jedesmal, wenn er schnarchte, zitterte sein Schnurrbart ein bißchen. Er erwachte mit einem Ruck, als Crane seine Schultern berührte.

Crane fragte: »Was ist mit eurem Bett oben?«

»Nichts, außer daß ein paar Typen drin sind.«

»Bullen?«

O'Malley war jetzt wach. »'Ne ganze Menge von ihnen; alle suchen nach dir. Sie haben einen Haftbefehl.«

»Verdammt!« Cranes Gesicht drückte extremen Abscheu aus. »Ich brauche auch ein bißchen Schlaf.« Er schob die Hände in die Hosentaschen, warf einen Blick auf Doc Williams. »Was soll ich machen?«

Williams war mitleidslos. »Wenn du das böse, alte Sandmännchen nur für ein paar Stunden abhalten kannst, *könnten* wir losziehen und den linkshändigen, rothaarigen, bestattenden Gentleman besuchen.«

Crane gab Munterkeit vor. »In Ordnung. Wir gehen. Jetzt gleich.« Er nahm eine militärische Haltung an. »Die Königin erwartet von jedem Mann, daß er das Seinige tut.« Er ging hinüber zu O'Malley, der aufgestanden war, und umarmte ihn, tat so, als küsse er ihn auf beide Wangen. »Sir, ich möchte Ihnen dafür danken, daß Sie mir das Leben gerettet haben.«

O'Malley stieß ihn weg, sagte: »Idiot.«

Williams musterte Crane mit Widerwillen. »Du kannst am längsten betrunken bleiben ...«

»Du mußtest schließlich nicht die ganze Nacht mit 'ner Klassefrau durchmachen, oder?« fragte Crane. »Dich hat sie ja nicht zum Trinken genötigt, bis sich dir der Kopf drehte, oder? Ich wette, daß nicht.«

»Schon gut. Schon gut.«

Crane schüttelte traurig den Kopf. »Dinge, die ein Mann in Ausübung seiner Pflicht tun muß.« Er ging als erster zur Tür. »Es ruiniert meinen Charakter.«

O'Malley sagte: »Ich würde jederzeit mit diesem Udoni-Mädchen 'ne Nacht durchmachen.«

Sobald das Taxi die äußere Umgehungsstraße erreicht hatte und mit vierzig Meilen pro Stunde in südlicher Richtung fuhr, fragte Crane: »Wo treibt sich dieser Leichenbestatter rum, Doc?«

»Ganz in der Nähe vom Hyde-Park-Polizeirevier, 5217 Lake Street. Nennt sich die *Star*-Leichenhalle. Der Typ heißt Theodore Connell, und er arbeitet in der Nachtschicht von Mitternacht bis acht Uhr.«

Crane sah auf seine Armbanduhr. Es war 6:11. Er sagte: »Wir erwischen ihn mit Leichtigkeit.« Er sprach mit O'Malley. »Wie bist du bloß aus dem Schlamassel in dem Tanzlokal herausgekommen?«

Über dem See schwebend, wie ein Beutel Orange Pekoe Tee an einem Faden, war die Sonne schon unangenehm warm.

O'Malley antwortete: »Ich bin ein Held. Es scheint, als ob die Bullen diese Schwuchtel Tony wegen 'ner Mordanklage suchten, und sie haben sich gefreut, das mitnehmen zu können, was von ihm übrig war, nachdem ich damit fertig war, ihn zu verprügeln.« Er lächelte in Erinnerung daran. »Meine Geschichte war, daß ich unabsichtlich auf der Tanzfläche mit den beiden zusammengestoßen und natürlich sauer geworden bin, als sie anfingen, mich zu beschimpfen. Als Tony eine

Pistole zog, hab' ich versucht, sie ihm wegzunehmen, und sie ging los und traf den Filipino.«

»Ist er tot?« fragte Crane hoffnungsvoll.

»Nee. Wahre Helden sind unsterblich. Jedenfalls, ein paar von den Tänzern haben meine Geschichte bestätigt, und die Bullen haben sich sehr höflich bei mir bedankt und haben Tony ins Krankenhaus gebracht und den anderen Killer ins Kittchen gesteckt.«

Crane nickte. »Natürlich konnten Tony und sein Kumpel der Polizei nicht erzählen, daß Mike Paletta sie geschickt hatte, um mich zu erwischen.«

»Ich glaube nicht, daß sie dich umlegen wollten; die wollten dich bloß abschleppen, damit Mike mit dir reden kann.« O'Malley grinste wieder. »Du bist ein beliebter Junge.«

»Wie ist die Polizei so schnell dahin gekommen?«

»Der Typ mit dem verbundenen Ohr – dem du eine verpaßt hast – hat sie angerufen, als Palettas Jungs auftauchten. Er hat Tony erkannt und wußte, daß er Ärger machen würde.«

»Ich nehme an, daß Tony derjenige war, der uns beschattet hat.«

»Einer aus Palettas Gang.«

Zischend, wie plötzlich entweichender Dampf, fuhr eine kompakte Siebzig-Meilen-pro-Stunde-Elektrolok auf den Illinois-Central-Schienen an ihnen vorbei. Die breite Straße war jetzt übersät mit Autos, die Menschen zu ihren Sieben-Uhr-Jobs brachten. Der See war so ruhig, daß er wie gefroren aussah.

O'Malley lachte wieder in sich hinein.

»Du scheinst in dem Tanzlokal 'ne Menge Spaß gehabt zu haben«, sagte Crane.

»Ich hab' gerade an die Flittchen gedacht, die da arbeiten. Junge, waren die wütend! Jemand hat an die zwanzig von ihnen die Kleider geklaut, und sie mußten in ihrer Unterwäsche nach Hause gehen.«

Crane sagte: »Ich habe sie geklaut.« Er erzählte ihnen, wie er und Miss Udoni über die Feuerleiter entkommen waren, und er berichtete von seiner Unterhaltung mit ihr. Sie waren beide verblüfft, als er ihnen erzählte, daß sie die Frau war, mit der er im Princess-Hotel im Bett gewesen war. Er schloß: »Sie ist eine nette Biene. Es könnte sein, daß ich wieder hingehen und sie nochmal sprechen muß.«

»Ich komme mit dir«, sagte O'Malley.

»Nein, wirst du nicht.«

Doc Williams fragte: »Wie willst du ihren Mann ausfindig machen? Alles, was du weißt, ist, daß er Sam heißt und in einer Band spielt.«

»Darüber denke ich gerade nach.« Crane kratzte sich am Nacken. Seine Hand tat noch immer weh, und er untersuchte die Knöchel, um festzustellen, ob er sie sich gebrochen hatte, als er den Mann mit dem verbundenen Ohr geschlagen hatte. »Ich hab' das Gefühl, der Typ spielt Swing.«

O'Malley sagte: »Ich dachte, du hättest gesagt, er sei Musiker?«

Die Knöchel schienen heil. Crane machte eine schwungvolle Drehung mit der Hand. »Ihr Kerle wißt eben nicht, wie wir Musiker reden. Einer, der Swing spielt, ist ein Jazzmusiker.«

Nach einer weiteren Meile entlang des Sees bogen sie nach rechts auf die Dreiundfünfzigste Straße, fuhren unter den Illinois-Central-Gleisen hindurch und bogen nach links auf die Lake Street. Es war genau 6:30. Sie hielten vor einem zweistökkigen Gebäude aus grauen Steinen mit einem verschmierten Schaufenster, dessen oberer Teil mit einer Goldbeschriftung verziert war, die lautete: STAR LEICHEN ALLE. Das zweite H in Leichenhalle fehlte.

Stöhnend öffnete sich die gläserne Vordertür durch Williams' Hand. Die Luft in dem mit grünem Teppich ausgelegten Empfangsraum war modrig. Es roch nach Bohnerwachs und Einbalsamierungsflüssigkeit, aromatisch, süß bis zur Übelkeit. Williams sagte: »Mr. Connell.« Dreiviertel heruntergezogene Jalousien machten das Licht trübe.

Williams sprach lauter. »Mr. Connell!«

»Vielleicht ist er hinten«, schlug O'Malley vor.

Der unebene Boden quietschte unter ihren Schritten, bebte. Am Ende des Korridors war ein großer Raum mit nackten Wänden. Ein Strahl sirupfarbenen Sonnenlichts fiel vom Ostfenster herein, ließ Särge auf dem teppichlosen Boden erkennen. Neben einem imitierten Ebenholzsarg mit verzierten Silbergriffen kauerte halb sitzend, halb liegend, ein Mann, den Kopf gebeugt, so daß sein Kinn auf der Brust ruhte. Blut aus einer Wunde an seinem Hals hatte auf dem Boden einen See gebildet, den Sitz seiner weißen Palm-Beach-Hose kastanienbraun gefärbt.

Williams beugte sich vor, berührte den Nacken des Mannes, zog seine Hand schnell zurück. »Jemand ist uns zuvorgekommen.«

»Es ist der rothaarige Typ!« rief O'Malley.

Crane sagte: »Klar ist er das. Wie lange ist er tot, Doc?«

Auf Händen und Füßen untersuchte Williams den Boden. »Eine ganze Weile. Er ist kalt.« Er rollte den Körper weg von dem ebenholzfurnierten Sarg. »Ich frage mich, womit sie ihm den Hals durchgeschnitten haben?«

»Sieht aus wie ein Schnitt mit einem ziemlich großen Messer«, bemerkte O'Malley, wobei er die Kehle des rothaarigen Mannes untersuchte. »Hat ihm fast den Kopf abgeschnitten.«

Der rothaarige Mann hatte Sommersprossen; seine Augenbrauen hatten die Farbe von Stroh, wenn es eine Zeitlang auf der Tenne gewesen ist; seine Ohren waren groß, und sie standen seitlich vom Kopf ab. Er war etwa dreißig Jahre alt.

Crane überprüfte nochmals seine Armbanduhr. Es war 6:47. Er sagte: »Wir haben Zeit, uns ein bißchen umzusehen. Doc, du gehst die Taschen von dem Typ durch. O'Malley und ich untersuchen den Laden.«

Sie durchsuchten Schubladen, Schreibtischfächer, Schränkchen, sogar zwei Cutaways, die in einem Schrank hingen, aber alles, was sie herausfanden, war, daß von der Star-Leichenhalle eine schöne Beerdigung inklusive zweier Autos für die Trauernden für nur siebenundneunzig Dollar und fünfzig Cents ausgerichtet werden konnte. Crane entdeckte eine Literflasche Dewar's White Label (sein Lieblingswhiskey), die in der untersten Schublade eines Aktenschränkchens aus Ahornholz stand, und, da er sich dachte, daß sie dort zur Benutzung für allzu ergriffene Angehörige bereitgehalten wurde, zog er den losen Korken heraus und nahm einen langen Schluck.

Er ließ die Flasche fallen, schloß die Augen, griff sich an die Kehle und versuchte zu schreien, aber er konnte nicht. Seine Sprechmuskeln hatten sich verkrampft. Er konnte fühlen, wie die Innenwand seines Magens weggebrannt wurde. Er wankte blindlings durch den Raum.

O'Malleys Augen glotzten mit verblüffter Bestürzung.

Crane taumelte zu dem Wassertank, schüttete ein Glas lauwarmen Wassers nach dem anderen die Kehle hinunter, verschüttete einiges auf sein Jackett. Sein Atem kam stoßweise.

»Um Gottes willen!« rief O'Malley. »Was ist los?«

Crane deutete mit seiner freien Hand dramatisch auf die Dewar's-Flasche, sagte zwischen zwei Schlucken: »Einbalsamierungsflüssigkeit.«

O'Malleys tiefes Lachen, das wie Kanonendonner dröhnte, brachte Williams im Sprint vom hinteren Teil des Gebäudes her. Sein Gesicht war entrüstet. »Zum Donnerwetter, hört auf damit. Ihr weckt noch jemanden auf.«

Unter Lachkrämpfen beschrieb O'Malley Cranes erfreuten Gesichtsausdruck bei der Entdeckung des Whiskeys; das entsetzte Erstaunen, den Schmerz nach dem langen Schluck; die blinde Suche nach Wasser; aber Williams fand den Zwischenfall überhaupt nicht lustig.

»Da hinten ist ein ermordeter Typ«, sagte er, »und ihr albert hier rum wie zwei Komiker im Varieté. Außerdem sollten wir eigentlich arbeiten.«

Crane hatte ein halb gefülltes Glas Wasser in der Hand. »Ich sterbe«, sagte er. »Nennst du das herumalbern?«

Williams schnaufte verächtlich und verschwand im Korridor.

Crane trank das Wasser aus. Er fühlte sich besser. Er sah die Flasche Dewar's an. »Was zum Teufel, denkst du, machen sie damit, auch die Verwandten einbalsamieren?« wollte er wissen.

O'Malley dachte, es sei vielleicht eine Probe. Er dachte, sie hätten vielleicht verschiedene Geschmacksrichtungen bei Einbalsamierungsflüssigkeit. Wie Himbeer. Oder Schokolade.

Crane sagte: »Das muß Lauge gewesen sein.« Er füllte sein Wasserglas.

O'Malley hatte ein Geschäftsbuch aus dickem Papier auf einem der Schreibtische; er war dabei, die Seiten durchzublättern. »Hier tragen sie alle Beerdigungen ein«, sagte er.

Crane sagte: »Ach ja?« Dann sagte er: »Oh! Sag mal, das ist wirklich 'ne Idee.«

Er ging hinüber und half O'Malley, die Seite für Freitag, den 5. August, zu finden. Es gab nur zwei Eintragungen.

Patrick Morgan, 59, 6123, Woodlawn Avenue
St. Ann's. $ 237

Agnes Castle, 25, 5454, Cornell Avenue
Edgemoor. $ 150

Crane blätterte die Seite um, um sich die Eintragungen für Samstag anzusehen, aber es gab keine. Er schrieb die Agnes-Castle-Eintragung aufgeregt ab. »Wenn ich mich nicht schwer täusche«, sagte er, »ist das unser Mädchen.«

»Wie sollen wir das rauskriegen?« fragte O'Malley.

»Ich weiß es nicht, aber ich werde mir was ausdenken.« Crane füllte sich noch ein Glas am Wassertank. »Es geht nichts über ein bißchen Einbalsamierungsflüssigkeit, um den Verstand anzukurbeln.«

Sie gingen zurück in den großen Raum. Williams stöberte immer noch zwischen den leeren Särgen herum. »Ich kann das Messer nicht finden«, sagte er mit bekümmerter Stimme.

»Mach dir nichts draus«, sagte Crane. »Schnüffel du nur etwas herum. Wir sind auf dem richtigen Weg.«

Er hatte ein abgerissenes Stück Papier aus dem Beerdigungsrechnungsbuch in der Hand, und er legte es auf einen Sarg, begann mit einem Bleistiftstummel zu schreiben.

O'Malley fragte: »Was machst du da?«

Crane zeigte ihm das Papier. Darauf stand:

An die Polizei

Es wird interessant für Sie sein, die Haare des verstorbenen Mister Connell mit denjenigen zu vergleichen, die in der Hand des verstorbenen Mister August Liebman, Leichenschauhauswärter, waren und jetzt im Besitz des geschätzten Captain Grady sind. Fröhliche Weihnachten!

Shirley Temple

Williams, der über O'Malleys Schulter hinweg mitgelesen hatte, sagte: »Was zum Teufel soll das?«

Crane nahm das Papier von O'Malley entgegen, beugte sich über die Leiche, klemmte ihr die Notiz in die linke Hand und sagte: »Ich denke, das ist die leichteste Art herauszufinden, ob die Haare wirklich übereinstimmen.«

O'Malley sagte: »Laßt uns von hier abhauen. Ich werd' langsam nervös.«

Auf dem Weg zur Straße hielt Crane im Büro. O'Malley spöttelte: »Willste dir noch 'nen kleinen Schluck Dewar's genehmigen?« Crane ignorierte ihn, hob den Hörer ab, wählte Andover 1234 und verlangte den Lokalredakteur. Die Vermittlung stellte zur Lokalredaktion durch, und er erzählte dem Botenjungen, der den Hörer abnahm, daß er mit dem Redakteur sprechen wolle. Als er ihn dran hatte, sagte er: »In der Star-Leichenhalle, 5217, Lake Street, finden Sie einen ermordeten Mann. Ich geben Ihnen diesen Tip vor der Polizei, weil ich will, daß die Tatsachen in die Zeitung kommen.«

Der Redakteur fragte dauernd: »Wer spricht da? Wer

spricht da?« aber Crane hängte ein. Er sagte zu den anderen: »Wir hau'n besser ab.«

Das safrangelbe Sonnenlicht tat auf der Straße ihren Augen weh.

12

Punkt zwölf verließen Crane, O'Malley und Williams das türkische Bad, das von Olaf Jensen auf der West-Madison-Street betrieben wurde, um die Familie Courtland im Blackstone Hotel zu treffen. Unterwegs gingen sie auf einen Sprung in die Crystal Bar und bestellten einen Liter Cook's Imperialsekt und drei Flaschen Starkbier. Zusammengemischt wurde daraus ein Getränk namens »Schwarzer Samt«, das sie mit sichtlichem Vergnügen tranken, denn, wie O'Malley sagte: »Onkel Sty würde nicht wollen, daß seine Jungs aufkreuzen und nach irgendwas Gewöhnlichem wie etwa Gin riechen.«

Es reichte gerade für zwei Gläser für jeden, und als sie wieder auf die Straße traten, fühlten sich alle ausgezeichnet, besonders Crane, der die Überlegung anstellte, daß er sich, was Schlaf betraf, wirklich wie ein Detektiv erster Klasse benahm.

»Wißt ihr Kerle eigentlich«, sagte er, »daß ich seit achtundzwanzig Stunden nicht im Bette gewesen bin? Ist das nicht echte Hingabe an meinen Beruf?«

Williams fragte: »Das Nickerchen gestern nachmittag übersiehst du dabei einfach?«

»Oh, das kannst du kaum mitrechnen.« Mit einer kurzen Handbewegung ging Crane über das Nickerchen leichtfertig hinweg. »Na, hört mal, ich bin mal kurz eingenickt, nicht länger als vier oder fünf Stunden.«

Vor dem La Salle Hotel winkten sie ein Taxi heran und fuhren durch fast menschenleere Straßen zum Blackstone. Es war wieder heiß, und sie schwitzten vom Alkohol. Ihre Gesichter waren noch rot von der Hitze im türkischen Bad, ihre Haut war frisch und rosig; die Augen waren dunkel und tiefliegend, das Weiße darin blutunterlaufen; ihre Leinenanzüge waren vom Leiter des Bades gebügelt worden. Crane dachte gerade, daß sie wie ein besonders finsteres Trio von Abenteurern aus den Tropen aussehen mußten, als es hinter ihnen einen lauten Knall gab. Er warf sich auf den Boden des Taxis direkt vor O'Malley. Williams war bereits unten und tastete nach seiner Pistole. Das Geräusch wiederholte sich nicht, und O'Malley lugte vorsichtig durch die Heckscheibe. »Verdammt!« sagte er. »Ein Taxi mit Fehlzündung.«

Crane legte die Hand aufs Herz. »Uff! Ich dachte, es wäre mein alter Freund Frankie French.«

Williams steckte die Pistole zurück ins Schulterhalfter. »Wenn du wirklich erschossen wirst, Bill, müssen wir 'ne Menge Leute umbringen, um dich zu rächen«, bemerkte er. »Es könnte French sein; es könnte Paletta sein; es könnte der Kerl sein, der den Leichenbestatter ermordet hat; es könnten sogar die Bullen sein.«

Crane wurde aufmerksam. »Weshalb glaubst du, daß French oder Paletta den Leichenbestatter nicht getötet haben?«

»Ich hab' noch nie von einem Gangster gehört, der jemanden so umbringt.« Williams knöpfte seinen Mantel zu, setzte sich im Taxi wieder richtig hin. »Sie pumpen sie entweder mit Blei voll oder fahren mit ihnen an einen einsamen Ort, um sie da zu erledigen. Nicht mal die Italogangster spielen noch mit Messern rum.«

O'Malley sagte: »Ich glaub', er hat ausnahmsweise mal recht.«

Crane dachte darüber nach, bis sie am Blackstone eintrafen. Die Suite der Courtlands lag ihm zehnten Stock, und sie gingen hinauf, ohne anzurufen. Der junge Courtland ließ sie herein. Er schien überrascht, sie zu sehen. »Ich habe den ganzen Morgen versucht, Sie zu erreichen«, sagte er. Er trug einen anderen Gabardineanzug von himmelblauer Farbe und ein Paar schwarz-weißer Sportschuhe.

Crane erklärte, daß sie wegen der Polizei nicht auf ihr Zimmer gegangen waren.

Ein blaugrauer chinesischer Teppich bedeckte den Fußboden des Wohnzimmers. Es gab einen echten Kamin mit bronzenen Feuerböcken in der Form von Drachenköpfen. Sie setzten sich behutsam auf die zerbrechlichen Sessel in chinesischem Chippendalestil, betrachteten die zarten Farbtöne der Pariser Aquarelle an der Wand.

»Ich werde Mutter rufen«, sagte Courtland und ging durch eine der zwei Türen im hinteren Teil des Zimmers hinaus.

Williams untersuchte die Möbel, schüttelte den Kopf und sagte: »Teufel, unsere Bude schlägt diese um Längen.«

Crane pflichtete ihm bei. »Es würde nicht viel Lärm machen, dieses Zeug zu Brennholz zu schlagen. Es mag stilvoll sein, aber unseres ist haltbar.«

O'Malley sagte: »Allerdings gibt's hier keine Bullen.«

Durch eine andere Tür als die, die Courtland benutzt hatte, kamen eine Frau und ein Mann. Sie hatte stahlgraues Haar, Diamantringe, ein violettes Kleid, ungefähr von der Farbe einer Dreicentbriefmarke, eine doppelt gelegte Kette wunderschön ebenmäßiger Perlen. Sie starrte sie durch ihre Lorgnette hindurch an und sagte: »Nanu! Was für *eigenartig* aussehende Männer!«

Der Mann bei ihr hatte ungefähr das gleiche Alter, über sechzig. Er war einen halben Kopf kleiner als die Frau; er trug einen Kneifer mit einem schwarzen Band, einen Cutaway und eine gestreifte Hose, eine Ascot-Krawatte und eine weiße Nelke im Knopfloch. Sein Gesicht war rund, und die Haut hing ihm in Falten um den Mund, über die Kinnlade, wie im Gesicht eines englischen Bluthundes.

William Crane stand auf. »Mrs. Courtland?«

Die Frau musterte ihn durch die Lorgnette. »Ich bin so frei«, sagte sie.

Der junge Courtland kam ins Zimmer. »Oh, da bist du. Mutter, das sind die Detektive, die Onkel Sty engagiert hat.« Er stellte sie Mrs. Courtland und Onkel Stuyvesant vor.

»Oh, Detektive!« Mrs. Courtland hob wieder ihre Lorgnette. »Meine Güte! Welch *unerfreulicher* Beruf!«

Ein gequälter Ausdruck lag in Onkel Stuyvesants blaßblauen Augen. Sein Tonfall leugnete jegliche Verantwortung für die Detektive ab. Er sagte: »Unsere Welt braucht die verschiedensten Menschen, Evalyn.«

»Oh ja!« Mrs. Courtlands Stimme war laut, tief und selbstbewußt. »Aber *muß* man sie empfangen?« Bei dem Wort »sie« warf sie den Kopf hoch, hielt ihn in einem solchen Winkel, daß sie, um die Detektive zu sehen, an ihrer Nase hinunterschauen mußte.

Teufel noch mal! dachte Crane. Teufel noch mal!

Der junge Courtland sagte: »Also, Mutter. Diese Männer versuchen uns zu helfen, Kathryn zu finden.«

»Oh ja! Meine *arme* Tochter!« Sie beugte sich nach vorn, schaute sich Doc Williams eingehend an. »Haben Sie sie gefunden?« Sie sprach jedes Wort so nachdrücklich aus, daß sie erbebte. »Haben Sie sie endlich . . . gefunden?«

Williams schluckte und sagte: »Nein, Ma'm.« Er drehte ständig seinen Panamahut in den Händen.

»Also wirklich!« Sie sprach mit Bruststimme, wie eine von den Barrymores. »Ist es nicht bald an der Zeit?«

Williams sagte: »Ja, Ma'm.« Er sah Crane flehentlich an.

Der junge Courtland sagte: »Aber Mutter, sie sind doch erst drei Tage an der Arbeit.«

»Ich habe nicht die Absicht zu streiten.« Sie glitt majestätisch auf eine der Türen zu, hielt inne, um einen letzten Blick durch die Lorgnette zu werfen, und sagte: »Laß den Raum ordentlich lüften, wenn du das Geschäftliche erledigt hast, Chauncey.«

Williams sank in einen der Sessel, wischte sich die Stirn mit einem zerknitterten Taschentuch ab.

Der junge Courtland sagte: »Mutter ist von der Reise und der Hitze gereizt. Sie mag auch keine Hotels. Sie dürfen es ihr nicht übelnehmen.«

Crane sprach Onkel Stuyvesant an. »Ich habe nicht viel zu berichten, Sir.« Er faßte zusammen, was er von Miss Udoni erfahren hatte. »Wenn ich ihren Mann ausfindig machen kann«, schloß er, »glaub' ich, daß wir vielleicht von ihm was erfahren.«

Der junge Courtland stimmte zu. »Er müßte doch wohl wissen, wer Miss Ross wirklich war.«

Onkel Stuyvesant saß steif in seinem Sessel, die Hände im Schoß gefaltet. »Die Zeit allein wird es lehren«, sagte er.

»Es gibt eine Sache, die ich gern wüßte«, sagte Crane. »Welche Farbe hatten Miss Courtlands Augen?«

»Blau«, sagte der junge Courtland.

»Nein, ich meine genau. Was für ein Blau?«

Mit der Hand über dem Mund dachte Courtland nach.

»Waren sie grünlich-blau?« fragte Crane. »Oder tiefblau, wie der Golfstrom? Oder graublau?«

Onkel Stuyvesant sagte: »Graublau.«

Der junge Courtland schüttelte den Kopf. »Es ist schwer zu sagen. Manchmal waren sie irgendwie grünlich und auch graublau. Sie veränderten sich.«

»Das stimmt.« Onkel Stuyvesant strahlte. »Sie veränderten sich.«

»Okay.« Crane erhob sich aus seinem Sessel. »Als nächstes steht auf dem Programm, Sam, den Trompetenspieler, ausfindig zu machen. Ich hab' so eine Ahnung, daß wir ihn heute abend finden können.«

Williams war in seinem Sessel zusammengesunken und starrte ängstlich auf die Tür, durch die Mrs. Courtland verschwunden war. »Wo?« fragte er, ohne die Tür aus den Augen zu lassen.

»In dem Tanzlokal. Einer der Musiker kam mir irgendwie bekannt vor.«

»Oh, ho!« schrie O'Malley. »Dieser langhaarige Typ.« Seine Augen leuchteten vor Interesse. »Er ist mir aufgefallen. Er kann spielen, will ich damit sagen.«

Crane sagte: »Wir Künstler sagen, er hat den richtigen Swing.«

»Ich würde gern mitkommen«, sagte Courtland. »Darf ich?«

»Klar.« Crane ging zur Tür. »Ich wünschte, Sie wären gestern nacht dabei gewesen, obwohl O'Malley schon wie gerufen kam.«

Mit großen Augen hinter den Gläsern seines Kneifers beobachtete Onkel Stuyvesant Crane. Er fragte: »Ist es Ihnen schon gelungen, den rothaarigen Leichenbestatter zu finden?«

Crane sagte: »Was?« Er runzelte die Stirn, blickte mit zusammengekniffenen Augen in Onkel Stuyvesants rundes, unschuldiges Gesicht. Dann sah er zur Seite, tat so, als ob er sich einen Fussel von der Hose wischte. »Ach, den.« Er rieb sich mit der flachen Hand über sein rechtes Hosenbein. »Wir haben seinetwegen noch nichts unternommen.«

Der junge Courtland warf Crane einen neugierigen Blick zu. »Sie haben mir nichts von einem rothaarigen Leichenbestatter erzählt.«

»Es war so ein alberner Gedankengang«, sagte Crane spöttisch grinsend, als wäre es ihm peinlich, davon zu sprechen, und er erzählte ihnen, wie er auf den Beruf von August Liebmans Angreifer und auf die Tatsache, daß er Linkshänder sei, geschlossen habe. »Es ist durchaus möglich, daß ich völlig schief liege«, fügte er hinzu.

Onkel Stuyvesant sagte: »Wer nicht wagt, gewinnt nicht.«

Courtland fragte: »Was werden Sie heute nachmittag tun?»

Crane verbarg ein Gähnen hinter der Hand. »Ich würd' gern etwas schlafen, aber es ist wohl besser, wenn ich etwas arbeite.«

»Aber sicher, arbeiten wir.« Courtlands eckiges, jungenhaftes Gesicht war eifrig. »Ich würde gern weiterkommen. Sie können heute nacht schlafen.« Er drückte seine Zigarette in einem Messingaschenbecher aus. »Gehen Sie schon mal nach unten, und ich komme nach, sobald ich mit Mutter ein paar Dinge geregelt habe ... das heißt, falls Sie bereit sind, sofort anzufangen?«

»Ich bin bereit«, sagte Crane und öffnete die Tür zum Flur.

Onkel Stuyvesant strahlte ihn an. »So ist's richtig, junger Mann. Nutze die Stunde, sie kehrt nie zurück.«

Crane hielt O'Malley und Williams die Tür auf, sagte: »Außer, wenn wir Sommerzeit haben«, und schloß die Tür.

Als sie in der Hotelhalle ankamen, sagte Williams: »Schande! Ist das'n Drachen!« Er ließ sich in eins der Sofas links vom Empfang fallen.

»Das sind die Macken der High Society«, sagte O'Malley.

Crane gab ihm recht. »Sie hat uns die alte Arroganz spüren lassen!« Er setzte sich neben Williams. »Doc, die Sache hat eine schlechte Wendung genommen.«

»Du meinst, weil unser alter Onkel Sty weiß, daß wir nach dem Leichenbestatter gesucht haben?«

»Ja. Wie zum Teufel konnte er nur von ihm gewußt haben?«

»Na, jedenfalls weiß er nicht, daß der Bursche tot ist.«

»Vielleicht ...«

»Vielleicht! Du meinst ...?«

»Er hätte doch leicht nach der Landung der Nachtmaschine aus dem Flugzeug springen, zu Mr. Connell hinausfahren und ihn töten können, oder?«

Es war kühl in der Hotelhalle und ruhig, und sie saßen eine Zeitlang schweigend da, die Augen halb geschlossen. Durch ein verdunkeltes Fenster konnten sie das sonnenüberflutete Pflaster der Siebten Straße sehen, vorübergehende Fußgänger in Hemdsärmeln, Sommerkleidern. Der Verkehr auf der Michigan Avenue dröhnte in unregelmäßigen Abständen.

Schließlich fragte O'Malley: »Aber das bedeutet doch, daß er den Leichenwärter umgelegt haben muß, nicht wahr?«

Crane schlug die Augen auf. »Ich weiß es nicht. Wir prüfen besser nach, ob er da schon in Chicago hätte sein können.« Er setzte sich auf dem Sofa auf. »Genaugenommen wäre es, glaub' ich, besser, die alte Dame und auch den jungen Courtland überprüfen zu lassen. Es wird nichts schaden, wenn wir über sie alle Bescheid wissen.« Er wandte sich an Williams. »Du und O'Malley telegrafiert dem Colonel am besten einen Bericht über alles, was wir bis jetzt unternommen haben, einschließlich meines Tête-à-tête mit Miss Udoni, und bittet ihn, die Familie Courtland zu überprüfen. Bittet ihn auch, das Treuhandvermögen der Courtlands zu überprüfen und herauszubekommen, ob der junge Courtland, Onkel Sty oder Mrs. Courtland aus Kathryns Tod unweigerlich Nutzen ziehen.«

Williams nickte.

»Außerdem, und das ist wichtig«, fuhr Crane fort, »fragt ihn, ob er Onkel Sty von dem Leichenbestatter erzählt hat.« Seine Augen folgten einem schlanken, dunkelhaarigen Mädchen vom Empfang zu den Aufzügen. »Dann, wenn ihr das Telegramm aufgegeben habt, möchte ich, daß ihr beide zum Edgemoor-Friedhof hinausfahrt und seht, ob ihr feststellen könnt, wo genau Miss Agnes Castle begraben ist. Ihr könnt euch als Verwandte ausgeben, die Blumen auf das Grab legen wollen.«

»Was willst du tun«, fragte Williams.

»Courtland und ich werden sehen, ob wir herausfinden können, wo Sam, der Trompeter, wohnt.«

»Halt lieber die Augen offen«, sagte O'Malley. »Ich bin sicher, die Schläger von Paletta suchen immer noch nach dir.«

»Wie das, wenn sie im Gefängnis sind?«

»Verflucht noch mal, ich wette, der hat mehr Leute, die für ihn arbeiten, als Harry Hopkins«, sagte Williams verächtlich. »Er ist ein großes Tier.«

»Was kann ich dafür?« fragte Crane. Er schaute zu, wie eine kleine, stämmige junge Frau in einem engsitzenden cremefarbenen Leinenkostüm eine Treppe zur Michigan Avenue hinunterging. Sie hatte es eilig, und ihre Gesäßbacken hüpften nervös. Er seufzte und sagte: »Sieht so aus, als müßte ich immer arbeiten.«

Williams und O'Malley starrten dem Mädchen nach, bis sein Kopf verschwunden war. Williams sagte: »Bei so 'ner Frau könntest du nicht landen. Die hat Klasse.«

»Klasse hab' ich auch«, sagte Crane. »Ihr hättet sehen sollen, wie sich die Puppen in dem Tanzlokal um die Chance gestritten haben, mit mir das Tanzbein zu schwingen.«

O'Malley sagte: »Sie hatten die Wahl zwischen dir und einem Filipino.«

Cranes empörte Antwort wurde durch den Anblick Courtlands, der aus einem der Aufzüge kam, verhindert. »Was machen wir zuerst?« wollte er wissen.

»Essen«, sagte Crane.

13

O'Malley und Williams beschlossen, sich an die Arbeit zu machen, so daß Crane und Courtland bei Henrici's allein zu Mittag aßen. Crane trank einen doppelten Martini, sehr trokken, und verblüffte dann die Geschäftsleitung, als er sieben Wiener Semmeln mit einer Portion gemischtem Salat verzehrte. Er trank außerdem drei Fünfzig-Cent-Flaschen importiertes Pilsner Bier.

»Ich kann mich kaum noch an die Mahlzeit zurückerinnern, die ich zuletzt gegessen habe«, seufzte er, während er das letzte Stück der siebten Semmel mit Butter bestrich. »Und von diesem Wetter kriegt man erst recht Appetit.«

Courtland schaute hinaus auf die Straße, die vor Hitze kochte, und grinste. »Frische Luft ist gut für den Teint«, sagte er bestätigend. Seine Augenwinkel kräuselten sich. Er aß ein großes Sandwich und trank dazu drei Flaschen Bier.

Im Restaurant war es kühl und dunkel, und Crane wünschte, er könnte unter den Tisch rutschen und ein Nickerchen machen. Er widerstand jedoch dem Drang, zahlte die Rechnung und sagte wehmütig: »Wir gehen wohl besser.«

Courtland schien sehr viel Energie zu haben. Er stand auf und sagte: »Aber sicher. Wie Onkel Sty sagen würde: Was du heute kannst besorgen, das verschiebe nicht auf morgen.«

Crane sah mürrisch zu ihm hoch. »Schön, aber kennt Onkel Sty das?« fragte er. »Zu schnelles Reiten schadet dem *Ross*!«

Courtland zog ein entsprechend gequältes Gesicht, und Crane folgte ihm zur Tür hinaus. Sie nahmen ein Taxi zum Clark-Erie-Tanzlokal.

»Am besten gehen Sie hinauf und erkundigen sich nach Sam«, sagte Crane. »Ich glaub', die mögen mich nicht besonders.«

Courtland war nur zwei Minuten fort. »Gar keiner da«, sagte er. »Das Lokal ist verschlossen.«

»Verdammt!« sagte Crane. »Ich frag' mich, ob sie die Geschäftsleitung gestern abend verhaftet haben.«

Er führte Courtland um das Gebäude herum, um ihm die Feuerleiter zu zeigen, die er und Miss Udoni hinabgestiegen waren. Sie blickten noch beide auf die Leiter, als drei Männer die hinter ihnen liegende Gasse herunterkamen. Einer der Männer stellte sich neben Crane und preßte ihm eine Pistole ins Kreuz. »Wir möchten uns mit dir unterhalten, Freundchen«, sagte er. Seine Stimme rumpelte wie ein Lastwagen, der eine Holzbrücke überquert.

Crane drückte den Rücken durch, sagte: »O.k.... Was wollt ihr?«

»Halt einfach den Rand«, sagte der Mann, »und komm mit.«

Ein anderer von den drei Männern hatte eine hohe, metallische Stimme. »Was sollen wir mit dem andern Schnüffler machen?« fragte er. »Ihm eins überbraten?«

»Nee, wir nehmen ihn besser mit«, sagte der Mann mit der rumpelnden Stimme. »Vielleicht will Frankie mit ihm reden.« Er stieß Crane den Revolver in den Rücken. »Vorwärts.«

»Tu das nicht«, sagte Crane. »Ich bin kitzelig.«

Sie stießen ihn und Courtland auf den Rücksitz einer Lincoln-Limousine, die quer vor dem Zugang der Gasse geparkt war. Ein vierter Mann, untersetzt und mit einem Fleischwulst über dem Kragen, saß auf dem Fahrersitz. Einer der Männer setzte sich zu ihm nach vorn, und die beiden anderen stiegen hinten ein. Der Mann mit der rumpelnden Stimme hatte seine Pistole in der Jackettasche. Er saß auf einem der Klappsitze und hielt die Pistole auf Crane gerichtet. Seine Nase war gebrochen gewesen und schlecht gerichtet worden, sein Gesicht pockennarbig, seine Zähne braun von Tabaksaft.

Crane fragte: »Wohin fahren wir?«

Die Stimme des Mannes klang, als spräche er mit einer heißen Kartoffel im Mund. »Der Graf möchte wissen, wohin wir fahren, Charley«, sagte er.

»Der Graf möchte also wissen, wohin wir fahren?« sagte Charley. Er saß zwischen Crane und Courtland, und seine Stimme klang, als hätte er einen Kehlkopf aus Blech.

»Klar doch, der Graf möchte wissen, wohin wir fahren«, sagte der Mann mit der rumpelnden Stimme.

Damit schien die Angelegenheit erledigt zu sein. Es herrschte Schweigen, bis der Wagen vor einem zweistöckigen, mit Stuck verzierten Gebäude vorfuhr, über dessen Eingang eine grün-weiße Markise aus Segeltuch angebracht war. Ein Schild an dem Gebäude hatte die Aufschrift: LIBERTY CLUB. In einem kleinen Fenster neben dem Eingang hingen Fotografien von jungen Damen, um deren Körper an verschiedenen Stellen Tücher drapiert waren. Auf einer Karte unter den Fotos stand in Druckschrift: ACHT BLENDENDE SCHÖNHEITEN.

»Na los, Graf«, sagte der Mann mit der rumpelnden Stimme zu Crane. Er stieg aus dem Wagen und wartete auf dem Bürgersteig, wobei er seine Tasche so hielt, daß die Umrisse seiner Pistole sichtbar waren.

Crane und Courtland folgten ihm in das Gebäude, eine

schmale Treppe hinauf und hinein in einen großen Raum mit einer rechteckigen Tanzfläche und einer Orchesterplattform. Dicht auf den Fersen folgten ihnen die anderen drei Männer.

Um die Tanzfläche herum standen bloße Tische und Stühle; um den Raum herum zogen sich in sattem Grün und Rot und Blau und Orange Wandmalereien mit nackten Südseeinsulanern, die badeten, tanzten und Körbe mit Früchten trugen. Acht Mädchen in Shorts verschiedener Machart standen auf der Tanzfläche in zwei Viererreihen. Ein ungepflegt aussehender Mann, dem eine Zigarette von den Lippen baumelte, saß am Flügel auf der Orchesterplattform. Ein zweiter Mann, der Lackschuhe, eine fast bis unter die Achseln hochgezogene violette Hose und ein babyblaues Polohemd trug, stand vor den Mädchen; die Hände, mit den Knöcheln nach innen, hatte er knapp oberhalb der Hüfte in die Seite gestemmt. All diese Leute starrten verwundert auf die sechs Männer.

»Wo ist Frankie?« fragte der Mann mit der rumpelnden Stimme.

»Er 's wieder in sei'm Büro«, sagte der Mann mit der violetten Hose lispelnd. Während er sprach, wiegte er seinen Körper von einer Seite zur anderen wie eine Frau.

Sie gingen durch eine Tür neben dem Orchesterpodest in einen Raum mit einem großen Roulettetisch. Es gab keine Fenster, und ein grauer Teppich lag auf dem Boden. Dann gingen sie in einen kleineren Raum, der ein Fenster hatte und mit einer neumodischen Büromöbelgarnitur aus Stahlrohr ausgestattet war. Frankie French saß an einem Schreibtisch mit roter Oberfläche, sein finsteres gutgeschnittenes Gesicht wandte sich ihnen teilnahmslos zu. Licht von einer Schreibtischlampe aus Chrom fiel von seinem glänzenden Haar.

»Wer ist der andere Gentleman?« fragte er.

Der Mann mit der rumpelnden Stimme sagte: »Er war mit dem Graf hier zusammen, also ha'm wir ihn auch mitgebracht.«

»Sehr bedauerlich«, sagte French. »Das bedeutet, wir werden uns beider entledigen müssen.«

»Hören Sie«, sagte Crane. »Dieser Mann ist Chauncey Courtland aus New York. Er ist Kunde unserer Firma. Wir suchen eine Verwandte von ihm. Er hat nichts zu tun mit Miss Ross.«

Frankie French betrachtete Crane lange mit seinen goldgelben Augen. »Durchsucht sie bitte«, sagte er. Seine Lippen waren voll, grausam, verächtlich.

Unsanft durchwühlten zwei der Männer Cranes Taschen, zwei andere Courtlands. Sie häuften, was sie fanden – Brieftaschen, Schlüssel und Kleingeld – auf den roten Tisch. French durchsuchte die Brieftaschen, gab Courtland seine zurück, sagte: »Es tut mir leid, aber ich werde Sie festhalten müssen. Wenn Mr. Crane bereit ist, meine Fragen zu beantworten, werde ich Sie beide gehen lassen. Wenn nicht, werde ich gezwungen sein, Sie zu ...«

Frankie French zuckte mit den Schultern.

Courtlands Gesicht war wütend. Er ging auf French zu, sagte: »Crane ist ein Freund von mir. Wenn ihm was passiert, werde ich dafür sorgen, daß Sie ...«

»Spar dir das Geschwafel«, sagte einer der Männer. Er packte Courtland am Arm, schüttelte ihn.

Frankie French sagte: »Bringt ihn raus und fesselt ihn. Vielleicht brauche ich ihn später.« Seine goldgelben Augen betrachteten Crane forschend. »Charley, du bleibst hier und hilfst mir, mich mit Mr. Crane zu unterhalten.«

Courtland ging, begleitet von den drei anderen Männern. Charley schloß die Tür hinter ihnen, sein schmales Gesicht voller Vorfreude. French richtete die Schreibtischlampe so, daß der Lichtschein auf einen der Sessel fiel.

»Setzen Sie sich«, sagte er. Seine Stimme war höflich, eisig.

Crane sagte: »Ich will mich nicht setzen.«

»Setzen Sie sich!«

»Nein«, sagte Crane.

Charley schlug ihm mit dem Griff einer Pistole auf den Kopf. Blauweißes Licht blendete seine Augen; seine Ohren klingelten; er sank zu Boden. Er lag eine Zeitlang da, die beiden Männer beobachteten ihn schweigend. Er war nicht bewußtlos, aber sehr benommen. Vom Boden aus konnte er die Gesichter der Männer sehen. Charleys Augen glitzerten, seine Zunge feuchtete unaufhörlich die Lippen an. Eine Ader pulsierte genau hinter der gezackten Narbe an Frankie Frenchs Kinnlade, aber sein Gesichtsausdruck war kühl und gelassen.

Schließlich sagte Frankie French: »Jetzt setzen Sie sich in diesen Sessel.«

Crane kam auf Hände und Knie, dann auf die Beine. Er setzte sich in den Sessel. Das Licht blendete seine Augen, jagte stechende Schmerzen durch seinen Kopf, machte ihn schwindelig.

Frankie French fragte: »Was haben Sie mit Miss Ross' Leiche gemacht?« Seine Hände, Handflächen auf dem Tisch, lagen in einem Lichtfleck. Sie waren schlank und drahtig, wie die eines Geigenspielers, und die Fingernägel glänzten.

»Ich hab' ihre Leiche nicht weggeschafft«, sagte Crane. Er legte die Hände auf die Armlehnen seines Sessels, um nicht umzukippen. »Ich versuche herauszufinden, wer es getan hat.«

Frankie French wiederholte seine Frage. »Was haben Sie mit ihrer Leiche gemacht?«

Die schlanken Finger trommelten auf dem Tisch. »Mr. Crane, ich glaube, Sie tun besser daran, es mir zu sagen.« Frenchs Stimme klang träge, leicht amüsiert. »Sie ersparen sich unnötige Schmerzen.«

»Aber ich weiß wirklich nicht, wo die Leiche ist.«

Charley öffnete eine Schublade in dem Schreibtisch mit der roten Oberfläche, zog eine schwarze Zange heraus. »Mit welchem Nagel soll ich anfangen, Mr. French?« fragte er.

Frenchs schmale Augenbrauen, seine Lippen, bildeten parallele Linien. »Ich glaube, der Verlust eines Daumennagels ist recht schmerzhaft«, sagte er.

Charley hatte ein Seil. Er ging auf Crane zu.

»Moment mal«, sagte Crane. »Moment mal.« Er beugte sich in seinem Sessel nach vorn, auf French zu. »Ich hab' Ihnen gesagt, daß ich nicht weiß, wo Miss Ross' Leiche ist, aber nichts hindert mich daran, Sie zu belügen, um freizukommen. Warum glauben Sie mir nicht, daß ich nicht weiß, wer die Leiche weggeschafft hat!«

»Es wird Ihnen nicht viel nützen zu lügen, Mr. Crane. Ich beabsichtige, Sie hierzubehalten, während meine Leute jede Geschichte überprüfen, die Sie erzählen. Ich denke mir, daß es nicht unbedingt nötig ist, Sie daran zu erinnern, daß einige sehr unangenehme Dinge passieren werden, wenn sich Ihre Geschichte als falsch erweist.«

»Na schön«, sagte Crane. »Ich weiß tatsächlich, wo die Leiche ist.« Er schloß halb die Augen, ließ das Kinn auf der Brust ruhen. »Aber ich will verdammt sein, wenn ich es Ihnen sage.«

Goldene Punkte schwammen in Frenchs Augen. »Los, Charley«, flüsterte er, wobei er kaum die Lippen bewegte.

Crane stieß sich aus dem Sessel, rammte Charley die rechte Faust ins Gesicht, schleuderte den Mann gegen die Wand. Frankie French drückte mit einem Finger einen Knopf aus Elfenbein, der in einen schwarzlackierten Holzsockel auf seinem Schreibtisch eingelassen war. Crane warf seinen Sessel nach ihm, aber French duckte sich, und der Sessel krachte gegen die Wand. Crane packte den Sockel auf dem Schreibtisch, riß ihn von einem Draht los, warf ihn French ins Gesicht, als dieser hinter dem Tisch auftauchte, drehte sich gerade noch rechtzeitig herum, um einem auf seine Leiste gerichteten Tritt von Charley auszuweichen. Er erwischte Charleys Fuß mit beiden Händen, drehte ihn so lange, bis etwas mit einem hohlen Knall wie aus einem Spielzeuggewehr zerbrach.

Charley lag mit dem Gesicht nach oben auf dem Teppich und schrie entsetzlich.

Mit zitternden Händen, gekrümmten Schultern, kam French um seinen Schreibtisch herum, kämpfte mit Crane. Als sie zu Boden fielen, schwang Crane seinen Körper auf ihn, löste sich aus Frenchs Griff, schlug ihm zweimal auf den Hals, auf den Adamsapfel. French drehte sich auf die rechte Seite, bekam Cranes linken Arm zu fassen und biß ihm bis auf den Knochen ins Handgelenk. Crane zog seinen Arm weg, hörte jemanden hinter sich, drehte den Kopf...

Ein Mann trat ihm in die Rippen, nicht heftig, aber fest genug, um ihnen ein dumpfes Geräusch zu entlocken. Der Mann sagte dauernd: »Steh auf, du Dreckskerl; steh auf.«

Crane öffnete die Augen, setzte sich auf dem Fußboden mühsam auf.

Der Mann trat ihm in die Rippen, sagte: »Ah-ha! Der Graf ist wieder startklar.«

Frankie French saß neben seinem Schreibtisch und wischte mit einem rotbefleckten Taschentuch an seinen Lippen herum. »Fessel ihn in einen Sessel«, befahl er dem Mann. Sein Gesicht war grimmig, seine Stimme nicht mehr amüsiert.

Zwei Männer stießen ihn in einen Sessel, fesselten ihm Hände und Füße. Einer von ihnen war der Fahrer; der andere war der Mann mit der rumpelnden Stimme. Charley war verschwunden. Das Seil riß an Cranes Handgelenk, wo French ihn gebissen hatte, das Fleisch auf, ließ warmes Blut zwischen seine Finger tröpfeln. Rasender Schmerz blendete ihn wie Wetterleuchten, schoß ihm in unregelmäßigen Abständen durch den Kopf; seine Rippen schmerzten bei jedem Atemzug; sein Gesicht war auf der rechten Seite taub.

»Wo ist die Zange?« fragte French nachdrücklich.

Der Fahrer entdeckte sie auf dem Teppich.

»Reiß ihm einen Daumennagel aus«, befahl French.

Der Mann näherte sich Crane, die Zange fest in der rechten Hand. Sein Atem roch stark nach Knoblauch. Crane schloß die Augen.

»Moment mal«, sagte eine Stimme von der Tür her. »Nehmt alle die Hände hoch.«

Es war der junge Courtland. Er hatte eine automatische Pistole, zielte damit auf Frankie Frenchs Magengrube. Die drei Männer hoben die Hände über den Kopf.

»Jetzt geht da rüber und dreht euch zur Wand«, sagte Courtland. »Und laßt die Hände in der Luft.« Als sie gehorchten, glitt er hinter Cranes Stuhl, band seine Hände los. »Die Füße binden Sie sich besser selber los«, sagte er.

Crane fingerte ungeschickt an den Knoten an seinen Fußknöcheln herum, lockerte schließlich das Seil, so daß er erst den einen Fuß herausziehen konnte, dann den anderen. Er ging zu den Männern hinüber und durchsuchte sie. Der Mann mit der rumpelnden Stimme hatte eine Pistole unter dem Arm; der Fahrer trug einen Polizeirevolver in seinem Schulterhalfter, eine Automatik auf der Hüfte, und French hatte eine handtellergroße Colt-Automatik, Kaliber 6,35, in der Jackettasche.

»Keine schlechte Ausbeute«, sagte Courtland. »Schließen wir sie hier ein.«

»Nur noch eine Sekunde.« Crane nahm die Brieftasche, die Schlüssel und das Kleingeld von Frenchs Schreibtisch. Er riß das Telefon von der Schnur los, warf es zu Boden. Er schaute aus dem Fenster, sah, daß es zu einer Zementauffahrt tief hinunter ging. »Ich glaub', so schnell kommen sie nicht raus.«

Die Hände flach auf die Wand gedrückt, standen die Männer schweigend da.

»Ich werd' die Tür verriegeln«, sagte Crane. »Machen Sie den Weg nach vorn frei.«

Crane entriegelte das Schnappschloß an der Tür, zog an dem Knauf, bis er hörte, daß es einschnappte. Courtland wartete auf ihn.

»Wir brauchen nur noch hinauszugehen«, sagte er. Er sah sich Crane genau an. »Die haben Sie ordentlich zusammengeschlagen, nicht?« Seine Stimme klang besorgt. »Glauben Sie, Sie schaffen es bis zu einem Arzt?«

Crane sagte: »Junge! Ich war noch nie im Leben so froh, jemanden zu sehen, wie gerade, als ich Sie sah.« Die Pistolen in seiner Jackettasche klirrten, als er am Roulettespiel vorbei in den Speisesaal mit den Wandmalereien ging.

»Wo sind die alle hin?« Er sah Courtland erstaunt an. »Und übrigens, wie zum Teufel sind Sie frei gekommen?«

»Die Mädchen und diese beiden Typen sind nach Hause gegangen, und einer der Gangster hat Charley zum Arzt gebracht. Ich glaube, Sie haben Charley das Bein ein wenig lädiert, so wie der gestöhnt hat.«

Crane ging voraus, die schmale Treppe hinunter. Er sagte: »Hoffentlich müssen sie's amputieren.« Er wickelte ein Taschentuch um sein blutendes Handgelenk, zog einen Knoten mit der rechten Hand und den Zähnen fest zu. Er war erheblich erleichtert festzustellen, daß seine Zähne intakt waren. »Aber wie sind Sie frei gekommen? Ich dachte, sie hätten Sie gefesselt.«

Courtland sagte: »Haben sie.« Er folgte Crane auf die Straße. »Ich erzähl's Ihnen, sobald wir von hier weg sind.«

Crane blieb stehen und starrte auf die Stuckfassade des Clubs. »Ich würd' den gottverdammten Laden am liebsten abbrennen«, sagte er, »aber ich glaub', das wäre nicht besonders clever.«

Courtland hatte ein Taxi besorgt. Er half Crane hinein, wies den Fahrer an: »Fahren Sie herum, bis Sie einen guten Arzt finden.«

»Na schön, Mister Houdini«, sagte Crane, als das Taxi losfuhr. »Wie haben Sie's gemacht?«

»Also«, sagte Courtland, »in dieser Tanztruppe war ein Mädchen, das ich von früher kenne, und . . .«

»Sie kennen sie anscheinend alle«, sagte Crane.

»Als ich jünger war, bin ich ein bißchen herumgekommen.« Courtland gab Crane eine Camel, nahm selbst eine, zündete beide Zigaretten mit einem silbernen Feuerzeug an. »Jedenfalls, die Männer fesselten mich im Rouletteraum, wie French es ihnen befohlen hatte, und dann gingen sie mit den Mädchen und den beiden Musikern, die mit ihrer Probe fertig waren, runter an die Bar.« Courtland blies ein Rauchwölkchen an die Decke des Taxis. »Dieses Mädchen, sein Name ist Sue, blieb zurück und schlüpfte in den Rouletteraum und fragte mich, was das alles zu bedeuten habe.«

»Ich erzählte ihr, daß French dächte, Sie hätten die Leiche seiner Freundin aus dem Leichenschauhaus gestohlen, und er gerade versuchen würde, Sie dazu zu bringen, ihm zu erzählen, was Sie mit ihr angestellt hätten. Sie sagte: ›Mein Gott! Weiß er denn nicht, daß Verona noch lebt?‹«

Crane setzte sich so schnell auf, daß ihm der Kopf weh tat. »Das hat sie gesagt?«

»Ja. Und ich sagte, ›Vermutlich nicht.‹ «

»Vermutlich nicht«, echote Crane. »Sagen Sie mal, von ›vermutlich‹ war wirklich nichts zu spüren.«

»Na, das habe ich auch gesagt. Dann hat sie mir die Stricke gelockert, damit ich mich befreien könnte, falls ich eine Gelegenheit sähe zu entkommen, und erzählte mir, daß in einer Schublade unter der Registrierkasse ein Revolver läge. Dann bekam sie Angst...«

»Das kann ich mir denken«, sagte Crane.

»Und ging hinunter zu den andern. Kurz danach hörte ich, wie die Mädchen gingen, und dann, einige Minuten später, hörte ich Lärm von einem Kampf, der in Frenchs Büro im Gange war.«

»Lärm von einem ungeheuren Kampf«, berichtigte Crane.

»Die drei Männer, die auf mich aufpassen sollten, stürmten durch den Rouletteraum und in Frenchs Büro und warfen mir kaum einen Blick zu, als sie vorbeiliefen. Gleich darauf kam einer von ihnen mit Charley raus. Ich hörte, wie er von einem Doktor sprach. Die Bürotür war geschlossen, also streifte ich das Seil ab, holte die Pistole aus der Schublade unter der Registrierkasse, und den Rest kennen Sie.«

»Ich werd' es nie vergessen«, sagte Crane herzlich.

Courtland war verlegen. »Jeder hätte getan, was ich getan habe.« Er blies Rauch durch die Nase. »Was ist passiert, bevor ich in das Büro kam?«

Crane berichtete von dem, was vorgefallen war, soweit er sich erinnern konnte. Als er erzählte, wie er Frankie French gesagt hatte, daß er doch wisse, wo die Leiche versteckt sei, fragte Courtland: »Wissen Sie's wirklich?«

Der Taxifahrer fuhr langsamer, sagte: »Hier ist ein erstklassiger Medizinmann, Gentlemen.« Sie waren an der Ecke Huron Street–Michigan Boulevard. Im zweiten Stock eines Gebäudes aus weißem Klinker lagen Arztpraxen.

»Ich glaub' schon«, sagte Crane.

»Dann waren Sie aber auch in einer üblen Lage«, sagte Courtland. »Bescheid zu wissen, aber selbstverständlich nicht reden zu wollen, um die Interessen Ihres Auftraggebers zu wahren.«

»Selbstverständlich.« Crane stieg aus dem Taxi, gab dem Fahrer ein Fünfzig-Cent-Stück. »Der Rest ist für Sie.« Er versuchte, Courtland anzulächeln, aber es tat seinen Lippen weh. »Vielleicht hat French mit der Folter geblufft.«

»Aber wenn sie nun tatsächlich begonnen hätten, Ihnen einen Fingernagel auszureißen?« Courtland blieb hartnäkkig.

»Verdammt!« sagte Crane. »Ich hätt's ihnen gesagt.«

14

Doc Williams und O'Malley bestaunten Cranes Gesicht, gingen verwundert um ihn herum. Sie waren in der nach Weihrauch duftenden Halle des Kongreßhotels in einer Ecke neben der Marmortreppe, die zu den Tagungsräumen im ersten Stock führte. Ein Hoteljunge mit einer blauweißen Uniform beobachtete sie neugierig.

»Bloß ein paar Prellungen und Fleischwunden«, sagte

Crane, »sowie ein oder zwei blaue Flecken. Aber ich habe gute Chancen, am Leben zu bleiben.«

Williams' Gesicht wurde ernst. »Die haben dir wirklich ganz schöne Dinger verpaßt. Wer war es?«

»Einige Leute, die was dagegen hatten, daß ich ein paar seltene alte Waffen gesammelt habe.« Crane wandte sich an O'Malley. »Haben Sie etwa nicht gewußt, Mr. O'Malley, daß ich mich für Kriegsgerät interessiere?«

O'Malley fragte: »Wovon redest du?«

Williams sagte: »Hör auf herumzualbern. Wer war es?«

»Frankie French.« Crane steckte eine Hand in die Jackettasche. »Aber ich hab' ein paar Trophäen ergattert.«

Williams sagte: »Ja, ja, ich kann sie sehen, überall in deinem Gesicht.«

»Nein, ich meine ein paar seltene alte Waffen.« Crane holte fünf Waffen hervor: die drei Pistolen und den Revolver, die er French und seinen Männern abgenommen hatte, und die Pistole, die Courtland in der Schublade der Registrierkasse gefunden hatte. »Nicht schlecht, eh?«

»Jes-ses!« schrie O'Malley. »Du mußt die Bande von Capone überfallen haben.«

Crane erzählte ihnen, wie er zu dem Waffenarsenal und den Verletzungen gekommen war und wie Courtland ihn gerettet hatte.

»Du kannst von Glück sagen, daß er diese Puppe kannte«, stellte O'Malley fest. »Und von Glück sagen, daß er 'ne Menge Mumm hatte. Er ist wirklich ein toller Bursche. Was hast du mit ihm gemacht?«

»Er ist zurück ins Hotel gegangen, um mit seiner Familie zu Abend zu essen. Wir holen ihn gegen Mitternacht ab.«

Williams dachte über Frankie French nach. »Ich mach' den Kerl fertig«, verkündete er. »Sowas kann er mit uns nicht machen.«

»Kann er nicht, aber hat er«, sagte Crane.

»Warum hast du ihm nicht eine verpaßt, nachdem du und

Courtland ihn schachmatt gesetzt hattet?« fragte Williams. »Du hättest ihm die Nase einschlagen oder 'n paar Zähne ausschlagen können oder so, um es ihm heimzuzahlen.«

»Ich hab' daran gedacht«, gab Crane zu. »aber ich hab' mich entschlossen, ihn in Ruhe zu lassen. Er wird sich ausrechnen, daß keiner Prügel beziehen würde wie ich, ohne irgendeine Rache zu planen, und er wird die meiste Zeit damit verbringen, darüber nachzudenken, wie er mir aus dem Weg gehen kann. Mit anderen Worten, er wird zu dem Schluß kommen, daß nur ich einen Grund zur Klage habe und nicht er, was der Fall wäre, wenn ich ihm was getan hätte. Also wird er sich 'ne Weile nicht vom Fleck rühren.«

»Ganz schön raffiniert«, gab Williams ihm recht, »aber ich werd' für diesen Dreckskerl ein Nagel zu seinem Sarg sein, sobald wir mit diesem Fall fertig sind.«

»Dabei fällt mir ein«, sagte Crane. »Habt ihr das Grab von Miss Agnes Castle gefunden?«

»Klar«, sagte O'Malley. »Wir haben es ganz mit Lilien bedeckt.«

»Hat 40 Dollar gekostet«, ergänzte Williams mißbilligend.

»Du liebe Zeit!« Crane schob die Unterlippe vor, schaute an seiner Nase hinunter auf O'Malley. »Ihr müßt ja bis zu den Knien drin gestanden haben.«

»Tja, Onkel Sty ...«, setzte O'Malley an.

»Ja, ja, ich weiß«, sagte Crane. »Onkel Sty würde nicht wollen, daß *seine* Detektive mit Blumen für das Mädchen geizen, das vielleicht seine Nichte ist. *Onkel Sty* doch nicht.« Er gab Doc Williams den Polizeirevolver und eine der Pistolen, O'Malley die zwei übrigen großen Pistolen und behielt die 6,35er Colt-Automatik. Auf dem Griff stand in silbernen Buchstaben F.F. Er ließ sie in seine Tasche fallen. »Sehen wir nach, ob der Colonel ein paar von unseren Fragen beantwortet hat.«

Im Hotel Sherman war auf O'Malleys Namen ein Telegramm von Colonel Black. Williams erfuhr von seinem

Freund Dwyer, einem der Hausdetektive, daß die Polizei ihre Zimmer noch immer überwachte, also gingen sie nicht hinauf. Stattdessen gingen sie über die Straße zum Deutschen Grill im Bismarck-Hotel und bestellten Kartoffelsalat mit gemischtem Aufschnitt, Roggenbrot und Bier. Crane öffnete das Telegramm und las es laut vor:

»*Courtland Treuhandvermögen Kernpunkte: Mrs. Courtland Einkommen auf Lebenszeit vierzigtausend im Jahr. Kathryn fünfzehnhundert im Monat. Bei Heirat erhält Kathryn ein Drittel des Vermögens, und mit dreißig erhält Courtland weiteres Drittel. Bei Tod von Mrs. Courtland vor 1950 gehen ihre vierzigtausend im Jahr zurück an Vermögen. Falls Courtland ohne Kinder stirbt, geht ein Drittel des Besitzes an Princeton Universität für Bücher und bauliche Verbesserungen der Bibliothek. Falls Kathryn ohne Kinder stirbt, geht ein Drittel an Smith College zum gleichen Zweck. Falls Kathryn und Courtland sterben, erhält Onkel Stuyvesant verbleibendes Drittel für wohltätige Zwecke, wie er es für angebracht hält abzüglich einer Million für Mrs. Courtland. 1950 wird Treuhandvermögen aufgelöst. Mrs. Courtland, falls am Leben, soll eine Million erhalten und Courtland und Kathryn, mit oder ohne Kinder, sollen Rest aufteilen. Courtland verwaltet Vermögen, das zur Zeit der Eröffnung auf dreizehn Millionen geschätzt wurde.*«

Crane hörte auf zu lesen und nahm sich lang genug Zeit, um ein großzügig mit Senf bestrichenes Stück Zungenwurst zu essen und seinen Maßkrug mit kaltem Bier auszutrinken.

O'Malley, der ein Stück Hähnchenbrust auf einer Gabel hatte, sagte: »Wenn ich dreizehn Millionen hätte, würd' ich eine davon wegwerfen, nur um sicherzugehen, daß ich kein Pech hätte.«

»Ja«, sagte Williams spöttisch. »Du würdest die und auch die übrigen zwölf wegwerfen, an irgendsoeine Puppe.« Er wischte sich vornehm Bierschaum vom Schnurrbart.

»Du meinst, an ein paar Puppen«, berichtigte O'Malley.

Crane gab dem Ober ein Zeichen, bestellte mehr Bier, probierte ein Stück gekochten Schinken und sagte: »Ich les' das Telegramm zu Ende.« Er las:

»Der junge Courtland verließ New York Donnerstag abend nach einer Besprechung mit Mutter, Onkel und mir, die bis 19.05 dauerte. Sein Name ist auf der Passagierliste der Nachtmaschine wie auch der von A. N. Brown aus San Diego. Müßte gegen 4 Uhr morgens in Chicago angekommen sein. Onkel Stuyvesant übernachtete vermutlich in seiner Wohnung, die er allein bewohnt. Diener, der ihm um 10 Uhr das Frühstück brachte, sagt, er habe Onkel Freitag morgen wie gewöhnlich geweckt.

Mrs. Courtland spielte mit Freunden bis Mitternacht Bridge, stand Samstag um 11 Uhr auf. Sie und Onkel Stuyvesant flogen Samstag um 21 Uhr von New York nach Chicago ab. Ja, ich habe Onkel Stuyvesant von Leichenbestatter erzählt. Dachte, wir müßten ihm zeigen können, daß wir Fortschritte machen, selbst wenn dem nicht so ist. Black.«

»Ich wünschte, er wäre in der Nähe, um sich eine Tracht Prügel abzuholen«, sagte Crane verbittert. »Vielleicht würde er dann nicht mehr so viel herumtönen von wegen Fortschritten.«

»Hört mal«, sagte Williams. »Sehen wir mal, ob wir uns ausrechnen können, wer davon profitieren würde, wenn Kathryn aus dem Weg wäre.«

Cranes Augen waren hellwach. »Warum willst du das tun?«

»Es scheint nicht logisch, daß Onkel Sty einen Leichenbestatter engagieren würde, um die Leiche des Mädchens zu verstecken, und den Kerl dann später umbringt, nur um die Familienehre zu bewahren.«

»Nein, wohl nicht.« Crane legte widerstrebend ein Stück Brot hin, prüfte das Telegramm. »Falls Kathryn und Courtland sterben«, las er, »erhält Stuyvesant verbleibendes Drittel für wohltätige Zwecke, wie er es für angebracht hält, abzüglich einer Million für Mrs. Courtland.«

»Donnerwetter!« rief O'Malley. »Alles was der alte Knabe jetzt, wo Kathryn sich aufgeknüpft hat, noch zu tun hat, ist Chauncey erledigen, und er hat an die drei Millionen Dollar für sich.«

»Sicher.« Crane schnitt in ein Stück fast rohes Roastbeef hinein. »Aber warum sollte sich Onkel Sty all die Mühe machen, die Leiche des Mädchens zu verstecken?«

»Er will Courtland keine Angst einjagen, verstehste?« O'Malley fuchtelte mit einem Stück Hähnchen in der Luft. »Er läßt erst zu, daß man die Leiche findet, wenn Courtland tot ist.«

»Und er könnte leicht diesen Leichenbestatter umgebracht haben, nachdem er und Mrs. Courtland mit dem Flugzeug hier angekommen sind.« Williams schlug zur Betonung mit einem Buttermesser auf den Tisch. »Er hätte sich aus dem Hotel schleichen können.«

Crane sagte: »Dabei fällt mir ein –.« Er rief den Kellner, bat ihn, die Abendzeitungen zu bringen. Dann fragte er: »Aber wer hat dem Leichenbestatter geholfen, die Leiche aus der Leichenhalle zu schaffen? Es müssen zwei Personen gewesen sein.«

»Jeder könnte es gewesen sein«, versicherte ihm Williams. »Ein Freund des Leichenbestatters oder jemand, den Onkel Sty aus New York geschickt hat.«

»O. k.«, Crane nickte mit dem Kopf, »damit hätten wir den Verdächtigen Nummer Eins.« Er trank seinen Krug Bier in einem Zug halb leer.

Williams sagte: »Ich glaube, damit hat es sich so ungefähr.«

»Ja«, sagte O'Malley, während er das Telegramm durchsah. »Es sieht nicht so aus, als ob der junge Courtland durch den Tod seiner Schwester irgendeinen Nutzen hätte. Ihr Drittel geht ans Smith-College.«

Crane sagte: »Vielleicht ist es ein Komplott von seiten des Kuratoriums am Smith-College.« Er trank den Krug Bier aus. »Vielleicht braucht das College ein neues Buch.«

»Nicht doch«, sagte Williams, »ein College würde sowas nicht machen ...?«

Ein Kellner nahm Cranes Maßkrug, sah ihn fragend an. Crane nickte, wandte dann O'Malley das Gesicht zu. »Sieh mal«, sagte er und nahm das Telegramm. »Ich glaub', ich weiß, wie der junge Courtland zum Verdächtigen Nummer Zwei werden kann.«

»Wie?«

»Nun, das Testament lautet folgendermaßen: Wenn Kathryn heiratet, soll sie ein Drittel des Vermögens erhalten. Wenn sie stirbt, soll das Smith-College das Drittel bekommen.« Crane nahm den frischen Maßkrug vom Kellner entgegen. »Sowohl im Todes- als auch im Heiratsfall muß das Vermögen aufgelöst werden, um diese Ein-Drittel-Zahlung zu leisten. Jetzt nehmen wir einmal an, Courtland hat schon eine Menge Geld aus dem Vermögen veruntreut. Vielleicht spekuliert er an der Börse oder setzt auf Pferde ...«

»Oder Frauen«, sagte Williams. »Ich tippe auf Tänzerinnen.«

»Auf alle Fälle, wenn dem so ist«, fuhr Crane fort, »kann Courtland es sich nicht leisten, daß seine Schwester jemanden heiratet. Die Heirat würde das Ende des Treuhandvermögens bedeuten und seine Veruntreuungen ans Licht bringen. Aus dem gleichen Grund könnte er auch nicht zulassen, daß sie als tot gilt.«

»Na und, was soll's?« fragte O'Malley. »Was beweist das?«

»Angenommen, er erfährt, daß seine Schwester tot ist, daß ihre Leiche im Leichenschauhaus in Chicago liegt? Was tut er?«

Williams sagte: »Er versteckt die Leiche.«

»Ihr seht«, sagte Crane. »Es paßt zusammen. Indem er sich die Leiche seiner Schwester schnappt, bevor jemand sie identifiziert, wird sie zu einer vermißten Person. Es würde ein Jahr oder länger dauern, bevor sie offiziell für tot erklärt würde, und in dieser Zeit könnte Courtland seine Veruntreuungen wiedergutmachen oder das Land verlassen.«

O'Malley nickte. »Hört sich gut an – vorausgesetzt es stellt sich heraus, daß die Frau in der Leichenhalle Kathryn ist.«

Williams sagte: »Dann müssen wir uns wohl 'ne Verfügung vom Leichenbeschauer besorgen, morgen die Leiche zu exhumieren.«

»Nein, müssen wir nicht«, sagte Crane. »Wir holen uns die Leiche heut' nacht.«

»Was!« Williams war ehrlich bestürzt. »Ein Grab plündern?«

»Aber sicher.« Crane sah den Kellner mit den Zeitungen kommen, schnippte ihm einen Vierteldollar zu. »Willst du damit sagen, daß du noch nie ein Grab aufgebrochen hast?«

Williams sagte ungehalten, nein, habe er nicht.

Die Zeitungen schenkten der neuen Entwicklung im rätselhaften Leichenschauhausfall sehr zufriedenstellende Beachtung. Der *American* meldete in der Angelegenheit Besitzansprüche an; es war beinahe so, als hätte ein Redaktionsmitglied den Leichenbestatter ermordet. Er verkündete stolz, daß das rote Haar auf Mr. Connells Kopf mit dem übereinstimmte, das Captain Grady in der Leichenhalle gefunden hatte, berichtete in allen Einzelheiten von dem merkwürdigen Telefonanruf, der es seinen Reportern ermöglichte, als erste am Tatort zu sein, bestritt gereizt die Behauptung der Konkurrenz *Daily News*, daß die Unterschrift »Shirley Temple« auf dem Zettel beweise, daß das Verbrechen die Tat eines gestörten Geistes sei. Die Unterschrift sei Beweis eines makabren Humors seitens des Verfassers, behauptete der *American* und fügte hinzu, gerade so als letztes Glied einer glorreichen Beweiskette, daß »die Stimme am Telefon die eines kultivierten Mannes gewesen sei«.

»Um Gottes willen!« rief Williams, als Crane den Teil vorlas. »Wie hast du das denn fertiggebracht?«

»Oh, ich hab' euch Brüdern zugehört und dabei 'n bißchen Kultur aufgeschnappt«, sagte Crane.

Die weitere Lektüre fügte der Geschichte wenig Neues

hinzu. Mr. Connell war etwa sieben Stunden tot gewesen, bevor die Polizei ihn fand, oder, wie Crane im Kopf errechnete, etwa sechs Stunden vor 6.30 Uhr.

Mr. Connell war neunundzwanzig Jahre alt, unverheiratet und war dreizehn Monate bei der Star-Leichenhalle beschäftigt gewesen. Davor hatte er als Rausschmeißer im Venice Club in New York gearbeitet, hatte dann Unannehmlichkeiten gekriegt, da er einen randalierenden aber einflußreichen Kunden verprügelt hatte und war gezwungen gewesen, die Stadt zu verlassen. Die *Daily Times*, das Sensationsblatt, verkaufte diese magere Geschichte als ein »Gangsterstück«, unterstellte, daß der Diebstahl von Miss Ross' Leiche, der Mord an August Liebman und der Tod von Mr. Connell einer »Halbweltfehde« zwischen den Anführern zweier Chicagoer Banden zugeschrieben werden könnten. Die Geschichte klang, als hätte der Reporter ein Gerücht über den Streit zwischen Frankie French und Mike Paletta gehört.

Crane zerknüllte die Zeitungen, warf sie unter den Tisch. Er gähnte, schloß dabei die Augen und hielt sich die flache Hand vor den Mund. »Wißt ihr, daß wir seit fünfunddreißig Stunden nicht mehr im Bett waren?« fragte er. »Fünfunddreißig Stunden!« Das Bier schmeckte frisch und süßlich herb in seinem Mund. Es machte seinen Mund rein und kühl, als ob er Montanaluft eingeatmet hätte. »Und meine Beine tragen mich immer noch.«

»Wohin?« fragte O'Malley.

»Ins Bett«, sagte Williams.

»Seid nicht zynisch.« Crane stemmte seine Handflächen gegen das weiße Tischtuch und schob den Stuhl zurück. »Ich werde ein paar Telegramme aufgeben.«

Sie zahlten die Rechnung, gaben trotz Williams' heftiger Proteste dem Kellner einen Dollar und gingen zum Schalter der Western Union in der Hotelhalle. Dort schrieb Crane zwei Telegramme.

Eines lautete:

A. N. Brown, Mission Hills, San Diego, Calif.
Sind Sie mit der Nachtmaschine New York Chicago Donnerstag nacht geflogen? Gebühr für Rückantwort zahlt Empfänger. Thomas O'Malley, Hotel Sherman.

Das zweite lautete:

Colonel Black, Chrysler Gebäude, New York City
Bitte telegrafieren Sie O'Malley wegen Tätigkeiten Onkel Stuyvesant, Courtland und Mama Mittwoch nacht, Donnerstag morgen. Hat Courtland Geld verspielt, Frauen, Pferde, Börse? Mache gute Fortschritte. Ärzte sagen, bleibe am Leben. Herzliche Grüße. Crane.

Vom Bismarck-Hotel nahmen sie ein Taxi zum Clark-Erie. Das Gebäude war dunkel, und Williams konnte niemanden vom Tanzlokal ausfindig machen. Crane stieg aus dem Taxi, um ihm zu helfen, Erkundigungen einzuholen, und schließlich trafen sie im Kellergeschoß auf den Hausmeister des Gebäudes. Er beantwortete ihre Frage mit einem walnußgroßen Stück Kautabak im Mund.

Nein, er glaube nicht, die Musiker würden heute abend da sein. Genaugenommen glaube er nicht, daß sie an irgend einem Abend da sein würden. Der Grund, warum er das glaube, versicherte er, während er zimtfarbenen Saft in eine Mülltonne spuckte, sei, daß der Schuppen von den Bullen geschlossen worden war. Sei auch an der Zeit gewesen.

Ja, er kenne Sam, den Trompeter, aber er wisse nicht, wo er wohne. Er wisse nicht, wo irgendeiner von diesen Musikertypen wohne. Allerdings hingen sie viel in einer Kneipe namens *Cavern* herum, drüben in dem zweihunderter Block an der Grand Avenue. Er denke, es würde nichts schaden, es dort zu versuchen.

Bevor sie zum Cavern fuhren, sagte Crane dem Fahrer, er solle am Liberty Club halten. Das Lokal war nicht geöffnet, aber es brannte eine zitronengelbe Glühbirne in dem Fenster mit den Fotos von den Revuetänzerinnen. Crane preßte die Nase gegen die Scheibe und nahm die acht Fotos in Augenschein.

»Ich nehm' die Blonde da in der linken Ecke«, sagte O'Malley, der dicht hinter Crane stand. »Ich mag knackige Blondchen.«

»Du bist altmodisch«, sagte Williams und drängelte sich an Crane vorbei, um besser sehen zu können. »Knackige Blondchen sind nicht mehr in Mode.«

»Mode oder nicht Mode –«, setzte O'Malley an.

Crane unterbrach ihn: »Da ist uns're Süße – am unteren Rand.« Er zeigte auf das Foto einer kleinen Blondine, die ein Tuch so hielt, daß es genau die Hälfte ihres Körpers sehen ließ. Sie war ein wenig mollig, aber ihre Beine waren muskulös und schlank. Unter dem Foto stand »Sue Leonhard«. »Jetzt müssen wir sie finden«, fügte er hinzu.

O'Malley beugte sich nach vorn, hielt dabei Cranes Arm als Stütze fest. »Nicht schlecht, das Vögelchen.«

Williams schaute auf ein kleines Schild über den Mädchen. »Hier steht, die Vorstellung findet eine Woche lang nicht statt.«

»Wir finden sie trotzdem«, versicherte ihm Crane.

O'Malley fragte: »Was willst du tun? Reingehen und deinen alten Freund Frankie French fragen?«

»Gott behüte«, sagte Crane.

»Ich hab' eine Idee.« Williams sah sie an. »Mike Fritzel, drüben im Chez Paree, führt eine Liste mit Mädchen, die in seiner Tanzgruppe arbeiten wollen. Ich werde mal bei ihm anrufen und sehen, ob er sie vorgemerkt hat.«

Sie fuhren zu einem Drugstore, und bald darauf kam Williams strahlend wieder heraus. »Sie wohnt 201 East Delaware«, verkündete er.

Crane und Williams ließen O'Malley im Taxi zurück und nahmen einen Aufzug zu Miss Leonhards Wohnung im zweiten Stock. Eine ältere Frau mit karminroten Lippen, leuchtendem Rouge auf den Wangen und weißem Haar öffnete auf ihr Klopfen. Sie hatte einen roten Kimono an.

»Miss Leonhard ist nicht zu Hause. Kann ich ihr etwas ausrichten?« fragte sie und fügte hinzu: »Ich bin ihre Mutter.« Unter Williams' offenem starrem Blick änderte sie dies ab und sagte: »– oder eher . . . ihre Tante.« Sie lächelte sie affektiert an.

Crane sagte: »Sie hat heute einem Freund von mir einen großen Gefallen getan, und ich wollte ihr danken.« Er gab seiner Stimme bei dem Wort »danken« besonderen Nachdruck. »Ich würde sie gern finden, wenn ich könnte.«

»Schätzchen, wenn es Geld ist, können Sie's *genauso* sicher hier lassen . . .« Sie lächelte Crane geziert an. »Ich bin für sie wie eine *Mutter.*«

»Nein. Mein Freund wollte, daß ich ihr persönlich unseren Dank überbringe.« Crane trank gern Gin, aber nicht indirekt. Er wich zurück, außer Reichweite des Atems der Lady. »Wann wird sie zu Hause sein?«

Sie brach in schrilles Gelächter aus. »Erst spät, fürchte ich.« Ihr affektiertes Grinsen sollte ausdrücken, daß Mädchen nun mal so sind. »Sie geht um elf zu 'ner Party im Penthaus von einem Gentleman.«

»Aber wo ißt sie zu Abend?«

»Ich weiß es *wirklich* nicht, Schätzchen. Sie ist ausgegangen mit zwei Gentlemen und Miss Thompson, noch so'n süßes Mädchen, das hier bei mir wohnt.«

»Miss Sadie Thompson?« fragte Crane.

»Oh, jetzt nehmen Sie mich auf den Arm«, rief die Frau. »Das Mädchen hier ist *Anabel* Thompson. Sie hat mit Sue in New York gearbeitet, im Venice Club.«

Williams sah die Lady grimmig an. »Sie lassen die Mädchen doch nicht zu einer Party in diesem Penthaus auf der Surf Street gehen, wo die Glücksspiele stattfinden, oder?« Seine Stimme klang anklagend.

»Oh! Du meine Güte, nein!« Sie schüttelte den Kopf, den ganzen Körper. »Sie geht zum Penthaus von Mr. Lawrence, auf dem Orlando-Hotel. Ich bin sicher, er ist ein vollkommener Gentleman.« Mit einer dramatischen Geste streckte sie beide Arme aus, drückte dann kichernd ihren Kimono fest an. Sie lächelte sie schüchtern an. »Ich fürchte, ich bin nicht richtig angezogen, um Besuch von Gentlemen zu empfangen.« Die Haut auf ihren Schultern, ihrer Brust war dick bepudert, wie ein Hähnchen, das man mit Mehl bestreut hat, ehe man es brät.

»Das ist schon in Ordnung«, beruhigte Crane sie.

»Aber sicher«, ergänzte Williams. »Wir sind ja auch keine Gentlemen.«

Dies löste bei der Lady einen Lachkrampf aus, der den Kimono wieder aufrutschen zu lassen drohte. Keuchend erklärte sie, sie seien die komischsten Männer! Das waren sie, gaben sie zu und machten sich schnell davon.

O'Malley schlief auf dem Rücksitz des Taxis. Nachdem er mühsam geweckt worden war, rieb er sich das Gesicht, fragte: »Habt ihr sie gefunden?«

»Nein.« Crane stieg neben ihm ein, hielt die Tür für Williams mit dem Fuß auf. »Aber wir sind zu 'ner stinkvornehmen Penthausparty eingeladen worden.«

»Donnerwetter!« jauchzte O'Malley. »Sind wir nicht so richtig feine Pinkel?«

15

Ihre Füße scharrten auf den Zementstufen, hielten an, während die Kellertür aufschwang, schlurften dann einen finsteren Korridor entlang. Eine weitere Tür ließ sie in einen Raum mit Backsteinwänden und einem Holzfußboden, zwei braun gefleckten Tischen mit Stühlen und einer Bar mit einem Spiegel dahinter. Ein Mann gab einer weißen englischen Bulldogge an einem Ende der Bar Bier zu trinken, indem er ein Glas an die Schnauze des Tieres hielt. Die Bar war aus kubanischem Mahagoni, und davor befanden sich ein Fußgeländer aus Messing und drei schwere Hocker.

Der Barkeeper polierte gerade ein Glas. »Was darf's sein, Gentlemen?« fragte er. Er hauchte das Glas an, hielt es gegen das Licht, rieb dann den Beschlag mit seinem Lappen ab.

Sie bestellten drei doppelte Bushmills' Irish Whiskey.

Die Bulldogge hatte aufgehört zu saufen, betrachtete sie.

Der Mann sagte gerade: »Komm schon, Champion; sauf es aus.« Er versuchte, der Bulldogge das Bier ins Maul zu gießen, aber der Hund schnaubte, wollte nicht trinken.

Williams, der dem Hund am nächsten war, schauderte. »Ich hoffe, er ist nicht so wild, wie er aussieht.« Er rückte seinen Hocker näher an Cranes' heran.

Der Kiefer des Barkeepers knirschte, wenn er sprach, als ob er Gras kauen würde. »Der Hund tut keinem was. Er ist sanft wie ein Kätzchen.« Er fügte mit drei Kaubewegungen hinzu: »– außer wenn er betrunken ist.«

»Gott!« sagte Williams. »Wie geht's ihm jetzt?«

Das Tuch in einer Hand, das Glas in der anderen, starrte der Barkeeper nachdenklich auf die Bulldogge. »Er ist nur ein bißchen mit Bier abgefüllt. Das hat nichts zu bedeuten. Erst von scharfen Sachen wird er unangenehm.«

Der Hund stolzierte an der Bar entlang auf Williams zu. Er hatte den wiegenden Gang, die O-Beine eines Cowboys. Aus Topasaugen schaute er scharf auf Williams, setzte sich drei Fuß von ihm entfernt hin, bellte einmal, urplötzlich und laut.

»Das heißt, er will einen Drink«, erklärte der Barkeeper.

»Mein Gott! Geben Sie ihm einen.« Williams' Schulter preßte sich gegen Cranes' Arm. »Geben Sie ihm Bier.«

»Nein«, sagte der Barkeeper. »Er will Whiskey.«

»Aber Sie sagten doch, von scharfen Sachen wird er unangenehm.«

»Er wird noch schlimmer, wenn man ihm was abschlägt.«

Williams schob dem Hund sein Glas mit Irish Whiskey hin, aber bevor das Tier es erreichen konnte, hatte sein Herr das

Glas erwischt. Er trank drei Viertel des Whiskeys, gab dem Hund den Rest. »Wir bedanken uns«, sagte er und zog den Hund zurück an das Ende der Bar.

»Schnell, gießen Sie mir noch einen ein«, orderte Williams. »Einen Doppelten.«

Er ließ sich vom Barkeeper das Glas geben, leerte es, ohne Atem zu holen. »Wa-ah!« Er wischte sich mit dem Handrücken den Mund ab.

Der Barkeeper grinste ihn an. »Keine Angst. Der Hund ist nicht wirklich gefährlich, weder betrunken noch nüchtern. Alles bloß Masche. Auf die Art schnorrt der Kerl, dem er gehört, Drinks, mit Hilfe des Hundes.« Er griff nach dem Glas und dem Geschirrtuch. »Einen Drink laß ich ihm immer durchgehen. Das tut keinem weh, und der Hund hat ein paar gute Tricks auf Lager, um die Kunden zu unterhalten. Ich bilde mir ein, es fördert das Geschäft.«

Crane fragte: »Was macht er denn?«

»Sie wissen doch, den üblichen Kram, wie sich tot stellen und bellen und Purzelbäume schlagen.« Der Barkeeper hielt wieder das Glas gegen das Licht. Es funkelte wie geschliffenes Kristall. Mit einem Seufzer stellte er es auf das Regal vor dem Spiegel. »Allerdings kennt er einen guten. Man gibt ihm einen Handschuh oder ein Taschentuch, das jemandem gehört, und sofort findet er die Person für einen raus. Am Geruch, schätz' ich.« Er langte unter die Theke nach einem anderen Glas. »Es spielt keine Rolle, ob die Person im Hinterzimmer oder unter der Bar ist; Champion findet sie.«

Williams war beeindruckt. »Wie ein Bluthund«, sagte er.

Von irgendwoher im rückwärtigen Teil des Gebäudes kamen einige Takte von »The Wabash Blues«, die auf einem Saxophon gespielt wurden. Ein paar Taktschläge lang laut, dann wurde die Musik schnell leiser.

»Was war das?« fragte Crane.

»Einer von den Musikern«, sagte der Barkeeper. »Ein paar von ihnen treiben sich hier rum.«

Crane knabberte an einem Kartoffelchip. »Dabei fällt mir ein.« Er starrte O'Malley an. »War nicht das Cavern der Laden, wo Sam hingegangen sein soll?«

»Du meinst den Trompetenspieler?« fragte O'Malley.

»Sam Udoni«, sagte der Barmixer. »Er war früher bei Vallee. Er ist jetzt da hinten bei den Jungs.«

Crane sagte: »Ich würd' den guten alten Sam gern sehen.« Er trank aus, glitt vom Barhocker.

»Sie können ihn sehen, klar«, sagte der Barkeeper; »aber ich weiß nicht, ob Sie mit ihm reden können.«

»Warum nicht?«

»Gin und Marihuana. Das verträgt sich nicht so gut.«

»Teufel!« Crane schüttelte traurig den Kopf. »Ich wußte nicht, daß der alte Sam an *das* Zeug geraten ist.«

Der Barkeeper nahm einen Zehndollarschein entgegen, grübelte über der Registrierkasse nach, drückte schließlich zögernd drei Tasten. Schwarze Zahlen hüpften in das Glasfenster im oberen Teil der Kasse, zeigten 4.20 an. Während er mit Münzen herumfummelte, sagte er über die Schulter: »Ich glaub', alle Musiker rauchen das Zeug.«

Er gab Crane einen Fünfdollarschein, drei Vierteldollar und ein Fünfcentstück. »Vielleicht könnten wir erstmal im Hinterzimmer nachsehen, in welchem Zustand Sam ist, bevor wir versuchen, mit ihm zu sprechen.« Zwei der Vierteldollarmünzen fielen von Cranes Hand auf die Mahagonitheke. »Gibt es im Hinterzimmer einen Extratisch?«

Geschickt sammelte der Barmixer die Münzen auf. »Danke.« Sie klimperten gegen andere Münzen in seiner Schürzentasche. »Klar. Tische gibt's jede Menge.«

Crane wollte hinausgehen, zögerte, sagte: »Wär' vielleicht besser, Sie brächten 'nen halben Liter von dem Irish Whiskey und etwas Sprudelwasser rein.« Sein Bild im Spiegel zeigte, wenn auch undeutlich, ein verfärbtes linkes Auge, einen Schnitt an der linken Schläfe und einen weiteren Kratzer unter seinem linken Ohr, halb an der Kinnlade, halb am Hals.

»Mach einen Liter draus«, sagte O'Malley. »Wir müssen uns für diese Penthausparty vorbereiten.«

»Okay.« Der Barkeeper legte beide Hände auf die Theke und rief: »Heh! Ty!«

Ty kam aus dem Hinterzimmer, als sie gerade im Begriff waren hineinzugehen. Er scheute vor ihnen zurück wie ein verrückt gewordenes Pferd, verdrehte die Augen, bis die Pupillen verschwanden, taumelte um sie herum. Er war der Kellner, und vorn auf seinem weißen Jackett waren rostfarbene Flekken. Sie ignorierten ihn, gingen weiter durch die Tür.

Qualm, so dicht wie feine graue Seide, hüllte das Hinterzimmer von der Decke bis zum Boden ein, wirbelte um eine pfirsichfarbene elektrische Deckenlampe, ließ die schweigenden Männergestalten, die sich um einen Tisch in der Mitte gruppiert hatten, verschwimmen. Crane ging voran zu einem anderen Tisch in der Nähe der Tür, tastete nach einem Stuhl und setzte sich. Die beiden anderen, die sich behutsam vortasteten, stießen zu ihm. Ihre Augen gewöhnten sich nur langsam an den Dunstschleier. »Puh!« flüsterte Williams. »Wie Nebel am East River.«

An ihrer Haut, auf ihren Lippen hatte der Qualm tatsächlich Form, Struktur. Er war warm und feucht, wie menschlicher Atem. Er war süß und schwer, wie Chloroform; nur daß er nicht medizinischen Zwecken diente.

Endlich gelang es ihnen, den ganzen Raum zu sehen. Seine Wände waren aus kirschrotem Backstein, stellenweise dunkel gefärbt von Feuchtigkeit; seine Decke war aus rauhem Putz. Es gab keine Fenster, doch durch das schachbrettartige Gitter eines Lüftungsschachts kam Luft herein. Sechs Männer saßen um den Tisch in der Mitte, die Köpfe vor einem siebten gebeugt, der mit gekreuzten Beinen auf dem Tisch thronte. Sein Kopf war kahl; sein Gesicht war dick und rund und gelb; seine Arme waren über der Brust verschränkt. Sein Gesichtsausdruck war friedlich. Er hatte keine Zigarette, die sechs anderen aber rauchten.

»Was zum Teufel geht da vor?« flüsterte O'Malley.

Crane schüttelte den Kopf, hielt die Augen auf die Männer gerichtet, die schweigend rauchten und offenbar nicht wußten, daß jemand den Raum betreten hatte. Der Mann mit dem runden Gesicht, der auf dem Tisch saß, hatte die Augen offen, aber er schien nichts zu sehen. Die Pupillen bewegten sich nicht, als der Kellner, Ty, mit ihrer Flasche Whiskey, Gläsern, Selterswasser und Eis kam, alles klappernd auf den Tisch stellte.

Crane legte einen Finger auf die Lippen. »Sch!«

»Machen Sie sich um die Jungs keine Sorgen«, sagte der Kellner laut. »Machen Sie sich überhaupt keine Sorgen. Sie sind nicht auf der selben Ebene wie wir.« Er füllte jedes der drei Gläser fast zur Hälfte mit Whiskey. »Sie werden gerade vertieft.«

Cranes Augen weiteten sich erstaunt. »Vertieft?«

Ty drückte den Hebel an der Siphonflasche, spritzte Flüssigkeit über die Tischfläche. »Tschuldigung.« Er wischte den Tisch mit einer Serviette trocken. »Ja, vertieft. Sehen Sie den Kerl auf dem Tisch? Tja, er ist Bräh-mer. Er erledigt das Vertiefen.«

»Ach, du lieber Gott!« sagte Crane. Er war wirklich verblüfft. »Ach, du lieber Gott!«

Der Kellner zielte diesmal sorgfältig mit dem Selterswasser, füllte alle drei Gläser. »Die anderen Typen da«, bemerkte er, »sie sind Untergötter. Aber sie sind noch nicht auf derselben Ebene wie Bräh-mer. Sie müssen weiterrauchen, um es zu schaffen.«

Crane nahm sein Glas an und fragte: »Wieso wissen Sie soviel darüber?«

»Zum Teufel noch mal! Als ob ich sie nicht schon seit dem letzten Monat beobachte!« Er beugte sich über den Tisch, sagte vertraulich: »Sie wollen nächste Woche aus mir einen Gott machen.«

»Mensch, toll.« Cranes Augen über dem oberen Rand seines Glases waren weit offen. »Einfach toll.« Im Gegensatz zu dem süßlichen Qualm im Raum war der Whiskey ganz bitter. Er ließ ihn im Mund hin und her rollen, fragte dann: »Welcher von den Jungs da ist Sam Udoni?«

Der Kellner sah sich die Männer genau an. »Das ist Sam. Der dunkle Typ, genau gegenüber von Ihnen auf der andern Seite des Tisches. Er ist Nar-sinh.«

»Nar-sinh?«

»Der Löwengott.«

»Oh!« Crane nickte mit dem Kopf, als ob ihm alles klar wäre. »Der Löwengott.«

Der Kellner gab ihnen auf einen weiteren Zehndollarschein heraus, nahm einen Dollar an und wandte sich zum Gehen. Crane sagte: »Sekunde noch.« Der Kellner drehte sich schwungvoll um. Crane fragte: »Wie lange machen sie das noch weiter?«

»Sie kommen gerade erst in Fahrt.« Der Kellner runzelte nachdenklich die Stirn. »Sie haben noch nicht mal die fünfte Ebene erreicht.«

»Auf wie viele müssen sie kommen?«

»Sie müssen auf die siebte Ebene kommen, bevor sie überhaupt mit Bräh-mer sprechen können.« Der Kellner runzelte wieder die Stirn. »Das dauert noch drei Runden Gin und noch drei Zigaretten, die Ruhepausen nicht mitgerechnet.«

»Mein Gott!« sagte O'Malley. Seine Stimme klang ehrfürchtig. »Man muß sich ja geradezu *benebeln*, um mit Brähmer zu sprechen.«

»Sehen Sie.« Crane zeigte dem Kellner einen Fünfdollarschein. »Wir möchten mit Sam Udoni sprechen. Gibt es irgendeine Möglichkeit, wie wir ihn hier rauskriegen können?«

»Ich weiß nich'.« Der Kellner machte ein unschlüssiges Gesicht, ließ aber den Geldschein nicht aus den Augen. »*Vielleicht* könnte ich ihn für Sie holen.«

Plötzlich sprach der rundgesichtige Mann auf dem Tisch. Seine Stimme war auf der beim Menschen unteren Tonlage. Er sagte: »Matsya, ersticke den heiligen Weihrauch.«

Einer der sechs Männer verbeugte sich zweimal, leierte dann mit schriller Stimme: »Lord Brahma befiehlt, den heiligen Weihrauch zu ersticken.«

Die Männer standen auf, verbeugten sich zweimal einträchtig, zerdrückten ihre Zigaretten auf dem Tisch, setzten sich wieder hin.

O'Malley und Williams beobachteten sie mit Augen so groß wie Spiegeleier.

Crane zog einen Zehndollarschein aus seiner Brieftasche, hielt ihn an Stelle des Fünfers hin. Die Augen des Kellners glänzten. »Sie gehen in den kleinen Raum hinter der Tür da«, sagte er. »Ich werd' ihn zu Ihnen reinbringen.« Vornehm nahm er den Geldschein zwischen Daumen und Zeigefinger.

Sie trugen die Flasche Whiskey, das Sodawasser und die Gläser in den kleinen Raum. In dem Zimmer gab es ein Fenster, das auf einen vom Mond beleuchteten Hinterhof mit einem Holzzaun hinausging, und die Luft war frisch. Sie fühlten sich eine Sekunde lang benommen, dann bekamen sie einen klaren Kopf.

O'Malley sagte: »Viel von dem Zeug ist nicht nötig, um einen umzuhauen.«

Williams schüttete sich gerade annähernd acht Fingerbreit Whiskey ein. »Mir gefallen die Kerle nicht.« Er stürzte den Whiskey hinunter. »Als ich im Rauschgiftdezernat in Frisco gearbeitet habe, haben wir 'ne Opiumhöhle ausgehoben, und etwa sechs von diesen Chinesen kamen hinter uns her mit Messern so groß wie...«

Crane sagte: »Die Jungs da haben keine Messer.«

Williams hielt sein Glas so, als ob jemand versuchte, es ihm aus der Hand zu reißen. Er sah Crane scharf an, fragte: »Woher weißt *du* das denn?«

O'Malley steckte den Kopf zum Fenster hinaus. »Wenn sie auf uns losgeh'n, können wir hierdurch abhauen«, sagte er. »Ich seh' ein Tor im Zaun.«

Williams sagte: »Prima. Wir lassen uns den Rücken von

Buffalo Bill Crane hier und seiner treuen Remington decken –« er zwirbelte die Spitzen seines Schnurrbarts mit schwungvoller Gebärde »– während wir losreiten, um Hilfe zu holen.«

Der Kellner tauchte an der Tür auf. »Das sind die Gentlemen, Mister Udoni«, sagte er, und während er einen Mann ins Zimmer schob, trat er zurück und schloß die Tür hinter ihm.

Udoni war ein dunkler gutaussehender Typ. Seine Haut war cremefarben, sein Haar schwarz und lang, über einen schmalen Kopf glatt nach hinten gekämmt; seine Lippen waren voll und sensibel. Er trug einen hellen Leinenanzug, ein blaues Hemd und eine gelbe Krawatte. Seine Augen, so groß wie ein halber Dollar, waren ausdruckslos.

Crane hielt ihm einen Stuhl hin. »Setzen Sie sich, Mr. Udoni.«

Licht flackerte in den geweiteten Pupillen auf. Udoni setzte sich hin, bewegte den Kopf, um jeden von ihnen anzusehen, wie ein schwachsinniges Kind. »Sie sagen, Narsinh euch kennen.« Er sprach die Worte undeutlich aus. »Narsinh kennt euch nicht.« Er wollte vom Stuhl aufstehen.

»Moment.« Crane beugte sich zu ihm hin. »Wir möchten Ihnen einige Fragen über Miss Ross stellen.«

Für den Bruchteil einer Sekunde zuckte Udonis Gesicht, die Ausdruckslosigkeit wich aus seinen Augen. Dann sagte er: »Narsinh gehen.«

»Nein.« Crane legte die Hand auf Udonis Arm. »Warum hatte Miss Ross keine Schuhe?«

Udoni stand auf, sein Schlafwandlergesicht war ruhig. »Brahma ruft.«

O'Malley sagte: »Den Teufel tut er!« Er griff die Selterslasche, spritzte einen Schwall eiskaltes Wasser in Udonis Mund, Nase, Augen. Udoni schnappte dreimal keuchend nach Luft, warf die Hände in die Höhe und brach auf dem Holzboden zusammen.

»Das bringt ihn herunter auf unsere Ebene«, sagte O'Malley.

Fünf Minuten lang sahen sie sich den Mann am Boden an, lauschten seinem schweren Atmen. »Das ist der Kerl, der mit Miss, schon gut, ich meine Mrs. Udoni, im Bett war«, sagte Crane; »aber angezogen sieht er besser aus.«

Schließlich öffnete Udoni die Augen und setzte sich auf. »Ich glaub', ich muß mich übergeben«, sagte er.

Williams half ihm ans Fenster. Er übergab sich in den Hinterhof. »Damit wäre unser letzter Fluchtweg versperrt«, sagte Crane.

»Nicht für mich«, sagte O'Malley.

Als Williams ihn zurück an den Tisch brachte, waren Udonis Augen normal. »Könnte ich etwas Wasser haben?« fragte er. Sie leerten eins der Gläser, füllten es mit Eis und Selterswasser. Er trank es dankbar.

»Geht's besser?« fragte Crane.

»Ja.« Udoni sah sich um. »Wo bin ich?«

»Im Hinterzimmer vom Cavern.« Crane musterte sein Gesicht. »Wir haben versucht, Ihnen ein paar Fragen zu stellen.«

»Fragen? Worüber?«

Crane öffnete seine Brieftasche, zeigte Udoni seine Karte. »Wir sind Privatdetektive. Wir möchten Ihnen einige Fragen über Miss Ross stellen, wenn Sie nichts dagegen haben.«

»Miss Ross!« Entsetzen lag in den Augen des Mannes. »Ich kenne keine Miss Ross.«

»Hören Sie. Wir arbeiten nicht für die Polizei. Wir wollen Sie nicht in irgendwelche Schwierigkeiten bringen, wenn wir nicht müssen.« Crane hielt inne, um an seinem Whiskey zu nippen. »Aber wenn Sie unsere Fragen nicht beantworten, bringen wir Sie zur Kriminalpolizei.«

Udoni fragte: »Aber weshalb könnten sie *mich* verhaften?« Seine Augen schweiften verstohlen von einem von ihnen zum andern.

»Na, aus einem Grund«, sagte Crane, »Sie haben ihre Leiche gefunden und es nicht der Polizei gemeldet.«

»Ja, stimmt.« Udoni zuckte mit den Schultern. »Aber ich hatte Angst, es jemandem zu sagen. Ich geh' zur Polizei, wenn Sie wollen.«

»Nein. Sie müssen überhaupt nicht zur Polizei gehen, wenn Sie einfach unsere Fragen beantworten.«

Udoni machte ein verwirrtes Gesicht. »Natürlich beantworte ich sie. Ich habe nichts zu verbergen.«

»Warum haben Sie dann nicht die Polizei benachrichtigt, als Sie Miss Ross' Leiche fanden?«

»Ich bekam Angst. Ich fürchtete...«, er starrte Crane volle dreißig Sekunden an, fuhr fort: »... daß meine Chancen, in Chicago ein Engagement für mich und meine Band zu bekommen, ruiniert wären, wenn es bekannt würde.«

Crane betrachtete ihn neugierig. »Sie sind sicher, das war der Grund?«

Udoni nickte bestimmt, aber seine Kehle zitterte.

»Was ist mit ihren Schuhen?« Crane ließ seine Stimme hart klingen. »Warum hatte sie keine Schuhe?«

»Ich habe nicht gewußt, daß sie keine hatte.« Udonis Gesicht war blutleer, seine Lippen bebten. »Trinken Sie lieber was«, drängte Crane, aber Udoni sagte: »Nein, danke.« Er fügte hinzu: »Sie hatte immer Schuhe, solange ich sie kannte.«

»Und Sie haben alles in ihrem Zimmer so gelassen, wie Sie's vorgefunden haben? Sie haben nichts von ihren Sachen weggenommen, oder sonst was?«

»Aber nein. Ich war nur ein oder zwei Minuten da. Ich sah sie an der Tür hängen, und...«

»Ihr Körper war nackt?«

»Ja. Und da...«

»Schon gut.« Crane runzelte die Stirn. »Nun, Mr. Udoni, Sie wußten natürlich, wer Miss Ross wirklich war?«

»Wirklich war?« Udonis Ausdruck war überrascht. »Ich habe nicht gewußt, daß sie jemand anders als Alice Ross war. Sie hat mir nie etwas gesagt. Wer war sie?«

Crane schüttelte den Kopf. »Das versuchen wir herauszufinden. Wir wissen immerhin eines mit Sicherheit.«

Udonis Tonfall war ängstlich. »Das wäre?«

»Daß sie nicht Miss Ross war. Jemand hätte sich nach der Leiche erkundigt, wenn das ihr wahrer Name wäre.« Crane legte die Arme auf den Tisch. »Es ist besser, Sie erzählen uns die Geschichte von Ihrer Affäre mit Miss Ross. Vielleicht gibt es was ...«

Angst lag in Udonis Stimme. »Es war keine Affäre.« Sein Gesicht zuckte, als ob er anfangen würde zu weinen. »Ich habe sie geliebt.«

»Und Sie wollten sie heiraten?« fragte Crane überrascht.

»Selbstverständlich, nur meine Frau wollte mich nicht freigeben.«

»Warum hat Miss Ross dann Selbstmord verübt?«

Udoni weinte tatsächlich. »Sie war launisch. Von einer Minute zur anderen himmelhochjauchzend, zu Tode betrübt. Für sie war alles ganz weiß oder ganz schwarz.« Er schüttelte den Kopf. »Sie glaubte, daß meine Frau mich niemals aufgeben würde.« Tränen rollten ihm an der dünnen Nase vorbei, über die Lippen. »Mehrmals drohte sie, sich umzubringen, wenn wir nicht heirateten.«

»Und Sie denken, sie hätte einfach einen ihrer Verzweiflungszustände gehabt und sich umgebracht?«

»Ja.« Udoni zog ein Taschentuch aus der Hosentasche, putzte sich die Nase. »Tut mir leid, Gentlemen.«

»Ist schon in Ordnung«, sagte Doc Williams. Seine Augen glänzten. Er putzte sich auch die Nase.

Crane gab dem Gemisch in seinem Glas noch ein wenig Whiskey bei. »Beginnen wir am Anfang.«

Udoni wiederholte praktisch die Geschichte seiner Frau. Er war Miss Ross im Savoy-Plaza begegnet. Sie war schön, intelligent, gebildet und musikalisch, und er hatte sich in sie verliebt.

Crane fragte: »Aber wo fehlte es bei Miss – äh – Mrs. Udoni?«

»Wir waren fünf Jahre verheiratet gewesen. Nach fünf Jahren ...«, Udoni hob die Schultern an, »... nun, mir war es mit Angela langweilig geworden.«

Crane sah ihn zweifelnd an. »Es scheint kaum möglich«, sagte er aus seiner Erinnerung heraus. »Aber fahren Sie fort.«

»Miss Ross fand, es gäbe keine Zukunft in streng organisierter Gemeinschaftsarbeit ...«

Crane flüsterte Williams zu: »Kommerzielle Arbeit mit den Big Bands.«

»... und meinte, ich sollte mit ein paar Swingmusikern eine eigene Band gründen«, fuhr Udoni fort, »und etwas von dem Kies absahnen, der sonst an die schwarzen Jungs aus Harlem geht.«

Williams' Blick war fragend, aber Crane schüttelte den Kopf.

Udoni sprach weiter: »Ich hatte selbst schon daran gedacht, also holte ich mir Frankie Thomas fürs Saxophon und Clem Packard für die Klarinette und Fats Wolman fürs Schlagzeug und ein paar andere Jungs, und wir haben zwei oder drei Scheiben in New York gemacht und sind hier in Chicago in einem Nachtclub auf Sendung gegangen.«

»Moment! Moment!« Crane hielt beide Hände in die Luft. »Ich kann Ihnen nicht mehr ganz folgen. Was bedeutet eine Scheibe machen?«

»Eine Schallplatte aufnehmen.«

»Was zum Teufel heißt: in einem Nachtclub auf Sendung gehen?«

»Ein Vertrag für eine Rundfunkübertragung von einem Nachtclub aus.«

Crane winkte mit einer Hand. »Fahren Sie fort.«

»Also, Miss Ross hat mir etwas Geld geliehen, um nach Chicago zu fahren.«

»Wieviel?«

»Fünftausend Dollar.«

Crane wandte sich an O'Malley. »Wieviel hat Kathryn noch mal abgehoben, bevor sie verschwand?«

»Sechs Riesen«, sagte O'Malley.

Crane drehte sich mit Schwung zu Udoni um. »Aber warum mußten Sie sich was von Miss Ross leihen? Sie hatten doch etwas eigenes Geld, ein paar Ersparnisse, nicht wahr?«

»Nein. Ich hatte nichts gespart.«

Crane knabberte an seinem rechten Zeigefinger, überlegte fast eine Minute lang, bevor er sagte: »Tja, reden Sie weiter.«

Miss Ross sei mit ihm nach Chicago gekommen, erzählte Udoni, und habe mehrere Hotels durchprobiert, bevor sie ins Princess-Hotel gegangen sei. Sie habe ihn nicht bei sich wohnen lassen wollen, obwohl er sie jederzeit habe besuchen können. Als der Katclub zugemacht habe, sei er gezwungen gewesen, mit seiner Band ins Clark-Erie zu gehen, während er nach einer anderen Gelegenheit Ausschau gehalten habe. Das sei etwa zwei Wochen, bevor Miss Ross sich umgebracht habe, gewesen. Jetzt habe er auch den Job im Tanzlokal verloren.

»Nun zu Miss Ross' Freunden. Hatte sie keine in New York, als sie Ihnen zum erstenmal begegnete?«

»Ich habe keine kennengelernt. Sie sagte, sie habe mich spielen hören, als sie auf einer Party im Savoy war (von Zeit zu Zeit ließ Rudy mich improvisieren), aber als ich zum erstenmal von ihr Notiz nahm, war sie allein. Sie kam immer, um mich allein zu treffen.«

Cranes Zähne schlugen an das Glas. »Haben Sie etwas über einen Brief gewußt, den Miss Ross ihrer Familie geschrieben hat und in dem sie sagt, daß sie Sie nie wiedersehen würde?«

»Nein.« Udoni schüttelte heftig den Kopf. »Ich dachte, sie hätte keine Familie. Sie erzählte mir, ihre Eltern seien gestorben, als sie klein war, und daß sie keine nahen Verwandten habe.« Seine Augen waren wieder feucht. Plötzlich schlug er auf den Tisch, Worte stießen aus seinem Mund hervor. »Es war meine Frau, die sie getötet hat. Sie hat sie getötet.«

»Verdammt!« Cranes Hände klammerten sich an der Tischkante fest, bis die Nägel weiß waren: »Wie?«

»Indem sie ihr nachspionierte – sie verfolgte.«

Cranes Atem entwich durch den Mund, fffhh.

»Sie meinen, das hat Miss Ross dazu getrieben, Selbstmord zu begehen?«

»Ja. Jedesmal wenn Alice Angela sah, machte es sie depressiv, schämte sie sich.« Udoni drehte das Taschentuch in den Händen. »Sie ist vom Wacker-Hotel ins Princess umgezogen, um ihr zu entkommen, aber meine Frau ist ihr dahin gefolgt, und als sie erfuhr, daß Angela in dem Tanzlokal arbeitete, wo ich spielte, machte es sie krank.« Seine Lippen bebten. »Ich glaube, daß Alice deshalb ...«, seine Stimme erstarb, kam dann kraftvoll wieder, »... weil Angela ihr so leid tat.«

»Haben Sie sich keine Sorgen um Angela gemacht, weil sie in dem Tanzlokal arbeitet?«

»Angela kann auf sich selbst aufpassen.«

Crane stimmte zu. »Ja, ich glaub', das kann sie.« Er drehte sein Glas, so daß das Eis gegen die Seite klimperte. »Was für eine Haarfarbe hat Ihre Frau?«

Udonis Augen öffneten sich weit. »Wieso, schwarz. Es war mal blond, aber jetzt ist es schwarz.«

»Hat Ihre Frau gewußt, daß Sie Alice heiraten wollten?«

»Ja. Ich habe ihr geschrieben und um die Scheidung gebeten, und so hat sie herausgefunden, wo Alice in Chicago wohnte.«

»Und sie ist hierher gekommen und hat Miss Ross beobachtet; zuerst im Wacker-Hotel und danach im Princess?«

»Ja.«

Crane trank etwas, rieb sich geschmolzenes Eis von der Nasenspitze. »Sie haben Miss Ross geliebt, aber zugleich hätten Sie zugelassen, daß sie auf dem Armenfriedhof begraben wird?«

»Nein! Nein!« Udoni bewegte die Hände auf und ab. »Ich habe abgewartet, ob jemand Ansprüche auf sie erhebt. Ich hätte sie bestatten lassen, hätte veranlaßt, daß ein Freund Anspruch auf sie erhebt, wenn niemand sie weggeholt hätte.« Er wandte sich Crane zu. »Ich bin nicht von Grund auf schlecht.«

Crane stellte noch sehr viele Fragen, erfuhr aber wenig. Udoni wiederholte ständig seine Überzeugung, daß Miss Ross keine Verwandten habe, sagte nochmals, daß sie mehr als einmal mit Selbstmord gedroht habe, gab seiner Überraschung Ausdruck, daß nur ein paar Dollar in ihrem Zimmer gefunden worden waren. Er sagte: »Sie hat mir nie gesagt, daß sie Geld brauchte.« Er sagte, er wolle ihnen, soweit er könne, helfen herauszufinden, wer sie wirklich war, wenn nicht Miss Ross.

Er erkundigte sich nach dem Raub der Leiche aus dem Leichenschauhaus, wollte wissen, ob Crane irgendeine Ahnung habe, wer sie gestohlen hatte. Crane sagte, er habe nicht die leiseste Ahnung, fragte: »Nur der Vollständigkeit halber, Mr. Udoni, wo waren Sie an dem Morgen, als die Leiche gestohlen wurde?«

Udoni sagte, er habe mit seinem Orchester im Clark-Erie bis vier Uhr an jenem Morgen gespielt.

»Wenn das wahr ist«, sagte Crane, »hätten Sie sich die Leiche sicherlich nicht schnappen können.«

»Aber warum hätte ich die Leiche stehlen sollen?«

»Ich gebe auf.« Crane lächelte die anderen an, nahm Udonis Adresse auf – das Mozart. »Sie bleiben in der Nähe?« fragte er.

Udoni versprach es.

Als er sich erhob, um zu gehen, fragte Crane Udoni, wie es sich ergeben habe, daß er an die Sekte im Nebenzimmer geraten sei.

»Die da sind meine Jungs«, sagte Udoni. »Viele Musiker haben Sekten, wie Sie es nennen. Es macht die Träume schön, anstatt schäbig, wie sie gewöhnlich vom Marihuana sind. Ich selbst rauche selten, aber jetzt hilft es mir... zu vergessen.«

»Sie meinen, man kommt dahin, daß man wirklich an Brahma glaubt?« fragte Crane.

Udoni sagte: »Nach der zweiten Zigarette glaubt man alles.«

16

Die Eingangshalle des Hotel Sherman sah aus wie der Wartesaal eines Kleinstadtbahnhofs. Männer in Hemdsärmeln, mit gelockerten Krawatten, saßen in den schweren Ledersesseln und fächelten sich, während sie Zigarrenrauchwölkchen ausstießen, mit Zeitschriften und Zeitungen Luft zu. Einige unterhielten sich, aber die meisten von ihnen saßen einfach da und konzentrierten sich darauf, die warme, feuchte Luft einzuatmen. Es war achtundzwanzig Grad über Null in der Eingangshalle, dreiunddreißig auf der Straße. Die Männer hatten kreisrunde Schweißflecken unter den Armen.

O'Malley ging quer durch die Eingangshalle zum Schalter der Western Union, holte zwei Telegramme ab. Williams ging seinen Freund Dwyer, den Hausdetektiv, besuchen. Crane sank schlaff in einen der Ledersessel. Es war genau 11:41.

Crane hatte den kleinen Finger in einer Ecke von einem der Telegramme, war im Begriff, es aufzureißen, als Williams zurückkam.

»Dwyer sagt, die Bullen sind abgehauen«, verkündete er. »Er sagt, wir können unsere Zimmer benutzen, wenn wir wollen, und er gibt uns 'nen Wink, falls sie zurückkommen.«

Crane steckte die Telegramme in die Tasche, fand ein zerknautschtes Taschentuch und wischte sich über die Stirn. »Prima. Ich könnte eine Dusche vertragen.«

»Ja«, sagte O'Malley; »und wir können uns in Schale schmeißen für die Penthausparty.« Er sah Crane kritisch an. »Du könntest eine Rasur vertragen.«

Crane fuhr sich mit der flachen Hand übers Kinn. Danach war sie naß. »Kann dir doch egal sein«, sagte er. »Ich habe nicht vor, dich zu küssen.«

Williams schnaubte verächtlich, ließ sie vor ihm den Fahrstuhl betreten. »Ich wünschte, ich war' in Grönland«, sagte er.

»Okay«, sagte Crane. »Du nimmst Grönland. Ich nehme Sibirien. Aber was bleibt dann noch für O'Malley?«

»Ich nehme Miss Udoni«, sagte O'Malley.

Als sie ihre Suite betraten, sahen sie, daß sie von der Polizei gründlich durchwühlt worden war. Der Teppich war verschoben und nicht wieder an Ort und Stelle gelegt worden, Bilder hingen schief, und die Pionierstilmöbel waren in einer Ecke dicht bei den Ostfenstern zu einem Haufen zusammengestellt worden. In den Schlafzimmern war ihr Gepäck geöffnet worden, und Kleidungsstücke lagen verstreut auf den Betten und dem Fußboden. Zerbrochenes Glas und ein brauner Fleck auf dem Badezimmerfußboden markierten die Stelle, wo einer der Polizisten ungeschickt mit einer Flasche Jod hantiert hatte.

Williams pfiff vor Erstaunen. »Was zum Teufel haben die nur gesucht?«

»Sie haben wahrscheinlich gedacht, wir hätten Miss Ross' Leiche hier oben versteckt«, sagte Crane.

O'Malley inspizierte das Wohnzimmer. »Ja«, sagte er angewidert, »deshalb haben sie auch alle Bilder verrückt. Man versteckt Leichen immer hinter Bildern.«

Crane zog die Chaiselongue an ihren Platz, setzte sich und las das erste Telegramm:

O'Malley ... Hotel Sherman ... Chicago
Sie haben doch nicht gedacht, ich wäre geschwommen, oder?
A. N. Brown ... San Diego ... Calif.

Crane grinste und sagte: »Damit ist klar, daß er in der Maschine war.«
Das andere Telegramm war von Colonel Black und lautete:

Courtland spielte Mittwoch abend bis nach Mitternacht Bridge im Harvard Club. Alibi absolut todsicher. Verließ Besprechung mit mir Donnerstag 19.00, um für Chicago zu packen. Nahm Nachtmaschine.
Onkel Sty verließ Büro Mittwoch 17:30. Keine Überprüfung,

bis er Donnerstag 10 Uhr von Diener geweckt wurde. Verbrachte Abend mit Mrs. Courtland nach Besprechung mit mir. Mrs. Courtland spielte zu Hause ganzen Mittwoch abend Bridge. Mit Onkel Sty Donnerstag abend. Ausgezeichnete Vermutung wegen Courtland an Börse, aber er scheint spielend Geld zu machen, statt zu verlieren. Keine Pferde, keine Frauen. Black.

Sie warfen eine Münze, um zu bestimmen, wer zuerst duschen würde, und Williams gewann. Während er sich auszog, rief Crane die American Airways an, fragte den Angestellten, ob Chauncey Courtland als Passagier der Nachtmaschine aufgeführt sei, die New York Donnerstag um Mitternacht verlassen habe.

Nach einer Pause sagte der Angestellte ja, er sei es.

»Und das Ticket wurde abgeholt?«

»Ja. Es wurde abgeholt.«

Crane dankte ihm und hängte auf.

»Was schwebt dir vor?« fragte O'Malley.

»Reine Überprüfung«, sagte Crane, während er sein Hemd auszog.

»Ich kann verstehen, warum du wissen willst, wo er war, als die Leiche aus der Totenhalle geklaut wurde«, sagte O'Malley, »aber ich begreif' verdammt noch mal nicht, warum es wichtig ist, wo er Mittwoch nacht war, als sich die Frau umgebracht hat.«

»Ich bin mir selbst nicht sicher.« Crane rieb sich das Kinn. »Aber was auch immer ich mir dabei gedacht habe, scheint wegzufallen. Courtland war in New York und spielte Bridge, als Miss Ross mit den Fersen gegen die Badezimmertür schlug, und er saß gerade in einem Flugzeug, als jemand das Leichenschauhaus überfiel.«

O'Malley schauderte. »Wenn ich an Aufhängen denke, krieg' ich 'ne Gänsehaut.«

»Ja«, sagte Crane; »›das Tanzbein schwingst du fein und

leicht bei Flötenspiel und Leierklang; doch wird das Bein dir rasch zu schwer, hängst du an einem Strang‹.« Er zog sich sein Unterhemd über den Kopf.

Aus der Dusche rief Williams: »Ich frag' mich, ob die Bullen wegen Miss Ross den Friedhof umgraben?«

»Die sind zu blöd, um in das Beerdigungsbuch zu schauen«, brüllte Crane zurück. Mit leiserer Stimme, zu O'Malley, sagte er: »Und selbst wenn sie es täten, müßten sie zum Gericht gehen, um eine Verfügung zu bekommen, die Leiche zu exhumieren, und das hieße, sie müßten bis morgen warten.«

O'Malley zog sich gerade Schuhe und Socken aus. Er hielt eine Socke hoch. »Guck mal, sie ist klatschnaß. Ich wette, ich habe in den letzten paar Tagen bestimmt zehn Pfund abgenommen.« Er stopfte die Socke in einen der Schuhe und fügte hinzu: »Ich mag diesen Udoni nicht.«

»Warum?«

»Irgendwas an ihm ist nicht echt... so wie er sich benimmt... als wäre er total fertig mit den Nerven... als hätte er eine Todesangst.«

Ein Handtuch um die Taille gewickelt, trottete Williams ins Zimmer. Sein Gesicht war feucht und zufrieden. »Wärst du nicht mit den Nerven fertig«, fragte er, »wenn deine Kleine sich umgebracht hätte?« Seine Füße hinterließen nasse Spuren auf dem Teppich.

»Natürlich, aber ich hätte keine Angst«, sagte O'Malley.

Crane pflichtete ihm bei. »Er hat sich wirklich so benommen, als würde er sich fürchten.«

»Ich wette, ich weiß warum«, meldete sich Williams, nachdem er einen Moment überlegt hatte.

Sie starrten ihn fragend an.

»Das Geld.« Williams hielt das Handtuch mit einer Hand fest, gestikulierte mit der anderen. »Ich wette, er hat Miss Ross den Kies abgenommen und ihn seiner Frau gegeben. Erinnerst du dich daran, daß sie dir erzählt hat, er habe ihr die dreitausend Dollar auf ihrem Konto gegeben?« Crane nickte, und er fuhr fort: »Er hat Angst, jemand zwingt ihn entweder, es zurückzuzahlen, oder bringt ihn hinter Gitter, weil er es Miss Ross weggenommen hat.«

Crane kaute mit den Zähnen auf der Unterlippe. »Das könnte es sein, Doc.«

»Könnte es sein?« Williams machte eine entschiedene, horizontale Bewegung mit der freien Hand. »Teufel! Das *ist* es.«

O'Malley ging in Richtung Dusche, blieb in der Türöffnung stehen: »Warum hast du Udoni nach den Haaren seiner Frau gefragt?«

Crane sagte: »Ich habe eine Flasche schwarzes Haarfärbemittel in ihrem Badezimmer gesehen. Sie hat versucht, sie zu verstecken, und ich hab' mich gefragt weshalb.« Er funkelte O'Malley an. »In Gottes Namen, dusch dich. Ich schmelze gleich.«

O'Malley sagte: »O. k., Bräh-mer.«

Williams zog frische Unterwäsche an und begann, sich klatschend Fliederwasser von Ed Pinaud ins Gesicht zu geben.

»Glaubst du, Miss Ross ist wirklich Kathryn Courtland?«

»Es sieht so aus.« Crane befühlte einen neu entdeckten Bluterguß auf seinem Rücken, unmittelbar unter dem Schulterblatt. »Es sieht zweifellos so aus. Das mit dem Geld stimmt überein (wo findest du noch eine Blondine, die mit fünf Tausendern um sich schmeißen kann?), und dann ist da noch diese Sache mit Harlem.«

»Was ist mit Harlem?«

Crane kam zu dem Schluß, daß die wunde Stelle auf seinem Rücken das Ergebnis eines Fußtritts war. »Erinnerst du dich nicht, daß Courtland uns erzählt hat, er habe seine Schwester eines Abends ganz allein in irgendeinem Club in Harlem sitzen sehen? Tja, da hat sie wahrscheinlich gewartet, bis Udoni, der mit der Band spielte, fertig war.«

»Aber –«, Williams' Stimme war empört, »– die Typen sind doch alle Nigger.«

»Sicher, aber viele von den guten, weißen Musikern gehen

nach Harlem, wenn sie Schluß haben, und üben mit den schwarzen Bands. Sie haben in Harlem die Möglichkeit zu improvisieren, während sie sich mit den kommerziellen Bands an konventionelle Musik halten müssen.«

Williams dachte einen Augenblick lang nach, sagte dann stolz: »Du meinst, Udoni ging runter nach Harlem, um ein paar Variationen auf dem Horn zu blasen?«

»Genau«, sagte Crane. Er hörte, daß die Dusche abgedreht wurde und stand auf. »Er wollte mit den schwarzen Jungs ein bißchen swingen.«

Williams sagte beleidigt: »Warum hast du das nicht gleich gesagt? Was ist los, kannst du dich nicht klar ausdrücken?«

»Das Problem ist«, sagte O'Malley, der in der Unterhose erschien, »daß ihr zwei nicht auf derselben Ebene seid.«

»Oh mein Gott!« Crane ging zur Dusche. »Ich weiß nicht, wie ich es mit euch beiden aushalte.«

»Moment.« Williams gab die Flasche Fliederwasser an O'Malley, der sagte: »Zum Donnerwetter noch mal! Warum *kaufst* du dir nicht was von diesem Stinkwasser, wenn du es so sehr liebst?«

Williams fuhr fort: »Dann hast du also gar nicht mehr vor, nach der Gangsterbraut zu suchen, jetzt wo du glaubst, es ist Miss Courtland?«

»Was? Keine Penthausparty?« fragte O'Malley.

»Zum Teufel, doch.« Crane ging unter die Dusche. »Ich will die Kleine finden.« Der nasse Fliesenfußboden unter seinen Füßen fühlte sich angenehm an. »Ich hab' es langsam satt, daß diese beiden Ganoven, French und Paletta, mich herumschubsen.« Das Wasser, kühl und erfrischend wie ein Tom-Collins-Drink, sang ihm um die Ohren.

Es war fast ein Uhr, als sie im Blackstone ankamen. Sie waren in frische Leinenanzüge gekleidet, die der Nachtdienst im Sherman gebügelt hatte, und jeder hatte eine rote Nelke im Knopfloch. Sie fühlten sich glänzend, sogar Crane, der gerade ausgerechnet hatte, daß er seit vierzig Stunden nicht geschlafen hatte. Der Portier, der die Courtland-Suite anrief, sagte zu ihnen: »Gehen Sie bitte hinauf.«

Mrs. Courtland trug ein schwarzes Abendkleid aus Satin, das mit Spitzen verziert und mit Diamanten besetzt war. Sie sagte: »Na! Es wird aber auch Zeit.« Sie trug eine enge Diamantenkette, betrachtete sie kalt durch eine goldene Lorgnette.

Courtland ging auf sie zu. »Wir versuchen schon eine Weile, Sie zu finden.« Er trug ein weißes Dinnerjacket, eine schwarze Hose, Lackschuhe und eine mitternachtsblaue Schärpe. »Hier ist was, das Sie sich ansehen sollten.« Er gab Crane einen Brief.

Mrs. Courtland schürzte die Lippen, sah Crane durch die Lorgnette an. »Nun werden wir dieser *törichten* Geldverschwendung ein Ende machen können.«

Der Brief war mit Schreibmaschine adressiert worden und trug den Poststempel: Pennsylvania Station. N.Y., 9:40, 5. August. Er war adressiert an Mrs. Evalyn Courtland, 835 Park Avenue, New York City. Er nahm ein gefaltetes Blatt aus dem Umschlag. Darauf stand:

Liebste Mutter

Heute wurde mir plötzlich klar, daß mein letzter Brief für Dich und die Familie fürchterlich nach Selbstmord geklungen haben muß. Nichts liegt meiner wahren Absicht ferner...

Die neue und vielleicht bessere Welt, von der ich sprach, ist nur die Welt, an der die Mehrheit der Menschen teilhat... eine Welt, in der Menschen durch die Notwendigkeit miteinander verbunden sind, sich Nahrung zu suchen, ein Heim zu schaffen, Behaglichkeit und das Lebensnotwendige zu verdienen. Ich habe gelernt, daß Geld, wenn man es nicht selbst verdient hat, eine Last ist, und ich weiß, wirklich, daß meine einzige Chance, glücklich zu werden, darin liegt, für mich selbst und für jemand anderen zu arbeiten.

Ich habe diesen »Jemand« gefunden, und deshalb muß ich mich von meiner selbstsüchtigen Vergangenheit trennen, damit ich

nicht in Versuchung gerate aufzugeben, wenn es mal hart auf hart kommt.
Glaube mir, Mutter, ich gebe Dir nicht die Schuld daran, daß ich früher unglücklich war, sondern dem Geld, und wenn alles gut geht, vielleicht ... vielleicht ... vielleicht ...

Alles Liebe,
Kathryn.

Crane kramte in seiner Jackettasche, fand den ersten Brief von Kathryn. Soweit er sagen konnte, war die Schrift dieselbe. Ebenso das cremefarbene Briefpapier. Er gab Doc Williams die beiden Briefe, drehte sich um und sah die Familie an.

Onkel Stuyvesant, in einer weißen Flanellhose und einem dunklen Jackett, holte tief Atem. »Ha, ha, ha«, sagte er, »es sieht so aus, als wären wir auf der falschen Fährte gewesen, ha, ha, ha.« Seine Augen sahen nicht belustigt aus.

»Ich verstehe das ganz und gar nicht«, sagte Crane. »Sind Sie sicher, daß das von Kathryn kommt?«

»Oh ja«, sagte Mrs. Courtland. »Es bedeutet, Ihre Arbeit ist beendet, junger Mann.«

Crane blickte schnell Onkel Stuyvesant an, der sagte: »Es tut mir leid, aber ich weiß nicht, wodurch sich jede weitere Ausgabe rechtfertigen ließe.«

Verblüfft blinzelte Crane sie an. Schließlich sagte er: »Hätten Sie etwas dagegen, wenn ich die Briefe an einen Schriftsachverständigen in der Stadt schicken würde? Es besteht immerhin die Möglichkeit ...«

»Ich betrachte die Angelegenheit als beendet«, sagte Mrs. Courtland und warf den Kopf zurück.

»Aber, Mutter«, sagte Courtland. »Es kann doch nichts schaden.« Er wandte sich an Crane. »Wird das teuer?«

»Es wird Sie nichts kosten.« Crane nahm Williams die Briefe ab. »Ich möchte mich ganz einfach selbst vergewissern.«

»Oh, sehr gut«, sagte Mrs. Courtland. »Aber ich hoffe, Sie übernehmen sich nicht –«

»Aber, Mutter«, sagte Courtland.

»Guten Abend«, sagte Mrs. Courtland, wobei sie mit Blick auf O'Malley, Williams und Courtland die Lorgnette zurechtrückte. »GUTEN ABEND!«

Courtland folgte Williams und O'Malley hinaus auf den Korridor. Crane ging ihnen nach, kehrte dann um, sagte: »Mrs. Courtland, dies ist eine sehr ernste Angelegenheit. Es hat mindestens zwei Morde im Zusammenhang mit der Suche nach dem Mädchen in der Leichenhalle gegeben.«

»Und?«

»Als Privatdetektiv stehe ich auch im Dienste des Gesetzes.«

Crane zog die Augenbrauen finster zusammen, gab seinem Mund einen grimmigen Zug. »Und als jemand, der im Dienste des Gesetzes steht, möchte ich Ihnen zwei Fragen stellen.«

Mrs. Courtland wandte sich ungehalten Onkel Stuyvesant zu: »So eine Impertinenz!«

»Ich glaube, es wäre besser, wenn du ihm antworten würdest, Liebes.«

Crane sagte: »In der Nacht, als Sie hier ankamen, Mrs. Courtland, wurde ein Leichenbestatter, der, wie wir glauben, in den Fall verwickelt war, ermordet. Er wurde zwischen Mitternacht und zwei Uhr ermordet.« Er holte rasch Atem, fragte: »Wo war Ihr Sohn in dieser Zeit?« Er machte sich auf einen Ausbruch gefaßt.

Überraschenderweise war sie vollkommen ruhig. »Mein Sohn hat mich am Flughafen abgeholt und ist mit mir zum Hotel zurückgekehrt. Wir haben uns bis nach zwei Uhr unterhalten.« Sie hielt sich die Lorgnette noch immer an die Augen.

»Trifft das zu, Mr. Courtland?« fragte Crane.

»Ich nehme es an.«

Mrs. Courtland sagte: »Stuyvesant weiß es nicht. Er war nicht mit uns zusammen.«

»Nicht! Wo war er?«

»Wie wäre es, wenn Sie ihn fragen?«

»In Ordnung. Mr. Courtland, wo waren Sie?«

Onkel Stuyvesant bewegte die Hände wie beim Waschen. »Wieso ... wieso, ich bin weggegangen, um einen Freund vom Flughafen abzuholen.« Seine Augen bewegten sich von Crane zu Mrs. Courtland, zurück zu Crane.

»Haben Sie ihn getroffen?« fragte Crane.

»Wieso, nein. Nein. Er war nicht da.«

»Um welche Zeit sind Sie zum Hotel zurückgekommen?«

»Ein paar Minuten nach zwei.«

»Eher drei«, sagte Mrs. Courtland.

»Und wer war dieser Freund?« fragte Crane.

»Ja, wer *war* dieser Freund?« echote Mrs. Courtland.

Crane starrte sie verwundert an. Sie starrte Onkel Stuyvesant beinahe triumphierend an. Onkel Stuyvesant starrte zu Boden.

Nach einer Weile sagte Onkel Stuyvesant: »Sein Name ist Peter Hamilton, und er wohnt 3800 Sheridan Road.«

»Ja?« sagte Mrs. Courtland. Ihre Stimme war sanft. »Also dann, guten Abend, Mr. Crane.«

Crane blinzelte sie an, ging hinaus auf den Flur. »Das ist doch die Höhe«, wiederholte er im Flüsterton. »Das ist doch die Höhe.«

Courtland stand bei den anderen. »Sie können sich nicht vorstellen, wie froh ich bin, daß meine Schwester lebt«, sagte er. »Vielleicht habe ich es nicht gezeigt, aber ich war wirklich besorgt.« In seinen Augenwinkeln waren kleine Fältchen, als er sie ansah.

»Sie haben es schon gezeigt«, sagte Williams.

Courtland fragte Crane: »Was werden Sie jetzt tun?«

»Ich schätze, wir sind ziemlich erledigt.« Crane zuckte die Achseln. »Aber ich denke, wir gehen auf jeden Fall heute abend auf eine gewisse Penthausparty.«

»Toll!« sagte O'Malley.

»Wieso Party?« fragte Courtland.

Crane erzählte ihm, wie sie Sue Leonhard aufgespürt hatten.

»Wenn sie weiß, daß Verona Vincent lebt«, fuhr er fort, »sollte sie wissen, wo sie ist. Und wenn ich herausfinden kann, wo sie ist, kann ich sie entweder French oder Paletta übergeben, damit sie aufhören, auf mich zu schießen. Ich will nicht, daß sie für den Rest meines Lebens hinter mir her sind.« Er grinste Courtland unversehens an. »Es ist ausgesprochen unangenehm.«

Courtland sagte: »Ja, das kann ich mir vorstellen.« Seine Zähne waren kräftig und weiß. »Sagen Sie! Könnte ich mitkommen? Es könnte sein, daß Sue mit mir als einem alten Freund spricht.«

»Großartig.« Crane rückte seine Nelke zurecht, staunte Courtlands Dinnerjacket bewundernd an. »Mit Ihnen haben wir genau die Eleganz, die wir brauchen, um ohne Einladung auf die Party zu kommen.«

Courtland ging auf die Tür zur Suite zu. »Ich sage Mutter Bescheid«, rief er über die Schulter.

Crane sagte: »Wir warten auf Sie in der Hotelhalle.«

Als sie aus dem Aufzug kamen, sagte Crane zu O'Malley: »Wir bestellen besser ein Taxi.«

»Jetzt, wo Onkel Sty unsere Rechnungen nicht mehr bezahlt«, wandte Williams ein, »gehen wir besser zu Fuß.«

»Gott wird es schenken«, sagte Crane. »Du bestellst das Taxi und unterhältst dich mit Courtland, während ich telefoniere.«

Er besorgte sich Fünfundzwanzig-Cent-Münzen im Wert von fünf Dollar vom Nachtportier und ging in eine der Telefonzellen und schloß die Tür. Er bekam das Fernamt und verlangte Butterfield 8-4040. Fugi, Colonel Blacks japanischer Diener, kam an den Apparat, sagte: »Sehr nett, Stimme wieder zu hören, Mister Bill Crane.«

Crane sagte: »Ja, ja, Fugi; nett, aber teuer. Verbindest du mich bitte mit dem Colonel?«

Augenblicklich kam die Stimme des Colonels träge und gutmütig durch den Hörer. »Hallo, Bill.«

»Hallo, Colonel. Ich dachte, ich sag' Ihnen besser, daß wir soeben gefeuert wurden.«

»Ich hab' es schon gehört. Onkel Stuyvesant hat mir telegrafiert, euch zurückzurufen.«

»Es war wegen eines Briefes ...«

»Ja, von Kathryn.«

»Tja, über diesen Brief bin ich mir nicht so sicher. Ich dachte, ich geb' ihn Carlson, dem Schriftexperten. Es könnte eine Fälschung sein.«

»Spar dir die Mühe. Es ist Kathryns Handschrift, eindeutig.«

»Himmel noch mal!« Crane ließ den Hörer aus der Hand fallen, mußte in die Knie gehen, um ihn wieder aufzuheben. »Woher wissen Sie das?«

»Wir haben den Brief geöffnet, als er Samstag eintraf, und die Handschrift untersucht, bevor wir ihn nach Chicago nachgesendet haben.«

»Sie glauben also, der Brief ist echt?«

»Ich weiß, daß sie ihn geschrieben hat. Aber du könntest mal darüber nachdenken, warum eine Schreibmaschine benutzt wurde, um den Briefumschlag zu adressieren.«

»Aber was ist mit dem Fall? Wollen Sie, daß wir ihn aufgeben?«

»Was denkst du?«

»Ich denke, es gibt einen wirklich guten Grund, warum wir weitermachen sollten.«

Die Stimme des Colonels war leise. »Du meinst, weil Miss Ross ermordet wurde?«

Der Hörer fiel bis die Schnur zu Ende war, schlug gegen die Holzwand der Zelle. Crane fischte ihn auf, sprach leidenschaftlich in die Muschel. »Gütiger Gott! Gibt es nichts, was Sie nicht wissen?«

Colonel Black lachte leise in sich hinein. »Vieles, einschließlich der Identität von Miss Ross. Aber sag mir, was hat dich dazu gebracht, anzunehmen, daß sie ermordet wurde?«

»So manches – die Badewanne voll Wasser, die fehlenden Schuhe...«

»Ja, aber gab es nicht insbesondere eine Sache?«

Cranes Stimme war gereizt. »Die Badezimmerwaage.«

»Genau.«

Schweiß lief Cranes Gesicht hinunter, kitzelte ihn am Hals. Er war sehr ärgerlich. »Verdammt, wozu bin ich eigentlich gut?« fragte er. »Wozu brauchen Sie jemanden in Chicago, wenn Sie schon alles wissen?«

»Ich kann dich ganz gut hören«, sagte Colonel Black. »Du brauchst nicht zu schreien.« Seine Stimme klang gut aufgelegt, schleppend: »Ich bin sehr froh, daß du in Chicago bist, besonders weil sich dadurch das unangenehme Interesse der rivalisierenden Gangster auf dich konzentriert. Ich fühle mich wohl bei dem Gedanken, daß, wenn jemand in dieser Sache getötet wird, du es bist, nicht ich.«

Crane klammerte sich schwach an den Münzfernsprecher.

»Ich halte es für ratsam, eine Zeitlang weiterzumachen«, fuhr der Colonel fort. »Wir können es uns glücklicherweise erlauben, da ich von Stuyvesant Courtland einen Fünftausend-Dollar-Vorschuß erhalten habe. Du findest Miss Ross' Leiche irgendwann heute nacht?«

»Ja«, sagte Crane heiser. Ihn wunderte nichts mehr.

»Sehr gut. Ich denke, das ist ungefähr alles... Oh, ja! Die Polizei.«

»Ja. Sie ist hinter mir her.«

»Nein. Nicht mehr. Ich hatte eine Unterredung mit dem Staatsanwalt, die einige Mißverständnisse geklärt hat. Trotzdem würde er nach wie vor gern mal mit dir plaudern. Ich hätte es gern, wenn du versuchen würdest, ihn morgen irgendwann aufzusuchen.«

»In Ordnung.«

»Und Bill. Wegen Shirley Temple. Hältst du es für gentlemanlike, eine junge Dame von makellosem Ruf in einen dubiosen Fall wie diesen hineinzuziehen?«

»Ich weiß nicht...«

»Wenn du den Fall in geheimnisvollen Glanz zu hüllen wünschst, schlage ich vor, du benutzt einen Namen wie...« die Stimme des Colonels wurde schwach »... Gertrude Stein.« Es machte »klick« an seinem Ende der Leitung.

Während er noch vor sich hin murmelte, ermöglichte Crane der Telefonistin, ihn dazu zu bewegen, drei weitere Vierteldollarmünzen in den Münzbehälter zu werfen. »So ein Mistkerl«, sagte er ständig. »So ein Mistkerl.« Er wankte in die Hotelhalle, wobei er sich mit seinem Panamahut das Gesicht fächelte. Seine Haut sah aus wie verblichene Unterwäsche aus rotem Flanell. Er murmelte immer noch, als er in einer Ecke der Hotelhalle auf Courtland, O'Malley und Williams traf.

»Wer hat nichts anderes zu tun, als den ganzen Tag herumzusitzen und nachzudenken?« fragte Williams, der ein paar von Cranes Worten aufschnappte.

»Häh?« Crane war verstört. »Oh! Dieser Schriftexperte«, log er und fragte: »Wißt ihr, was ich jetzt machen werde?« Sie schüttelten den Kopf. Er sagte: »Ich werde mich so besaufen, daß ihr mich in Flaschen abfüllen könnt.«

17

Schon bevor ihr Fahrstuhl im sechsundzwanzigsten Stock hielt, konnten sie Gelächter hören. Es klang so, als ob die Party bereits nett im Gange wäre. Der Fahrstuhlführer sagte: »Sie müssen ein Stockwerk hoch zum Penthaus zu Fuß gehen, Gentlemen.« Er deutete auf eine mit Teppich belegte Treppe.

Die Tür zum Penthaus war halb offen, daher gingen sie direkt in die Diele und warfen ihre Hüte auf andere Hüte auf einem Tisch. Gekreische und Gelächter, Männer- und Frauenstimmen kamen aus einem Raum am anderen Ende der Diele. Sie bewegten sich gerade in diese Richtung, als eine andere Tür aufflog, wodurch ein roter Fliesenboden und ein elektrischer Herd sichtbar wurden, und ein Mann und eine Frau beinahe mit ihnen zusammenstießen. Die Frau war schlank und dunkel, und sie hatte ein karmesinrotes Kleid an, das im Rücken tief ausgeschnitten war. Sie riß ihre Hand aus der des Mannes, weitete bei ihrem Anblick die Augen, sagte: »Oo-ooh! Schau, was für große hübsche Männers!«

Sie packte Cranes und O'Malleys Arme, hakte sich bei ihnen ein, fragte: »Tun hübsche Männers Vangie mögen?« Ihr Begleiter war ein älterer Mann, und er starrte sie an, als ob sie zumindest von ihm nicht gemocht wurden. Er ging die Diele hinunter auf den Raum zu, aus dem der Lärm kam.

Sie versicherten Vangie, daß sie sie mochten. Ja, tatsächlich. Sie hätten sie sehr gern, und später würden sie sich duellieren, um festzustellen, wer sie gewänne. Aber wüßte sie vielleicht, wo sie in der Zwischenzeit etwas zu trinken finden könnten?

Vangie kicherte und ließ sie in den Wohnraum des Penthauses. Es war ein großer Raum mit einer hohen weißen Decke und Wänden, die in einem leuchtenden Blaugrün gestrichen waren. Ein weicher grauer Teppich bedeckte den Fußboden; aschfahles Licht sickerte durch Lampenschirme aus Pergament; die schweren Sessel, die beiden Chaiselonguen, die sich vor dem Kamin gegenüber standen, hatten Schonbezüge in kräftigen Farben, rot und grün und blau, aber verblichen, als hätte man sie lange in der Sonne stehen lassen. Jemand rief: »Guckt mal, da kommt Vangie mit *vier* Männern!« und eine Rothaarige mit Grübchen und einem grünen Kleid löste sich aus einer Gruppe von Männern und Frauen und rannte auf sie zu. Gegenüber dem Kamin gingen Flügeltüren auf die Terrasse. Ein Radio spielte einen Wayne-King-Walzer, und Mondlicht, wie verstreuter Körperpuder, bestäubte die Schultern der Tanzenden ...

»Der gehört mir«, sagte die Rothaarige und nahm Doc Williams' Arm.

Er lächelte sie an, zwirbelte seinen Schnurrbart. »Sie haben das große Los gezogen, Lady«, sagte er.

»Das ist Dolly«, sagte Vangie.

Crane sagte: »Dolly, darf ich Ihnen Doc vorstellen?«

»Oo-ooh! Ich bin ganz verrückt nach Doktors«, schrie Dolly und quetschte Williams' Arm mit beiden Händen. »Man ist bei ihnen so *sicher.*«

»Sie nehmen sich vor ihm besser in acht«, sagte Crane. »Er ist ein ganz animalischer.«

Dollys Augen rundeten sich. Sie rief: »Oh! Ein *Tier*doktor?«

»Schön, in Gottes Namen!« sagte Crane.

Sie bewegten sich durch den Wohnraum, vorbei an Frauen, die Cocktails tranken, an Männern, die Highballs tranken, auf eine Kleiderkammer zu, die in eine schwarz-silberne Bar verwandelt worden war. Die Luft war dick von Zigarettenrauch, von den vermengten Gerüchen von Tabak, Champagner, Zitrone, Parfüm, Haarpomade, echten Ansteckblumen, Whiskey, Rasierwasser und Gin. Crane fiel auf, daß die Männer alle älter waren – fünfzig oder darüber. Der Barmixer wollte wissen, was sie trinken wollten.

Die Damen sagten, sie nähmen Champagnercocktails. Courtland, O'Malley und Williams bestellten Scotch mit Soda; Crane bestellte einen Champagnercocktail. Der Barmixer nahm eine Flasche *Haig and Haig* für den Scotch mit Soda, und Crane wußte sofort, daß die Party gut werden würde. Der Champagner war Mumm's Cordon Rouge, und der Barmixer goß ihn in ein Kristallglas über ein Stück Zitronenschale und ein Zuckerklümpchen, das mit Magenbitter getränkt war.

Wie das Geräusch, das eine Maniküre mit einem ledernen Nagelpolierer macht, trieb das Schlurfen der tanzenden Füße auf der Terrasse zu ihnen herein. Wayne King spielte einen Tango mit Holzblas- und Saiteninstrumenten, und die Musik war gedämpft, sanft.

Vangie ergriff Cranes Hand. »Komm, Baby, wir tanzen.« Sie wackelte mit den Schultern. »Ich tanze einfach unheimlich gern Tango.«

Crane stellte das leere Champagnerglas auf die Bar. »Ich brauch' noch einen, um mich in Schwung zu bringen.« Er nahm ein weiteres Glas vom Barmixer entgegen, leerte es in einem Zug. »O. k., gehen wir.«

Am Himmel hing ein abnehmender Mond, zitronengelb und geformt wie ein Stück Honigmelone. Das Orchester spielte einen Foxtrott, und die Tänzer bewegten sich schneller. Die Luft war mild und feucht und duftend.

Crane tanzte drei Nummern lang mit Vangie, erfuhr, daß sie zum Vanities gehöre. Sie sagte, die meisten der Mädchen auf der Party seien aus der Show oder aus Frankie Frenchs neuer Nachtclubrevue. Sie kannte Sue Leonhard nicht.

O'Malley, der gegen die drei Fuß hohe Steinmauer längs des Dachrandes gelehnt war, gab ihnen Zeichen. »Wann kann ich mal mit dem Mädel tanzen?« fragte er. Er hielt zwei Champagnercocktails; gab einen Vangie, den anderen Crane.

Vangie kostete ihren Drink, stellte ihn dann auf die Mauer. »Ich seh' dich noch«, sagte sie zu Crane. Sie tanzte mit O'Malley davon.

Crane trank seinen Drink. Er wartete, bis Vangie nicht guckte, und trank ihren. Er machte sich auf die Suche nach Courtland und stieß fast mit einer Frau zusammen. »Verzeihung«, sagte er und verbeugte sich aus der Hüfte mit kontinentaler Eleganz. »Darf ich Ihnen etwas zu trinken anbieten, Madam?«

Im Wohnraum hörte man das Geräusch von Eis, das gegen Glas klirrt.

Die Frau rauchte eine Zigarette in einer roten Zigarettenspitze. Diamanten an einem Armband funkelten, als sie die Spitze aus dem Mund nahm. Ihre Stimme war leise und rauh. »Warum nicht?« fragte sie. Ihre Stimme klang, als ob sie sich sowieso den Teufel drum scherte. Sie ging mit ihm in den Wohnraum.

Sie ging auch nicht. Sie latschte. Sie war blond, und ihr Gesicht war eisig schön. Ihr Haar wurde von einem mit Gold überzogenen Fischnetz aus einer tiefen Stirn gehalten; blaue Vertiefungen waren unter ihren hohen Wangenknochen; ihre Lippen waren voll und verächtlich. Sie hatte ein mit Spitzen besetztes Kleid an, das sich dunkel an hohe Brüste schmiegte, an eine schmale Taille, sanft geschwungene Hüften und dann genau in der Mitte zwischen ihrem Kopf und lackierten Zehennägeln in einen zinnoberroten, gestärkten Volant überging.

Crane sah, daß die Diamanten auf dem Armband echt waren. Er sagte: »Was möchten Sie trinken?«

»Gin.«

Der Barmixer sagte: »Ja, Miss Renshaw.« Er füllte ein Wasserglas zur Hälfte mit Gilbey's Gin, reichte es ihr.

Crane bestaunte das Glas. »Mixen Sie es nicht mit irgendwas?«

Ihre Lippen lächelten spöttisch.

Crane sagte: »Geben Sie mir das gleiche.«

Von der Terrasse hörte man Beifallrufe. Ein Licht war angedreht worden, und in seinem kreisrunden Schein tanzten Williams und das rothaarige Mädchen einen kubanischen Rumba. Das Mädchen hatte ein Badetuch, zog es um ihr Hinterteil wie einen Schal, und Williams hatte auch eins, das er wie eine Schärpe um die Taille gewickelt hatte. Seine Zähne waren weiß unter dem Schnurrbart.

Crane und Miss Renshaw gingen auf die Seite der Terrasse, von der aus man den Michigan-See überblicken konnte. Eine Jacht passierte das Ende von Belmont Harbor, und ihre Lichter warfen zitronengelbe Flecken auf das friedliche Wasser. Hinter ihnen gluckerte ein kleiner Brunnen. Er probierte den Gin. Er schmeckte nicht so schlecht, aber wenn man daran genippt hatte, war es für ein oder zwei Sekunden etwas schwierig zu sprechen. Schließlich gelang es ihm zu sagen: »Silberner Sprühregen fällt auf ein samtenes Löschpapier.«

Miss Renshaws Stimme war rauh. »Was?«

»Mondlicht auf dem See.«

»Der Mond ist schon in Ordnung, wenn man ihn mag«,

räumte Miss Renshaw ein. Ihre Stimme war unglaublich. Sie war wie die Stimme einer Kellnerin in einem griechischen Restaurant. »Trotzdem werd' ich davon nicht romantisch.«

»Nein«, sagte Crane. »Wohl kaum.« Er betrachtete die Diamanten.

Miss Renshaw sah ihn an. »Was sollen die Sticheleien?« fragte sie.

»Nichts«, sagte Crane. »Gar nichts.« Er trank noch etwas Gin. »Ich dachte nur, daß ein voller Mond viel hübscher ist als so einer. Erstens einmal ist er viel größer.«

Louis Armstrong löste Wayne King am Radio ab. Es war wie ein Sprung von Wien nach Afrika. Crane sagte: »Hätten Sie Lust zu tanzen?«

»Nicht jetzt«, sagte Miss Renshaw gleichgültig.

»Gut, wie wär's mit Schwimmen?«

»In dem Brunnen hier?«

»Nein. Im See.«

Miss Renshaw sah ihn zum erstenmal interessiert an. »Sie haben eine Jacht?«

»Hm, nein. Nicht direkt«, gab Crane zu. »Aber ich könnte wahrscheinlich eine besorgen.«

»Ich habe eine«, sagte Miss Renshaw.

Die Musik war pulsierend, klagend, hitzig. Saxophone, eine einfallsreiche Trompete und das Klavier unternahmen wilde improvisierte Abstecher von der geschriebenen Melodie. Louis Armstrong swingte.

»Es ist gefährlich, bei abnehmendem Mond zu schwimmen«, sagte Crane. »Vielleicht verschieben wir die Fahrt auf Ihrer Jacht besser.«

»Wer hat Sie eingeladen?« fragte Miss Renshaw.

»Ich brauch' einen Drink«, sagte Crane schwach. Er stellte überrascht fest, daß sein Glas irgendwie leer geworden war.

Miss Renshaws Glas war leer. Crane wurde plötzlich klar, woran ihn ihre Stimme erinnerte. Sie sagte: »Meine Mandeln sind auch ausgetrocknet.« Sie erinnerte ihn an die heiseren

Stimmen, wie sie die weiblichen Stichwortgeber für zweitklassige Varietékomiker ausnahmslos hatten.

Sie gingen zurück zur Bar, besorgten sich noch zwei Gläser Gin und kamen wieder hinaus auf die Veranda. Williams hatte das Badetuch und offenbar sein Jackett abgeworfen und tanzte im Bowery-Stil mit Dolly, deren rotes Haar ihr über die Schultern gefallen war. Um O'Malley war ein Kreis von Leuten, die verblüfft zusahen, wie er aus seinen Taschen, seinen Ohren, seinem Mund brennende Zigaretten hervorzog, aus den Taschen, Ohren, Mündern anderer Leute. Courtland stand in der Tür zum Wohnraum und unterhielt sich mit einer hübschen Blonden in einem Kleid aus fließendem grauen Markisettestoff mit einem Kranz aus gelben Gänseblümchen über der Brust. Er wirkte ziemlich nüchtern.

Verführerische Mulden waren direkt über dem V, das Miss Renshaws Brustbein bildete. Sie verschoben sich, wenn sie den Hals bewegte, verschwanden manchmal nahezu, so daß nur glatte Haut blieb, blaß im Mondlicht. Es umgab sie ein exotischer Duft von Jasmin.

Crane dachte, er könnte ihr ihre Stimme fast verzeihen. »Wird Ihnen von dem Gin etwas warm?« fragte er.

Sie sah ihm in die Augen. »Halten Sie mich für kalt?«

»Vielleicht für eine Spur reserviert...«

Sie starrte ihn nachdenklich an, trank dann einen langen Schluck von dem Gin.

Er sagte: »Ich glaub', ich hab' Sie schon mal irgendwo gesehen.«

»So?« Sie sah ihn erneut an, trank dann den Rest ihres Gins. »Nein, das glaub' ich nicht. Man vergißt mich nicht.«

»Ich kann jeden vergessen«, sagte Crane. »Jeden.«

»Mich werden Sie nicht wieder vergessen.«

»Oh doch, das werde ich«, sagte Crane trotzig.

Sie stellte ihr Glas auf die Mauer und nahm Cranes Gesicht zwischen ihre beiden Handflächen und küßte ihn. Ihre Lippen waren heiß. Sie gab ihn schroff wieder frei, fragte: »Glauben

Sie noch immer, daß Sie das werden?« und ging in den Wohnraum.

Crane sagte: »Hast du Töne?« Er starrte auf ihren Rükken, bis sie verschwand. »Mein Gott!«

Er stürzte den Rest seines Gins hinunter.

Ein Mann tauchte hinter ihm auf und klopfte ihm auf die Schulter. »Ich wäre vorsichtig bei der Lady, junger Mann«, sagte er. Er war um die Fünfzig. »Sie ist der persönliche Gast des Hausherrn.«

»Wenn sie das nächste Mal in meine Nähe kommt«, versprach Crane, »schrei' ich nach der Polizei.«

Einige beobachteten Williams' Mädchen, Dolly, wie sie zur Musik eine Art Steptanz vollführte. Sie hatte ihren Rock über die Knie gezogen, bewegte ihre Füße mit unglaublicher Schnelligkeit. Sie trug schwarze Strumpfbänder. Crane zwängte sich an dem Kreis vorbei, stieß mit Williams zusammen, als er in den Wohnraum trat. Er stellte Williams eine Frage.

»Ich suche auch danach«, sagte Williams.

Sie schlenderten einen Flur hinunter und begegneten einer Frau, die aus einem der Schlafzimmer kam. Sie trug ein Kleid aus rosa Chiffon. Es sah aus wie ein Nachthemd, aber man konnte nicht hindurchsehen, also war es kein Nachthemd.

Crane verbeugte sich und sagte: »Entschuldigen Sie bitte, Madam.«

Williams sagte: »Hi, Puppe.«

Sie sagte: »Gehen Sie einfach durch das Schlafzimmer am anderen Ende des Flurs.« Sie lächelte sie an.

Als Williams und Crane aus dem Badezimmer kamen, bewunderten sie das Doppelbett in dem Schlafzimmer. Es hatte eine hellblaue Decke, und die Laken waren aus Seide. Williams befühlte sie und sagte: »Mein Gott! Sieh doch!«

Die Laken waren nicht einfach weiß wie die meisten Laken, sondern waren mit königsblauen Blumen gesprenkelt.

Crane beugte sich dicht zu ihnen herunter, aber Williams sagte: »Nein, das tust du nicht.«

»Ich will doch nur die Sprungfedern testen«, sagte Crane.

»Nein, das tust du nicht.« Williams zerrte an seinem Jackett. »Wir haben noch zu arbeiten. Du kannst morgen schlafen.«

Crane ließ sich in den Flur schieben. Williams fragte: »Was hatte der Colonel mitzuteilen?«

»Wie kommst du darauf, daß ich mit ihm gesprochen habe?«

»Du läßt dir nicht für fünf Dollar Fünfundzwanzig-Cent-Münzen geben, um einen Schriftexperten in Chicago anzurufen. Komm schon, was hat er gesagt?«

»Er hat gesagt: ›Arbeitet weiter.‹ Dieser Mistkerl.«

»Hatte er irgendwelche Ideen?«

»Er hat immer Ideen«, sagte Crane bitter.

»Jedenfalls laß dich dadurch nicht ärgern.« Williams ging weiter voraus in den Wohnraum.

»Laß mich wodurch nicht ärgern?«

»Daß der Colonel schlauer ist als du.«

Das brachte Crane derart in Rage, daß Williams gezwungen war, ihm eine Literflasche Champagner zu bringen, um ihn zu beruhigen. Sie tranken jeder aus der Flasche und beobachteten den Verlauf der Party.

Jemand hatte das Radio aufgedreht, bis sich die Musik anhörte, als würde sie vom Marine-Musikkorps der Vereinigten Staaten gespielt. Ein Mädchen tanzte auf der Terrasse in einem orangefarbenen Hemd. Jemand zerschlug Geschirr in der Küche. Zwei Männer konnten nur mit Mühe davon abgebracht werden, sich zu prügeln. Eine Blondine mit Babygesicht borgte sich von Crane einen Dollar für das Taxi nach Hause. Ein Pärchen knutschte auf einer der Chaiselonguen. Drei Männer diskutierten heftig über Politik auf der anderen. Ein Mann in Hemdsärmeln fragte O'Malley, ob er sich gut amüsiere. O'Malley fragte ihn, was zum Teufel ihn das anginge. Der Mann sagte, es tue ihm leid. Er sagte, er hätte nur gefragt, weil er die Party gebe und wolle, daß jeder sich gut amüsiert. O'Malley nahm die Entschuldigung an. Eine Blondine mit Babygesicht borgte sich von Williams einen Dollar für das Taxi nach Hause. Jemand fiel über einen Stuhl auf der Terrasse. Zwei Mädchen wateten im Brunnen. Eine goldene Uhr flog einem Mann aus der Tasche, als er versuchte, auf der Terrasse Charleston zu tanzen, zersplitterte auf den glänzenden Fliesen. Williams fragte das Mädchen im Nachthemd, das kein Nachthemd war, nach ihrer Telefonnummer, und sie warf ihm ein Taschentuch zu, und man stelle sich vor: Die Nummer, Superior 7500, war mit grünem Faden in eine Ecke gestickt, so daß man ganz einfach das Taschentuch behalten mußte. Eine Blondine mit Babygesicht borgte sich von O'Malley einen Dollar für das Taxi nach Hause. Dolly, die Rothaarige, wurde ohnmächtig und mußte zu Bett gebracht werden.

Courtland kam herüber, gerade als Crane die Flasche Champagner austrank. Sein Gesicht war aufgeregt. »Ich habe gerade mit Sue gesprochen«, begann er.

»Und, hat die Kleine was verbrochen?« sagte Williams.

»Du bist bitte still.« Crane stellte die leere Flasche vorsichtig auf den grauen Teppich. »Mein Freund, mein Kumpel, mein *alter* Kumpel Mister Courtland, hat uns etwas mitzuteilen.«

»Nun, Sue sagt, daß Verona Paletta lebt.« Courtland grinste Crane an. »Sie ist sich dessen sicher.«

»Das ist eine starke Behauptung – eine sehr starke Behauptung.« Crane wandte sich rasch zu Williams um. »Ist das nicht eine starke Behauptung?«

Williams nickte.

»Die Frage ist«, sagte Crane langsam, »kann sie es beweisen?« Er drohte Williams mit dem Finger. »Hat man Beweise, ist man zu neunzig Prozent im Recht.«

»Du denkst wohl an Whiskey«, wandte Williams ein. »Neunzigprozentigen Whiskey.«

»Ich weiß, woran ich denke.« Crane war ungehalten. »Ich denke an Verona Vincent Paletta.« Er mochte den Klang des Namens.

Courtland sagte: »Also, sie ist hier auf der Party.«

»Verona Vincent Paletta?«

Courtland nickte.

»Das *ist* interessant.« Crane torkelte gegen die Champagnerflasche, stieß sie um. »Die gute alte Verona ist hier.« Er beugte sich vornüber und schaffte es nach einer Weile, die Flasche auf den Teppich zu stellen. »Sind wir auf 'ner Jacht«, fragte er, »daß sich der Boden dauernd so bewegt?« Er klopfte sich die Hände an seiner weißen Hose ab. »Hat Sue gesagt, welche die alte Verona ist?«

»Sie sagt, sie traut sich nicht, es uns zu sagen.«

»Das ist es also, was sie sagt? Na schön! Wenn es das ist, was sie sagt, dann ist es das, was sie sagt. Na schön! Wir machen trotzdem weiter.«

Williams fragte: »Aber wie willst du sie finden?«

»Das ist kein Problem. Nein, Sir. Ich hab' sie schon gefunden. Das Problem ist, wie kriegen wir sie hier raus?«

Courtland fragte: »Sie haben sie schon gefunden?«

Crane sagte: »Offen gesagt, ja, alter Kumpel.« Er fügte hinzu: »Hab' ich mich schon bei Ihnen dafür bedankt, daß Sie mir das Leben gerettet haben, alter Kumpel?«

Williams gab O'Malley ein Zeichen.

»Vergessen Sie's«, sagte Courtland.

»Nein. Ich vergesse es nicht, alter Kumpel. Erlauben Sie mir, meine Dangba'keit zu beweisen. Erlauben Sie mir, Ihnen einen Drink zu besorgen. Ich kenn' den Barmixer persönlich.«

»Sekunde mal«, sagte Williams. »Wir müssen was wegen der kleinen Paletta unternehmen.«

»Gut. Ich bin froh, daß du es einsiehst. Es wird auch Zeit. Bringen wir sie nach Hause zu Paletta.«

»Angenommen, sie will nicht da hin«, wandte Williams ein.

»Wir lassen ihr die Wahl.« Crane stieß die Champagnerflasche wieder um, bückte sich, um sie aufzuheben. »Sie kann zu Paletta zurückgehen, oder sie kann zu Frankie French zurückgehen, oder sie kann zu Paletta zurückgehen.«

»Sie wird zu keinem von beiden zurückgehen wollen«, sagte Williams.

Vier Männer in einer anderen Ecke des Wohnraums sangen »I wish I was in Dixie«. Draußen klang es so, als ob jemand in den Brunnen gefallen wäre. Das Radio spielte »Minnie, the Moocher«.

»Was machen wir dann?« fragte Crane und warf die Flasche so, daß sie auf die Chaiselongue fiel und den Kopf des Mannes, der dort mit dem Mädchen knutschte, knapp verfehlte.

»Wir entführen sie«, sagte O'Malley.

Mit der Flasche in der Hand kam der Mann von der Chaiselongue herüber. »Hör'n Sie«, sagte er, »was erlauben Sie sich.«

»Sie hätten mich beinah getroffen.«

»Was wäre, wenn?« fragte Crane.

O'Malley sagte: »Tja, vielleicht können wir es beim nächsten Mal besser machen.«

»Nichts für ungut«, sagte der Mann. Er nahm die Flasche mit zurück zur Chaiselongue.

»Wie kriegen wir sie ins Taxi?« fragte Crane. »Sie wird schreien.«

»Schlag ihr eins über den Schädel«, sagte Williams.

»Augenblick mal.« Courtland ging hinüber zum Kaminsims und griff nach einem Schlüsselbund. Er steckte ihn in die Tasche, sagte: »Ich habe gesehen, wie ein Mann sie da oben hingelegt hat.« Er ging zu der Gruppe, die über Politik diskutierte, sprach einen von den Männern an. »Der Pförtner hat angerufen und gesagt, daß eins von den Autos, die draußen parken, ein anderes blockiert. Gehört Ihnen der Pierce-Arrow-Roadster?«

»Nein«, sagte der Mann; »mir gehört ein grünes Packard-Kabriolett.«

Courtland kehrte triumphierend zurück. »Wir besitzen jetzt ein grünes Packard-Kabriolett.«

»Gute Arbeit, Kumpel.« Crane wandte sich an O'Malley. »Holen wir uns die Kleine.«

»Ihr werdet Schwierigkeiten haben, sie hier rauszuschleppen«, bemerkte Williams.

»Ich hab' eine Idee«, sagte Crane. Er verriet ihnen die Idee. Zum Schluß sagte er zu Courtland und O'Malley: »Ihr schnappt sie, wenn sie nach unten kommt.«

Courtland verabschiedete sich von Sue Leonhard und ging mit O'Malley weg, und nach einer kurzen Zeitspanne stöberte Crane Miss Renshaw auf. Sie hatte ein halbes Glas Gin in der Hand. Er fragte: »Trinken Sie nie was anderes als Gin?«

Ihr Gesichtsausdruck war diesmal freundlicher. »Was ist an Gin auszusetzen?«

Crane nahm ihr das Glas aus der Hand, trank etwas von dem Gin. »Er schmeckt wirklich nicht schlecht«, gab er zu. Er trank den Rest.

Sie lächelte, sagte: »Sie sind betrunken.«

»Ich? Ich betrunken? Madam!«

»Ich mag es, wenn Leute betrunken sind.«

»Ich bin betrunken. Bitte betrachten Sie mich als betrunken.«

Williams gesellte sich zu ihnen. »Ich hab' eine gute Nachricht für dich, Bill«, sagte er.

Crane stellte ihn Miss Renshaw vor.

Williams fuhr fort: »Frankie sagt, er wird es doch schaffen.«

»Frankie French!« Cranes Stimme klang erfreut, überrascht. »Das ist prima. Ich hab' ihn lange nicht gesehen. Wann kommt er?«

»Er hat gesagt, er würde zehn Minuten brauchen, um hierherzukommen.«

Miss Renshaws Gesicht war plötzlich verstört. Ihre Finger zogen die Haut rings um ihren Hals straff. »Bis bald«, sagte sie. »Ich muß gehen ... ich ... ich habe Kopfschmerzen.«

»Gehen Sie nicht«, sagte Crane. »Vielleicht noch einen Drink ...«

»Nein!« Sie drehte sich um und eilte über die Terrasse in den Wohnraum.

»Das hat gesessen«, sagte Williams.

Sie warteten ab, bis sie zur Vordertür hinausgegangen war, ein schwarzes Cape mit scharlachrotem Innenfutter über die bloßen Schultern geworfen, und dann holten sie sich eine Flasche Champagner und eine Flasche Gin beim Barmixer, einen Korkenzieher aus der Küche und gingen ihr nach. Der grüne Packard war einen halben Block die Straße hinunter in der zweiten Reihe geparkt, und auf dem Rücksitz war O'Malley mit Miss Renshaw. Williams stieg neben Courtland, der am Steuer saß, ein, und Crane stieg neben Miss Renshaw ein. Er konnte ihr Gesicht nicht sehen.

»Glauben Sie nicht, daß ich nicht Ihr Freund bin«, sagte er und reichte ihr die Flasche Gilbey's Gin.

Ihre Stimme verlor sich fast im Lärm des beschleunigenden Motors. »Was wollen Sie?«

Crane trennte mit dem Daumennagel das Stanniolpapier von der Champagnerflasche. »Wir wollen wissen, wo Sie so den letzten Monat über gewesen sind, Mrs. Paletta.« Er schob an dem Korken, aber nichts tat sich.

»Wohin, Bräh-mer?« rief Williams vom Vordersitz.

Miss Renshaw sagte: »Ich bin nicht Mrs. Paletta.«

»Fahr um den Lincoln Park«, sagte Crane.

»Wo ist der Lincoln Park?« fragte Courtland.

Williams sagte: »Ich zeig's Ihnen. Biegen Sie hier rechts ab.«

»Klar sind Sie Mrs. Paletta«, sagte Crane.

O'Malley sagte: »Komm, laß mich die Flasche aufmachen.«

Miss Renshaw sagte: »Und selbst gesetzt den Fall, ich bin Mrs. Paletta; was kümmert Sie das?«

Die Champagnerflasche machte PLOPP.

Williams sagte: »Mein Gott! Ich bin getroffen.«

Während der Packard mühelos um die Kurven des von Bäumen gesäumten Inner Drive im Lincoln Park glitt, tranken sie den Champagner. Miss Renshaw wurde höflich der erste Schluck aus der Flasche angeboten, aber sie lehnte ab. Crane verlangte den ersten Schluck, aber man lehnte ab. Als er schließlich doch die Flasche bekam, waren nur noch einige Schlückchen übrig. »Schöne Freunde seid ihr«, sagte er betrübt.

O'Malley nahm Miss Renshaw die Flasche Gin ab und drehte den Korkenzieher hinein.

Crane versuchte Miss Renshaw auszufragen, aber sie wollte ihm nichts sagen. Er erklärte, er wolle die Tatsache beweisen, daß Mrs. Paletta lebt, um Frankie French und Paletta davon abzuhalten, ihm weiteren Schaden zuzufügen. Er erzählte ihr von seinem Erlebnis mit French und zeigte ihr sein Auge, seine Blutergüsse und Schnitte.

Sie lachte, als wäre sie davon wirklich amüsiert.

O'Malley hatte die Ginflasche geöffnet und hielt sie hinter sich, damit Crane sie nicht sähe. »Soll ich sie erledigen, Boss?« fragte er barsch.

»Gib ihr noch ein oder zwei Minuten«, sagte Crane.

Miss Renshaw lachte heiser. »Wenn ihr Pfadfinder noch sehr viel komischer werdet, krieg ich einen Lachkrampf«, erklärte sie.

Stumpfes weißes Licht von vorbeiziehenden Straßenlampen spielte unregelmäßig auf ihrem Gesicht. Crane sah, daß sie zweifellos nicht eingeschüchtert wirkte. »Na schön«, verkündete er. »Na schön. Wenn Sie nicht zugeben wollen, daß Sie Mrs. Paletta sind, dann wollen Sie eben nicht. Aber ich weiß, daß Sie es sind. Ich weiß, daß French und Paletta Sie gern sehen würden. Und ich würde sie Sie gern sehen lassen.« Er mußte innehalten, um Luft zu holen. »Zu wem möchten Sie gehen?«

Die Straße krümmte sich nach links, überquerte einen Steinviadukt und näherte sich dem See. Ein schwacher Fischgeruch lag in der warmen Luft. Sie waren auf der Seeuferstraße.

Miss Renshaw sagte: »Ich möchte zu keinem von beiden.«

»Na, kommen Sie schon«, sagte Crane. »Suchen Sie einen aus.« Er hechtete nach der Ginflasche, aber O'Malley gab sie geschickt an Williams weiter. »Wir sind kleine Kavaliere. Wir lassen Ihnen die Wahl.«

»Sie lassen mich besser gehen«, sagte Miss Renshaw, »oder Sie werden tote kleine Kavaliere sein.«

»Drohungen, eh?« Crane setzte sich auf dem Sitz aufrecht hin. »Na gut. Wir bringen Sie zu Frankie French.«

Ihre Finger klammerten sich um sein Handgelenk. Es war die erste weibliche Bewegung, die sie gemacht hatte. »Nein. Nicht zu French. Ich habe Angst vor ihm.« Ihre rauhe Stimme hatte einen flehenden Klang.

»O. k. Dann zu Paletta.« Er sagte zu Williams: »Weißt du, wo der Kerl wohnt?«

»Klar. Drüben am Delaware Place.«

Sie brauchten nur drei Minuten, um zu dem Apartmenthaus zu gelangen, in dem Paletta wohnte. Crane zog Miss Renshaw hinter sich aus dem Auto. »Du kommst besser mit, Doc«, sagte er und ging zur Haustür. Williams folgte ihnen durch die prunkvolle, in Marmor und Gold gehaltene Eingangshalle und in den Fahrstuhl. Der Fahrstuhlführer war ein aufgeweckt wirkender Junge. Er schloß die Tür, setzte den Fahrstuhl in Betrieb und fragte: »Welches Stockwerk, bitte?«

Crane fragte: »In welchem Stock wohnt Mike Paletta?«

»Das kann ich wirklich nicht sagen, Sir.«

Williams zog eine 45-er Automatik hervor, richtete sie auf die erschreckten Augen des Jungen. »Hör zu, du Anfänger, in welchem Stock wohnt Paletta?«

»Zweiundzwanzigster, Sir.«

»So ist's besser.« Williams senkte die Pistole, ließ sie von seiner Hand baumeln. »Sei immer höflich zu Leuten, die älter sind als du.«

Es gab nur eine Tür im zweiundzwanzigsten Stock. Während Williams den Liftboy im Auge behielt, führte Crane Miss Renshaw über den Flur und drückte die Klingel. Nach einer Weile öffnete ein Mann die Tür einen Spalt und spähte zu ihnen heraus. Es war der Italiener, der versucht hatte, die Leiche im Leichenschauhaus zu sehen. Seine Augen glotzten sie an.

»Ruf Paletta«, sagte Crane.

Mit nackten Füßen, die dumpf über den Teppich stampften, kleinen Augen, die im Licht blinzelten, marschierte Paletta schwerfällig auf sie zu. Er trug einen gelbbraunen Flanellmorgenrock mit einem pfirsichfarbenen Monogramm über einem purpurroten Schlafanzug. Er konnte eine Rasur gebrauchen. Crane legte seine rechte Handfläche in Miss Renshaws Kreuz, schob sie durch die Tür in Palettas Arme.

»Nun hör auf, mich zu belästigen, du dicker Itaker«, sagte er.

Er knallte die Tür zu, sprang in den Fahrstuhl, fuhr hinunter in die Eingangshalle und hastete hinaus zum Packard. Er war sehr zufrieden mit sich. Er kletterte auf den Rücksitz und sagte: »Kutscher, zum Friedhof, und geben Sie den Pferden die Peitsche.«

Er lehnte sich in seinen Ledersitz zurück, und innerhalb von dreißig Sekunden schlief er tief und fest.

18

Crane schüttelte die Hand von seiner Schulter, sagte quengelig: »Laßt mich in Ruh'. Bitte laßt mich in Ruh'. Ich fühl' mich nicht gut.« Er hielt die Augen geschlossen. Dann sagte er: »Friedhof. Was für'n Friedhof?« Mit einer ungeheuren Anstrengung setzte er sich auf, fragte: »Bin ich tot?«

Im blaßgelben Schein des tiefhängenden Mondes standen sie und sahen ihn an. Ihre Gesichter waren ruhig und ganz bleich.

Licht, das von den Chromarmaturen des Packard reflektierte, blendete seine Augen. Er rieb sie sich mit dem Ärmel seines Leinenjacketts. »Ich fühl' mich nicht gut«, wiederholte er. Sein Jackett roch nach Jasmin.

O'Malley hatte ihn gerüttelt. »Los«, sagte er. »Wir haben zu arbeiten.«

Tau auf dem Gras glitzerte im Mondlicht; die Luft war erfüllt mit den schweren Düften von Friedhofsblumen, von

Nachthyazinthen, Nelken, Lilien, Veilchen. Es war vollkommen windstill.

Vorsichtig öffnete O'Malley das Tor aus gewundenen Eisenstäben, schloß es, nachdem sie auf Zehenspitzen hindurchgegangen waren. Das weiße Steinhäuschen des Pförtners war zu ihrer Rechten. Eine 25-Watt-Birne brannte an einer Schnur, die genau in der Mitte des einzigen Fensters des Pförtnerhäuschens hing. O'Malley versuchte, die Tür zu öffnen, stellte fest, daß sie offen war. Sie konnten das Ticken eines Big-Ben-Weckers hören. Williams hatte seine Pistole in der Hand und ging voran durch die Tür. Der Nachtwächter lag mit dem Rücken zu ihnen auf dem Zementfußboden des Häuschens auf der Seite, sein Kopf berührte fast seine Knie.

Für den Bruchteil einer Sekunde dachten sie, er sei tot.

Rasch kniete sich Crane neben den Mann hin. Er war weißhaarig und zerbrechlich, und ein Strick hielt seine dünnen Handgelenke an seinen gebeugten Knien. Seine Augen blinzelten erschrocken über einem straff sitzenden Knebel aus Stoff. Er preßte in mühsamen Atemzügen Luft durch seine Nase ein und aus und machte dabei ein Geräusch wie eine beschleunigende Lokomotive.

»Was hat das zu bedeuten?« flüsterte O'Malley.

Crane schüttelte den Kopf. Er löste den Stoffknebel. »Was ist passiert, alter Knabe?« fragte er.

Der Mann hatte Mühe zu sprechen. »Jemand hat mir eine verpaßt.« Er bewegte seine verkrampften Wangenmuskeln. »Ich war beim Lesen und hörte ein Geräusch hinter mir. Ich sah mich um, und da stand einer. Dann weiß ich nur noch, daß ich gefesselt war, so wie jetzt.« Er zerrte an dem Strick um seine Handgelenke. »Machen Sie mich los, damit ich die Bullen rufen kann.«

»Später vielleicht.« Crane bückte sich, stopfte den Knebel in den Mund des Mannes und band ihn stramm hinter seinem Kopf fest.

»Bleib ruhig und dir passiert nichts, alter Knabe.«

»Was hat das zu bedeuten?« fragte O'Malley wieder.

»Ich weiß nicht«, sagte Crane, »aber ich befürchte das Schlimmste.«

Im Geräteschuppen fanden sie Spaten und marschierten dann hintereinander zum Grab von Miss Agnes Castle. Ihre Füße hinterließen schwarze Flecken auf dem silbernen Teppich aus Tau. Ein kleines Holzkreuz markierte das Grab. An dem Kreuz war eine runde Metallplatte befestigt, auf der in Druckschrift stand:

AGNES CASTLE
Geb. 2. Oktober 1910
Gest. 4. August 1936
REQUIESCAT IN PACE
(Vorläufige Gedenktafel)

Von den Lilien, die knöcheltief über dem Grab verstreut waren, kam ein widerlicher Geruch; betäubend, Übelkeit erregend süß.

»Wie gefall'n sie dir?« fragte O'Malley stolz.

»Sie sind einfach prima«, sagte Crane. »Passend für ein Gangsterbegräbnis.«

Williams sagte: »Vierzig Piepen«, in einem bedrückten Ton.

Courtland fragte: »Ist dies das Grab?« Seine Stimme war aufgeregt. »Glauben Sie . . .?«

»Dies ist das Grab, bestimmt.« Crane war dabei, die Lilien vom Grabhügel zu nehmen. »Aber mir gefällt die Sache mit dem verschnürten Nachtwächter nicht.«

Courtland bückte sich, um ihm zu helfen. »Stehlen Diebe nicht manchmal Grabschmuck von einem Friedhof?« fragte er. »Könnte es nicht sowas gewesen sein?«

»Wir werden sehen.« Crane versuchte mit den Fingern festzustellen, wie lang es her war, daß der Boden umgegraben worden war, aber er konnte es nicht. Er fühlte sich ziemlich trocken an. Er griff nach seinem Spaten. »In Ordnung, Jungs, grabt nach dem guten alten John Hopkins.«

Die einzigen Geräusche waren ihr schweres Atmen und das gedämpfte Plumpsen von Erde auf das Gras. Die Erde ließ sich leicht ausheben, und nach kurzer Zeit war die Grube so tief, daß nur einer von ihnen in ihr arbeiten konnte. O'Malley schaufelte, und die anderen rauchten Zigaretten, sahen von einem bequemen Platz auf einem Grab in der Nähe aus zu.

»Ich hab' ein ungutes Gefühl hierbei«, verkündete Williams. »Und wenn nun die Dame wirklich Agnes Castle ist?«

Crane ließ den Rauch seiner Camel aus einem Mundwinkel entweichen. »Dann werfen wir die Erde sofort wieder auf sie drauf.«

»Tja.« Williams' Stimme war düster. »Ich weiß. Aber daran hab' ich nicht gedacht. Ich meine ... daß wir in jemandes Grab herumgraben.«

Ein leichter Nebel stieg vom Friedhof auf. In den Strahlen des Mondlichts war er wie Gaze; milchig schimmerte er im Schatten von Grabsteinen, Weidenbäumen in schwachen Blau-, Grün- und Violettönen, wie Rauch.

Crane drückte seinen Zigarettenstummel in die feuchte Erde. »Du meinst, wenn sich herausstellt, daß dies das falsche Grab ist, kommt ein großes schwarzes ETWAS und packt uns am Kragen?«

»Ach, vergiß es«, sagte Williams.

Zwei Straßen entfernt, auf den Hochgleisen, stampfte mit scharlachroten Flammen, die aus dem Heizraum schossen, ein Michigan-Central-Milchzug vorbei, war schnell in der Ferne verschwunden.

O'Malley kroch aus dem Grab, warf seinen Spaten ins Gras und wischte sich mit seinem Taschentuch übers Gesicht. »Zum Donnerwetter«, fragte er, »bin ich der einzige, der graben kann?«

Courtland stieß sich hoch, kam auf die Füße. »Ich werd's 'ne Weile machen.« Er suchte sich einen Spaten aus und ließ sich ins Grab hinab. O'Malley war vollkommen erschöpft. Sein Hemd klebte ihm am Rücken, seine Hände waren mit feuchtem Lehm bedeckt. »Was willst du mit der Frau machen, wenn du sie freilegst?« fragte er und streckte sich im Gras aus.

»Es hängt davon ab, wer sie ist«, sagte Crane.

Williams warf O'Malley seine Streichholzschachtel zu, sagte: »Ich dachte, du wärst dir sicher, daß das Mädel Kathryn ist?«

»War ich, bis dieser Brief kam.«

O'Malley fragte: »Jemand hätte ihre Schrift nachmachen können, oder?«

»Der Colonel sagt, sie hat den Brief geschrieben. Er hat ihn sich angesehen, als der Brief letzten Samstag in New York ankam.«

O'Malley kratzte sich am Hals. »Nicht zu fassen!«

Courtlands Stimme trieb zu ihnen herüber. »Ich bin auf den Sarg gestoßen«, meldete er aufgeregt.

Es waren nur noch ein paar Spatenstiche nötig, um die Oberfläche freizulegen. Es war ein billiger Sarg aus gebeiztem Kiefernholz. Williams nahm den Hammer und stemmte den Deckel los. Er und Courtland ergriffen ein Ende und hoben ihn hoch, bis er im rechten Winkel zum Sarg stand. »Was seht ihr?« fragte er.

O'Malley beugte sich über das Grab, blinzelte mit den Augen. »Sie ist wohl mal eben essen gegangen«, sagte er.

»Leer?« fragte Williams.

»Ja«, sagte Crane.

Sie lehnten den Deckel gegen eine Wand des Grabes und inspizierten den Sarg. Er war völlig leer. Courtland fuhr mit der Hand durch sein Inneres. »Vielleicht war hier noch nie jemand begraben«, gab er zu bedenken.

»Mein Gott!« Crane rieb sich die Hand am Hosenbein. »Meinen Sie, daß die Eintragung in dem Buch beim Leichenbestatter gemacht wurde, um uns auf eine falsche Fährte zu lenken?«

Williams nickte mit dem Kopf. »Sie könnten den Namen eines Mädchens erfunden und einen leeren Sarg begraben haben, und dabei haben sie so getan, als wär' sie da drin.«

»Ein Scheinbegräbnis!« hauchte Crane.

O'Malley ließ den Deckel auf den leeren Sarg hinab. »Was sollen wir machen? Von hier verduften?«

»Es ist besser, wir füllen das Grab wieder auf.« Crane packte Courtlands Hand, hievte ihn aus der Grube. »Wir wollen doch nicht, daß die Polizei weiß, daß wir uns dafür interessiert haben.«

Da sie alle vier zusammen Erde in die rechteckige Öffnung warfen, war es nur eine Sache von Sekunden, bis der Grabhügel wieder so war, wie sie ihn vorgefunden hatten. Als Crane sich nach vorn beugte, um den anderen zu helfen, die Lilien zu verteilen, begann sein Kopf zu schmerzen. Er wußte nicht, ob der Schmerz vom Alkohol oder vom Nachdenken kam. Er hoffte, er käme vom Alkohol, denn er hatte das Gefühl, er würde noch sehr viel nachdenken müssen.

O'Malley drapierte kunstvoll die letzte Lilie auf das kleine weiße Kreuz. »Da«, sagte er mit Genugtuung; »ein hübscheres Grab könnte man sich nicht wünschen.«

»Vierzig Mäuse für Lilien«, jammerte Williams, »und keiner zu Hause.«

»Vielleicht können wir sie irgendwelchen Leuten verkaufen, für *ihr* Grab«, schlug O'Malley vor.

»Nein. Laßt sie da liegen.« Crane klopfte sich die Erde von den Händen. »Wir finden schon noch eine Leiche, die wir drunter legen können.« Er zog sein Leinenjackett an. »Wir brechen besser ein paar von diesen Mausoleen auf.«

Courtland starrte ihn überrascht an. »Weshalb?«

»Wir wollen die Polizei glauben machen, wir hätten Wertsachen gesucht, nicht die Leiche einer Lady.«

Courtland übernahm beim Aufbrechen von vier Gräbern die Führung. In einem, über dem die Inschrift stand: HIER RUHEN DIE STERBLICHEN ÜBERRESTE VON BENJAMIN APPLE-

GATE GRISWOLD, fanden sie zwei Vögel aus Silber, die fest an der marmornen Gruft angebracht waren. O'Malley klopfte sie mit dem Hammer los und steckte sie in die Tasche.

»Bravo«, ermunterte ihn Crane. »Damit holen wir vielleicht unsere Unkosten wieder rein.«

Williams wischte sich das Gesicht mit seinem Taschentuch. Er sagte: »Ich hab' ein ungutes Gefühl dabei.«

Crane schüttelte den Kopf in seine Richtung, sprach mit O'Malley. »Ich glaube, Doc wird wohl nie ein erstklassiger Vandale werden.«

»Verdammt«, sagte O'Malley. »Er ist noch nicht mal ein drittklassiger Grabschänder.«

»Ihr haltet euch wohl für komisch«, sagte Williams.

Als Courtland fertig war, ging Crane voran zu dem Häuschen am Tor. Während O'Malley und Courtland die Fingerabdrücke von den Spaten und dem Hammer abwischten, gingen er und Williams hinein. Crane nahm dem alten Wärter den Knebel ab, lockerte ihm ein wenig die Fesseln. »So«, sagte er, »in zwei, drei Minuten oder so wirst du freikommen können. Bis dahin werden wir weit weg sein.«

Die Augen des Wärters waren erleichtert, aber immer noch mißtrauisch.

Sie gingen durch das Eisentor und die Straße entlang, bis sie am Packard waren. In einem Ahornbaum piepsten und zwitscherten Spatzen ohrenbetäubend. Der Himmel war milchig.

»Was machen wir mit diesem Auto?« fragte Williams.

»Richtig. Es ist heiß.« Crane runzelte die Stirn. »Wir nehmen es mit zu einer Garage, parken es und schicken den Parkschein an den Typen, dem es gehört.«

Courtland fragte: »Wie wollen Sie herausfinden, wer er ist?«

»Wir überprüfen morgen das Kennzeichen.«

Crane stieg auf den Rücksitz. »Wir bringen es jetzt in eine Garage und nehmen ein Taxi in die City.«

Courtland kletterte auf den Fahrersitz. Er drückte den

Anlasser, fragte: »Was machen wir, wenn wir in der City angekommen sind?«

Crane verbarg den Mund hinter der Hand: »Wir gehen zu Bett.«

19

William Crane begutachtete sachlich die Zehen am Fußende der Badewanne. Sie waren ein wenig zu groß, besonders die beiden dicken Zehen, dachte er, aber im großen und ganzen sahen sie, so wie sie waren, wohlgeraten aus, wie Juwelen auf der blaßgrünen Oberfläche des Wassers. Er fragte sich, wie sie kirschrot lackiert aussähen, wie Miss Renshaws Zehen. Er fragte sich, was sie von seinem Gesicht am anderen Ende der Wanne dächten. Er wackelte mit dem großen Zeh am rechten Fuß, machte kleine, kreisrunde Wellen auf dem Wasser.

Doc Williams, der sich behutsam mit einem Rasiermesser vor dem Spiegel über dem Waschbecken rasierte, sagte: »Der Colonel hat angerufen, während du geschlafen hast.« Er wischte das Messer an einem Stück Toilettenpapier ab. »Er wollte wissen, was wir gefunden haben.«

Crane versank im warmen Wasser, bis nur sein Mund, seine Nase und Augen zu sehen waren. »Was hast du ihm erzählt?«

»Ich hab' ihm erzählt, daß das Grab leer war.« Williams strich sich noch mehr Schaum auf das Kinn. »Er war überrascht.«

»Bestimmt nicht mehr als wir«, sagte Crane zufrieden. Er drehte das heiße Wasser mit dem Fuß an. »Ich frage mich, ob mir das Hotel in dieser Wanne Abendessen servieren würde?«

O'Malleys Gesicht, glattrasiert, dunkel und gutaussehend, erschien in der Tür. »Essen wir im Wohnzimmer.« Er trug eine Flanellhose mit einem blaßblauen Streifen, ein weißes Seidenhemd und braune Lederpantoffeln. »Wir sind in den letzten zwei Tagen genug unterwegs gewesen.«

»Junge! Wo wir überall waren«, bestätigte Williams.

Crane sagte: »Eine regelrechte Weltreise.«

»Du meinst eine *Unter*weltreise«, verbesserte O'Malley. »Innerhalb von zwei Tagen fangen wir 'ne Schlägerei in 'nem Tanzlokal an, finden einen ermordeten Typen und melden es nicht der Polizei, platzen bei Bräh-mer und seiner Rauschgiftclique rein, sprengen eine Party, kidnappen ein Mädchen, stehlen ein Auto und plündern einen Friedhof.« Er hielt inne, um Atem zu holen. »Das einzige, was wir nicht gemacht haben, ist im Parkverbot parken.«

»Wenn wir das täten«, sagte Williams, »würden sie uns schnappen und lebenslänglich ins Kittchen stecken.«

Crane drehte den Heißwasserhahn mit dem Fuß zu. »Dabei fällt mir ein, was ist mit dem Packard?«

Williams ließ sein Rasiermesser zuschnappen. »Es ist alles geregelt. Während du gepennt hast, hab' ich das Kennzeichen überprüft und dann einen Freund von mir den Besitzer anrufen und ihm sagen lassen, wo er steht. Der Wagen gehört einem Kerl namens Brandt, einem Anwalt.«

Crane setzte sich in der Wanne auf, begann, sich unter den Armen einzuseifen. »Wie spät ist es eigentlich?«

O'Malley schaute auf seine Armbanduhr. »Elf nach neun. Du hast etwas mehr als dreizehn Stunden geschlafen.« Er schob sich breitschultrig in die Türöffnung. »Was wollt ihr essen?«

Durch einen dampfenden Waschlappen hindurch sagte Williams: »Ein Porterhouse-Steak für sieben Dollar.«

Eine Hand auf jeder Wannenseite, hievte sich Crane aus der Wanne. »Ihr Schnüffler werdet im Laufschritt essen müssen. Ich hab' einige Arbeit für euch.« Er zog ein Handtuch von dem Wandhalter.

»Arbeit!« O'Malley machte ein gequältes Gesicht. »Mein Gott! Was gibt es denn noch für uns zu tun?«

»'Ne Menge.«

»Teufel!« Williams trocknete sich das Gesicht mit einem

Handtuch. »Die Puppe ist nicht Kathryn Courtland, und sie ist nicht Mrs. Paletta, warum also bist du immer noch interessiert?«

Crane fragte: »Woher weißt du, daß es nicht Kathryn Courtland ist?«

»Der Brief –« Williams hielt das Handtuch in den Händen. »Du glaubst doch nicht, sie könnte es doch sein, oder?«

»Ich weiß nicht.« Crane trocknete sich einen Fuß ab, sagte dann: »Doch, glaube ich.«

»Schön, wie erklärst du dir den Brief?«

»Gar nicht. Ich ignoriere ihn einfach.«

Williams war völlig erbost. »Du bist mir ja ein schöner Detektiv. Jedes Beweisstück, das du nicht in deine Theorie einbauen kannst, ignorierst du einfach.«

»Klar.« Crane warf das Handtuch über den versilberten Heizkörper. »Ich finde, es macht die Dinge viel leichter.« Er sah sich auf dem Fußboden um. »Was habt ihr mit meiner Unterwäsche gemacht?«

Williams schnaubte.

O'Malley grinste Crane an, fragte: »Was sollen wir tun?«

Crane fand seine Unterwäsche unter der Badezimmermatte. »Wenn Doc sich nicht allzu sehr über mich ärgert, hätte ich gern, daß er ein Paar von Miss Ross' Strümpfen und ihre Haarbürste aus dem Princess Hotel beschafft. Wahrscheinlich haben sie ihre Kleidungsstücke irgendwo weggeschlossen, und er kann den Nachtportier bestechen, oder den Hoteljungen Edgar, damit er sich das Zeug holen darf.« Er wandte sich an Williams. »Die Strümpfe müssen welche sein, die sie getragen hat; neue sind nutzlos.«

Williams' Augen waren verblüfft. »Eine Haarbürste und Strümpfe?«

»Eine Haarbürste und *getragene* Strümpfe.«

»Und ich?« fragte O'Malley, während er sich eine blaue Krawatte umband.

»Du erinnerst dich an diese Bulldogge, die wir gestern abend in Brahmas Kneipe gesehen haben?« O'Malley nickte, und Crane fuhr fort: »Gut, wir werden sie für ein oder zwei Stunden brauchen.« Crane ging in sein Schlafzimmer und holte eine Rolle Geldscheine von der Kommode. »Hier sind vier Hunderter«, sagte er und gab O'Malley das Geld. »Besorg den Hund, und wenn du ihn kaufen oder stehlen mußt.« Er sah, daß Williams sich den Mantel anzog. »Ihr beide könnt unterwegs was zu essen auftreiben. Kommt hierher zurück so bald ihr könnt.«

Im Wohnzimmer fragte Williams: »Was willst du machen, während wir draußen auf Schatzsuche sind?«

»Ich werd' Courtland anrufen und ihn bitten, sich uns anzuschließen.«

»Und was dann?«

»Werd' ich jemanden besuchen.«

»Und dann?«

»Werd' ich etwas nachdenken.«

Sie blieben an der Flurtür stehen, sahen ihn respektvoll an. Schließlich sagte O'Malley: »Tja, überanstreng dich nicht.«

Der Mann, den Crane besuchen wollte, hieß Frankie Thomas, und er war Musiker in Udonis Band. Er spielte das Saxophon, und Crane machte ihn ausfindig, nachdem er den Kellner im Cavern angerufen hatte. Er aß gerade im Grillraum seines Hotels, dem Bedford, allein zu Abend. Er war absolut bereit, Cranes Fragen zu beantworten.

»Ja«, sagte er, »Udoni hat sowohl Mittwoch als auch Donnerstag nacht von zwölf an mit uns im Clark-Erie gespielt.«

»Hätte er sich Donnerstag nacht für, sagen wir, eine halbe Stunde wegschleichen können, ohne daß Sie es bemerkt hätten?« fragte Crane.

»Absolut unmöglich.« Thomas hatte ein langes, mageres Gesicht, und er hatte Säcke unter den schwarzen Augen. »Wir sind nur zu sechst in der Band, und es könnte nicht einfach einer abhauen. Er war bestimmt da.« Er sah Crane aus zusammengekniffenen Augen an. »Versuchen Sie, ihn mit dem Mädchen, das aus dem Leichenschauhaus gestohlen wurde, in Zusammenhang zu bringen?«

»Teufel! Woher wußten Sie?«

»Nun, Udoni hat mir erzählt, daß er das Mädchen kannte. Wir haben an dem Morgen, als es gestohlen wurde, zusammen Kaffee getrunken, nachdem wir mit der Arbeit fertig waren, und er ist wirklich fast in Ohnmacht gefallen, als er darüber in der Zeitung las. Und da hat er mir erzählt, daß er es kannte.« Thomas schob sich ein Stück Sellerie in den Mund. »Er sagte ›flüchtig‹, aber ich hab' mir gedacht, daß mehr dahinter steckte.«

»Tja, trotzdem sieht es so aus, als hätte er die Leiche nicht entführen können.«

»Nicht, wenn er nicht jemanden engagiert hat, es zu tun«, sagte Thomas, »und wenn er das getan hat, warum hätte er so überrascht sein sollen, darüber in den Zeitungen zu lesen?«

»Ich geb's auf«, sagte Crane, »trotzdem danke.«

Sicherheitshalber hielten sie die bei ›Drive-your-self‹ gemietete Limousine einen Block vom Friedhofseingang entfernt an. O'Malley und Crane, mit Champion, der weißen englischen Bulldogge, in ihrer Mitte, saßen auf dem Rücksitz, Williams fuhr, und Courtland saß neben ihm. Als die Scheinwerfer ausgeschaltet waren, stellten sie fest, daß die Nacht so schwarz war wie das Innere eines Wandschranks. Irgendwo in der Ferne schlug eine Uhr, und Crane sagte mit Grabesstimme: »Es ist die Geisterstunde um Mitternacht, wenn sich die Gräber öffnen und ...«

»Was haben wir hier draußen zu suchen?« unterbrach ihn Williams jammernd. »Ich mag diese Gegend nicht.«

Die Uhr schlug einen letzten blechernen Ton, und es war still.

Crane kletterte aus dem Wagen, sagte zu O'Malley: »Du

bleibst mit dem Hund hier, Tom, bis wir sehen, ob die Luft rein ist.« Er gab den anderen ein Zeichen, ihm zu folgen.

Sie entdeckten eine geschützte Stelle an der Mauer, und die beiden hoben Crane auf ihre Schultern. Er sah, daß oben in die Mauer Glas eingebettet war, und zog sein Jackett aus und legte es über einen Teil der Mauerkrone. Er kletterte auf die Mauer, beugte sich hinunter, zog Courtland herauf und flüsterte: »Doc, hol O'Malley und den Hund.«

Innerhalb von fünf Minuten waren sie alle im Innern des Friedhofs. Crane trug Champion auf dem Arm und ging voraus zu dem Grab, das mit Agnes Castles Namen gekennzeichnet war. Als er den Hund absetzte, leckte Champion ihm die Hand, um zu zeigen, daß er nicht beleidigt war, weil man ihn getragen hatte.

»Wollen wir hier wieder alles aufbuddeln?« fragte Williams.

»Nein«, sagte Crane. »Wo sind die Strümpfe und die Haarbürste?«

Williams zog die Sachen aus seiner Jackettasche, reichte sie Crane. »Es hat mich zehn Piepen gekostet, sie zu kriegen.«

Champion schnüffelte versuchsweise an dem weißen Kreuz mit der Aufschrift Agnes Castle. Crane sagte: »He! Nichts da.« Er zog den Hund vom Kreuz weg, hielt ihm die Strümpfe und die Bürste vor. »Nimm davon einen tiefen Zug, Champ«, sagte er.

O'Malley sagte: »Ah-ha! Mir geht ein Licht auf.«

»Was für'n Licht?« fragte Williams.

»Du wirst sehen«, sagte O'Malley.

Wetterleuchten flackerte nervös am Horizont auf. Ein Duft von feuchter Erde lag über dem Friedhof. Wolken bedeckten den Himmel, verbargen den Mond. Die Nacht war wie ein schwarzes Tuch vor ihren Augen.

Champions keuchendes Schnüffeln hatte einen fragenden Klang. Crane betastete das Halsband, um sich zu vergewissern, daß die Leine fest war, und sagte: »Find sie, Junge; find sie.« Er hielt dem Hund die Strümpfe vor.

Champion schnaubte, um zu zeigen, daß er verstand, zog die Leine straff.

Crane stopfte die Strümpfe und die Haarbürste in seine Hosentasche und ging hinterher. Er zog eine kleine Taschenlampe aus seiner Gesäßtasche, richtete sie auf die Bulldogge. Im Trab entfernten sie sich von dem Grab, die anderen folgten dicht hinterher. Champion war von dem Spiel entzückt. Seine gelben Zähne glänzten in einem drolligen Grinsen; sein Seemannsgang war flott, er eilte von Grab zu Grab. Sein Atem pfiff durch die flache Nase.

Mit der Lederleine am rechten Handgelenk stürzte Crane ihm nach, stolperte dabei über Grabhügel, schürfte sich die Schienbeine an Grabsteinen auf, versank knöcheltief in weichem Boden. Seine Taschenlampe beleuchtete gelblich eine Reihe von Marmor- und Steingruften. Flüchtig fiel sein Blick auf Inschriften, Daten, Namen; er stieß mit den Schultern und dem Kopf gegen Kränze und Blumen. Er konnte hören, wie die anderen hinter ihm her stampften. Er konnte fühlen, wie ihm der Schweiß den Rücken hinunter strömte.

Immer, wenn Champion seinen Schritt verlangsamte, hielt Crane ihm die Haarbürste und Strümpfe unter die Nase und ermunterte ihn: »Los, Champ, finden wir sie«, und Champion raste mit wiedergewonnener Energie weiter. Schließlich gaben Williams, dann O'Malley und zuletzt Courtland die Verfolgung auf und ruhten sich auf Grabsteinen aus, beobachteten die Taschenlampe, die wie ein verrücktes Glühwürmchen den Friedhof umkreiste.

Die drei saßen in einigem Abstand voneinander, und als Crane selbst müde wurde, machte er die Taschenlampe aus und führte den Hund hinüber zu der Stelle, wo Williams saß. Im Süden grollte Donner. Er tippte Williams auf die Schulter. Williams sprang auf die Füße und brüllte: »Hiil-fee!« Erschrocken sprang Crane nach hinten, fiel über Champion und landete flach auf dem Rücken. Ein unkontrolliertes Kichern stieg ihm die Kehle hoch; er begann zu lachen. Champion bellte ihn an.

Courtland und O'Malley kamen im Laufschritt. »Was zum Teufel ist los?« fragte O'Malley.

»Der verdammte Idiot ist aufgetaucht und hat mir wie ein Gespenst auf die Schulter getippt«, jammerte Williams. »Er hat mich wahnsinnig erschreckt.«

Crane keuchte vor Lachen, sagte: »Nicht halb so sehr wie du mich erschreckt hast.«

»Um Gottes willen«, sagte O'Malley, »sei still. Du hast im Nu 'ne Armee Bullen hier draußen.«

Crane rieb sich die Erde vom Hosenboden. »Mit einem geheimnisvollen Licht, einem bellenden Hund, einer Stimme, die ›Hilfe!‹ ruft, und einem lachenden Gespenst wirst du hier draußen mit irischen Bullen keine Scherereien bekommen.«

Williams sagte: »Ich find' das nicht so wahnsinnig komisch.«

O'Malley sagte: »Du bist wirklich ein dämlicher Detektiv. Ich wünschte, der alte Pinkerton könnte dich sehen.«

»Wenn ihr Burschen so schlau seid«, sagte Crane ungehalten, »gründe ich heut' nacht vielleicht eine neue Detektivschule. Die Detektivschule für Bulldoggen.« Er richtete das Licht auf Champion, der mit seinen kleinen, runden Augen blinzelte. »Los Kumpel; wir zeigen's ihnen.«

Courtland fragte: »Möchten Sie, daß ich ihn mal eine Weile nehme?«

»Es ist besser, ich mach' es. Ich weiß, wo wir schon waren.«

Als Crane sich davonmachte, rief O'Malley: »Wenn du Hilfe brauchst, gib uns ein Lichtsignal.«

Anfangs ging Champion nicht sehr schnell, und Crane konnte einige Zeit im Gehen mit ihm Schritt halten. Sie kamen an einer Gruft mit weißen Säulen vorbei, und er las die Worte ›Geliebte Frau‹ und ›Agnes‹ und eine Jahreszahl ›1874‹. Er ließ die Bulldogge wieder an der Haarbürste riechen. Sie kamen an einem weißen Ehrengrabmal vorbei, das die Inschriften ›Richard Scott‹ und ›resurgam‹ trug. Hin und wieder durchzog ein Blitz einen Teil des Himmels, und er konnte die ungeheure

Größe des Friedhofs sehen. Ihm war klar, daß die Idee mit der Bulldogge die lächerlichste war, die er je gehabt hatte, aber er war entschlossen, es ernsthaft zu versuchen. Er konnte wenigstens den Teil des Friedhofs durchgehen, der in unmittelbarer Nähe von Agnes Castles Grab lag. Er flüsterte: »Komm schon, Champion; wo ist das Mädchen?«

Champion reagierte galant. Sie trampelten über frisches Gras, umkreisten Grabsteine, galoppierten Schlackenwege entlang, rutschten Grasabhänge hinab, brachen durch Hekken, zertraten Blumenbeete, fegten an zahllosen Gräbern vorbei. Luft jagte durch Cranes Hals, Wasser triefte ihm vom Körper; im Mund hatte er einen Geschmack von Asche. Plötzlich bellte Champion, wirbelte nach rechts und begann heftig an der Leine zu ziehen. Crane richtete den Strahl der Taschenlampe auf den Hund, sagte keuchend: »Bravo, Champ.«

Champions Whiskeybaß ertönte erneut, und vor einem kleinen Grab kam er abrupt zum Stehen. Oben auf dem Grabstein saß eine orangefarbene Angorakatze und betrachtete sie aus verächtlichen gelben Augen. Champion schielte Crane stolz an, wackelte mit seinem Stummelschwanz.

»Was soll das, du alter Wüstling, du«, sagte Crane. »Du besoffener alter Wüstling.«

Er führte den Hund von der Katze weg, zurück zu den anderen, und setzte sich auf ein Grab. Er spürte ein jähes Nachlassen seiner Kräfte. Er fühlte sich sehr müde. »Es hat keinen Zweck«, sagte er. »Wir sitzen fest.« Er wischte sich über die Stirn. »Zum Teufel mit diesem Blödsinn.« Er gab O'Malley die Leine. »Machen wir, daß wir hier wegkommen.«

Sie gingen langsam zur Friedhofsmauer. Bald merkte Crane, daß O'Malley nicht mehr bei ihnen war. Er leuchtete vergeblich mit der Taschenlampe, kehrte dann allein um. Schließlich traf er auf O'Malley, der neben einer großen Marmorgruft stand.

»Kann ich was dafür«, fragte O'Malley, »wenn Champ mal wohin muß?«

Crane leuchtete auf die Bulldogge und sah, daß sie tatsächlich beschäftigt war.

»Er kann ein Grab nicht von 'nem Baum unterscheiden«, sagte O'Malley entschuldigend.

Der Schein der Taschenlampe schwenkte über ein schwarzes Eisentor am Eingang der Gruft, und Crane hatte das Gefühl, als hätte er das Herz im Hals, wo es ihm den Atem abschnürte.

An dem Tor war ein nagelneues Vorhängeschloß! Er richtete das Licht auf die Inschrift über dem Eingang. Sie lautete:

ZUM ANDENKEN AN IHRE GELIEBTE MUTTER
ELIZABETH
WURDE DIESE GRABSTÄTTE IM JAHRE 1923
VON IHREN FÜNF SÖHNEN ERRICHTET.
ROBERT, JAMES ...

Crane sprach die Jahreszahl, 1923, laut triumphierend aus. »Neunzehnhundertdreiundzwanzig. Donnerwetter! Das Vorhängeschloß müßte mittlerweile verrostet sein.« Er raste zurück zu den anderen, flüsterte laut: »Kommt mit. Ich glaub', ich hab' da was.«

Das Vorhängeschloß zerbrach unter der heftigen Wucht eines dicken Steines, das Tor öffnete sich ächzend, und sie gingen zwei Stufen hoch zu der engen Marmortür der Gruft. Hinter ihnen trommelte der Donner einen gedämpften Totenmarsch. Unter O'Malleys Schulter gab die Marmortür teilweise nach, und ein widerlicher Geruch von toten Blumen verstopfte ihnen die Nase. Champion winselte, und Crane sagte: »Sch!« und folgte O'Malley in die Gruft. Das Schlurfen ihrer Ledersohlen, das Trippeln von den Zehennägeln der Bulldogge auf dem Steinboden, ihr aufgeregtes Atmen erfüllte die Grabkammer.

Bleich wie Limonensaft beleuchtete der fächerförmige Lichtstrahl der Taschenlampe einen erhöhten Marmorsarkophag inmitten des Raumes. Darunter waren künstliche Blumengewinde, leuchtend grün, und auf dem Deckel waren welke Blumen. Schwarze Seidenbänder umschlangen einige der Blumen.

Champion schnupperte winselnd an irgend etwas hinter der Tür. Crane schwenkte das Licht in einem langsamen Bogen vom Sarkophag zum Hund auf dem Boden. Unter Champions häßlicher Schnauze war das Gesicht von Miss Ross, mit rot geschminkten und gepuderten Wangen, scharlachroten Lippen, blauem Lidschatten, mattbraunem Haar, das aus einer bleichen Stirn nach hinten gekämmt war. Eine farbenprächtige Halskette aus rot und grün und blau lackierten Holzstückchen umgab ihren Hals. Sie lag auf dem Rücken. Ihr Kleid, aus billiger Baumwolle, war zu groß für ihren schlanken Körper. Ihre Beine waren von schwarzen dünnen Seidenstrümpfen bedeckt, ihre schwarzen Pumps waren zu groß für ihre Füße. Ihr Gesicht war ruhig und tragisch und unergründlich ...

Crane ließ den Strahl der Taschenlampe auf ihr ruhen. »Nun ...?« fragte er.

Courtland war über die Leiche gebeugt. »Nein! Nein!« sagte er. »Das ist nicht meine Schwester. Das ist nicht Kathryn.«

Seine Stimme klang wie eine verstimmte Geige.

20

Das Kinn in die Innenfläche der Hand gestützt, den Ellbogen auf dem Oberschenkel, saß Crane auf den Steinstufen der Gruft. Sein Gesicht, vom Blitz in unregelmäßigen Abständen erhellt, war verärgert. »Diese Sache hat mich ganz schön gepackt«, sagte er. Zu seinen Füßen lag Champion, mit heraushängender Zunge, keuchendem Atem.

Williams war wie gewöhnlich sachlich. »Was hast du jetzt vor?« wollte er wissen.

Die Glut am Ende von O'Malleys Zigarette vibrierte, als er sprach. »Begraben wir die Puppe wieder und fahren wir nach New York zurück. Hier ist für uns nichts mehr drin.«

Courtland hielt seine Zigarette zwischen den Fingern. »Es ist eigenartig. Sind Sie sicher, daß dies das Mädchen ist, das Sie im Leichenschauhaus gesehen haben, Bill?«

»Ich bin absolut sicher.«

Wie ein Lanzenhieb spaltete ein blauweißer Blitz den Himmel, wurde acht Sekunden später von einem Donnerschlag gefolgt. Champion bewegte sich unruhig. Die Luft war klamm auf ihren Wangen.

»Was kannst du gewinnen, wenn du mit der Sache weitermachst?« erkundigte sich Williams. »Du hast das Mädchen, und es ist nicht Miss Courtland, und mehr wolltest du nicht herausbekommen.«

Crane zog sanft an Champions Ohr. »Am Anfang wollte ich nicht mehr herausbekommen.« Seine Stimme war leise. »Jetzt möchte ich herausbekommen, wer sie ermordet hat.«

Der Donner klang wie ein Baumstamm, der über einen Dachboden geschleift wird.

Schließlich fragte O'Malley: »Du meinst, sie hat sich nicht umgebracht?«

»Genau.«

Courtlands Zigarette war ein starres rotes Auge in der Dunkelheit. »Woher wissen Sie, daß sie ermordet wurde?« fragte er.

»Vieles deutet auf Mord hin.« Crane fuhr mit den Fingern unter Champions Halsband. »Erstens steigt ein Mädchen wohl kaum aus dem Bad und hängt sich auf, ohne sich anzuziehen oder sich wenigstens abzutrocknen. Es sieht eher so aus, als ob sie von jemandem gestört wurde, während sie ein Bad nahm, und sich einen Bademantel übergeworfen hat, um die Tür zu öffnen.« Champion grunzte genüßlich. »Sie muß den Besucher gekannt haben, weil es keine Anzeichen von einem Kampf gab, weder in dem Zimmer, noch auf ihrem Körper.«

Crane steckte sich eine Camel in den Mund und zündete sie mit O'Malleys Zigarette an und fuhr fort: »Der Besucher muß ihr einen Strick um den Hals geschlungen haben, als sie sich umdrehte, um ins Badezimmer zurückzugehen, und sie erwürgt haben. Um das Verbrechen zu verbergen, befestigte er dann den Strick über der Badezimmertür, die halb offen war, und knüpfte sie auf. Mittlerweile war der Bademantel runtergerutscht, und sie war nackt. Er legte den Mantel beiseite und vervollständigte die Selbstmordinszenierung, indem er die Waage aus dem Badezimmer holte und sie neben die Tür unter ihre Füße stellte.« Crane ließ Rauch durch die Nase gleiten. »Die nächste Schwierigkeit war, wenn möglich zu verhindern, daß die Leiche identifiziert wird.

Nun, gerade darauf hatte sich der Besucher vorbereitet. Er muß zwei große Koffer gehabt haben, und in denen verstaute er sämtliche Kleidungsstücke von Miss Ross – das heißt: alle ihre Kleidungsstücke, die irgendeinen Anhaltspunkt für ihre Identität liefern könnten. Besonders Kleidungsstücke mit Schildchen aus einer Reinigung, weil so ein Schildchen so ungefähr der einfachste Weg ist, jemanden zu identifizieren.«

Williams wandte ein: »Ja, aber wenn er ihre sämtlichen Sachen mitgenommen hat, wären doch keine in dem Zimmer gewesen.«

»Er brachte welche mit – nagelneue Kleider, Unterwäsche und Damenmäntel, an denen nicht ein einziges Zeichen war, außer dem Namen des Kaufhauses, in dem sie gekauft wurden. Und in diesem Fall war das Kaufhaus Marshall Field's, wo man bar bezahlt und wo der Umsatz so groß ist, daß kein Angestellter sich an den Verkauf eines billigen Kleides oder eines billigen Mantels erinnern wird.«

Ein heller zickzackförmiger Blitz ließ sie alle den Kopf einziehen, aber der Donner war noch immer Sekunden hinter dem Blitz zurück.

»Der Mörder hängte die neuen Sachen in den Schrank, packte die alten Sachen mit Ausnahme der Strümpfe, die, obwohl teuer, niemandem außer mir einen Hinweis boten, zusammen, und war im Begriff, zu gehen«, fuhr Crane fort.

»Aber Udoni . . .«, fiel ihm Williams ins Wort. »Er sagte, es *wären* ihre Sachen. Ich erinnere mich, daß du ihn gefragt hast.«

»Ich glaube, Udoni hat gelogen.« Crane trat seine Zigarette auf der Steinstufe aus. »Der Mörder war im Begriff zu gehen, als er etwas entdeckte. Er hatte nicht für Miss Ross' Schuhe gesorgt. Es müssen teure Schuhe gewesen sein – sonst hätte er sich nicht die Mühe gemacht, sie mitzunehmen. Aber er fürchtete, man könnte ihre Spur verfolgen, und er hatte nicht daran gedacht, billige Schuhe mitzubringen (man denkt ja nicht an Schuhe im Zusammenhang mit Reinigungsschildchen), also packte er sie auch ein und ließ Miss Ross ganz ohne Schuhe zurück.«

O'Malley sagte: »Er hat sich wahrscheinlich gedacht, sie würde sie nicht mehr brauchen.«

»Halt den Mund«, sagte Williams. »Das ist interessant.«

»Das ist in etwa alles.« Cranes Stimme war müde. »Der Besucher ging mit den Schuhen und den Kleidungsstücken und allen anderen Gegenständen, von denen er annahm, daß sie bei der Identifizierung des Mädchens von Nutzen sein könnten. Vielleicht hat er sogar ihr Geld mitgenommen, falls sie mehr hatte, als man in ihrer Handtasche gefunden hat.«

»Ich kann Ihrer Rekonstruktion schon folgen«, sagte Courtland mit verwirrter Stimme. »Aber mir ist noch immer nicht klar, wieso Sie sicher sein können, daß es Mord ist. Wäre es dem Mädchen nicht selber möglich gewesen, seine Sachen zu beseitigen, damit es Selbstmord begehen konnte, ohne daß seine Identität ans Licht käme?«

»Nein«, sagte Crane. »Das wäre es nicht. Sie wissen doch, ihre nassen Fersenspuren auf der Tür waren zwei Fuß über dem Boden. Der Mörder wollte, daß die Polizei glaubt, sie wäre von der Badezimmerwaage gesprungen und hätte sich erhängt. Wenn sie das getan hätte, wären ihre Fersenspuren unterhalb der Waage gewesen, die nur einen Fuß hoch ist. Statt dessen waren ihre Füße mehr als einen Fuß über der Waage, offensichtlich ein Ding der Unmöglichkeit, wenn sie sich selbst aufgehängt hätte.«

»Ganz schön clever.« Courtlands Stimme klang ehrfürchtig. »Wie sind Sie nur darauf gekommen?«

»Das ist ein alter Trick. Ich erinnere mich an einen Fall der Sûreté, in dem ein Melkschemel auf so ziemlich die gleiche Art vorkam«, sagte Crane. »Und es hat andere gegeben. Verbrecher scheinen die Angewohnheit zu haben, sich oder besser gesagt, ihre Fehler zu wiederholen.«

Williams fragte zum zweitenmal: »Also, was hast du jetzt vor?«

Crane stand auf, streckte die Arme. »Ich möchte die Leiche an einen Ort schaffen, wo wir sie den Udonis und Paletta und French zeigen könnten.« Er straffte die Leine, zog Champion an seine Füße. »Wie spät ist es?«

»Fünf Minuten vor eins«, sagte O'Malley.

»Später nicht?« rief Williams. »Es kommt mir vor, als wären wir schon die ganze Nacht hier.«

Courtland sagte: »Sie werden die Leiche irgendwohin schaffen müssen. Sie können die Gangster und die Udonis nicht gut hier rausbringen.«

»Genau das überlege ich gerade.« Crane ging auf die Stelle zu, wo Williams saß. »Doc, du bist doch in Chicago ein alter Hase. Kennst du irgendwelche Leichenbestatter?«

»Klar. Ich kenn' einen, der heißt Gruft, drüben auf der State Street Ecke Siebenundvierzigste.«

Crane fragte: »Soll das ein Scherz sein?« Dann sagte er: »Schon gut. Glaubst du, er würde die Leiche nehmen?«

»Für mich ja.«

»Prima.« Crane tätschelte die Bulldogge. »Wir bringen sie dorthin und lassen die anderen kommen, um sie sich anzusehen.«

O'Malley sagte: »So wie ich meine Gangster kenne, wird es verdammt schwierig für dich, French und Paletta dazu zu bringen, in ein unbekanntes Bestattungsinstitut zu kommen, um sich irgendein Mädchen anzusehen. Sie werden denken, du würdest versuchen, sie umzulegen.«

»Das stimmt«, sagte Crane.

Courtland fragte: »Warum wollen Sie, daß sie die Leiche sehen?«

»Ich möchte sicher sein, daß sie das Mädchen nicht kennen.« Champion trottete dicht hinter ihm, während Crane entlang den Stufen der Gruft hin und her schritt. »Ich bin mir über diese Miss Renshaw nicht mehr so sicher. Vielleicht ist sie ja doch nicht Mrs. Paletta, obwohl ich mein Hemd dafür verwettet hätte. Sie hat es nie zugegeben, wißt ihr noch?«

O'Malley sagte: »*Die* hätte nicht zugegeben, daß Roosevelt Präsident ist.«

Der Donner war jetzt lauter. Sie mußten gegen ihn anreden.

Feuchtigkeit tränkte die reglose Luft; haftete an ihrer Haut, ihrer Kleidung; kitzelte sie in der Nase, befeuchtete ihr Haar.

»Der einzige Ort, an den diese Kerle zu bewegen wären«, sagte Williams, »wäre das County-Leichenschauhaus. Dort würden sie sich sicher fühlen.«

»Machen wir jedenfalls, daß wir hier rauskommen«, schrie O'Malley. »In ein paar Minuten regnet es in Strömen.«

Crane sprach mit Williams. »Aber ich möchte nicht, daß die Bullen wissen, daß ich die Leiche gefunden habe. Wenn wir sie zur Leichenhalle brächten, würde der Wärter sie benachrichtigen.«

»Nicht wenn der Leichenbestatter sie einliefern würde.« Williams sprach mit hoher Stimme. »Er könnte sagen, jemand habe die Leiche bei ihm abgeliefert, um sie beerdigen zu lassen, und sei dann verschwunden, und daß er nicht vorhabe, sie umsonst zu beerdigen.« Er ging näher an Crane heran. »Der Wärter, der Nachtschicht hat, würde den Leichenbeschauer am Morgen benachrichtigen.«

»Dann hätten wir noch den Rest der Nacht.« Crane nickte.

»Na schön, fangen wir an. Doc, du und O'Malley tragt die Leiche hinüber zur Mauer.«

Williams sagte: »Wenn du dir einbildest, daß ich die Leiche anfasse...«

»Sie wird dich nicht beißen«, sagte Crane.

Courtland sagte: »Ich helfe mit.« Er ging voraus in die Gruft. Während Crane den Boden beleuchtete, hoben O'Malley und Courtland die Leiche hoch. »Steif wie 'ne Statue!« schrie Williams auf.

Crane gab Williams die Taschenlampe. »Geh voraus, Doc. Champ und ich bilden die Nachhut.«

Langsam, vorsichtig, gingen sie über den Friedhof. Courtland hatte die Füße der Leiche, einen in jeder Hand, wie eine Schubkarre, und O'Malley hatte seine Hände unter den Armen eingehakt, die über ihrer Brust gefaltet waren. Im grellen Licht der Blitze hatte das Gesicht der Frau das halbmenschliche, halb-künstliche, im ganzen genommen schauerliche Aussehen einer Figur in einem Wachsfigurenkabinett. Champion hielt sich dicht an Cranes Fersen.

In einem Augenblick der Stille zwischen Donnerkrachen rief Williams nach hinten: »Wie kriegen wir sie über die Mauer?«

»Zwei von euch werden hinaufsteigen müssen«, sagte Crane. »Wir werden sie euch hochreichen, und dann kann einer sie halten, während der andere auf der anderen Seite hinunterspringt.«

Sie blieben am Fuß der Mauer stehen.

»Ich wette, ich könnte sie hinüberwerfen«, sagte O'Malley.

Donner hämmerte auf ihre Trommelfelle.

Crane und Williams halfen O'Malley auf die Mauer, während Courtland die Leiche hielt. Als Courtland an der Reihe war, sagte Crane: »Lehnen Sie sie aufrecht gegen die Wand.« Sobald die beiden oben waren, hatten Crane und Williams keine Mühe, den Leichnam zu ihnen hochzuheben. »So«, sagte Crane, »jetzt springt einer von euch runter.«

Courtland sprang hinunter, und O'Malley stand da und hielt die Leiche um die Taille. »Darf ich Sie um den nächsten Walzer bitten, Madam?« fragte er.

»Um Gottes willen!« sagte Williams.

Auf Crane wirkte die Szene wie einer jener Horrorfilme, in denen verrückte Wissenschaftler Monster wieder zum Leben erwecken. Im flackernden blauweißen Licht war O'Malleys Gesicht weiß wie der Bauch eines Fisches; das des Mädchens ruhig, friedlich, schrecklich. O'Malley hielt es von der Mauer weg, ließ es fallen. »Gut gefangen«, sagte er, und an Crane und Williams gewandt, die mit Stielaugen zusahen, fügte er hinzu: »Kommt schon, ihr Schnüffler.«

Innerhalb der nächsten zwölf stärkeren Donnerschläge waren sie neben ihrem Mietwagen. »Wie kriegen wir sie rein?« wollte Williams wissen. »Sie läßt sich nicht biegen.«

Sie bugsierten sie schließlich durch die Hintertür und stützten sie in einer Ecke ab. Crane stieg neben ihr ein, fragte unsicher: »Ob sie wohl als Blitzableiter funktioniert?«

Auf dem Weg zur Siebenundvierzigsten Straße machten sie an einem Drugstore, der die ganze Nacht geöffnet war, halt, während Williams mit dem Leichenbestatter Gruft telefonierte und dessen zögernde Erlaubnis einholte, die Leiche zu ihm zu bringen. Sie alle befiel ein Gefühl der Erleichterung, als Williams wieder auf den Fahrersitz kletterte, den Gang einlegte und ruckartig anfuhr.

Crane tätschelte die Schulter der Toten. »Noch nie im Leben war ich so froh, eine Puppe zu fassen zu kriegen«, sagte er.

O'Malley musterte kritisch Miss Castles Gesicht. Er sagte: »Sie scheint nicht so unwahrscheinlich froh zu sein, dich zu sehen.«

»Aber du *bist* doch froh, mich zu sehen, nicht wahr, Puppe?« fragte Crane. Er bewegte den oberen Teil der Leiche mit der flachen Hand, erweckte den Anschein, als würde Miss Castle zustimmend nicken.

Williams, der mit Glubschaugen im Spiegel zusah, sagte: »Oh, mein Gott, tu das nicht.« Er trat ruckartig aufs Gaspedal.

Sie schleuderten um eine Ecke, und es begann, Tropfen wie Vierteldollarmünzen zu regnen, die mit nassem Klatschen auf die Windschutzscheibe trafen. Der Donner kam jetzt unmittelbar nach jedem Blitzstrahl. Straßenlampen machten dottergelbe Flecken auf das glänzende Pflaster.

O'Malley sagte: »Ich hab's gern, wenn eine Puppe ihren Teil zur Unterhaltung beiträgt.«

»Du meinst, wie unsere Aggie?« fragte Crane. »Unsere Aggie ist eine gute Gesellschafterin.«

O'Malley lehnte sich über Crane und guckte der Leiche ins Gesicht. »Gefällt Ihnen das Wetter heute, Miss Castle?«

Crane ließ die Leiche den Kopf schütteln.

O'Malley fragte: »Vielleicht finden Sie's ein bißchen feucht, Miss Castle?«

Crane bewegte den Kopf auf und ab.

Williams wurde durch diese Unterhaltung vor Entsetzen so gefesselt, daß er an der Einundfünfzigsten Straße Ecke Woodlawn Avenue eine rote Ampel übersah. Eine Sirene heulte hinter ihnen auf, und ein Streifenwagen zwang sie an den Straßenrand. Ein uniformierter Polizeibeamter mit puterrotem Gesicht streckte seinen Kopf in den strömenden Regen hinaus, richtete den Suchscheinwerfer auf sie. »Wo brennt's?« fragte er.

Crane legte schützend seinen Arm um Miss Castles Körper, ließ ihren Kopf auf seiner Schulter ruhen. Donner krachte direkt über ihren Köpfen.

»Tut uns leid, Officer«, sagte Courtland. »Wir haben die Ampel wegen des Regens nicht gesehen.«

»Klar doch«, sagte der Polizist. Er schwenkte den Scheinwerfer auf den Rücksitz. Crane bog die Schulter nach vorn, so daß Miss Castles Gesicht im Schatten war.

»Die junge Dame fühlt sich nicht ganz wohl«, erklärte Courtland. »Wir bringen sie schnell nach Haus.«

Der Beamte schnupperte. »Blau?«

»Ja«, sagte Crane hastig. »Blau.«

Der Beamte war empört. »Ihr seid mir ja ein netter Verein, ein armes Mädchen auszuführen und betrunken zu machen.«

»Sie ist praktisch immer blau«, sagte Crane.

»Also, ich möchte Sie darauf hinweisen...«, setzte der Beamte an.

»Komm, laß gut sein, Jim«, sagte der Fahrer im Streifenwagen. »Ich sitze hier und werde naß.«

»Passen Sie auf, daß man Sie nicht wegen Trunkenheit am Steuer einsperrt«, sagte der Beamte warnend. »Ihr Wagen stinkt wie eine Kneipe.«

Eine schwarze Regenwand verhüllte das sich entfernende Heck des Streifenwagens.

»Da seht ihr's«, sagte Crane. »Nach Alkohol zu riechen zahlt sich aus. Sonst wäre der Bulle wegen unserer armen Angie mißtrauisch geworden.«

»Verdammt nochmal«, sagte O'Malley, »er hat das Zeug gerochen, mit dem man die Leichen einbalsamiert.«

Williams startete den Wagen mit äußerster Vorsicht, und sie fuhren die siebenundvierzigste Straße entlang, bis sie zu einem Schild, *Gruft und Sohn,* kamen. Sie bogen in eine Gasse neben dem Geschäft und hielten am Hintereingang.

Mr. Gruft war ein kleiner, brauner, älterer Mann, und seine braunen Augen waren wachsam. Er grinste sie an. »Also machst du mal wieder Dummheiten, Doc Williams?« sagte er. Er trug einen schwarzen Anzug, ein weißes Seidenhemd und eine Fliege.

Nachdem sie einander bekannt gemacht hatten, sah sich Mr. Gruft die Leiche an. »Das ist also das Mädchen, von dem ich soviel in den Zeitungen gelesen habe.« Sein kleiner Kopf, braunhäutig und faltig, sah aus, als hätten Buschmänner in der Südsee begonnen, ihn zu präparieren, und seien abgelenkt worden, als die Arbeit halb fertig war. »Sie sieht nicht schlecht aus.«

Crane erläuterte, was sie von ihm wollten.

»Das wird schwierig.« Mr. Gruft hatte falsche Zähne, und sie klapperten, wenn er sprach. »Von Leichenbestattern erwartet man eigentlich nicht, daß sie imstande sind, Leichen in die Leichenhalle zu bringen, nachdem sie sie einbalsamiert haben. Wenn ein Leichenbestatter erst einen Kunden akzeptiert hat, ist er für das Begräbnis verantwortlich.« Es gab einen fürchterlichen Blitzstrahl und sofort hinterher einen Donnerschlag. »Heiliger Bimbam! Kommt rein, bevor sie uns alle in die Leichenhalle bringen.«

In dem kahlen, von Zementwänden umgebenen Hinterzimmer des Gebäudes wurde der Lärm des Donners schwächer. Crane fragte: »Sie glauben also nicht, daß Sie sie für uns in die Leichenhalle schaffen können?«

»Oh, ich denke doch.« Mr. Grufts Spatzenaugen strahlten. »Aber es bedeutet womöglich Ärger.«

Crane sagte: »Nun, wir wollen Sie nicht in Schwierigkeiten bringen.«

»Ich bin Schwierigkeiten gewöhnt.« Mr. Gruft ging voraus durch eine kleine Holztür in eine Garage. Ein Leichenwagen, grau wie ein Schlachtschiff, stand mit der stumpfen Schnauze in Richtung auf eine große Tür, die mit Drähten an der Decke aufgehängt war. Mr. Gruft zog mit einem Ruck an einer Schnur, und die große Tür schwang nach oben. »Schieben Sie Ihr Mädchen hier rein, und wir fahren.«

Crane und O'Malley trugen die Leiche in die Garage, schoben sie auf die flache Bahre im Leichenwagen und stiegen neben ihr ein. Mr. Gruft trat auf den Anlasser des Leichenwagens, und der Motor dröhnte wie ein Traktor. »Ihr Burschen folgt uns«, rief Crane Courtland und Williams zu. Mit einem Satz sprang der Leichenwagen aus der Garage, raste die Gasse hinunter. Mr. Gruft kauerte über dem Lenkrad wie ein Affe. Das Wasser, das gegen die vier Kotflügel des Leichenwagens spritzte, machte ein Geräusch wie ein umstürzender Baum. Mr. Gruft schaltete die Sirene und das Blaulicht ein.

Der neue Leichenwärter war ein junger Mann mit blasser Haut, einem unregelmäßigen schwarzen Backenbart und praktisch keinem Kinn. Er öffnete die Tür zum Aufnahmeraum, schaltete das Licht in der Auffahrt ein und sagte: »Bringen Sie sie rein.« Er rollte einen der weiß emaillierten Operationstische auf sie zu. »Legen Sie sie hier drauf.«

Sie trugen Miss Ross' Leiche durch ein Rechteck aus Regen durch die Tür und legten sie auf den Tisch. Der Regen hatte ihr billiges Kleid durchnäßt, und es klebte an ihren schmalen Hüften und ihren langen Beinen.

»Verdammt!« Die Stimme des Wärters war empört. »Sie können doch nicht eine einbalsamierte Leiche hier reinbringen.«

»Und ob ich das kann.« Mr. Gruft ließ eine lange Erklärung vom Stapel.

Es gehe darum, daß irgendein gemeiner Halunke – Mr. Gruft sagte »Halunke«, nicht Dreckskerl – die Leiche zu ihm gebracht und versprochen habe, für ihr Begräbnis zu bezahlen. Aber der gemeine Halunke sei nie wieder aufgetaucht, und als Mr. Gruft die Adresse, die ihm der gemeine Halunke gegeben hatte, aufgesucht habe, wohnte der Kerl dort gar nicht. Und glaube der Leichenwärter oder das Cook-County etwa deshalb, daß er, Mr. Gruft, sechzig Piepen ausgeben werde, um das Mädchen zu bestatten? Wenn ja, hätten sie sich schwer verrechnet.

Der Wärter gestattete ihnen schließlich, die Leiche im Aufnahmeraum zu lassen. Er nahm Mr. Grufts Name und Adresse auf. »Ich werde dem Leichenbeschauer Meldung machen müssen«, sagte er.

»Ja, holen Sie den Leichenbeschauer«, drängte Mr. Gruft. »Ich red' mit ihm.« Er hüpfte vor dem besorgten Gesicht des Wärters auf und ab. »Holen Sie ihn jetzt gleich.«

»Um zwei Uhr morgens?« Der Wärter war entsetzt. »Wohl kaum. Ich will meinen Job behalten. Ich werd' ihm morgen früh Meldung machen.«

»O. k.« Mister Gruft zwinkerte Crane zu. »Dann lass' ich das Mädchen hier.«

Der Wärter besorgte ein Laken und warf es über die Leiche des Mädchens und rollte den Operationstisch von der Tür zur Auffahrt weg. Ein Windstoß wehte Regen in den Raum, aber als Crane die Tür schließen wollte, tauchten Williams und Courtland auf.

»Wird allmählich Zeit, daß ihr kommt«, sagte Mr. Gruft. Er wandte sich an den Wärter. »Sie haben sich wegen des Mädchens ziemlich nett verhalten, deshalb tu' ich Ihnen einen Gefallen. Diese Männer arbeiten für mich, das heißt, alle außer dem –«, er zeigte auf Williams, »und wir können vielleicht jemanden auftreiben, der sich heute abend des Mädchens annimmt. Dieser Knabe –«, er zeigte wieder auf Williams, »glaubt, er kennt ein paar Leute, die das Mädchen kennen. Ich werde ihn beauftragen, sie heute nacht zu suchen und hierher zu bringen, damit sie sich das Mädchen ansehen. Dann, wenn sie es kennen, können sie Anspruch darauf erheben.«

»Weshalb erhebt er keinen Anspruch darauf?« fragte der Wärter.

»Meinen Sie, ich geb' hundert Piepen aus, um irgendeine Puppe zu beerdigen, von der ich glaube, sie schon mal gesehen zu haben?« Williams zupfte an seinem Schnurrbart. »So blöd bin ich nicht.«

»Also schön.« Die Augen des Wärters waren wäßrig. Er zuckte mit den Schultern. »Bringen Sie sie her, und ich lass' sie einen Blick auf sie werfen. Dazu ist dieser Laden ja schließlich da.« Er ging durch die Tür, die zu der Treppe und den Kühlfächern führte, wo Miss Ross ursprünglich gewesen war. »Schließen Sie die Tür zur Auffahrt, wenn Sie gehen.«

Als der Wärter gegangen war, sagte Mr. Gruft fröhlich: »So, das wär's. Ich fahr' nach Hause.«

»Sie waren fabelhaft«, sagte Crane. »Jetzt werd' ich French und Paletta anrufen und sie hierherkommen lassen. Doc, du und O'Malley macht euch besser auf und holt Udoni und Mrs.

Udoni. Ihr könnt den Hund zum Cavern zurückbringen und dort nach Udoni suchen. Macht so schnell ihr könnt.«

Courtland fragte: »Was soll ich tun?«

»Es wäre gut, wenn Sie hier bei mir blieben. Es könnte sein, daß ich Hilfe brauche.« Crane schüttelte Mr. Grufts Hand. »Wir hätten es ohne Sie nicht geschafft.«

»Lassen Sie mal«, sagte Mr. Gruft. »Ich freu' mich immer, Doc 'nen Gefallen zu tun.«

»Ja«, sagte Williams, »wir sind Freunde, seit wir 'ne Ladung Whiskey aus Kanada in 'nem Leichenwagen rausgeschmuggelt und fünf Riesen kassiert haben.«

21

Der Wärter sah sie schlecht gelaunt an, als sie sich dem Eichengeländer näherten, das sein Büro vom Warteraum trennte.

»Ihr Burschen seid immer noch da?« Die Uhr mit dem gesprungenen Glas zeigte 2 : 12. Draußen regnete, blitzte, donnerte es weiter.

»Wir haben die anderen die Leute holen lassen, die sich die Leiche ansehen sollen«, sagte Crane. »Wir möchten uns nicht die Füße naß machen.«

»Tja, Sie brauchen nicht zu denken, Sie könnten hier herumsitzen und mich stören«, sagte der Wärter. »Ich habe zu arbeiten.«

»Machen Sie ruhig weiter«, sagte Crane. Er grinste Courtland an. »Wir denken nicht im Traum daran, Sie zu stören.« Er ging über den Marmorfußboden zu der öffentlichen Telefonzelle und schlug die Nummer des Büros der Lokalzeitung nach. Sie lautete State 8100. Er warf eine Münze in den Schlitz und rief die Nummer an und verlangte Johnson. Jerry Johnson. Der Mann in der Zentrale sagte, Johnson sei im Polizeirevier West eingesetzt und wäre wahrscheinlich auf der Canalport Wache. Er gab Crane die Nummer.

Johnson war auf der Canalport Wache. Er sagte, Gott, ja, er erinnere sich an Bill Crane.

»Hören Sie«, sagte Crane. »Ich hab' eine gute Story für Sie, aber Sie müssen sich bereit erklären, sie nicht eher rauszubringen, bis ich es sage.«

»Was haben Sie gemacht?« Johnsons Stimme klang gespannt. »Das Mädchen gefunden?«

»Was ist mit Ihrem Wort?«

»O.k. Ich werde die Bombe nicht platzen lassen, bis Sie's sagen. Was ist es?«

»Am besten kommen Sie rüber zur Leichenhalle.«

»Ich bin gleich da ...«

»Sekunde noch.« Crane fürchtete, Johnson habe eingehängt. Er sprach laut. »Ich möchte, daß Sie mir erst einen Gefallen tun.«

»Ich kann Sie ganz gut hören«, sagte Johnson. Dann sagte er: »Ich dachte mir, daß die Sache einen Haken hat.«

»Es ist nur eine Kleinigkeit.«

»O. k., schießen Sie los.«

»Können Sie mir Mike Palettas Telefonnummer besorgen?«

»Donnerwetter!« Johnsons Stimme klang aufgeregt. »Steckt er da mit drin? Das ist leicht. Ich hab' seine Nummer hier, in meinem kleinen Adreßbuch.« Es gab eine Pause. »Gutes altes Adreßbuch. Mike Paletta, Superior 7736.«

»Danke«, sagte Crane. »Ich seh' Sie dann in Kürze.«

»In weniger als das«, sagte Johnson.

Crane rief die Superior-Nummer an, und eine unbekannte männliche Stimme antwortete. »Wen möchten Sie sprechen?«

»Sagen Sie Mike, daß William Crane, der Privatdetektiv, mit ihm sprechen will.«

Endlich kam Paletta ans Telefon. »Is' mir egal«, sagte er, als Crane ihm erzählte, daß er die Leiche von Miss Ross wiedergefunden habe. »Ich bin nich' int'ressiert.«

Crane sagte: »Aber wollen Sie sich denn nicht bei mir bedanken, daß ich Ihnen Ihre Frau zurückgebracht habe?«

»Ha, ha, ha.« Mike Paletta lachte, als hätte er Bauchschmerzen. »War'n toller Witz, was Sie gestern abend mit Mike angestellt hab'n.«

»Wie meinen Sie das?«

»Mir so eine Biene in meine Wohnung hoch zu bringen, 'ne Biene, die ich nich' mal kenne.«

»Was! War das nicht Ihre Frau?«

»Nee, sie is' nich' meine Frau.«

Crane kniff die Augen halb zu, kaute auf der Unterlippe. Schließlich sagte er: »Also dann, wollen Sie nicht zur Leichenhalle kommen und einen Blick auf Miss Ross werfen? Sie ist vielleicht Ihre Frau.«

Mike Paletta wiederholte: »Ich bin nich' int'ressiert«, und hängte auf.

Crane rieb sich den Nacken, fluchte heftig. Er erzählte Courtland ausführlich von dem Gespräch, sagte: »Es wird immer verrückter.«

Courtland stimmte zu und sagte dann: »Bevor Sie nochmal telefonieren, rufe ich Onkel Stuyvesant im Blackstone an. Er wird wissen wollen, daß wir die Leiche gefunden haben.«

Nach zwei Minuten kam er aus der Telefonzelle, mit runden Augen. »Mein Onkel ist vor etwa einer Stunde aus dem Hotel abgereist«, verkündete er.

Crane sah auf die Uhr mit dem gesprungenen Glas. Sie zeigte 2:15. »Verflucht! Wieso reist er wohl um ein Uhr in der Nacht ab? Hat er irgendeine Nachricht für Sie hinterlassen?«

Courtland schüttelte den Kopf. »Der Portier sagt, er sei einfach in ein Taxi gestiegen und abgefahren.« Crane runzelte nachdenklich die Stirn und ging in die Telefonzelle, rief den Liberty Club an. Frankie Frenchs Stimme war ungerührt, als Crane ihm sagte, er habe Miss Ross' Leiche in der Leichenhalle. »Ich bin in ein paar Minuten da«, sagte der Gangster gelassen.

Crane hängte den Hörer ein und sagte zu Courtland: »Schön, einer hat angebissen.«

Nach der gesprungenen Uhr war es beinahe 3:40, als Williams und O'Malley mit Udoni zurückkamen. Wasser tropfte allen dreien von der Kleidung, und Udonis Gesicht war milchig blaß.

»Wo ist Mrs. Udoni?« fragte Crane.

O'Malley sagte: »Sie ist verschwunden. Sie ist gestern aus dem Hotel auf der Wilson Avenue abgereist und hat keine neue Adresse hinterlassen. Ich weiß nicht, wie wir sie finden sollen.«

Udoni musterte Johnson, den Reporter der *City Press*, und Courtland mißtrauisch. »Wer sind diese Männer?«

»Zwei Detektive von uns«, sagte Crane. Er nahm Udonis Arm. »Schauen wir uns das Mädchen an.«

Der Leichenschauhauswärter, so hatten sie herausgefunden, hieß Barnes. Dr. Barnes. Er war Assistenzarzt im Kreiskrankenhaus. Er ging voraus die stählerne Wendeltreppe hinunter, öffnete die Tür zum fensterlosen Aufnahmeraum und schaltete das starke Deckenlicht ein.

Udoni verdrehte die Augen, starrte auf die mit Tüchern bedeckten Gestalten auf den weiß emaillierten Operationstischen. »Welcher...?« Auf sieben der zwölf Tische lagen Körper.

Mit Schwung riß der Wärter das Tuch von Miss Ross herunter. Udoni stöhnte: »Oh, mein Gott!« Der Lippenstift auf den Lippen des Mädchens leuchtete wie frische Farbe. Udoni schlug die Hände plötzlich schützend vor die Augen und drehte sich ruckartig von dem Leichnam weg, wankte fünf Schritte zur gekalkten Wand, stützte die Ellbogen dagegen. Der Wärter brachte das Tuch wieder an Ort und Stelle, sagte in plötzlicher Unruhe: »Muß er sich übergeben?«

Crane schüttelte den Kopf, wartete einen Moment, fragte dann: »Ist sie das?«

Udonis Stimme war gebrochen. »Ja.«

»Na, Gott sei Dank«, sagte O'Malley. »Ich fing schon an zu glauben, sie wäre die Schwester vom Unbekannten Soldaten.«

Der Wärter kam zur Sache. »Sind Sie bereit, die Kosten für ihre Beerdigung zu tragen, Mr. Udoni?«

Udoni nahm die Hände vom Gesicht und nickte. Seine Augen waren wild.

»Gut«, sagte der Wärter. »Ich werde dem Leichenbeschauer morgen früh Meldung machen, und Sie können die Leiche haben, sobald er die Freigabe unterschreibt.« Er wandte sich an Crane und sagte: »Damit ist die Sache wohl erledigt.« Seine Stimme war freundlicher.

»Ja, außer daß wir mindestens noch eine Person haben, die hierherkommt«, sagte Crane. »Bei ihm oder ihnen handelt es sich vielleicht um Verwandte, und Sie wissen, daß Verwandte als erste ein Anrecht auf die Leiche haben. Mr. Udoni ist kein Verwandter.«

»Aber er läßt sie doch beerdigen, wenn sie sie nicht wollen, oder?«

»Sicher.«

»Mehr wollte ich nicht wissen.« Der Wärter zwinkerte Williams humorvoll zu und ging auf die Treppe zu. Er blieb stehen, um zwei Männer in den Raum zu lassen. Einer der Männer war Frankie French, und der andere war der untersetzte Fahrer des Wagens, der Crane und Courtland zum Liberty Club gebracht hatte. Johnson, dessen Augen Wiedererkennen ausdrückten, bewegte sich nach vorn, als wollte er etwas sagen, aber Crane hielt ihn am Arm fest.

»Guten Abend«, sagte French. Er verbeugte sich vor Crane, nickte Courtland zu. »Ich komme auf Ihren Anruf hin.«

Ein beunruhigter Ausdruck lag in Udonis Gesicht. Er ging an der Wand entlang zur Innentür, sagte: »Ich gehe jetzt besser.«

O'Malley blickte Crane fragend an.

»Bringt ihn hoch und seht zu, ob ihr herauskriegen könnt, wo Mrs. Udoni sein könnte«, sagte Crane. »Dann könnt ihr ihn gehen lassen.« Als Williams und O'Malley Udoni zur Tür hinaus folgten, legte Crane eine Hand auf O'Malleys Ellbogen, um ihn zurückzuhalten. »Geh dem Kerl nach. Vielleicht geht er zu seiner Frau.«

French warf dem Musiker einen schnellen, neugierigen Blick zu, als er über die Stahltreppe nach oben verschwand. Der Wärter fragte: »Die Verwandten, die Sie erwartet haben?« Er zeigte mit dem Daumen auf French und seinen Begleiter.

»Sie würden sich gern die Leiche ansehen«, sagte Crane.

»Okay. Je mehr, desto lustiger.« Der Wärter zog ein zweites Mal das Tuch von der Leiche. »Schauen Sie genau hin.«

Frenchs gut aussehendes, grimmiges, düsteres Gesicht war unbewegt, als er auf Miss Ross' zart getöntes Gesicht hinuntersah. Das Deckenlicht hob die Narbe auf seinem rechten Wangenknochen hervor, ließ seinen grünen Anzug leuchten wie mit Sodawasser gekochter Spinat. Volle dreißig Sekunden ruhten seine goldenen Augen auf der Leiche. Dann schüttelte er den Kopf, sagte: »Ich habe dieses Mädchen nie zuvor gesehen.«

»Sie sind sicher?« fragte Crane.

Frankie French nickte.

Der Wärter legte das Tuch zurück und ging zur Tür. »Machen Sie das Licht aus, wenn Sie nach oben kommen. Ich muß wieder an meine Arbeit.«

Crane wartete dreißig Sekunden, fragte dann: »Sieht dieses Mädchen Verona Vincent irgendwie ähnlich?«

»Nicht im geringsten.« French zog seine kastanienbraune Krawatte gerade. »Nun erlauben Sie mir eine Frage.« Auf seinen Fingernägeln war roter Nagellack. »Ist dies das Mädchen, das ursprünglich in der Leichenhalle war?«

»Es ist dasselbe, bestimmt«, erwiderte Crane. »Nicht wahr, Johnson?«

»Und ob.« Johnsons von Speiseflecken gesprenkelte Krawatte hatte sich gelockert und konnte die Tatsache nicht mehr verbergen, daß sein Kragen keinen Knopf hatte. »Wir haben sie uns beide gut angesehen.«

»Noch eine Frage.« Frenchs lange Finger streichelten die Kante des Tisches, auf dem Miss Ross lag. »Wie ist es Ihnen gelungen, die Leiche hierherzubringen, ohne die Aufmerksamkeit der Polizei auf sich zu ziehen?«

»Der Wärter weiß nicht, wer das Mädchen ist«, sagte Crane. »Wir haben ihm erzählt, es heiße Anna Temple und daß jemand die Leiche bei einem Leichenbestatter zurückgelassen habe und dann verschwunden sei.«

»Sehr clever.« Frenchs Zähne waren weiß und gleichmäßig. »Die Sache wird nicht aufgedeckt werden, bis der Wärter dem Leichenbeschauer morgen früh Meldung macht.« Er lächelte erneut. »Wirklich sehr clever.«

Der Fahrer schien nervös zu sein. »Es ist besser, wir gehen, Mr. French«, sagte er. Sein Nacken quoll über seinen durchgescheuerten Kragen.

French wandte sich Courtland zu. »Ich möchte meiner Bewunderung über die Art und Weise, in der Sie Crane gerettet haben, Ausdruck verleihen, Mr. Courtland. Nicht viele wohlhabende junge Männer würden so viel Mut an den Tag legen.« Er lächelte Crane an. »Es tut mir leid, daß Sie solch ein unerfreuliches Erlebnis mit uns hatten, Mr. Crane. Es war eine rein geschäftliche Angelegenheit. Ich wollte Miss Vincent finden, und ich glaubte, Sie wären im Besitz ihrer Leiche. Ich sehe nun, daß ich im Irrtum war.« Er streckte eine schlanke Hand aus. »Ich bin sicher, daß Sie keinen Groll gegen mich hegen ...«

»Von wegen«, sagte Crane. »Wenn ich dich jemals außerhalb deiner eigenen vier Wände erwische, du schmieriger Itaker, kriegst du gehörig was in die Fresse.« Er blickte den Gangster finster an.

Warnend schüttelte French den Kopf in Richtung seines Fahrers, der nach einer Pistole unter seinem Jackett griff, und lächelte Crane an. »Ich kann mir wohl denken, daß Sie das tun würden. Sie haben bereits einen ausgezeichneten Anfang gemacht – die Röntgenaufnahmen zeigen, daß Sie mir drei Rippen gebrochen haben.« Er blieb an der Tür stehen. »Ich werde mich bemühen, Ihnen aus dem Weg zu gehen.« Sein Gesicht, plötzlich heiter, war verschwunden.

Johnson sagte: »Gar kein übler Bursche.«

»So?« sagte Crane bitter. »Sie sollten sich irgendwann mal von ihm in seinem Hinterzimmer einschließen lassen.«

Courtland gähnte. »Was steht als nächstes auf dem Programm?«

Cranes Gesicht war ausdruckslos. »Das wüßte ich selbst ganz gern.«

»Wie wär's denn dann, wenn Sie mich die Story rausbringen ließen, daß das Mädchen gefunden worden ist?« fragte Johnson.

»Warten Sie bis acht Uhr.« Crane seufzte schwer. »Ich hab' das Gefühl, daß mir die Lösung vorschwebt, aber ich kann sie nicht fassen. Ich würde gern erklären können, wer das Mädchen ist, wenn die Story rauskommt.«

»Mein Gott! Es wird Ihnen helfen, es herauszufinden, wenn Sie die Zeitungen die Story haben lassen«, argumentierte Johnson. »Außerdem, wenn Sie bis acht abwarten, werden die Morgenzeitungen die Story überhaupt nicht kriegen.«

»Was kümmert Sie das, solange Sie sie exklusiv haben? Es gibt ohnehin jede Menge Zeitungen, die nachmittags erscheinen.« Crane hielt ihnen die Innentür des Aufnahmeraums auf und drehte dann das Licht aus und folgte ihnen die Stahltreppe hoch. Williams saß auf einer der Wartebänke, die Augen halb geschlossen. Crane fragte ihn: »Irgendwas aus Udoni herausbekommen?«

»Nee. Er sagt, er weiß nicht, wo seine Frau ist, und er hat keinen Schimmer, wo sie sein könnte.«

»Das ist merkwürdig.« Crane seufzte wieder, fügte hinzu: »Na, O'Malley beschattet ihn ja, und wenn er doch zu seiner Frau geht, hat er sie.«

»Warum wollen Sie sie finden?« fragte Johnson.

»Ich weiß nicht«, sagte Crane. »Ich finde sie reizend. Und ich möchte gern wissen, warum sie das Haarfärbemittel in ihrem Zimmer hatte.« Er beugte sich nach vorn und wischte einen Fleck von seinem rechten Sportschuh. »Hört zu! Ich will sie unbedingt sehen.« Er holte einen Bleistift hervor, schrieb auf der Rückseite eines Umschlags. »Hier sind ein paar Adressen, wo ihr vielleicht eine Spur von ihr findet.«

Er gab die Liste Williams, der fragte: »Kommst du nicht mit?«

»Himmel, nein.« Crane machte eine fächelnde verneinende Bewegung mit der Hand. »Ich rühr' mich hier nicht von der Stelle. Ich hatte große Mühe, die Leiche da unten zu finden, und ich gehe kein Risiko ein, sie wieder zu verlieren.«

Courtlands Gesicht war müde. »Ich fühle mich nicht gut. Ich denke, ich werde bald mal nach Hause gehen.«

Williams gab Johnson den Umschlag, auf den Crane geschrieben hatte. »Wo zum Teufel ist diese letzte Adresse?« fragte er.

Der Reporter studierte den Umschlag mit verwirrtem Gesicht. »Welche Adresse?« fragte er. Dann sagte er: »Oh ja, Banks Court. Das ist eine kleine Straße genau neben dem Astor. Auf der North Side.«

»Kannst du sie finden, Doc?«

»Ich denke ja.«

»Dann zisch los.« Crane schaute aus den Fenstern hinaus, die auf den Hof des Kreiskrankenhauses gingen, sah nur den Widerschein von Blitzstrahlen. »Es hat draußen ein wenig nachgelassen.«

»O. k.«, sagte Williams und nahm seinen Hut.

»Haben Sie was dagegen, wenn ich mitkomme?« erkundigte sich Johnson. »Ich kann Ihnen vielleicht helfen, ein paar von den Adressen da zu finden. Sie sind doch wohl in zwei, drei Stunden zurück, oder?«

»Ich hoffe ja«, sagte Williams. »Klar, kommen Sie mit.«

Als sie in Richtung Korridor gingen, sagte Courtland zu Crane: »Ich bleibe noch fünf oder zehn Minuten, und dann hau' ich ab.«

»Klar«, sagte Crane, »bleiben Sie. Ich brauche Gesellschaft.« Er rief den anderen nach: »Macht so schnell ihr könnt.«

Die gesprungene Uhr über dem Kopf des Wärters zeigte 4:05. Der Wärter hatte sich anscheinend in einen Zustand totaler Erschöpfung hineingearbeitet. Er schlief tief und fest an seinem Schreibtisch, den Kopf in die Arme gebettet. Vom Dach des Leichenschauhauses tropfte Wasser – platsch-platsch-platsch – in eine Pfütze unter den großen Fenstern des Warteraums.

Courtland fragte Crane: »Was ist mit diesen Gangstern? Haben Sie die Möglichkeit abgeschrieben, daß das tote Mädchen Mrs. Paletta ist?«

»Wenn ich das nur wüßte.« Crane gab Courtland eine Lucky Strike, nahm sich selbst eine und zündete beide an. »Wenn Paletta nicht an Miss Ross interessiert ist, beweist das, daß er weiß, wo seine Frau in Wahrheit ist.«

»Ja, das würde stimmen, wenn er *wirklich* nicht interessiert wäre.«

»Sie glauben, er könnte gelogen haben?« Crane ließ den Rauch aus seinem Mund rollen. »Ja, das könnte er.« Aufgeschreckt wirbelte er herum, sah Courtland an. »Das würde bedeuten, daß er plant, etwas wegen der Leiche zu unternehmen – vielleicht hierherzukommen und sie wegzuholen.«

Courtland nickte. »Auch French könnte gelogen haben. Ich hatte den Eindruck, daß er sich über irgend etwas da unten in dem Aufnahmeraum schrecklich gefreut hat.«

»Mein Gott!« Entsetzen stand in Cranes Gesicht. »Er kommt vielleicht auch zurück.«

»Irgend jemand kommt wahrscheinlich zurück«, sagte Courtland. »Wer auch immer die Leiche zuerst gestohlen hat, hat damit gezeigt, daß er ein verzweifelter Mensch ist, und er hat noch immer Gründe, die Leiche wieder aus dem Leichenschauhaus herauszuholen.«

»Himmel!« rief Crane. »Vielleicht hätte ich Williams und O'Malley hier behalten sollen.«

Courtland blies einen langen Rauchstreifen aus. »Hören Sie«, sagte er plötzlich, »warum verstecken wir uns nicht unten im Aufnahmeraum? Wenn dann der Bursche kommt, um die Leiche zu holen, ich meine, falls er kommt, könnten wir ihn uns schnappen.«

»Ich weiß nicht«, sagte Crane. »Es ist ziemlich gefährlich.«

»Wenn schon!« Courtland tat die Gefahr mit einer knappen, energischen Handbewegung ab.

»Na schön.« Crane stand auf. »Mir macht's nichts aus, wenn's Ihnen nichts ausmacht.«

Er blickte flüchtig auf den Wärter, sah, daß er immer noch schlief. Er folgte Courtland die Treppe hinunter und in den Aufnahmeraum. Das starke Deckenlicht erleuchtete den großen Raum grell, die langen Tücher über den sieben belegten Tischen waren weiß. Die Leiche von Miss Ross war in der Mitte des Raumes, und hinter ihr, nahe der Tür nach draußen, war ein leerer Tisch, das Tuch ordentlich über einem Ende zusammengelegt. Der Raum hatte keine Möbel außer einem weißen Schrank, der mit Instrumenten gefüllt war, und es gab nichts, wo man sich verstecken konnte.

»Wir werden uns auf einen Tisch legen müssen«, sagte Courtland, »und die Tücher über uns ziehen.« Er zeigte auf den leeren Tisch, der fünfzehn Fuß von der Tür zur Auffahrt stand. »Sie nehmen den da, und ich werde auf dem an dieser Tür liegen. Auf diese Weise sind wir auf beiden Seiten der Leiche und halten gleichzeitig die Tür bewacht.«

»Ist eine gute Übung für später, wenn wir tot sind«, sagte Crane und ging auf den hinteren Tisch zu. Auf halbem Wege bemerkte er in dem Raum eine dritte Tür. Sie ging in den fensterlosen Raum, den die Gerichtsmediziner für Autopsien benutzten. Er schaltete das Licht ein, sah, daß es keine weitere Tür in diesem Raum gab, und machte das Licht aus. Als er die Tür schloß, fragte Courtland: »Was ist da drin?«

Crane sagte es ihm und ergänzte: »Keiner kann von da aus hier reinkommen.«

Courtland breitete das Tuch über seinem Tisch aus. »Ich bin direkt neben dem Licht«, sagte er, »und ich werde es ausmachen. Machen Sie sich fertig.«

Das Tuch war schwer und grob, wie Segeltuch. Crane breitete es aus und stieg behutsam auf den Tisch, bewegte sich vorsichtig, damit er ihm nicht auf seinen gummibereiften Rädern entglitt. Er zog das Tuch über seinen Körper, über seinen Kopf, und sagte mit gedämpfter Stimme: »O. k., machen Sie das Licht aus.« Er wünschte, das County würde Kissen für die Leichen zur Verfügung stellen.

Nach dem Klicken des Schalters wurde es pechschwarz. Von der gegenüberliegenden Seite des Raumes kam das Rascheln von Stoff, der bewegt wird. Courtlands Stimme rief: »Schlafen Sie selig.« Feuchtkalte Luft trieb langsam durch den Raum.

Crane sagte: »Ich wünschte, ich wäre selig.« Seine Stimme hallte dumpf wider.

Er dachte, wie einsam es sein müsse, tot zu sein.

22

Das Gewitter klang, als zöge es zurück über die Stadt. Das Grollen des Donners war lauter, gereizter, verstärkte sich häufiger zu krachendem Getöse, wie Beckenschläge; es war unheimlich in dem fensterlosen Raum, weil ihm keine Blitzstrahlen folgten. Es klang wie Theaterdonner, wie Blech, auf das man mit einem Hammer schlägt und dann mit Stoff abdämpft.

Crane versuchte, sich auf dem metallenen Operationstisch zu entspannen, aber er konnte seine Muskeln nicht lockern. Sein Magen fühlte sich an, als ob er ihn sich verdorben hätte. Am ganzen Körper hatte er eine Gänsehaut. Das lag an der ständigen, langsamen Bewegung feuchtkalter, klimatisierter Luft in dem Raum. Es konnte nicht daran liegen, daß er Angst hatte. Ein merkwürdiger Geruch lag in der Luft; süß, moderig, Ekel erregend; ein Geruch langsamer Verwesung. Er nahm an, der Geruch komme von den Leichen, von den sieben Leichen, die mit ihm im Raum waren. Die emaillierte Oberfläche des Operationstisches war hart in seinem Rücken; das Tuch rauh auf der Haut. Es roch stark nach Desinfektionsmittel, und er fragte sich, ob es gewaschen worden war, seit man es zuletzt benutzt hatte, um eine Leiche abzudecken. Er hoffte es.

Ein Donnerkrachen ließ seine Muskeln zittern. Er schwitzte und ihm war, als würde das Tuch ihn ersticken, ihn ersticken.

Er wartete bis zum nächsten langen Donnerrollen, glitt dann vom Tisch, berührte mit den Fußspitzen den Zementboden, hielt den Atem an, als es zwischendurch still wurde. Als der Donner erneut grollte, gab er dem Tisch versuchsweise einen Stoß. Er rollte geräuschlos auf den Gummirädern. Crane stützte sich mit einem Arm auf der Tischfläche auf, beugte sich nach vorn und zog erst einen Schuh und dann den anderen aus. Er stellte sie auf das Tuch. Dann schob er auf Strümpfen, immer synchron mit dem Donner, den leeren Tisch vorsichtig zur Wand, schob, bis er leicht an einen anderen Tisch stieß. Seine suchenden Finger berührten kaltes Fleisch auf dem anderen Tisch. Unwillkürlich zog er seine Hand weg. Er ließ seinen Tisch stehen, rollte den Tisch mit der Leiche darauf ungefähr an die Stelle im Raum, an der er selber ursprünglich gelegen hatte.

Als er zu seinem eigenen Tisch zurückging, ließ ihn auf halbem Weg eine plötzliche Stille am Himmel auf Zehenspitzen verharren, den Atem hinter zusammengebissenen Zähnen gefangen. Das beruhigende Poltern eines Donners, wie ein Lastwagen auf einer Holzbrücke, setzte ihn wieder in Bewegung. Er fand seine Schuhe und, nachdem er das Tuch auf dem Tisch gefaltet hatte, kehrte er zu dem mit der Leiche zurück. Er tastete an einem Ende unter das Tuch, und seine Handfläche berührte langes Haar. Eine Frau! Er ging an das andere Ende des Tisches und zog das Tuch von ihren nackten Füßen. Er fragte sich, ob sie noch jung gewesen war. Einen seiner braunweißen Sportschuhe stülpte er auf ihren linken Fuß, den anderen auf ihren rechten. Er drapierte das Laken so, daß beide Schuhe zu sehen waren, nicht aber die nackten Knöchel der Frau, und dann kniete er sich hin, kroch unter ihren Tisch und streckte sich auf dem Boden aus, das Gesicht auf die Stelle gerichtet, wo er Miss Ross' Tisch vermutete, etwa dreißig Fuß entfernt.

Eine Dreiviertelstunde später taten ihm die Muskeln von der Berührung mit dem kalten Boden weh. Er veränderte mehrmals seine Lage, aber jede Veränderung brachte nur neue Schmerzen. Von der Anstrengung, die Finsternis in dem Raum zu durchdringen, taten ihm auch die Augen weh. Aber besonders taten ihm die Hüften und Ellbogen weh, wo harte Knochen auf harten Zement stießen.

Außerdem hatte er Angst.

Jetzt, da das Gewitter weiter südwärts gezogen war und der Donner nicht lauter war als das Dröhnen der Hochbahn anderthalb Blocks entfernt, glaubte er mehrmals, er habe ein Rascheln gehört, eine Bewegung im Raum. Die Hände zu Fäusten geballt, bis sich die Nägel in die Handflächen gruben, den Atem angehalten, bis die Lungen vor Schmerzen hämmerten, hatte er gelauscht. Er fragte sich, ob es Einbildung gewesen sein könnte. Weder die Tür zur Auffahrt, nicht mehr als fünfundzwanzig Fuß entfernt, noch die Innentür, nahe der Stelle, wo Courtland auf dem Tisch neben Miss Ross lag, waren geöffnet worden. Er fragte sich, ob es einen weiteren Zugang zu dem Raum geben *könne.* Er wünschte, er hätte den Wärter gefragt.

Donner rollte lange, zuerst leise, jedoch mit zunehmender Stärke, bis er sich wie eine Sprengladung explosionsartig entlud. Der nachfolgende Blitzstrahl war schwach. Der Blitzstrahl! Crane stockte der Atem. Eine Tür, irgendeine Öffnung nach draußen mußte offen sein. Er warf den Kopf herum zur Tür zur Auffahrt hin. War das ein schwindendes gräuliches dunkles Rechteck? War jemand hereingekommen?

Jedenfalls war das Rechteck verschwunden. Er fragte sich, ob er den Blitz wirklich gesehen hatte. Er rollte sich herum, bis seine Brust auf den Boden drückte. Der Zement war kalt an seinen Handflächen, an seinen Knien, an seinen mit Strümpfen bedeckten Zehen. Er spannte jeden Nerv an, um Muskeln, Atem, Herz ruhig zu halten, während er lauschte. Donner, wie das Losknallen riesiger Feuerwerkskörper, erfüllte laut den Raum, hörte abrupt auf. Es gab ein kurzes Rascheln, das Geräusch eines Schlags, in der Mitte des Raumes, dicht bei der Leiche von Miss Ross, in der Nähe des Tisches, auf dem Courtland lag! Er spürte, wie sich ihm die Haare im Nacken sträubten. Sein Herz hämmerte. Jemand bewegte sich im Raum. Der Blitz war echt gewesen; die Tür zur Auffahrt war geöffnet worden.

Plötzlich durchdrang ein dünner Lichtstrahl die samtene Schwärze des Raumes, streifte über den Tisch über seinem Kopf, verharrte für den Bruchteil einer Sekunde auf der Stelle, wo seine Sportschuhe unter dem Tuch herausragten, und verschwand. Der Raum war wieder so schwarz wie Lakritze. Wenn er nicht genau aufgepaßt hätte, hätte er das Licht überhaupt nicht bemerkt.

Er lag so still da, daß er das Schlagen seines Herzens, das Tikken seiner Armbanduhr hören konnte. Jedes Donnerrollen, so wußte er, überdeckte eine Bewegung der Person im Raum. Er wünschte, er wäre näher am Lichtschalter, nah genug, um dorthin zu springen, das Licht anzumachen und den Eindringling mit Frankie Frenchs Pistole in Schach zu halten. Er erwog, ob er es riskieren sollte, seitlich durch den Raum herum zum Schalter zu kriechen. Er wußte, daß, wenn er ein Geräusch machte, die Taschenlampe ihn erfassen, ihn zur Zielscheibe für den Revolver des Eindringlings machen würde.

Nicht mehr als fünfzig Zentimeter von seinem Ohr entfernt, vom Fußboden, kam ein Geräusch von Leder, das auf Zement aufgesetzt wird. Es war nur die Andeutung eines Geräusches. Eine Sekunde später wiederholte es sich, diesmal dreißig Zentimeter entfernt. Die Person stand neben seinem Tisch!

Wie ein Reitertrupp, der an einem Haus vorbeigaloppiert, näherte sich Donner, anfangs schwach, erreichte einen lärmenden Höhepunkt, ebbte ab.

Crane nahm den schwachen Widerschein der Taschenlampe wahr. Wieder war das Licht auf seine Schuhe gerichtet. Nach dem kleinsten Bruchteil einer Sekunde wurde es gelöscht. Es gab das hastige Geräusch von Stoff, der bewegt wird, die Person grunzte; der Tisch erzitterte unter einem gewaltigen Hieb. Crane langte unter dem Tisch hervor, packte die Beine der Person mit beiden Armen, gab ihnen einen Stoß. Der Schwung brachte ihn fast vollständig unter dem Tisch hervor, und die Person fiel schwer auf ihn. Die Taschenlampe zerbrach auf dem Boden. Er schwang seinen Körper herum, so daß er auf die Person rollte. Seine tastenden Hände spürten langes Haar, dicke klebrige Flüssigkeit lief ihm über die Wange, den Hals. In dem Haar war ein starker Parfümgeruch. Er klammerte die Knie um den sich windenden Körper unter ihm, zog ruckartig an dem Haar. Es bewegte sich mit in die Richtung, in die er zog; etwas Schweres hing lose an seinem Ende. Gleichzeitig fanden zwei Hände seinen Hals.

Das, was passierte, war so absurd, so schrecklich wie ein Alptraum. Er schrie: »HILFE! HILFE! HILFE!« Er versuchte, sich aus der Umklammerung der Finger zu befreien, aber das lange Haar hatte sich um seine Hände gewickelt, und das an dem Haar hängende Etwas schlug dumpf gegen seine Brust. Er versuchte, erneut zu schreien, doch die Hände hatten den Druck an seiner Kehle verstärkt. Der Parfümgeruch hing schwer in seiner Nase. Rote und goldene und gelbe Lichtpunkte tanzten ihm vor den Augen, eine Ader hämmerte in seinem Kopf, sein Atem kam in gequälten Stößen. Er warf seinen Körper hin und her, versuchte so, den Griff zu sprengen.

Plötzlich überflutete Licht den Raum. Jemand rief: »Halt

aus, Bill!« Eine Sekunde später gab es einen dumpfen Schlag, und die Hände glitten von seinem Hals. Seine Lungen füllten sich dankbar mit Luft. Allmählich konnte er wieder sehen.

23

Noch immer hingen Cranes Hände an den Haaren fest. Er sah auf sie hinunter und schrie beinah noch einmal. Die Haare waren weich und blond, und an ihrem anderen Ende baumelte der Kopf von Miss Ross, am Hals säuberlich abgetrennt. An ihm tropfte eine klebrige, bräunliche, blutähnliche Flüssigkeit herab, besudelte seine Hose und das Vorderteil seines Jacketts. Einbalsamierungsflüssigkeit!

Mit Augen wie Mantelknöpfe schauten Williams und Johnson zu, wie er sich abmühte, seine Hand zu befreien. Johnsons Augen wanderten von dem Kopf hinauf zu dem Tisch, unter dem sich Crane versteckt hatte. »Um Gottes willen!« schrie er auf.

Crane blickte zu dem Tisch hoch und sah seine braun-weißen Schuhe an den Füßen der toten Frau. »Ich hab' sie da draufgesteckt«, erklärte er.

»Nein. Nicht die Schuhe.« Johnson streckte die Hand aus, zeigte mit dem Finger. »Der Hals.«

Unter Crane, zwischen seinen Knien, lag der junge Courtland, das Gesicht zum Licht, die Augen leer, bewußtlos. Crane stand auf, wobei er Courtlands Brust als Stütze für ein Knie benutzte, und starrte auf die Leiche der Frau auf dem Tisch. Sie war also nicht mehr jung. Ihr Gesicht war faltig, und an ihrem Kinn war ein Muttermal. Ein Messer steckte in ihrem Hals, sein brauner Holzgriff zitterte. Die Klinge war unmittelbar über dem V, das der Brustknochen bildete, in den Hals eingedrungen, war bis zum Griff hineingestoßen worden.

»Wer ist sie?« fragte Williams. »Was hat das Messer zu bedeuten?« Sein Schnurrbart zuckte.

Crane sagte: »Das Messer war für mich bestimmt.«

»Courtland?« fragte Johnson.

»Ja.« Crane sah auf Courtlands ohnmächtiges Gesicht hinunter. »Mein alter Kumpel, Chauncey.« Courtlands Gesicht war bleich, aber es war friedlich. Sein Haar war zerzaust. »Er hat meine Schuhe an einem Ende des Tisches gesehen und sich ausgerechnet, mein Hals müsse am anderen sein.«

Johnsons schwarze Augen waren so lebhaft wie die eines Foxterriers. »Dann ist er der Kerl?« fragte er.

»Jedenfalls hat er sich alle Mühe gegeben, mich zu töten«, sagte Crane und hob den Fuß von Courtlands Brust.

»Dieser Dreckskerl«, sagte Williams. »Ich wünschte, ich hätte ihm ein härteres Ding verpaßt.«

Johnson sagte: »Du hast hart genug zugeschlagen. Er ist noch immer k. o.«

Crane nahm seinen linken Schuh vom Fuß der Frau, zog ihn an. »Anscheinend ist er ziemlich geschickt mit 'nem Messer«, sagte er, wobei er den Kopf auf dem Zementfußboden betrachtete.

»Warum hat er den Kopf abgeschnitten?« fragte Johnson. »Ich versteh' das nicht.«

»Er wollte verhindern, daß sie identifiziert wird.« Crane griff nach seinem rechten Schuh. »Er hätte die Leiche nicht allein raustragen können, aber mit dem Kopf hätte er abhauen können.«

»Warum hat er versucht, dich zu töten?« fragte Williams. »Ich hab' gedacht, du und er, ihr wäret Kumpel.«

»Das hab' ich auch gedacht.« Crane band den Schnürsenkel zu, richtete den Oberkörper auf. »Aber ich schätze, er hat sich gedacht, er könnte sich nicht mit dem Kopf davonmachen, ohne mich zu beseitigen.«

Courtlands Augen bewegten sich, er stöhnte leise.

»Aber warum hat er seine Schwester überhaupt ermordet?« fragte Johnson. »Wenn dies seine Schwester ist?«

»Hör'n Sie.« Crane schüttelte Courtlands Schulter. »Der

Kerl kommt zu sich. Wir müssen irgendwas mit ihm machen, schnell. Ich glaube, ich bin der Sache auf den Grund gekommen, aber ich brauche ein paar Leute, um einige der Dinge, die ich sagen werde, zu erhärten. Bisher hat noch nicht einmal jemand die Leiche identifiziert. Ich möchte den Staatsanwalt und Captain Grady hier haben und ihnen die Sache auftischen.« Er rüttelte Courtland abermals. »Ich werde dafür sorgen, daß Sie dann die Exklusivstory bekommen.«

Zögernd sagte Johnson: »Okay, wenn Sie meinen.«

»Meine ich«, sagte Crane. »Doc, du rufst den Staatsanwalt und Captain Grady an und sorgst dafür, daß sie sofort hierher kommen. Grady soll auch den Nachtwächter von dem Friedhof, wo wir Miss Ross gefunden haben, mitbringen. Dann hol Onkel Stuyvesant (wenn du von Blackstone herauskriegen kannst, wo er ist) oder Mrs. Courtland, und diese Nachtclubmieze, Sue Leonhard. Auch die Stewardeß von der Acht-Uhr-Maschine von New York nach Chicago, Donnerstag nacht, die Nacht, in der Miss Ross' Leiche aus diesem Laden hier geklaut wurde. Laß sie alle herkommen.«

Bevor Williams ging, zog er Courtland den Gürtel ab, band ihm damit die Hände hinter den Rücken. »Mit dem Kerl gehe ich kein Risiko mehr ein«, verkündete er.

Crane betrachtete Courtland ernst. »Mein Kumpel ...«

Es war genau 7:45, und die Sonne leuchtete durch die schmalen Fenster des Raumes, wo die Untersuchung zur Feststellung der Todesursache von August Liebman abgehalten worden war, wie Eigelb. Staatsanwalt Thomas Darrow war da, sowie sein Stellvertreter Burman. Sie und Captain Grady und der dicke Leichenbeschauer Hartman starrten O'Malley an, als er mit Udoni und Mrs. Udoni durch die Doppeltür trat. Durch eine Brise vom See her wurde es kühler.

Mrs. Udonis Gesicht war bleich. Ihre Lippen waren rot und unter ihren Augen indigoblaue Schatten, aber Crane konnte nicht sagen, ob sie vom Mascara kamen oder nicht. Er lächelte ihr zu. Sie sah ihn mit kalter Wut an. Sie trug einen beigen Blazer aus Kamelhaar, einen braunen Filzhut mit einer Truthahnfeder, die links abstand.

Auf der ersten der kirchenbankähnlichen Bänke saß Courtland, das rechte Handgelenk mit eisernen Handschellen an einen stämmigen Polizisten in Zivil gekettet. Seine Augen waren geschlossen, sein Gesicht gequält, benommen.

Mrs. Udonis blaugrüne Augen verweilten bei Courtland, dann fragte sie Crane: »Wer ist das?«

Als sie sprach, öffneten sich Courtlands Augen, starrten sie verständnislos an, schlossen sich wieder.

»Nur irgend so ein Typ«, sagte Crane.

»Was hat er getan?«

»Unter anderem versucht, mich umzubringen.«

Mrs. Udonis Augen waren hart. »Zu schade, daß er's nicht getan hat.« Sie und ihr Mann bewegten sich zu einem der Fenster.

Williams steckte seinen Kopf zur Tür herein. »Onkel Stuyvesant wird gleich hier sein.«

»Wo hast du ihn gefunden?« fragte Crane.

»Im Blackstone. Er sagt, er sei die ganze Nacht da gewesen.«

Crane sagte: »Verdammt!« Er ging zu O'Malley hinüber, sagte: »Tom, würdest du für mich was besorgen?« O'Malley nickte, und Cranes Stimme senkte sich zu einem Flüstern. »Besorg mir aus dem Krankenhaus eine große Schüssel und laß sie mit Wasserstoff Tetraoxyd füllen. Sag dem Apotheker einfach H_2O_4 – er wird wissen, was du möchtest. Bring es sofort hierher.«

Die Brise bewegte die rußgeschwärzten Vorhänge hin und her, brachte ein Rouleau zum Klappern.

Crane lehnte sich gegen den Schreibtisch, den der stellvertretende Leichenbeschauer bei der Liebman-Untersuchung benutzt hatte. »Während wir darauf warten, daß Mr. Stuyvesant Courtland herkommt und sich die Leiche der Frau ansieht«, sagte er, »kann ich Ihnen schon mal ein paar von den Dingen erzählen, die ich herausgefunden habe.«

Captain Grady blickte Crane finster an. »Wie wär's, wenn Sie mir erzählen würden, was Sie dem Burschen hier vorwerfen.« Er deutete mit dem Daumen auf Courtland.

»Ziemlich viel«, sagte Crane. »Johnson und Williams haben Ihnen bereits erzählt, wie er der Frau den Kopf abgeschnitten hat und versucht hat, mich zu töten.«

»Ja«, sagte der Captain, »aber ich weiß nicht, ob der Versuch, Sie zu töten, ein Verbrechen ist oder nicht.«

»Lassen Sie ihn reden«, sagte Staatsanwalt Darrow.«

Crane lehnte sich wieder an den Schreibtisch, kreuzte die Beine. »Zu Beginn sollten wir ungefähr sechs Monate zurückgehen – bis zu der Zeit, als Miss Kathryn Courtland Udoni in einem Orchester im Savoy-Plaza sah. Sie verliebte sich in ihn und –«, er warf Mrs. Udoni aus den Augenwinkeln einen flüchtigen Blick zu, »– er, sagen wir, war vorübergehend Hals über Kopf in sie verliebt.«

»Und zwar so sehr, daß sie ihn überreden konnte, seinen Job aufzugeben, ein eigenes Orchester zu gründen und einen Vertrag mit dem Kat-Club in Chicago zu unterschreiben. Sie kam mit ihm nach Chicago.«

Crane nahm den ersten Brief von Kathryn Courtland aus seiner Tasche, gab ihn dem Staatsanwalt.

»Kommen wir nun zu den Courtlands«, sagte er, nachdem die Beamten den Brief gelesen hatten. »Natürlich waren Mrs. Courtland und Stuyvesant Courtland besorgt, als sie diesen Brief erhielten, zumal Kathryn sich seit zwei Jahren von ihrer Familie abgewendet hatte. Und als sie von dem mysteriösen Selbstmord in Chicago lasen, zogen sie Colonel Black, meinen Chef, zu Rate. Das war am Donnerstag nachmittag.«

Crane nahm den Brief von Captain Grady entgegen.

»Nun wieder zurück zu der Frau ein Stockwerk tiefer.« Crane grinste Captain Grady an. »Es überrascht Sie vielleicht zu erfahren, daß sie ermordet wurde.«

Er erklärte, daß es unmöglich ist, eine ein Fuß hohe Badezimmerwaage für einen Selbstmord zu benutzen und gleichzeitig zwei Fuß hohe Fersenabdrücke an der Tür zu hinterlassen. Er erklärte, warum in dem Zimmer keine Schuhe waren, warum alle Kleidungsstücke neu waren, und fügte hinzu: »Udoni wird Ihnen sagen, daß die Kleidungsstücke, die er in dem Zimmer gesehen hat, nicht die von Miss Ross waren.«

»Ja«, sagte Udoni, »ich sehe, es sind andere. Deshalb weiß ich, daß es Mord war, und darum hab' ich so große Angst.«

»Was ist das Motiv für diesen Mord?« fragte Captain Grady.

»Das Courtland-Vermögen«, sagte Williams.

»Dazu komme ich in einer Minute«, sagte Crane. »Kommen wir jetzt wieder zu Courtland. Er nahm Donnerstag nachmittag in New York an einer Besprechung mit Colonel Black, seiner Mutter und seinem Onkel teil. Sie beschlossen, daß er nach Chicago fliegen sollte, um sich die Leiche anzusehen. Er gab vor, die Maschine um Mitternacht zu nehmen, aber tatsächlich erwischte er noch die letzte planmäßige Maschine um 20 Uhr.« Crane zeigte mit einem Finger auf Williams. »Ist die Stewardeß hier?«

Ihr Name war Miss Gardner, und sie hatte eine Himmelfahrtsnase und helle braune Augen und ein Grübchen. Sie wog zweiundneunzig Pfund, und sie identifizierte Courtland sofort.

»Er war Donnerstag in der Acht-Uhr-Maschine, ganz bestimmt«, sagte sie. »Ich erinnere mich besonders gut an ihn.«

»Wieso?« fragte Crane.

Sie errötete, sagte: »Nun, ich fand, er sah so gut aus.«

Nachdem sie Burman, dem stellvertretenden Staatsanwalt, ihren Namen und ihre Adresse gegeben hatte und gegangen war, sagte Crane: »Somit war Courtland am Donnerstag um Mitternacht in Chicago, nicht um vier Uhr Freitag morgen. Und in den vier Stunden stahlen er und ein Freund die Leiche von Miss Ross unten aus dem Kühlraum. Um ein Alibi zu haben, hatte er wahrscheinlich jemanden angeheuert, der mit der Nachtmaschine geflogen ist. Jetzt werde ich Ihnen darlegen, wieso er zufällig einen linkshändigen, rothaarigen Leichenbestatter kannte.« Er stieß den Daumen in Williams Richtung. »Page, ruf Miss Sue Leonard herein.«

Bei Tageslicht wirkte Miss Leonards blonde Schönheit eine Spur verblaßt. Sie trug ein nilgrünes Abendkleid mit einem silberfarbenen Laméumhang und silberne Slipper mit abgeflachter Spitze. Sie erklärte: »Ich kam gerade nach Hause, als Mr. Williams anrief, und ich hatte keine Zeit, mich umzuziehen.« Sie warf einen Blick durch den Raum, rief: »Das gibt's doch nicht, Tom Darrow! Was machst du denn hier?«

Eine leichte Färbung zeigte sich auf Mr. Darrows Wangen. »Ich bin so eine Art Staatsanwalt«, sagte er. »So, so, stell Dir vor«, sagte Miss Leonard. Die fetten Wangen des Leichenbeschauers Hartmann bebten. »Wie klein die Welt ist«, sagte er. Als der Staatsanwalt ihn anfunkelte, hustete er in ein Taschentuch. Crane sagte: »Vor einiger Zeit machten Sie im Venice Club New York die Bekanntschaft eines Mannes namens Jackson, nicht wahr?«

»Ja. Er war einer der stellvertretenden Geschäftsführer.« Mit weit aufgerissenen Augen blickte sie auf Courtland, der neben dem Polizeibeamten saß, das Gesicht nach unten.

»Ging Jackson mit irgendeinem von den Stammgästen des Clubs besonders freundlich um?«

»Ja. Mit Mr. Courtland. Sie sind regelmäßig zusammen auf Partys gegangen.« Sie sah Crane fragend an. »Ich weiß noch, daß sie ...«

»Ich denke, das genügt fürs erste, Miss Leonard«, unterbrach Crane sie. »Vielen Dank.«

Beim Hinausgehen winkte Miss Leonard mit einer behandschuhten Hand: »Bis bald, Tommy.«

Der Leichenbeschauer kicherte, wiederholte: »Wie klein die Welt ist.«

»Viel zu klein«, sagte Staatsanwalt Darrow.

»Um mit der Geschichte fortzufahren«, sagte Crane, »Jackson und Courtland stahlen die Leiche aus dem Leichenschauhaus. Es wäre eine Kleinigkeit gewesen – Jackson war Leichenbestatter geworden und kannte sich aus – wenn sie nicht zufällig auf August Liebman getroffen wären. Liebman versuchte sie aufzuhalten, und bei dem Kampf hat Courtland versucht, ihn k. o. zu schlagen. Der Schlag war allerdings zu hart, und Liebman starb. Ich glaube aber, es war unbeabsichtigt. Dann nahmen sie die Leiche mit zurück zum Bestattungsinstitut auf der Lake Street, und während Jackson sie für die Beerdigung vorbereitete, kehrte Courtland zum Leichenschauhaus zurück.

Er mußte dort erscheinen, weil sowohl sein Onkel als auch Colonel Black sich gewundert hätten, wenn er es nicht getan hätte, nachdem er schon den ganzen Weg von New York hergekommen war. Er wollte ihr Mißtrauen nicht erregen, und er wollte sich die Polizei vom Leibe halten, deshalb nahm er den Namen von A. N. Brown aus San Diego an, den er auf der Passagierliste der Nachtmaschine gesehen hatte. Dadurch, daß er einen falschen Namen benutzte, würde er sich die Polizei vom Leibe halten und gleichzeitig seinen Onkel und Colonel Black überzeugen können, daß er nur deshalb so gehandelt habe, um den Familiennamen zu schützen.«

Eines der Rouleaus machte ein flatterndes Geräusch, wie der Klüver auf einem Segelboot, und Crane schloß das Fenster dahinter.

»Das einzige Problem bei dem Plan war, daß ich zufällig im Leichenschauhaus war, als er eintraf, und so erkannte ich ihn am nächsten Tag.

In der Zwischenzeit hatte ich mir überlegt, daß ein Leichenbestatter bei der Beseitigung der Leiche geholfen haben mußte, daß er rothaarig und Linkshänder sein müsse. Also begannen wir, nach ihm zu suchen. Unglücklicherweise schrieb ich Colonel Black, daß ich einen solchen Mann suchte, und Courtland sah den Brief, während ich ein Bild seiner Schwester in meinem Zimmer im Hotel Sherman prüfte.«

Crane schwang sich nach hinten auf den Tisch, kreuzte von neuem die Beine und zündete sich eine Zigarette an.

»Courtland und der Leichenbestatter hatten bereits Vorkehrungen getroffen, die Leiche als eine Agnes Castle auf dem Edgemoor-Friedhof beerdigen zu lassen, aber wegen der Ermordung Liebmans, der Aufregung über den Diebstahl der Leiche in den Zeitungen und wegen der Beisetzungsgenehmigung, die er gezwungen war zu fälschen, denk' ich mir, war der Leichenbestatter ziemlich nervös. Daher wurde er umgebracht.

Wir trafen sechs Stunden später ein und fanden die Leiche. Wir hinterließen einen Zettel, der Captain Gradys Aufmerksamkeit auf die roten Haare lenkte, und sahen im Geschäftsbuch die Eintragung von Agnes Castles Bestattung auf denselben Tag, an dem Miss Ross' Leiche aus dem Leichenschauhaus gestohlen wurde.

Unser nächster Schritt war es, am frühen Sonntagmorgen zum Friedhof zu gehen und das Grab von Agnes Castle auszuheben. Es war jedoch leer. Das überraschte uns nicht sonderlich, da wir den Wärter bereits gefesselt in seinem Häuschen am Tor gefunden hatten und wußten, daß jemand vor uns auf dem Friedhof gewesen war. Williams, bitte den Wärter, sich zu uns zu gesellen.«

Angus Orr war der Name des Wärters, und er nickte Captain Grady respektvoll zu. Er sagte, er erinnere sich an Crane, erinnere sich, daß er ihm in der Nacht, als man ihn gefesselt hatte, die Fesseln gelockert habe.

»Also, Mr. Orr«, sagte Crane, »sehen Sie den Mann, der Ihnen eins über den Kopf gehauen hat, irgendwo in diesem Raum?«

Schließlich zeigte der Finger von Mr. Orrs rechter Hand auf Courtland. »Das ist der Mann. Ich konnte ihn gut sehen, bevor er mich traf.«

»Sie sehen«, fuhr Crane fort, als Orr gegangen war, »Courtland war uns zuvorgekommen, hatte die Leiche ausgegraben und sie versteckt. Er glaubte, das würde unsere Suche beenden, zumal seine Mutter einen zweiten Brief von Miss Courtland erhalten hatte, aber er wußte nicht, wie hartnäckig wir waren.«

Crane gab Staatsanwalt Darrow den zweiten Brief und fuhr fort: »Dieser Brief ist in Miss Courtlands Handschrift, das steht fest, aber die Adresse ist mit Schreibmaschine geschrieben, eine Tatsache, wegen der ich ziemlich ins Grübeln gekommen bin.«

Der stellvertretende Staatsanwalt Burman spielte mit seiner Brille, sagte: »Sie wollen sagen, das Mädchen hat tatsächlich den Brief geschrieben, aber jemand anders hat die Adresse getippt und ihn abgeschickt.«

Crane lächelte ihn an. »Was das leere Grab betrifft, hab' ich mir schließlich überlegt, daß, wer auch immer die Leiche an sich genommen hat, es nicht riskieren würde, sie weit zu tragen. Ich kam zu der Überzeugung, daß sie irgendwo auf dem Friedhof versteckt sein müsse. Das Problem war, das Versteck unter all den Gräbern herauszufinden.«

Crane stockte, während O'Malley den Raum mit einer großen weiß-emaillierten Schüssel und einem Handtuch durchquerte, die Schüssel vorsichtig auf den Tisch der Reporter balancierte. »Da ist dein Bad«, sagte O'Malley.

»Danke«, sagte Crane. »Also, mit Fortunas Hilfe fanden wir die Gruft, brachen die Tür auf und fanden die Leiche. Wir wußten noch immer nicht, wessen Leiche es war, und Courtland, der bei uns war, sagte, es sei nicht die seiner Schwester. Daher brachten wir die Leiche zum Leichenschauhaus und legten sie in den Aufnahmeraum. Wir brachten Udoni her, der sie als die Miss Ross, die er gekannt hatte, identifizierte. Ich wollte, daß Stuyvesant Courtland sie sich ansah, aber Courtland rief im Blackstone an und teilte mir mit, daß sein Onkel geheimnisvollerweise abgereist sei. Das war eine Lüge, wie wir vor einigen Minuten herausbekommen haben. Ich dachte, die Leiche wäre möglicherweise die von Mrs. Paletta, aber nachdem Mike sich geweigert hatte, zum Leichenschauhaus zu kommen, und Frankie French sie nicht hatte identifizieren können, ließ ich den Gedanken fallen, obwohl ich doch das leise Gefühl hatte, daß French mir die Identität verheimlichen könnte.«

Einer der Männer der Mordkommission geleitete Onkel Stuyvesant in den Raum. Er trug einen grauen Oxfordanzug, einen steifen Kragen mit einer breiten Krawatte, eine weiße Nelke im Knopfloch. Er hatte offensichtlich von den Beamten gehört, daß Courtland verhaftet worden war. Er war aufgebracht.

»Mit welcher Begründung klagen Sie meinen Neffen des Mordes an?« fragte er.

»Bis jetzt ist er noch wegen nichts angeklagt worden«, sagte Crane. »Es hängt viel davon ab, ob Sie die Leiche, die wir hier hereinbringen lassen, identifizieren können oder nicht.«

»Es tut uns leid, Sie bemühen zu müssen, Mr. Courtland«, sagte der Staatsanwalt, »aber Ihr Neffe will die Leiche nicht identifizieren, und wir brauchen jemanden, der dazu bereit ist.«

Während zwei Kriminalbeamte die Leiche heraufbrachten, versuchte Onkel Stuyvesant mit Courtland zu reden. Es war zwecklos. Courtland starrte nur zu Boden. Mrs. Udoni saß so auf einer Fensterbank, daß ihre schlanken Beine oberhalb der Knie entblößt waren, ihr Gesicht war nach draußen zur Straße gewandt. Sie hatte hauchdünne Seidenstrümpfe an. Udoni beobachtete ängstlich die Tür, wo Miss Ross' Leiche erscheinen würde.

Geräuschlos, auf Gummireifen, glitt der Operationstisch in den Raum. Einer der Beamten schob, der andere zog. Der Mann, der schob, brachte den Tisch zum Stehen, zog ruckartig das weiße Tuch weg. Die Gerichtsmediziner hatten Miss Ross' Kopf wieder an ihren Hals genäht, und Nadeleinstiche waren an ihrer Kehle. Ihr Gesicht war immer noch stark, auffällig geschminkt.

Der Staatsanwalt sagte: »Dies ist die Leiche, Mr. Courtland.«

Onkel Stuyvesant beugte sich über Miss Ross' Gesicht, dann wirbelte er herum zum Staatsanwalt. »Was soll das? Ich habe diese Frau nie zuvor gesehen.«

»Sie meinen, es ist nicht Kathryn Courtland?«

»Natürlich nicht.«

Crane, der immer noch auf dem Tisch des stellvertretenden Leichenbeschauers saß, fühlte die empörten Blicke aller auf sich gerichtet.

Der Staatsanwalt sagte: »Tja, Mr. Crane, damit ist Ihre Theorie geplatzt.«

Geschmeidig glitt Crane vom Tisch, ging hinüber zu den Fenstern, packte Mrs. Udoni um die Taille, am Nacken. Ein berauschender Parfümgeruch umgab sie. Er zog sie hinüber zum Reportertisch, stieß ihr Gesicht, ihren Kopf, in die Schüssel mit Flüssigkeit.

»Um Himmels willen!« rief Captain Grady.

O'Malley blockierte mit dem Körper Udonis Versuche, den Tisch zu erreichen, und sagte: »Nein, das lassen Sie bleiben.«

Courtland kämpfte mit dem Beamten, an den er gefesselt war, versuchte seinen Arm loszureißen.

Mrs. Udoni trat mit den Hacken gegen Cranes Knöchel, warf ihren Körper hin und her, doch er hielt ihren Kopf in der Oxidspülung.

Udoni rief: »Lassen Sie mich vorbei, Sie Idiot. Lassen Sie mich vorbei.«

Crane riß die Frau hoch, trocknete ihr Gesicht und ihr Haar mit dem Handtuch ab, wobei er sie mit dem linken Arm fest an sich drückte. Dadurch, daß das starke Makeup verschwand, wurde ihr Gesicht jünger. Ihr Haar war blond mit schwarzen Farbsträhnen darin.

»Himmel!« schrie Williams. »Dann war sie ja doch 'ne Blondine.«

Onkel Stuyvesant sagte: »Kathryn!«

24

»Jetzt dämmert's Ihnen«, sagte Crane. »Die tote Frau ist Mrs. Udoni. Sie wurde von ihrem Mann ermordet, weil sie sich nicht von ihm scheiden lassen wollte, damit er Miss Courtland heiraten könnte. Und bei dem Mord wurde er von Miss Courtland unterstützt.« Crane beobachtete Courtland. »Das macht sie ebenso schuldig.«

Udoni, der von Williams und O'Malley liebevoll festgehalten wurde, rief wütend: »Sie können nicht beweisen, daß ich jemanden getötet habe.«

Courtland, neben dem Kriminalbeamten, sagte: »Meine Schwester hat nichts davon gewußt. Udoni hat den Mord allein begangen.«

»Gut«, sagte Crane. »Ich freue mich, daß Sie bereit sind zu reden.«

»Ich will Kathryn retten«, sagte Courtland. »Was mit mir passiert, ist mir egal.« Sein Gesicht war jetzt hellwach, seine Augen strahlten.

Kathryn Courtland schluchzte in Onkel Stuyvesants Armen. Ihre Haare hinterließen schwarze Flecken auf seinem steifen Kragen.

»Woher wissen Sie, daß Udoni seine Frau getötet hat?« fragte Crane.

»Er hat es mir gesagt.«

Udoni fauchte: »Er lügt.« O'Malley schlug dem Musiker ins Gesicht, sagte: »Sprich, wenn du angesprochen wirst, du Itaker.«

Crane wandte sich an Captain Grady und den Staatsanwalt. »Courtland ist der beste Zeuge, den der Staat haben kann.« Ihre Gesichter waren verdutzt. »Ich denke, Sie können ihm ohnehin nicht mehr als Totschlag anhängen.« Er sah Courtland an. »Hat Ihre Schwester Sie von Anfang an um Hilfe gebeten?«

»Ja. Sie lebte mit Udoni zusammen, hoffte, ihn zu heiraten.

Aber Mittwoch nacht, oder vielmehr Donnerstag morgen, als Udoni ihr erzählte, seine Frau, die sie verfolgt hatte, hätte Selbstmord begangen, bekam sie Angst. Daher rief sie mich an, ich solle nach Chicago kommen. Sie hatte nicht den Verdacht, daß es Mord war; der Tod hatte sie einfach aus der Fassung gebracht.«

Crane fragte: »Dann wären Sie sowieso nach Chicago gekommen, selbst wenn Colonel Black und Ihre Mutter und Ihr Onkel die Besprechung nicht gehabt hätten?«

»Ja. Aber als Kathryn mir am Telefon von der Badezimmerwaage und den Fußspuren auf der Tür erzählte, wußte ich, daß Udoni seine Frau ermordet hatte. Außerdem war mir da klar, daß wir etwas Schreckliches tun mußten, um Kathryn aus einem Skandal rauszuhalten. Ich beschuldigte Udoni unter vier Augen, seine Frau getötet zu haben, und er gab es zu. Er schien zu glauben, es bestünde kein Risiko, daß es herauskäme. Aber ich wußte, wenn die Leiche als die von Mrs. Udoni identifiziert würde, was bei der ganzen Publizität durch die Zeitungen wahrscheinlich war, daß Udoni in Schwierigkeiten wäre und auch Kathryn. Mir fiel ein Freund von mir ein, der Leichenbestatter war, und ich überredete ihn, mir zu helfen, die Leiche aus der Leichenhalle zu schaffen.«

Crane fragte: »Und Sie töteten Liebman unabsichtlich, als er versuchte, Sie aufzuhalten.«

»Ja, genau wie Sie gesagt haben. Und Jackson ließ die Leiche als Agnes Castle beerdigen, wie Sie im Geschäftsbuch gesehen haben.«

»Aber wie wurde Jackson getötet? Udoni?«

»Ja.« Courtland sah seine Schwester mit düsteren Augen an. »Ich las Ihren Bericht an Colonel Black und erzählte Udoni später, daß wir Jackson wegschicken müßten, um uns zu schützen. Er sagte mir, er würde sich darum kümmern, und als nächstes hörte ich, daß Jackson tot war.« Courtland schüttelte wütend den Kopf. »Ich hätte Udoni der Polizei übergeben sollen, aber ich steckte selbst zu tief mit drin. Außerdem wollte ich nach wie vor die Familie schützen. Als Sie mir dann erzählten – Sie erinnern sich, unmittelbar nachdem ich Sie vor Frankie French gerettet habe? – daß Sie wüßten, wo die Leiche sei, holte ich Udoni, und wir hoben das Grab aus und versteckten die Leiche in der Gruft, wo Ihre Hartnäckigkeit sie später fand.«

Crane sagte: »Sie wußten nicht, daß ich wirklich Crane, die Bulldogge bin: der Detektiv, der niemals aufgibt, was?«

Courtland schüttelte den Kopf, brachte ein schwaches Lächeln zustande. »Ich kann nicht glauben, daß ich mich überhaupt zu dem Versuch durchgerungen habe, Sie zu töten.«

»Zum Teufel!« Crane machte eine senkrechte Streichbewegung mit der flachen Hand, als würde er ein Fenster putzen. »Die besten Leute haben irgendwann alle einmal versucht, mich zu töten.«

Staatsanwalt Darrow sagte: »Ich fange zwar allmählich an zu verstehen, aber ich würde gern wissen, wie Sie es rausgekriegt haben und wie es kam, daß Sie sich unten in dem Raum versteckten.«

»Es schien ganz einfach zu klappen.« Crane ging zu dem Tisch zurück, setzte sich darauf. »Ich glaubte, der Mörder, wer auch immer er sei, werde weiterhin gern die Leiche an sich bringen, und ich wollte dabei sein, falls er es versuchte. Ich hatte bereits O'Malley hinter Udoni hergeschickt, und ich sagte Williams und Johnson, den ich gebeten hatte, mir zu helfen, ich würde ein paar Adressen aufschreiben, wo sie Mrs. Udoni finden könnten. Während ich ihnen das Stück Papier gab, kündigte Courtland an, daß er müde sei und in einigen Minuten nach Hause gehe. Damit wollte er sich ein Alibi verschaffen, denn, sobald die anderen mit meinem Stück Papier gegangen waren, schlug er mir vor, daß wir versuchen sollten, dem Mörder eine Falle zu stellen, indem wir uns im Aufnahmeraum mit den Leichen versteckten, jeder von uns auf einem Tisch unter einem Tuch. Das war genau in meinem Sinne, also gingen wir hinunter und versteckten uns. Ich stieg von meinem Tisch, schob ihn zur Seite und stellte an seinen Platz einen, auf dem die Leiche einer Frau lag. Ich zog meine Schuhe über die Füße der Frau, damit es so aussähe, als ob ich auf dem Tisch läge, kroch unter den Tisch und wartete. Nach einiger Zeit sah ich, wie sich die Tür zur Auffahrt öffnete, und ich dachte, jemand, vielleicht Udoni, hätte den Raum betreten. Ich weiß jetzt, daß es Courtland war, der die Tür überprüfte, um sicherzugehen, daß sie für seine Flucht offen war. Indem er den Donner nutzte, um seine Bewegungen zu übertönen, schnitt er Mrs. Udonis Kopf ab und kam dann herüber, um mich zu töten. Er wußte, nur wenn er mich aus dem Weg räumte, konnte er den Kopf bekommen, was erfolgreich verhindern würde, daß Mrs. Udoni jemals identifiziert würde. Er leuchtete auf den Tisch, erblickte meine Schuhe, riß dann am anderen Ende das Tuch herunter und stieß sein Messer an der Stelle hinein, wo, wie er glaubte, eigentlich mein Hals sein mußte. Ich nehme an, selbst wenn er im letzten Augenblick die Frau gesehen hat, konnte er den Hieb nicht mehr aufhalten. Jedenfalls packte ich seine Beine und riß ihn zu Boden und rief um Hilfe. Es war auch gut, *daß* ich gerufen habe, denn es fehlten nur ein paar Sekunden, und er hätte mich erwürgt. Johnson und Williams kamen gerade rechtzeitig, um mich zu retten.«

Mr. Darrow runzelte die Stirn. »Ich verstehe, aber wie kam es, daß Ihre Freunde zur Stelle waren? Ich dachte, sie suchten Mrs. Udoni.«

Crane gab Williams einen Wink mit der Hand. »Doc, zeig ihm den Umschlag, auf den ich die Adressen geschrieben habe.«

Der Staatsanwalt sah auf den Umschlag, lachte dann. Er las laut vor: *»Ihr Burschen verduftet zum Schein, bleibt aber heimlich in der Nähe.«*

Crane lächelte O'Malley neben Udoni an und sagte: »Ich mußte jemanden auf frischer Tat ertappen, da ich nicht genug Beweise hatte, um Udoni zu überführen. Jetzt, mit Courtlands Aussage, Mr. Darrow, müßten Sie eigentlich leichtes Spiel haben.« Crane schlug die Beine übereinander, stellte fest, daß sein linker Fuß eingeschlafen war. »Das Motiv war natürlich Geld. Udoni wußte, daß Miss Ross Miss Courtland war und wollte sie wegen ihres Vermögens heiraten. Seine Frau war im Weg, und er tötete sie. Er scheint ein ziemlich kaltblütiger Bursche zu sein.

Auf der anderen Seite wollte Courtland seine Schwester schützen. Er tötete den Leichenwärter unabsichtlich, sein einziges Verbrechen.«

»Was ist mit dem Versuch, Sie zu erstechen?« fragte Captain Grady. »In Illinois ist das ein Verbrechen.«

Crane sagte: »Es ist kein Verbrechen, wenn es keinen Kläger gibt. Ich denke, Courtland und ich sind restlos quitt. Er hat mir das Leben gerettet, als Frankie French mich in seiner Gewalt hatte, dann hat er versucht, mich zu töten. Was könnte fairer sein als das?«

Johnson fragte: »Warum wollte French eigentlich Mrs. Palettas Leiche haben?«

»Sie hat ihn betrogen.« Crane zündete sich eine Zigarette an. »Ich glaube, er wollte sich an ihr rächen, tot oder lebendig.« Er blies das Streichholz aus. »Ich wäre nicht überrascht, wenn er sie durch den Fleischwolf drehen wollte oder so was. Jedenfalls hat sie jetzt Mister Paletta, um sie zu beschützen.«

»Dann glaubst du, es war Mrs. Paletta, die wir auf der Penthausparty getroffen haben?« fragte Williams.

»Sicher. Wenn nicht, wäre Mike in einer halben Minute zum Leichenschauhaus gekommen.«

Staatsanwalt Darrow kam näher an Crane heran. »Noch eins. Wie ist es Udoni gelungen, seine tote Frau als Miss Ross auszugeben?«

»Das war leicht. Sowohl Miss Courtland als auch Mrs. Udoni stiegen am frühen Mittwochmorgen im Princess Hotel ab. Sie hatten Zimmer nebeneinander. Beide schliefen bis in den späten Mittwochnachmittag, und daher hatte das Hotelpersonal nicht viel Gelegenheit, sie zu sehen. Beide waren blond, und beide sahen sich irgendwie ähnlich. Außerdem waren sie beide nie zusammen, deshalb hatte niemand die Möglichkeit, sie zu vergleichen. Und so war es, als Udoni Mittwoch abend, bevor er zur Arbeit mit seinem Orchester ging, seine Frau tötete, ein leichtes, sie in Miss Ross', also Miss Courtlands Zimmer zu schaffen, sie an der Badezimmertür aufzuknüpfen und die unidentifizierbaren Marshall Field's Kleidungsstücke in dem Zimmer zurückzulassen. Wenn man eine tote Blondine in einem Zimmer findet, denkt man natürlich, daß es die Blondine ist, die in dem Zimmer wohnte.«

Mr. Darrow nickte, fragte: »Aber warum war die Leiche naß? Warum die volle Badewanne?«

»Mrs. Udoni nahm gerade ein Bad, als ihr Mann sie besuchte und sie ermordete. Er erwürgte sie und zog ihren nassen Körper aus ihrem Zimmer durch die Verbindungstür in Miss Courtlands Zimmer. Sie war noch naß, als er sie an der Badezimmertür aufhängte. Dann, als er damit fertig war, die Kleider auszutauschen, stellte er fest, daß ihr Körper nasse Flecken auf der Tür gemacht hatte und daß da, wo er sie über den Teppich gezogen hatte, Wasserspuren waren. Ich habe diese Spuren selbst gesehen und mich darüber gewundert. Daher füllte er die Badewanne, um sie zu erklären.«

Captain Grady fragte: »Aber was hat Miss Courtland während dieser ganzen Zeit gemacht?«

Courtland hatte seine Schwester angesehen. Er sagte: »Sie war gar nicht da. Sie arbeitete im Clark-Erie, um in Udonis Nähe zu sein, und als sie an dem Morgen zusammen nach Hause kamen, erzählte er ihr, daß seine Frau sich in ihrem Zimmer getötet habe, daß er aber all ihre Kleider entfernt habe, damit sie nicht hineingezogen werde. Das war eins der Dinge, die Kathryn erschreckten, sie dazu brachten, mich anzurufen.«

Mr. Darrow fragte: »Wie zum Teufel haben Sie das alles rausgekriegt, Crane?«

»Hauptsächlich, indem ich blind drauflosgetappt bin. Aber als ich herausfand, daß unsere beiden Hauptverdächtigen,

Courtland und Udoni, perfekte Alibis hatten, jeder für verschiedene Teile der Angelegenheit – Courtland war in New York, als der Mord stattfand, und Udoni arbeitete, als die Leiche aus dem Leichenschauhaus gestohlen wurde, und Courtland wiederum war bei seiner Mutter, als Jackson, der Leichenbestatter, ermordet wurde – fragte ich mich, ob sie sich nicht gegenseitig geholfen hätten.«

Mr. Darrow legte seine Hand auf Cranes Schulter. »Ich denke, damit wäre die ganze Sache wohl so ziemlich erledigt. Sie haben bemerkenswerte Arbeit geleistet, selbst wenn Sie sich hart am Rande des Gesetzes bewegt haben.«

»Sehr hart.« Captain Grady schnaubte verächtlich. »Ich wüßte ein Dutzend Punkte, um ihn einzulochen.« Starke weiße Zähne leuchteten in seinem puterroten Gesicht. »Aber ich werde es nicht tun.« Er schüttelte Cranes Hand, brach ihm beinahe die Knöchel.

Crane sagte: »Ich freue mich, daß jemand begreift, was für ein verdammt guter Detektiv ich bin.«

Die anderen verließen den Raum. Zwei Männer von der Mordkommission stützten Udoni halb, halb zerrten sie ihn. Sein Gesicht war gelb; seine Augen wild; er wollte Crane etwas zuzischeln, aber einer der Männer von der Mordkommission zog ihn weg. Ohne eine Veränderung in ihrem Gesicht beobachtete Kathryn Courtland, wie er durch die Tür verschwand. Crane ging hinüber zu Onkel Stuyvesant, sagte: »Es tut mir leid, daß der Name Courtland mit hineingezogen wird, aber ich denke, Udoni wird als einziger verurteilt werden.«

Onkel Stuyvesant hatte den Arm um Kathryns Taille gelegt. Er sagte: »Zur Hölle mit dem Familiennamen.«

Der Zorn war aus Kathryn Courtlands Gesicht gewichen. »Danke, daß Sie so gut zu meinem Bruder sind«, sagte sie und berührte Cranes Arm.

Auf der anderen Seite von Crane war der junge Courtland. »Ja«, sagte er, »ich habe Ihnen viel zu verdanken.«

»Quatsch«, sagte Crane. »Es tut mir leid, daß ich so clever war.«

»Ich denke nicht, daß Sie so clever waren«, sagte Kathryn Courtland. »Sie hätten in der Nacht, als Sie mir zum ersten Mal begegneten, sehen müssen, daß ich eine Blondine bin.«

»Sie meinen – als ich mit Ihnen im Bett war?«

»Ja.«

»Oh!« Crane tat so, als wäre er schockiert. »Ich bin ein Gentleman. Ich habe nicht geguckt.«

Mit vor Erstaunen weit aufgerissenem Mund starrte Onkel Stuyvesant auf Cranes sich entfernenden Rücken. Williams und O'Malley diskutierten einen Plan, bei dem es um eine Party mit der Stewardeß und Freunden ging. Crane massierte sanft seine gequetschten Knöchel, sagte: »Ich bin dabei.«

»Ich weiß nicht, ob du gut genug aussiehst«, sagte O'Malley.

»Ich kann mich waschen«, sagte Crane.

»Alles, was Rang und Namen hat in der kriminalistischen Schreiberzunft, ist bei Diogenes versammelt.«
Süddeutscher Rundfunk

● **Joan Aiken**

Die Kristallkrähe
Roman. Aus dem Englischen von Helmut Degner. detebe 20138

Der eingerahmte Sonnenuntergang
Roman. Deutsch von Karin Polz. detebe 21413

Tote reden nicht vom Wetter
Roman. Deutsch von Nikolaus Stingl detebe 21477

Ärger mit Produkt X
Roman. Deutsch von Karin Polz. detebe 21538

● **Margery Allingham**

Die Handschuhe des Franzosen
Kriminalgeschichten. Aus dem Englischen von Peter Naujack. Zeichnungen von Georges Eckert. detebe 20929

Trau keiner Lady
Roman. Deutsch von Gerd van Bebber detebe 21567

Gefährliches Landleben
Roman. Deutsch von Brigitte Mentz detebe 21568

Süße Gefahr
Roman. Deutsch von Peter Fischer detebe 21569

Judaslohn
Roman. Deutsch von Edith Walther detebe 21570

● **Eric Ambler**

Die Maske des Dimitrios
Roman. Aus dem Englischen von Mary Brand und Walter Hertenstein. detebe 20137

Der Fall Deltschev
Roman. Deutsch von Mary Brand und Walter Hertenstein. detebe 20178

Eine Art von Zorn
Roman. Deutsch von Susanne Feigl und Walter Hertenstein. detebe 20179

Schirmers Erbschaft
Roman. Deutsch von Harry Reuß-Löwenstein, Th. A. Knust und Rudolf Barmettler detebe 20180

Die Angst reist mit
Roman. Deutsch von Walter Hertenstein detebe 20181

Der Levantiner
Roman. Deutsch von Tom Knoth detebe 20223

Waffenschmuggel
Roman. Deutsch von Tom Knoth detebe 20364

Topkapi
Roman. Deutsch von Elsbeth Herlin detebe 20536

Schmutzige Geschichte
Roman. Deutsch von Günter Eichel detebe 20537

Das Intercom-Komplott
Roman. Deutsch von Dietrich Stössel detebe 20538

Besuch bei Nacht
Roman. Deutsch von Wulf Teichmann detebe 20539

Der dunkle Grenzbezirk
Roman. Deutsch von Walter Hertenstein und Ute Haffmans. detebe 20602

Ungewöhnliche Gefahr
Roman. Deutsch von Walter Hertenstein und Werner Morlang. detebe 20603

Anlaß zur Unruhe
Roman. Deutsch von Franz Cavigelli detebe 20604

Nachruf auf einen Spion
Roman. Deutsch von Peter Fischer detebe 20605

Doktor Frigo
Roman. Deutsch von Tom Knoth
detebe 20606

Bitte keine Rosen mehr
Roman. Deutsch von Tom Knoth
detebe 20887

Mit der Zeit
Roman. Deutsch von Hans Hermann
detebe 21054

Als Ergänzungsband liegt vor:

Über Eric Ambler
Aufsätze von Alfred Hitchcock bis Helmut Heißenbüttel. Chronik und Bibliographie. Herausgegeben von Gerd Haffmans
detebe 20607

● John Bellairs

Das Haus, das tickte
Roman. Aus dem Amerikanischen von Alexander Schmitz. Zeichnungen von Edward Gorey. detebe 20368

● Robert Benesch

Außer Kontrolle
Roman. detebe 21081

● Gavin Black

Ein Drachen zum Fest
Roman. Aus dem Englischen von Matthias Fienbork. detebe 21560

● Robert Bloch

Nacht im Kopf
Roman. Neu aus dem Amerikanischen übersetzt von Monika Wittek. detebe 21414

● Kurt Bracharz

Pappkameraden
Roman. detebe 21475

● Peter Bradatsch

Waschen, Schneiden, Umlegen
Ein Dutzend Kriminalgeschichten
detebe 21272

● Ray Bradbury

Die Mars-Chroniken
Roman in Erzählungen. Aus dem Amerikanischen von Thomas Schlück. detebe 20863

Der illustrierte Mann
Erzählungen. Deutsch von Peter Naujack
detebe 20365

Fahrenheit 451
Roman. Deutsch von Fritz Güttinger
detebe 20862

Die goldenen Äpfel der Sonne
Erzählungen. Deutsch von Margarete Bormann. detebe 20864

Medizin für Melancholie
Erzählungen. Deutsch von Margarete Bormann. detebe 20865

Das Böse kommt auf leisen Sohlen
Roman. Deutsch von Norbert Wölfl
detebe 20866

Löwenzahnwein
Roman. Deutsch von Alexander Schmitz
detebe 21045

Das Kind von morgen
Erzählungen. Deutsch von Hans-Joachim Hartstein. detebe 21205

Die Mechanismen der Freude
Erzählungen. Deutsch von Peter Naujack
detebe 21242

Familientreffen
Erzählungen. Deutsch von Jürgen Bauer
detebe 21415

● Beat Brechbühl

Kneuss
Roman. Zwei Wochen aus dem Leben eines Träumers und Querulanten, von ihm selber aufgeschrieben. detebe 21416

● Fredric Brown

Flitterwochen in der Hölle
Science-Fiction- und Schauergeschichten. Aus dem Amerikanischen von B.A. Egger. Mit Illustrationen von Peter Neugebauer
detebe 20600

● John Buchan

Die neununddreißig Stufen
Roman. Aus dem Englischen von Marta Hackel. Mit Zeichnungen von Edward Gorey
detebe 20210

Grünmantel
Roman. Deutsch von Marta Hackel.
Mit Zeichnungen von Roland Topor
detebe 20771

Die drei Geiseln
Roman. Deutsch von Marta Hackel
Mit Zeichnungen von Tatjana Hauptmann
detebe 20773

Basilissa
Roman. Deutsch von Otto Bayer
detebe 21249

● W.R. Burnett

Little Caesar
Roman. Aus dem Amerikanischen von Georg Kahn-Ackermann. detebe 21061

High Sierra
Roman. Deutsch von Armgard Seegers und Hellmuth Karasek. detebe 21208

● David Carkeet

Minus mal Minus
Roman. Aus dem Amerikanischen von Dorothee Asendorf. detebe 21478

● Anton Čechov

Das Drama auf der Jagd
Eine wahre Begebenheit. Aus dem Russischen von Peter Urban. detebe 21379

● Raymond Chandler

Der große Schlaf
Roman. Aus dem Amerikanischen von Gunar Ortlepp. detebe 20132

Die kleine Schwester
Roman. Deutsch von W.E. Richartz
detebe 20206

Das hohe Fenster
Roman. Deutsch von Urs Widmer
detebe 20208

Der lange Abschied
Roman. Deutsch von Hans Wollschläger
detebe 20207

Die simple Kunst des Mordes
Briefe, Essays, Fragmente. Herausgegeben von Dorothy Gardiner und Kathrine Sorley Walker. Deutsch von Hans Wollschläger
detebe 20209

Die Tote im See
Roman. Deutsch von Hellmuth Karasek
detebe 20311

Lebwohl, mein Liebling
Roman. Deutsch von Wulf Teichmann
detebe 20312

Playback
Roman. Deutsch von Wulf Teichmann
detebe 20313

Mord im Regen
Frühe Stories. Vorwort von Prof. Philip Durham. Deutsch von Hans Wollschläger
detebe 20314

Erpresser schießen nicht
Detektivstories I. Deutsch von Hans Wollschläger. detebe 20751

Der König in Gelb
Detektivstories II. Deutsch von Hans Wollschläger. detebe 20752

Gefahr ist mein Geschäft
Detektivstories III. Deutsch von Hans Wollschläger. detebe 20753

Englischer Sommer
Geschichten, Parodien, Aufsätze. Mit einer Erinnerung von John Houseman, einem Vorwort von Patricia Highsmith und Zeichnungen von Edward Gorey. detebe 20754

● G.K. Chesterton

Pater Brown und Das blaue Kreuz
Die besten Geschichten aus »Die Unschuld des Pater Brown«. Aus dem Englischen von Heinrich Fischer. detebe 20731

Pater Brown und Der Fehler in der Maschine
Die besten Geschichten aus »Die Weisheit des Pater Brown« und »Die Ungläubigkeit des Pater Brown«. Deutsch von Norbert Müller, Alfons Rottmann und Dora Sophie Kellner
detebe 20732

Pater Brown und Das schlimmste Verbrechen der Welt
Die besten Geschichten aus »Das Geheimnis des Pater Brown« und »Der Skandal um Pater Brown«. Deutsch von Alfred P. Zeller, Kamilla Demmer und Alexander Schmitz
detebe 20733

● Agatha Christie

Villa Nachtigall
Geschichten. Aus dem Englischen von Peter Naujack und Günter Eichel. detebe 20825

Der Fall der enttäuschten Hausfrau
Geschichten. Deutsch von Günter Eichel
detebe 20826

● **Douglas Clark**
Die längste Freude
Roman. Aus dem Englischen von Nils-Henning von Hugo. detebe 21578

● **William Collins**
Ein schauerliches fremdes Bett
Gruselgeschichten. Aus dem Englischen von Elizabeth Gilbert und Peter Naujack.
Mit Zeichnungen von Bob van den Born
detebe 20589

● **Joseph Conrad**
Lord Jim
Roman. Aus dem Englischen von Fritz Lorch
detebe 20128

Der Geheimagent
Roman. Deutsch von Günther Danehl
detebe 20212

Herz der Finsternis
Erzählung. Deutsch von Fritz Lorch
detebe 20363

● **Stephen Crane**
Das blaue Hotel
Ausgewählte Geschichten. Neu übersetzt und mit einem Essay von Walter E. Richartz
detebe 20789

● **Freeman Wills Crofts**
Die Frau im Faß
Roman. Aus dem Englischen von Dietlind Bindheim. detebe 21476

● **Guy Cullingford**
Post mortem
Roman. Aus dem Englischen von Helmut Degner und Peter Naujack. detebe 20369

● **Dolly Dolittle's Crime Club** 1
Schreckliche Geschichten und Cartoons
detebe 20277

● **Dolly Dolittle's Crime Club** 2
Schreckliche Geschichten und Cartoons
detebe 20278

● **Dolly Dolittle's Crime Club** 3
Schreckliche Geschichten und Cartoons
detebe 20279

● **Dolly Dolittle's Crime Club** 4
Schreckliche Geschichten und Cartoons
detebe 20664

● **Dolly Dolittle's Crime Club** 5
Schreckliche Geschichten und Cartoons
detebe 21564

● **Arthur Conan Doyle**
Sherlock Holmes Geschichten
Aus dem Englischen von Margarethe Nedem
detebe 21211

● **Friedrich Dürrenmatt**
Der Richter und sein Henker
Kriminalroman. Mit einer biographischen Skizze des Autors. detebe 21435

Der Verdacht
Kriminalroman. Mit einer biographischen Skizze des Autors. detebe 21436

Justiz
Roman. detebe 21540

● **Alexandre Dumas**
Horror in Fontenay
Roman. Herausgegeben von Alan Hull Walton. Deutsch von Alexander Schmitz
detebe 20367

● **Lord Dunsany**
Jorkens borgt sich einen Whisky
Zehn Clubgeschichten. Aus dem Englischen von Elisabeth Schnack. Zeichnungen von Paul Flora. detebe 20598

● **William Faulkner**
Die Spitzbuben
Roman. Aus dem Amerikanischen von Elisabeth Schnack. detebe 20989

Die Freistatt
Roman. Deutsch von Hans Wollschläger, Vorwort von André Malraux. detebe 20802

● **Celia Fremlin**
Klimax
Roman. Aus dem Englischen von Dietrich Stössel. detebe 20916

Wer hat Angst vorm schwarzen Mann?
Roman. Deutsch von Otto Bayer
detebe 21302

Die Stunden vor Morgengrauen
Roman. Deutsch von Isabella Nadolny
detebe 21515

● Egon Friedell

Die Rückkehr der Zeitmaschine
Phantastische Novelle. detebe 20177

● Felix Gasbarra

Schule der Planeten
Roman. detebe 20549

● Robert van Gulik

Kriminalfälle des Richters Di, alten chinesischen Originalquellen entnommen
Mit Illustrationen des Autors in chinesischem Holzschnittstil

Mord im Labyrinth
Roman. Aus dem Englischen von Roland Schacht. detebe 21381

Tod im Roten Pavillon
Roman. Deutsch von Gretel und Kurt Kuhn
detebe 21383

Wunder in Pu-yang?
Roman. Deutsch von Roland Schacht
detebe 21382

Halskette und Kalebasse
Deutsch von Klaus Schomburg. detebe 21519

● Henry Rider Haggard

Sie
Abenteuerroman. Aus dem Englischen von Helmut Degner. detebe 20236

König Salomons Schatzkammer
Roman. Deutsch von V.H. Schmied
detebe 20920

● Dashiell Hammett

Der Malteser Falke
Roman. Aus dem Amerikanischen von Peter Naujack. detebe 20131

Rote Ernte
Roman. Deutsch von Gunar Ortlepp
detebe 20292

Der Fluch des Hauses Dain
Roman. Deutsch von Wulf Teichmann
detebe 20293

Der gläserne Schlüssel
Roman. Deutsch von Hans Wollschläger
detebe 20294

Der dünne Mann
Roman. Deutsch von Tom Knoth
detebe 20295

Fliegenpapier
5 Stories. Deutsch von Harry Rowohlt, Helmuth Kossodo, Helmut Degner, Peter Naujack und Elizabeth Gilbert. Vorwort von Lillian Hellmann. detebe 20911

Fracht für China
3 Stories. Deutsch von Elizabeth Gilbert, Antje Friedrichs und Walter E. Richartz
detebe 20912

Das große Umlegen
3 Stories. Deutsch von Walter E. Richartz, Hellmuth Karasek und Wulf Teichmann
detebe 20913

Das Haus in der Turk Street
3 Stories. Deutsch von Wulf Teichmann
detebe 20914

Das Dingsbums Küken
3 Stories. Deutsch von Wulf Teichmann
Nachwort von Steven Marcus. detebe 20915

● Cyril Hare

Mörderglück
und andere Detektivgeschichten. Auswahl und Einleitung von Michael Gilbert. Aus dem Englischen von Elizabeth Gilbert
detebe 20196

● William Fryer Harvey

Die Bestie mit den fünf Fingern
Gruselgeschichten. Aus dem Englischen von Günter Eichel und Peter Naujack. Zeichnungen von Peter Neugebauer. detebe 20599

● E.W. Heine

Kille Kille
Makabre Geschichten. detebe 21053

Hackepeter
Neue Kille Kille Geschichten
detebe 21219

Wer ermordete Mozart?
Wer enthauptete Haydn?
Mordgeschichten für Musikfreunde
detebe 21437

Wie starb Wagner? Was geschah mit Glenn Miller?
Neue Geschichten für Musikfreunde
detebe 21514

Der Stümper
Roman. Aus dem Amerikanischen von Barbara Bortfeldt. detebe 20136

Zwei Fremde im Zug
Roman. Deutsch von Anne Uhde
detebe 20173

Der Geschichtenerzähler
Roman. Deutsch von Anne Uhde
detebe 20174

Der süße Wahn
Roman. Deutsch von Christian Spiel
detebe 20175

Die zwei Gesichter des Januars
Roman. Deutsch von Anne Uhde
detebe 20176

Der Schrei der Eule
Roman. Deutsch von Gisela Stege
detebe 20341

Tiefe Wasser
Roman. Deutsch von Eva Gärtner und Anne Uhde. detebe 20342

Die gläserne Zelle
Roman. Deutsch von Gisela Stege und Anne Uhde. detebe 20343

Das Zittern des Fälschers
Roman. Deutsch von Anne Uhde
detebe 20344

Lösegeld für einen Hund
Roman. Deutsch von Anne Uhde
detebe 20345

Der talentierte Mr. Ripley
Roman. Deutsch von Barbara Bortfeldt
detebe 20481

Ripley Under Ground
Roman. Deutsch von Anne Uhde
detebe 20482

Ripley's Game
Roman. Deutsch von Anne Uhde
detebe 20346

Der Schneckenforscher
Vorwort von Graham Greene. Deutsch von Anne Uhde. detebe 20347

Ein Spiel für die Lebenden
Roman. Deutsch von Anne Uhde
detebe 20348

Kleine Geschichten für Weiberfeinde
Deutsch von W.E. Richartz. Mit Zeichnungen von Roland Topor. detebe 20349

Kleine Mordgeschichten für Tierfreunde
Deutsch von Anne Uhde. detebe 20483

Venedig kann sehr kalt sein
Roman. Deutsch von Anne Uhde
detebe 20484

Ediths Tagebuch
Roman. Deutsch von Anne Uhde
detebe 20485

Der Junge, der Ripley folgte
Roman. Deutsch von Anne Uhde
detebe 20649

Leise, leise im Wind
Erzählungen. Deutsch von Anne Uhde
detebe 21012

Keiner von uns
Erzählungen. Deutsch von Anne Uhde
detebe 21179

Leute, die an die Tür klopfen
Roman. Deutsch von Anne Uhde
detebe 21349

Nixen auf dem Golfplatz
Erzählungen. Deutsch von Anne Uhde
detebe 21517

Als Ergänzungsband liegt vor:

Über Patricia Highsmith
Essays und Zeugnisse von Graham Greene bis Peter Handke. Mit Bibliographie, Filmographie und zahlreichen Fotos. Herausgegeben von Franz Cavigelli und Fritz Senn
detebe 20818

● Edward D. Hoch

Frankensteins Fabrik
Roman. Aus dem Amerikanischen von Monika Elwenspoek. detebe 21561

● E.W. Hornung

Raffles – Der Dieb in der Nacht
Geschichten. Aus dem Englischen von Claudia Schmölders. Mit einem Vorwort von George Orwell. detebe 20237

Raffles – Der Amateur-Einbrecher
Geschichten. detebe 21579

● Mary Hottingers Anthologien

Gespenster
Geschichten aus England von Daniel Defoe bis Edward Bulwer-Lytton. detebe 20497

Mehr Gespenster
Geschichten aus England, Schottland und Irland von Rudyard Kipling bis H.G. Wells
detebe 21027

Noch mehr Gespenster
Geschichten aus aller Welt, von Balzac bis Čechov. In memoriam Mary Hottinger, herausgegeben von Dolly Dolittle
detebe 21310

Mord
Kriminalgeschichten von Edgar Allan Poe bis Raymond Chandler. Mit Vignetten von Paul Flora. detebe 20030

Mehr Morde
Kriminalgeschichten von Cyril Hare bis Henry Slesar. Mit Vignetten von Paul Flora
detebe 20031

Noch mehr Morde
Kriminalgeschichten von Dorothy Sayers bis Peter Cheyney. Mit Vignetten von Paul Flora
detebe 20032

Wahre Morde
Die berühmt-berüchtigtsten Kriminalfälle aus England. detebe 20587

● Gerald Kersh

Mann ohne Gesicht
Phantastische Geschichten. Ausgewählt und übersetzt von Peter Naujack. detebe 20366

● Hans Werner Kettenbach

Minnie oder Ein Fall von Geringfügigkeit
Roman. detebe 21218

● Klassische Kriminalnovellen

von François de Pitaval bis Anton Čechov
detebe 21500

● Mauric Leblanc

Arsène Lupin – Der Gentleman-Gauner
Roman. Aus dem Französischen von Erika Gebühr. detebe 20127

Die hohle Nadel oder Die Konkurrenten des Arsène Lupin
Deutsch von Erika Gebühr. detebe 20239

813 – Das Doppelleben des Arsène Lupin
Roman. Deutsch von Erika Gebühr
detebe 20931

Der Kristallstöpsel oder Die Mißgeschicke des Arsène Lupin
Roman. Deutsch von Erika Gebühr
detebe 20932

Die Gräfin von Cagliostro oder Die Jugend des Arsène Lupin
Roman. Deutsch von Erika Gebühr
detebe 20933

Arsène Lupin kontra Herlock Sholmes
Roman. Deutsch von Erika Gebühr
detebe 21026

Die Uhr schlägt achtmal
Roman. Deutsch von Erika Gebühr
detebe 21254

● Joseph Sheridan Le Fanu

Carmilla, der weibliche Vampir
Eine Vampirgeschichte. Aus dem Englischen von Helmut Degner. Zeichnungen von Edward Ardizzone. detebe 20596

Der ehrenwerte Herr Richter Harbottle
Vier unheimliche Geschichten. Deutsch von Helmut Degner und Elisabeth Schnack
Zeichnungen von Edward Ardizzone
detebe 20619

● Gaston Leroux

Das Geheimnis des gelben Zimmers
Roman. Aus dem Französischen von Klaus Walther. detebe 20924

● Marie Belloc Lowndes

Jack the Ripper oder der Untermieter
Roman. Aus dem Englischen von Wulf Teichmann. detebe 20130

● Ross Macdonald

Dornröschen war ein schönes Kind
Roman. Aus dem Amerikanischen von Wulf Teichmann. detebe 20227

Unter Wasser stirbt man nicht
Roman. Deutsch von Hubert Deymann
detebe 20322

Ein Grinsen aus Elfenbein
Roman. Deutsch von Charlotte Hamberger
detebe 20323

Die Küste der Barbaren
Roman. Deutsch von Marianne Lipcowitz
detebe 20324

Der Fall Galton
Roman. Deutsch von Egon Lothar Wensk
detebe 20325

Gänsehaut
Roman. Deutsch von Gretel Friedmann
detebe 20326

Der blaue Hammer
Roman. Deutsch von Peter Naujack
detebe 20541

Durchgebrannt
Roman. Deutsch von Helmut Degner
detebe 20868

Geld kostet viel
Roman. Deutsch von Günter Eichel
detebe 20869

Die Kehrseite des Dollars
Roman. Deutsch von Günter Eichel
detebe 20877

Der Untergrundmann
Roman. Deutsch von Hubert Deymann
detebe 20878

Der Drahtzieher
Sämtliche Detektivstories um Lew Archer I. Mit einem Vorwort des Autors. Deutsch von Hubert Deymann und Peter Naujack
detebe 21018

Einer lügt immer
Sämtliche Detektivstories um Lew Archer II. Deutsch von Hubert Deymann und Peter Naujack. detebe 21019

Sanftes Unheil
Roman. Deutsch von Monika Schoenenberger
detebe 21178

Blue City
Roman. Deutsch von Christina Sieg-Welti und Christa Hotz. detebe 21317

Der Mörder im Spiegel
Roman. Deutsch von Dietlind Bindheim
detebe 21303

● **A.E.W. Mason**

Die vier Federn
Roman. Aus dem Englischen von Thomas Schlück. detebe 21167

● **W. Somerset Maugham**

Ashenden oder Der britische Geheimagent
Erzählungen. detebe 20337

● **Margaret Millar**

Liebe Mutter, es geht mir gut ...
Roman. Aus dem Amerikanischen von Elizabeth Gilbert. detebe 20226

Die Feindin
Roman. Deutsch von Elizabeth Gilbert
detebe 20276

Fragt morgen nach mir
Roman. Deutsch von Anne Uhde
detebe 20542

Ein Fremder liegt in meinem Grab
Roman. Deutsch von Elizabeth Gilbert
detebe 20646

Die Süßholzraspler
Roman. Deutsch von Georg Kahn-Ackermann und Susanne Feigl. detebe 20926

Von hier an wird's gefährlich
Roman. Deutsch von Fritz Güttinger
detebe 20927

Der Mord von Miranda
Roman. Deutsch von Hans Hermann
detebe 21028

Das eiserne Tor
Roman. Deutsch von Karin Reese und Michel Bodmer. detebe 21063

Fast wie ein Engel
Roman. Deutsch von Luise Däbritz
detebe 21190

Die lauschenden Wände
Roman. Deutsch von Karin Polz. detebe 21421

Nymphen gehören ins Meer!
Roman. Deutsch von Otto Bayer. detebe 21516

● **Liam O'Flaherty**

Der Denunziant
Roman. Aus dem Englischen von H. Hauser
detebe 21191

● **Edgar Allan Poe**
Herausgegeben von Theodor Etzel
Aus dem Amerikanischen von Gisela Etzel, Wolf Durian u.a.

Die schwarze Katze
und andere Verbrechergeschichten
detebe 21183

Die Maske des roten Todes
und andere phantastische Fahrten
detebe 21184

Der Teufel im Glockenstuhl
und andere Scherz- und Spottgeschichten
detebe 21185

Der Untergang des Hauses Usher
und andere Geschichten von Schönheit, Liebe und Wiederkunft. detebe 21182

● **Patrick Quentin**
Bächleins Rauschen tönt so bang
Kriminalgeschichten. Aus dem Amerikanischen von Günter Eichel. detebe 20195

Familienschande
Roman. Deutsch von Helmut Degner
detebe 20917

● **Jack Ritchie**
Der Mitternachtswürger
Geschichten. Aus dem Amerikanischen von Alfred Probst. detebe 21293

Für alle ungezogenen Leute
Detektiv-Geschichten. Deutsch von Dorothee Asendorf. detebe 21384

● **Herbert Rosendorfer**
Der Ruinenbaumeister
Roman. detebe 20251

Der stillgelegte Mensch
Erzählungen. detebe 20327

● **Russische Kriminalgeschichten**
Von Fjodor Dostojewskij bis Anton Čechov. Auswahl, Übersetzung und Nachwort von Johannes von Guenther
detebe 21127

● **Maurice Sandoz**
Am Rande
Neun unheimliche Erzählungen. Aus dem Französischen von Gertrud Droz-Rüegg
detebe 20739

● **Karl W. Schlegel**
Richter wider Willen
Roman. detebe 21422

● **Hermann Harry Schmitz**
Buch der Katastrophen
Vierundzwanzig tragikomische Geschichten mit einem Vorwort von Otto Jägersberg und fünfzehn Holzstichmontagen von Horst Hussel. detebe 20548

● **Science-Fiction-Geschichten des Golden Age**
Von Ray Bradbury bis Isaac Asimov. Herausgegeben von Peter Naujack. detebe 21048

● **Klassische Science-Fiction-Geschichten**
Von Voltaire bis Conan Doyle. Herausgegeben von William Matheson. detebe 21049

● **Alan Sillitoe**
Ein Start ins Leben
Ein Schelmenroman. Deutsch von Günter Eichel und Anna von Cramer-Klett
detebe 20545

● **Georges Simenon**
Die grünen Fensterläden
Roman. Aus dem Französischen von Alfred Günther. detebe 20373

Sonntag
Roman. Deutsch von Hansjürgen Wille und Barbara Klau. detebe 20375

Zum Weißen Roß
Roman. Deutsch von Trude Fein
detebe 20986

Die Fantome des Hutmachers
Roman. Deutsch von Eugen Helmlé
detebe 21001

Die Witwe Couderc
Roman. Deutsch von Hanns Grössel
detebe 21002

Schlußlichter
Roman. Deutsch von Stefanie Weiss
detebe 21010

Betty
Roman. Deutsch von Raymond Regh
detebe 21057

Der Neger
Roman. Deutsch von Linde Birk
detebe 21118

Die Tür
Roman. Deutsch von Linde Birk
detebe 21114

Das blaue Zimmer
Roman. Deutsch von Angela von Hagen
detebe 21121

Der Bürgermeister von Furnes
Roman. Deutsch von Hans Grössel
detebe 21209

Es gibt noch Haselnußsträucher
Roman. Deutsch von Angela von Hagen
detebe 21192

Die Glocken von Bicêtre
Roman. Neu übersetzt von Angela von Hagen
detebe 20678

Das Testament Donadieu
Roman. Deutsch von Eugen Helmlé
detebe 21256

Der Untermieter
Roman. Deutsch von Ralph Eue
detebe 21255

Emil und sein Schiff
Erzählungen. Deutsch von Angela von Hagen und Linde Birk. detebe 21318

Exotische Novellen
Deutsch von Annerose Melter. detebe 21285

Die Leute gegenüber
Roman. Deutsch von Hans-Joachim Hartstein. detebe 21273

Die schwanzlosen Schweinchen
Erzählungen. Deutsch von Linde Birk
detebe 21284

Weder ein noch aus
Roman. Deutsch von Elfriede Riegler
detebe 21304

Auf großer Fahrt
Roman. Deutsch von Angela von Hagen

Der Bericht des Polizisten
Roman. Deutsch von Markus Jakob
detebe 21328

Die Zeit mit Anaïs
Roman. Deutsch von Ursula Vogel
detebe 21329

Die Katze
Roman. Deutsch von Angela von Hagen
detebe 21378

Der Passagier der Polarlys
Roman. Deutsch von Stephanie Weiss
detebe 21377

Die Schwarze von Panama
Roman. Deutsch von Ursula Vogel
detebe 21424

Das Gasthaus im Elsaß
Roman. Deutsch von Angela von Hagen
detebe 21425

Das Haus am Kanal
Roman. Deutsch von Ursula Vogel
detebe 21426

Der Zug
Roman. Deutsch von Trude Fein. detebe 21480

Striptease
Roman. Deutsch von Angela von Hagen
detebe 21481

45° im Schatten
Roman. Deutsch von Angela von Hagen
detebe 21482

Die Eisentreppe
Roman. Deutsch von Angela von Hagen
detebe 21557

Das Fenster der Rouets
Roman. Deutsch von Stephanie Weiss
detebe 21558

Die bösen Schwestern von Concarneau
Roman. Deutsch von Ingrid Altrichter
detebe 21559

Maigret und die alte Dame
Roman. Deutsch von Renate Nickel
detebe 20503

Maigret und der Minister
Roman. Deutsch von Annerose Melter
detebe 20505

Maigrets Memoiren
Roman. Deutsch von Roswitha Plancherel
detebe 20507

Hier irrt Maigret
Roman. Deutsch von Renate Nickel
detebe 20690

Maigret und der gelbe Hund
Roman. Deutsch von Raymond Regh
detebe 20691

Maigret vor dem Schwurgericht
Roman. Deutsch von Wolfram Schäfer
detebe 20692

Maigret als möblierter Herr
Roman. Deutsch von Wolfram Schäfer
detebe 20693

Maigret und die kopflose Leiche
Roman. Deutsch von Wolfram Schäfer
detebe 20715

Maigret und die widerspenstigen Zeugen
Roman. Deutsch von Wolfram Schäfer
detebe 20716

Maigret am Treffen der Neufundlandfahrer
Roman. Deutsch von Annerose Melter
detebe 20717

Maigret bei den Flamen
Roman. Deutsch von Claus Sprick
detebe 20718

Maigret und die Bohnenstange
Roman. Deutsch von Guy Montag
detebe 20808

Maigret und das Verbrechen in Holland
Roman. Deutsch von Renate Nickel
detebe 20809

Maigret und sein Toter
Roman. Deutsch von Elfriede Riegler
detebe 20810

Maigret beim Coroner
Roman. Deutsch von Wolfram Schäfer
detebe 20811

Maigret, Lognon und die Gangster
Roman. Deutsch von Wolfram Schäfer
detebe 20812

Maigret und der Gehängte von Saint-Pholien
Roman. Deutsch von Sibylle Powell
detebe 20816

Maigret regt sich auf
Roman. Deutsch von Wolfram Schäfer
detebe 20820

Maigret contra Picpus
Roman. Deutsch von Hainer Kober
detebe 20736

Maigret läßt sich Zeit
Roman. Deutsch von Sibylle Powell
detebe 20755

Maigrets Geständnis
Roman. Deutsch von Roswitha Plancherel
detebe 20756

Maigret zögert
Roman. Deutsch von Annerose Melter
detebe 20757

Maigrets Nacht an der Kreuzung
Roman. Deutsch von Annerose Melter
detebe 21050

Maigret erlebt eine Niederlage
Roman. Deutsch von Elfriede Riegler
detebe 21062

Maigret gerät in Wut
Roman. Deutsch von Wolfram Schäfer
detebe 21113

Maigret verteidigt sich
Roman. Deutsch von Wolfram Schäfer
detebe 21117

Maigret und der geheimnisvolle Kapitän
Roman. Deutsch von Annerose Melter
detebe 21180

Maigret und die alten Leute
Roman. Deutsch von Annerose Melter
detebe 21200

Maigret und das Dienstmädchen
Roman. Deutsch von Hainer Kober
detebe 21220

Maigret und der Fall Nahour
Roman. Deutsch von Sibylle Powell
detebe 21250

Maigret und der Samstagsklient
Roman. Deutsch von Angelika Hildebrandt-Essig. detebe 21295

Maigret in New York
Roman. Deutsch von Bernhard Jolles
detebe 21308

Maigret und die Affäre Saint-Fiacre
Roman. Deutsch von Werner De Haas
detebe 21373

Sechs neue Fälle für Maigret
Erzählungen. Deutsch von Elfriede Riegler
detebe 21375

Maigret stellt eine Falle
Roman. Deutsch von Angela von Hagen
detebe 21374

Maigret in der Liberty Bar
Roman. Deutsch von Angela von Hagen
detebe 21376

Maigret und der Spion
Roman. Deutsch von Hainer Kober
detebe 21427

Maigret und die kleine Landkneipe
Roman. Deutsch von Bernhard Jolles und Heide Bideau. detebe 21428

Maigret und der Verrückte von Bergerac
Roman. Deutsch von Hainer Kober
detebe 21429

Maigret, die Tänzerin und die Gräfin
Roman. Deutsch von Hainer Kober
detebe 21484

Maigret macht Ferien
Roman. Deutsch von Markus Jakob
detebe 21485

Maigret und der hartnäckigste Gast der Welt
Erzählungen. Deutsch von Linde Birk und Ingrid Altrichter. detebe 21486

Maigret verliert eine Verehrerin
Roman. Deutsch von Ingrid Altrichter
detebe 21521

Maigret in Nöten
Roman. Deutsch von Markus Jakob
detebe 21522

Maigret und sein Rivale
Roman. Deutsch von Ingrid Altrichter
detebe 21523

Maigret und die schrecklichen Kinder
Roman. Deutsch von Paul Celan. detebe 21574

Maigret und sein Jugendfreund
Roman. Deutsch von Ingrid Altrichter
detebe 21575

Maigret und sein Revolver
Roman. Deutsch von Markus Jakob
detebe 21576

● Henry Slesar

Fiese Geschichten für fixe Leser
Aus dem Amerikanischen von Thomas Schlück
detebe 21125

Das graue distinguierte Leichentuch
Roman. Deutsch von Paul Baudisch und Thomas Bodmer. Ausgezeichnet mit dem Edgar-Allan-Poe-Preis. detebe 20139

Vorhang auf, wir spielen Mord!
Roman. Deutsch von Thomas Schlück
detebe 20216

Erlesene Verbrechen und makellose Morde
Geschichten. Deutsch von Günter Eichel und Peter Naujack. Vorwort von Alfred Hitchcock. Zeichnungen von Tomi Ungerer
detebe 20225

Ein Bündel Geschichten für lüsterne Leser
Deutsch von Günter Eichel. Einleitung von Alfred Hitchcock. Zeichnungen von Tomi Ungerer. detebe 20275

Hinter der Tür
Roman. Deutsch von Thomas Schlück
detebe 20540

Aktion Löwenbrücke
Roman. Deutsch von Günter Eichel
detebe 20656

Ruby Martinson
Geschichten vom größten erfolglosen Verbrecher der Welt. Deutsch von Helmut Degner. detebe 20657

Schlimme Geschichten für schlaue Leser
Deutsch von Thomas Schlück
detebe 21036

Coole Geschichten für clevere Leser
Deutsch von Thomas Schlück. detebe 21046

Böse Geschichten für brave Leser
Deutsch von Christa Hotz und Thomas Schlück. detebe 21248

Die siebte Maske
Roman. Deutsch von Gerhard und Alexandra Baumrucker. detebe 21518

Frisch gewagt ist halb gemordet
Geschichten. Deutsch von Barbara und Jobst-Christian Rojahn. detebe 21577

● **Spionagegeschichten**
-fälle und -affären von Goethe bis Ambler. Herausgegeben von Graham Greene, Hugh Greene und Martin Beheim-Schwarzbach
Mit Zeichnungen von Paul Flora
detebe 20699

● **Mehr Spionagegeschichten**
Von John Buchan bis Ian Fleming. Herausgegeben von Eric Ambler. detebe 21420

● **R.L. Stevenson**
Nach der Edition und Übersetzung von Curt und Marguerite Thesing

Die Schatzinsel
Roman. detebe 20701

Der Junker von Ballantrae
Roman. detebe 20703

Die Entführung
Roman. detebe 20704

Catriona
Roman. detebe 20705

Die Herren von Hermiston
Roman (Fragment). detebe 20702

Der Pavillon auf den Dünen
Der seltsame Fall von Dr. Jekyll und Mr. Hyde
Zwei Geschichten. detebe 20706

Der Selbstmörderclub
Der Diamant des Rajahs
Zwei Geschichtensammlungen
detebe 20707

Die tollen Männer
und andere Geschichten. detebe 20708

Der Flaschenteufel
und andere Geschichten. detebe 20709

Der Leichenräuber
und andere Geschichten. detebe 20710

Der gefährliche Archipel
In der Südsee I. Roman. Deutsch von Marguerite Thesing. detebe 21449

Der Palast der vielen Frauen
In der Südsee II. Roman. Deutsch von Marguerite Thesing. detebe 21450

● **Bram Stoker**
Draculas Gast
Sechs Gruselgeschichten. Aus dem Englischen von Erich Fivian und H. Haas. Zeichnungen von Peter Neugebauer. detebe 20135

● **Julian Symons**
Auf den Zahn gefühlt
Detektivgeschichten. Aus dem Englischen von Thomas Schlück. detebe 20601

Ein Pekinese aus Gips
Kriminalgeschichten. Deutsch von Günter Eichel. Zeichnungen von Josef Weihard
detebe 20740

● **Susanne Thommes**
Der falsche Freund
Roman. detebe 21380

Brüderchen und Schwesterchen
Roman. detebe 21423

Totensonntag
Kriminalroman. detebe 21474

● **Silvio Toddi**
Einmal Venedig und zurück
Kleiner Roman für Optimisten. Aus dem Italienischen von Lisa Rüdiger. detebe 21189

● **B. Traven**
Einzig berechtigte deutsche Ausgaben, vollständig neu herausgegeben von Edgar Päßler in Zusammenarbeit mit der Büchergilde Gutenberg, Frankfurt am Main

Das Totenschiff
Roman. detebe 21098

Die Baumwollpflücker
Roman. detebe 21099

Die Brücke im Dschungel
Roman. detebe 21100

Der Schatz der Sierra Madre
Roman. detebe 21101

Die Weiße Rose
Roman. detebe 21102

Aslan Norval
Roman. detebe 21103

Regierung
Roman. detebe 21104

Die Carreta
Roman. detebe 21105

Der Marsch ins Reich der Caoba
Roman. detebe 21106

Trozas
Roman. detebe 21107

Die Rebellion der Gehenkten
Roman. detebe 21108

Ein General kommt aus dem Dschungel
Roman. detebe 21109

Die Geschichte vom unbegrabenen Leichnam
Erzählungen. detebe 21110

Ungeladene Gäste
Erzählungen. detebe 21111

Der Banditendoktor
Erzählungen. detebe 21112

● **Mark Twain**

Menschenfresserei in der Eisenbahn
Skizzen und Erzählungen II. Deutsch von Marie-Louise Bischof und Ruth Binde. Zeichnungen von Bob van den Born
detebe 20919

● **Jules Verne**

Reie um die Erde in achtzig Tagen
Roman. Aus dem Französischen von Erich Fivian. detebe 20126

Fünf Wochen im Ballon
Roman. Deutsch von Felix Gasbarra
detebe 20241

Reise um den Mond
Roman. Deutsch von Ute Haffmans
detebe 20243

Reise zum Mittelpunkt der Erde
Roman. Deutsch von Hansjürgen Wille und Barbara Klau. detebe 20246

Der Kurier des Zaren
Roman in zwei Bänden. Deutsch von Karl Wittlinger. detebe 20401 + 20402

Die fünfhundert Millionen der Begum
Roman. Deutsch von Erich Fivian
detebe 20403

Die Kinder des Kapitäns Grant
Roman in zwei Bänden. Deutsch von Walter Gerull. detebe 20404 + 20405

Die Erfindung des Verderbens
Roman. Deutsch von Karl Wittlinger
detebe 20406

Die Leiden eines Chinesen in China
Roman. Deutsch von Erich Fivian
detebe 20407

Das Karpathenschloß
Roman. Deutsch von Hansjürgen Wille und Barbara Klau. detebe 20408

Die Gestrandeten
Roman in zwei Bänden. Deutsch von Karl Wittlinger. detebe 20409 + 20410

Der ewige Adam
Geschichten. Deutsch von Erich Fivian
detebe 20411

Robur der Eroberer
Roman. Deutsch von Peter Laneus
detebe 20412

Das erstaunliche Abenteuer der Expedition Barsac
Roman. Deutsch von Eva Rechel-Mertens
detebe 21237

Die Insel der Milliardäre
Roman. Deutsch von Ute Haffmans
detebe 21243

● Walter Vogt

Melancholie
Die Erlebnisse des Amateur-Kriminalisten Beno von Stürler. detebe 20623

Der Wiesbadener Kongreß
Roman. detebe 20306

Booms Ende
Erzählungen. detebe 20307

● Hans Weigold

Eines der verwunschenen Häuser
Roman. detebe 21070

● H.G. Wells

Der Krieg der Welten
Roman. Aus dem Englischen von G.A. Crüwell und Claudia Schmölders
detebe 20171

Die Zeitmaschine
Roman. Deutsch von Peter Naujack
detebe 20172

● Weltuntergangsgeschichten

Von Poe bis Dürrenmatt. Mit Weltuntergangszeichnungen von Dürer bis Topor
detebe 20806